读客悬疑文库

认准读客读悬疑,本本都是大师级。

人间蒸发的女孩

[美]丹尼斯·勒翰 著　赵安琪 译

Gone, Baby, Gone

DENNIS LEHANE

北京日报出版社

图书在版编目（CIP）数据

人间蒸发的女孩 /（美）丹尼斯·勒翰著；赵安琪译. -- 北京：北京日报出版社，2024.11
ISBN 978-7-5477-4712-4

Ⅰ.①人… Ⅱ.①丹… ②赵… Ⅲ.①推理小说－美国－现代 Ⅳ.① I712.45

中国国家版本馆 CIP 数据核字（2023）第 214360 号

GONE, BABY, GONE
Copyright © 1998 by Dennis Lehane
Simplified Chinese translation copyright © 2024 by Dook Media Group Limited
Published in agreement with Ann Rittenberg Literary Agency, through The Grayhawk Agency Ltd.
ALL RIGHTS RESERVED

中文版权：© 2024 读客文化股份有限公司
经授权，读客文化股份有限公司拥有本书的中文（简体）版权
图字：01-2024-0946号

人间蒸发的女孩

作　　者：	［美］丹尼斯·勒翰
译　　者：	赵安琪
责任编辑：	曹　云
特约编辑：	徐陈健　　顾珍奇　　徐於璠
封面设计：	李子琪
出版发行：	北京日报出版社
地　　址：	北京市东城区东单三条8-16号东方广场东配楼四层
邮　　编：	100005
电　　话：	发行部：（010）65255876
	总编室：（010）65252135
印　　刷：	三河市龙大印装有限公司
经　　销：	各地新华书店
版　　次：	2024年11月第1版
	2024年11月第1次印刷
开　　本：	880毫米×1230毫米　1/32
印　　张：	13.75
字　　数：	370千字
定　　价：	59.90元

版权所有，侵权必究，未经许可，不得转载
凡印刷、装订错误，可调换，联系电话：010-87681002

献给我的妹妹莫琳，
我的兄弟迈克尔、托马斯和杰拉德：
谢谢你们一直支持我，容忍我。
这并不容易。

也献给
那些从来没有机会的人。

声　明

　　我的编辑克莱尔·瓦赫特尔以及我的代理人安·里腾伯格，又一次从一堆乱七八糟的稿件中抢救出一部作品，让它变得比我期待的要好上许多。马尔、希拉和斯特林阅读了粗糙的初稿，并帮助我解决了一些难题。感谢马萨诸塞州警察局公共事务部的拉里·吉利斯警长，以及昆西托马斯·克兰公共图书馆的玛丽·克拉克。此外，在出版过程中，感谢莫罗出版社的珍妮弗·布劳纳和班塔姆英国社的弗朗西斯卡·利弗西奇提供的帮助。

作者记

所有熟悉波士顿、多切斯特、南波士顿、昆西以及昆西采石场和蓝山景区的人都会注意到，我在描述它们的地理及地形情况时非常随意，我完全是故意这样做的。虽然这些城市、城镇、地区确实存在，我却根据故事的需求以及我自己的突发奇想改变了它们的样貌，因此可以将它们视为完全虚构的地点。另外，书中的任何角色和事件如与任何在世或已故的真实人物有所相似，则纯属巧合。

得克萨斯州，梅萨港
1998年10月

太阳还未出现在海港，渔船便已潜入黑暗。船上大部分人是捕虾者，也有少数人捕马林鱼或海鲢，他们几乎全是男性。极少从事捕虾工作的女人始终独来独往。这里是得克萨斯海岸，两个世纪以来，有太多人为了捕鱼惨烈地死去，他们的后代和活下来的朋友觉得心存偏见是应该的。他们憎恶越南竞争者，也对那些从事这项粗鄙工作，手持粗缆绳和钩子在黑暗中摸索，甚至不惜割破手指的女人表示不信任。

"女人。"一个渔夫在黎明前的黑暗中说。此时，船长正将拖网渔船的发动机切换为隆隆低鸣的状态，板岩遍布的大海汹涌澎湃。一个女人出现了，她应该是蕾切尔。

"确实有个女人，"另一个渔夫说，"该死的。"

蕾切尔在梅萨港算是新人。7月时，她带着小儿子和一辆破旧的道奇皮卡车来到这里，在城镇的北边租了一间小房子。"克罗克特的最后一家"窗外招聘的牌子被取了下来，那是一家码头酒吧，坐落在嵌入大海的古老地桩之上。

几个月后才有人知道她的姓：史密斯。

梅萨港吸引了许多姓史密斯的人，还有一些姓多伊的。一半的捕虾人都在逃避某些东西——他们在大半个世界都醒着时睡觉，在其余人睡眠时劳作，剩下的时间便在那些少有陌生人愿意光顾的酒吧喝酒。根据捕捞情况和季节，他们向西最远能到巴哈，向南最远能到基韦斯特。他们交易时收取现金。

1

多尔顿·沃伊是"克罗克特的最后一家"的老板，他向蕾切尔·史密斯支付现金，如果她需要，那么付给她金锭也可以。自从她坐在吧台后面，生意涨了20个点。同样奇怪的是，斗殴事件也少了。通常男人们下船时，被太阳炙烤的身体甚至血液让他们感到烦躁，他们很想摔个瓶子或是折断一根台球棍。凭借多尔顿的经验，漂亮女人出现在附近，只会让情况变得更加糟糕。通常他们笑得更欢畅，但也会更快出现纷争。然而蕾切尔身上的某些东西能够让男人们平静下来，甚至震慑住他们。

是她的眼睛！每当有人越过了界限——触碰她的手腕太久，或是讲了一个无趣的黄色笑话时，她的眼中便迅速闪过一丝刻薄和冷漠的神情。也因为她的脸，那鲜明的线条和凝固的美丽，让人觉得她的生命比梅萨港还要悠久，她比大多数捕虾者见过更多黑暗的黎明和无情的事实。

蕾切尔在包里放了一把枪。多尔顿·沃伊有一次意外看见过，然而这件事唯一让他感到意外的是他竟对此毫不震惊。就好像他知道这件事，其他人也都知道一样。下班后，没有人在停车场接近蕾切尔，试图让她上自己的车，也没有人跟着她回家。

然而，当那种刻薄的神情不存在于她眼中时，她的脸便不再带有距离感。天哪！她简直点亮了这个地方。她在酒吧中跃动着，仿佛一位舞者，她的每一次轻转与回旋，每一次倾倒酒瓶，都是那么平稳而流畅。她笑的时候会把嘴咧开，眼中现出火光，酒吧里的每个人都试图讲一个新的笑话、一个更好的笑话，只为让她的笑声使他们的脊背产生酥麻感。

还有她的小儿子，一个好看的金发男孩。他长得一点儿也不像她，可当他微笑的时候，你便知道他是蕾切尔的孩子。或许他也和她一样有些情绪化。有时你会在他的眼中看到警觉的目光，这对一个这么小的孩子来说是很奇怪的。不过是刚会走路的年纪，他便已经在向这个世界传达某种想法，仿佛在说：不要推我。

蕾切尔工作的时候，儿子由海莉老太太照顾，她对多尔顿·沃伊说，这个孩子表现得不能更好了，而且那么坦率地爱着自己的妈妈。她说这个男孩一定会成为一个特别的人："总统什么的，或是战斗英雄。你记住我的话，多尔顿，记住。"

一天黄昏，在博因顿湾，多尔顿正在散步，他看见了那对母子。蕾切尔站在及腰深的温暖海水中，双手扶着孩子腋下，让他在水中上下浮动。残阳之下，海水是金色的，宛若丝绸。在多尔顿眼中，蕾切尔正用这金色的水净化着她的儿子，仿佛一种古老的仪式，用水包裹住孩子的身体，他便永远不会被伤害。

两人在琥珀色的海水中笑着，太阳在他们身后染出一片绯红。蕾切尔亲吻着儿子的脖颈，让他的小腿撑在自己的大腿上。他向后靠在她的双手中，他们看着彼此的眼睛。

多尔顿觉得，也许他从没有见过这样美丽的场景。

蕾切尔没有看见他，而多尔顿甚至没有挥手。事实上，他感觉自己是一个闯入者。他始终低着头，沿着来时的路又走了回去。

当你邂逅如此纯洁的爱时，身上就会发生一些变化：

你会感到自己很渺小，也许还会觉得自己丑恶、羞耻、一文不值。

多尔顿·沃伊看着这对在琥珀色的海水中玩耍的母子，意识到一个冷酷而简单的事实：在他的人生中，他从没有被这样爱过，一瞬间也没有。

这是怎样的爱？见鬼了。它是那么纯洁，简直如同罪恶一般。

第一部分

1997年，印第安小阳春

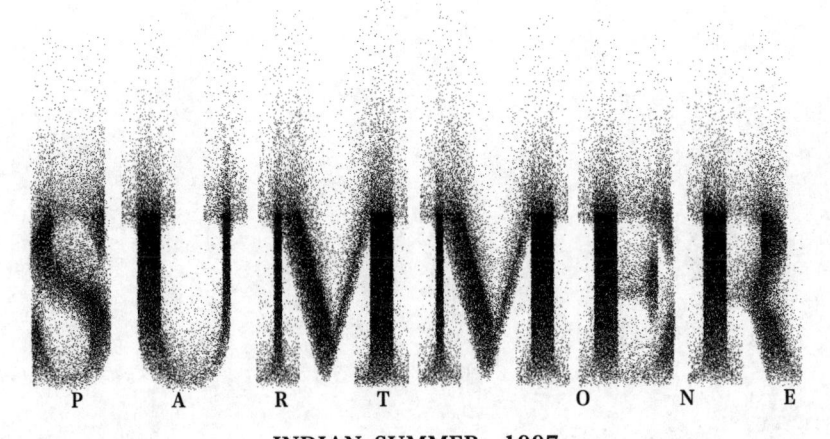

INDIAN SUMMER, 1997

1

在这个国家里,每天都有2300名儿童被登记为失踪状态。

这些儿童中,很大一部分是被父母二人中的一人带走,为了让孩子远离另一位家长,而且在超过一半的案例中,孩子并不是真的失踪。通常,一周之内大部分孩子便会回来。

在这2300名儿童中,还有一部分是离家出走。而在这种类型的失踪案中,大多数孩子也不会出走太久,通常他们的行踪会立刻被查到或很容易得知——最普遍的出走目的地是朋友家。

另一种类型的儿童失踪案是遗弃——孩子们被赶出了家门,或是在离家出走后父母决定放弃寻找。这些孩子通常徘徊在庇护所、汽车终点站、红灯区的街角,最终便是监狱。

在全国每年登记失踪的80万名儿童中,只有3500~4000例属于司法部认定的非家人绑架,或者说警方很快就排除了家人绑架、离家出走,父母遗弃或儿童走失、受伤的情况。

在这些案件中,每年有300个孩子消失后再也没有回来。

没有人知道这些孩子去了哪里。无论家人、朋友、执法机关、儿童关爱组织，还是失踪人口中心都找不到他们。也许他们已经死亡或是被困在某间房子里；也许他们走进了黑洞，掉入了宇宙组织的缝隙，再也没有人能听到他们的声音。无论这300个孩子去了哪里，他们始终保持着失踪状态。在一段时间内，那些听说过他们案件的陌生人还会想起他们，可对那些爱他们的人来说，这段时光会更加长久。

因为没有留下遗体，他们无法被认定已经死亡。他们让我们意识到黑洞的存在。

而他们始终保持着失踪状态。

"我的妹妹，"莱昂内尔·麦克里迪在踏入我们的钟楼办公室时说道，"她的生活非常艰辛。"莱昂内尔是一位高大的男子，面部微微下垂，宽阔的肩膀从锁骨处开始陡然落下，仿佛有什么我们看不见的东西坐在上面。他的笑容潦草而害羞，一只结满老茧的手握起来很用力。他穿着一件棕色的美国联合快递的衣服，用那双结实的手捏着配套的棕色棒球帽边缘。"我们的妈妈——好吧，坦白说，她是个酒鬼。爸爸在我们很小的时候就去世了。如果你在这样的环境下长大——我想——也许你会很不满。你需要花很长时间让自己的头脑清醒，找到合适的生活方式。不仅仅是海伦妮，我的意思是，我从前也有很严重的问题，20多岁时还被逮捕过。我不是天使。"

"莱昂内尔。"他的妻子说。

他向她伸出一只手，仿佛必须在此时一吐为快，否则便再不会提起："我很幸运，我遇见了比特丽斯，她改变了我的生活。我想说的是，肯齐先生、吉纳罗小姐，如果给你们时间让你们休息一下，你们便会成长。你们可能不信这套鬼话。但我的妹妹，我的意思是她还在成长，也许吧。因为她的生活很艰辛，而且……"

"莱昂内尔，"他的妻子说，"不要再为海伦妮找借口了。"比特丽斯·麦克里迪用手抚摩了一下自己草莓色的短发,然后说:"亲爱的,坐下吧,求你了。"

莱昂内尔说:"我只是想要解释海伦妮的生活不容易。"

"你也不容易,"比特丽斯说,"而你是个好爸爸。"

"你们有几个孩子?"安琪问。

比特丽斯微笑着:"一个,叫马特,今年5岁。在我们找到阿曼达前,他会和我哥哥还有嫂子待在一起。"

提到他的儿子,莱昂内尔似乎打起了一点儿精神。"他是个很好的孩子。"他说道,似乎为为这份自豪而感到有些尴尬。

"那阿曼达呢?"我问。

"她也是个好孩子,"比特丽斯说,"而且她太小了,不可能一个人出门。"

阿曼达·麦克里迪三天前在这个街区失踪了。从那时起,似乎整个波士顿市都充斥着她的消息。警方在这次搜查中动用的人力,已经超过了四年前堕胎诊所枪击案后追捕约翰·萨尔维的数量。市长召开新闻发布会并强调,在女孩被找到之前,没有任何城市事务比调查她的失踪案更重要。新闻报道铺天盖地:每天清晨两家报纸的头版、每晚三家主要电视台的头条播报,甚至在肥皂剧和脱口秀中间也会插入关于此案的实时消息。

然而在这三天内什么消息也没有。没有她的一丝踪迹。

阿曼达·麦克里迪失踪的时候刚好在这个世界上生活了4年零7个月。周日晚上,她的母亲送她上床睡觉,并在8点半左右查看了一次。第二天清晨刚过9点,她来到阿曼达的床边,发现除床单上女儿身体压出的褶皱外什么都没有。

海伦妮·麦克里迪为女儿准备的衣服——一件粉色的T恤、牛仔短裤、粉色袜子以及白运动鞋都不见了,此外阿曼达最喜欢的娃娃——一个3岁样貌的金发人偶也消失了，这个玩偶和它的主人惊人地相似，阿曼达为它取名佩亚。房间里没有挣扎的迹象。

海伦妮和阿曼达住在一幢三层公寓的第二层，尽管阿曼达有可能被某个在她的窗户下架起梯子，推窗进入的人拐走，但似乎没有迹象能够证明：窗户和窗台都没有被动过的痕迹，房屋底层的地面上也没有梯子的印痕。

假设一个4岁的孩子不会忽然决定在午夜独自离家，那么更有可能的是，诱拐者是从公寓的前门进入的，那个人没有撬开锁，也没有撬开门框上的铰链，因为这对没有上锁的门来说是多此一举。

消息传出后，海伦妮·麦克里迪遭到了新闻界的严厉抨击。在她女儿失踪24小时后，波士顿新闻小报在回应《纽约邮报》时使用了这样的头版标题：

人贩子请进：小阿曼达的妈妈没有锁门

标题下有两张照片，一张是阿曼达，另一张是公寓的前门。那扇门大开着，警方回应，这并不是阿曼达·麦克里迪失踪那天清晨的状态——当时门确实没锁，但也并非如此敞开着。

然而大多数市民并不在意警方的解释。海伦妮·麦克里迪把4岁的女儿独自留在未上锁的公寓中，而她去了隔壁的朋友多蒂·马赫家。她和多蒂在那里看电视——两部情景喜剧和一部名为《她父亲的罪孽》——由苏珊娜·萨默斯和托尼·柯蒂斯主演的本周影片。新闻结束后，她们又看了一半《今夜娱乐周末版》，然后海伦妮就回家了。

大概有3小时45分钟，阿曼达·麦克里迪被独自留在未上锁的公寓中。现在的假设是，在这段时间中的某一刻，她不是自己溜了出去就是被拐走了。

安琪和我如城市中的其他人一样密切地关注着这起案件,正如它让所有人感到困惑,我们也同样如此。我们知道,海伦妮·麦克里迪接受并通过了关于女儿失踪的测谎。警方找不到一条可以追踪的线索,甚至有谣言说他们在咨询灵媒。那是一个温暖的小阳春之夜,大部分窗都开着,许多行人漫无目的地散步,当晚那条街上的邻居表示,并没有看到任何可疑的人,也没有听到类似孩子尖叫的声音。没有人记得自己曾看见一个4岁的小孩独自游荡,或是有可疑的人扛着孩子或什么奇怪的包裹。

据大家所知,阿曼达·麦克里迪彻底地消失了,仿佛她从未出生一般。

比特丽斯·麦克里迪,阿曼达的舅妈,这天下午打电话给我们。我告诉她,既然一百个警察、半数的波士顿记者以及成千上万的普通人都无法为她的外甥女做什么,那我们恐怕也没有什么可以做的。

"麦克里迪太太,"我说,"留着您的钱吧。"

"我更想要救我的外甥女。"她说。

此时,周三晚高峰的嘈杂声已经减弱,只能听见遥远的汽车鸣笛声和楼下街道传来的发动机声响。在多切斯特的圣巴多罗买教堂,安琪和我坐在我们的钟楼办公室中,听着阿曼达的舅舅和舅妈恳请我们接下这个案子。

"阿曼达的父亲是谁?"安琪问。

重量似乎重新压上了莱昂内尔的肩膀。"我们不知道,我们觉得是那个叫托德·摩根的家伙。海伦妮刚一怀孕他就离开了这座城市,自那之后没有人听过他的消息。"

"虽然可能是她父亲的人的名单很长。"比特丽斯说。

莱昂内尔低头看着地板。

"麦克里迪先生。"我说。

他看着我:"叫我莱昂内尔就好。"

"好吧,莱昂内尔,"我说道,"请坐下。"

稍微费了些劲儿后,他把自己塞进了桌子另一侧的小号椅子。

"这个托德·摩根,"安琪说,她已经在一张纸上写下了这个名字,"警方知道他的行踪吗?"

"在德国的曼海姆,"比特丽斯说,"他在那里参了军,阿曼达失踪时他在营地。"

"他们有把他当作嫌疑人吗?"我问,"他没有办法雇一个朋友干这件事吗?"

莱昂内尔清了清嗓子,再次看向地板。"警方说他为我的妹妹感到难堪,无论如何都认为阿曼达不是他的孩子。"他抬起头,用那双迷茫而温和的眼睛看着我,"他们说他是这样回应的:'如果我想要一个整天拉屎哭闹的小耗子,那我可以在德国弄一个。'"

我能感受到当他不得不把自己的外甥女称作"小耗子"时,一阵痛楚席卷了他的全身。我点了点头。"和我说说海伦妮的情况。"我说。

并没有太多可说的。海伦妮·麦克里迪是莱昂内尔的妹妹,比他小4岁,也就是说她今年28岁。她高三时从瑞恩蒙席高中退学,没有取得她始终说自己会拿到的高中毕业文凭。17岁时,她和一个比她大15岁的男人私奔,他们在新罕布什尔州的一个拖车公园里住了6个月,之后海伦妮回到了家,脸色瘀青,经历了三次堕胎中的第一次。从那时开始,她从事过很多工作——停车购物商店收银员、棋王商店营业员、干洗店助理、美国联合快递公司接待员——但任何一份工作都没能坚持18个月以上。女儿失踪后,她在里尔比奇操作彩票机的兼职工作也请了长假,没有任何迹象表明她还会回去。

"虽然如此,她还是很爱那个小姑娘。"莱昂内尔说。

比特丽斯似乎有不同的看法,但她保持了沉默。

"海伦妮现在在哪儿?"安琪问。

"在我们家,"莱昂内尔说,"我们咨询的律师让我们尽量把她藏起来。"

"为什么?"我问。

"为什么?"莱昂内尔反问。

"对,我的意思是,她的孩子失踪了。她难道不该向公众求助吗?至少也要在邻里间询问一番吧?"

莱昂内尔张开了嘴,一会儿却又闭上了。他低头看着自己的鞋。

"海伦妮不会这样做。"比特丽斯说。

"为什么?"安琪问。

"因为……好吧,因为她是海伦妮。"比特丽斯回答。

"警方有在监控她住处的电话吗?以防有人索要赎金。"

"有。"莱昂内尔说。

"可她不在那里。"安琪说道。

"这对她来说太沉重了,"莱昂内尔说,"她需要自己的私密空间。"他伸出双手,看着我们。

"好吧,"我说,"私密空间。"

"当然。"安琪说道。

"你看。"莱昂内尔又摆弄起了他的帽子,"我知道你们怎么想,我知道,但人们表达担心的方式是不一样的,对吧?"

我敷衍地对他点了一下头。"如果她堕过三次胎,"我说,莱昂内尔显得有些畏缩,"那么她为什么决定生下阿曼达呢?"

"我想她应该是觉得到时候了。"他身体前倾,脸色变得明朗起来,"如果你看到她怀孕期间有多么兴奋就会知道。我的意思是,她的人生有了目标,你明白吗?她很确信这个孩子会让一切变得好起来。"

"对她而言是这样,"安琪说,"那对孩子呢?"

"我当时觉得……"比特丽斯说。

莱昂内尔转向这两个女人,他的眼睛睁大了,再次变得绝望起来。"她们对彼此都有益处,"他说,"我相信这一点。"

比特丽斯看着自己的鞋。安琪望向了窗外。

莱昂内尔重新看向我:"确实是这样。"

我点了点头,他那猎犬般的脸顿时放松地垂了下来。

"莱昂内尔,"安琪开了口,她依然看着窗外,"我读过了全部的新闻报道。似乎没有人知道谁带走了阿曼达。警方被难住了,根据记录,海伦妮说她对这件事也没有头绪。"

"我知道。"莱昂内尔点了点头。

"好的,没关系,"安琪从窗边转过头,看着莱昂内尔,"你觉得发生了什么呢?"

"我不知道,"他紧紧地抓着自己的帽子说道,我想那帽子可能会被这双大手撕开,"她好像被吸到了天上。"

"海伦妮在和什么人约会吗?"

比特丽斯用鼻子哼了一声。

"有什么固定的约会对象吗?"我问。

"没有。"莱昂内尔回答。

"媒体暗示她常和某些烦人的家伙混在一起。"安琪说。

莱昂内尔耸了耸肩,仿佛这是一件理所当然的事情。

"她经常去费尔默吧。"比特丽斯说。

"那是多切斯特最大的下层酒吧。"安琪补充道。

"有几家酒吧能有这样的殊荣呢。"比特丽斯又说。

"没有那么糟。"莱昂内尔反驳道,他望向我以寻求支持。

我伸出了双手:"我平时都带枪,莱昂内尔,但我走进费尔默时依然会紧张。"

"费尔默因违禁品而知名,"安琪说,"据说他们搬运违禁药品,就像搬运布法罗鸡翅一样寻常。你妹妹有瘾吗?"

"你的意思是?"

"他们是说什么违禁药品都算。"比特丽斯说。

"她会抽一点儿大麻。"莱昂内尔说道。

"一点儿?"我问,"还是很多?"

"怎样算很多?"他反问道。

"她会在床头柜上放水烟枪和烟镊子吗?"安琪问。

莱昂内尔斜眼看着她。

"她服药吗?"

比特丽斯耸了耸肩。

"打针呢?"我又问道。

"哦,不。"莱昂内尔说。

比特丽斯回答:"至少我不知道。"她又想了想,"没有,我们整个夏天都看见她穿着背心和短裤。"

"等等,"莱昂内尔抬起了一只手,"请等等,我们在试图寻找阿曼达,而不是谈论我妹妹的恶习。"

"我们需要知道海伦妮的习惯,以及她朋友的一切,"安琪说,"一个孩子失踪了,通常都和家庭有关。"

莱昂内尔站了起来,他的影子将桌子覆盖住:"这是什么意思?"

"坐下。"比特丽斯说。

"不，我想知道这是什么意思。你们是在暗示我妹妹可能和阿曼达的失踪有什么关系吗？"

安琪平静地看着他："你来告诉我们有没有。"

"没有，"他大声嚷道，"好吧？根本没有。"他低头看向自己的妻子："她不是个罪犯，好吗？她是一个丢失了自己孩子的女人。你们明白了吗？"

比特丽斯仰起脸看着他，她的脸色有些神秘莫测。

"莱昂内尔。"我说。

他低头凝视着自己的妻子，然后再次看向了安琪。

"莱昂内尔，"我又一次叫他，他才转向了我，"是你自己说，阿曼达仿佛消失在了稀薄的空气中。好啦，五十个警察正在寻找她，也许更多。你们两个也一直在努力。社区里的人也……"

"是的，"他说，"很多人都在帮忙，他们都很好。"

"是啊。那么她在哪里？"

他紧盯着我，仿佛我会从自己的书桌抽屉中把她拽出来。

"我也不知道。"他闭上了眼睛。

"没有人知道，"我说，"如果我们介入调查的话——我不是说我们会……"

比特丽斯坐在椅子上，直直地看着我。

"但是，我们必须要在假设她被绑架的情况下工作，而那个绑架者和她关系很亲近。"

莱昂内尔坐了回去："你说她是被带走的？"

"你不这样认为吗？"安琪说，"一个4岁的小孩，如果自己跑了出去，不可能整整三天还在外面，也没有被看见。"

"是啊，"他说，仿佛面对着一件他始终知道是真的，却在此时才被说出来的事情，"是的，你们可能是对的。"

"那么我们现在要做什么?"比特丽斯问。

"你想听我真实的想法吗?"我说。

她微微歪着头,目光始终与我对视:"我不确定。"

"你有一个快要上学的儿子,对吧?"

比特丽斯点了点头。

"把你们要花在我们身上的钱留下来,用在他的教育上吧。"

比特丽斯的头没有动,就这样微微地向右侧倾斜着,但是有那么一会儿,她看起来像是挨了一巴掌:"你们不会接这个案子,对吗,肯齐先生?"

"我不确定这有什么意义。"

在狭小的办公室中,比特丽斯抬高了声音。

"一个孩子失踪了,"安琪说,"确实很多人都在寻找她。新闻报道铺天盖地。城市里的每个人,也许全州的大部分人都知道她长什么样子。而且,相信我,其中的大多数人都在关注她。"

比特丽斯看着莱昂内尔。莱昂内尔对她微微耸肩。她的视线离开了他,目光重新锁定我。她是一个矮小的女人,身高不会超过5.3英尺[1]。她苍白的脸是桃心形的,闪烁着和头发同样颜色的雀斑,那纽扣状的鼻子和下巴带有一种孩童般的圆润感,一对颧骨看起来像是橡子。但她身上有一种狂怒的力量,仿佛将屈从等同于死亡。

"我来找你们两个,"她说,"是因为你们会寻人。这是你们在做的事情。你们找到了那个在几年前杀掉那些人的家伙,你们救了体育场上的那个婴儿和他的母亲,你们……"

"麦克里迪太太。"安琪说,她抬起了一只手。

---

[1] 英制长度单位,1英尺约为30.48厘米。——编者注(如无特别说明,本书中注释均为编者注。)

"没有人想让我到这里来，"她说，"海伦妮、我的丈夫，还有警察都不想。'你在浪费钱。'每个人都这样说。他们还说：'她又不是你的孩子。'"

"亲爱的。"莱昂内尔把他的手放在妻子手上。

她甩开了，身体前倾，直到胳膊抵在桌子上，用那双蓝宝石般的眼睛凝视着我。

"肯齐先生，你会找到她的。"

"不，"我柔声说，"如果她被隐藏得很好，就不会被找到。如果许多在这方面和我们一样出色的人都找不到她，那我们也找不到。我们也只是两个人，麦克里迪太太。没什么特别的。"

"你们到底是怎么想的？"她的声音又低沉了下来，而且有些冷淡。

"我们的想法是，"安琪说，"多两双眼睛又能有什么帮助呢？"

"那又有什么害处呢？"比特丽斯说，"你们能告诉我吗，有什么害处？"

2

从侦探的角度来说,一旦你排除了离家出走或被父母带走的可能性,一名儿童的失踪便和谋杀案很相似了:如果这个孩子没有在72小时内被找到,很可能就再也无法找到了。这并不一定意味着孩子已经死亡——虽然可能性很高——但是如果孩子还活着,情况一定会比失踪更加糟糕。因为对那些遇到不是自己孩子的成年人而言,他们只会做出两个选择:一、帮助那个孩子;二、利用他。而利用的方式又有很多种——勒索赎金、强迫劳动,以及从个人或利益的角度考虑对其进行性虐待或谋杀——没有一种出发点是仁慈的。如果孩子没有死而且最终被找到了,那么他也可能留下极深的创伤,这种伤害很难从他的血液中移除。

在过去的四年中,我曾看着和自己相处最久的朋友以及一个不大熟悉的女人在我面前死去,我见到过孩子们遭遇最恶劣的伤害,也见到过把杀人当作本能行为的男人和女人,还目睹了自己积极经营的店铺在暴力活动中被烧毁。

我对此感到很疲惫。

到目前为止，阿曼达·麦克里迪已经失踪至少60个小时了，甚至长达70个小时。我不想在哪个大垃圾桶中发现装着她的袋子——她的头发上全是血。我也不想六个月后在路上找到她——她的眼神空洞，天知道她经历了什么。我也不想看见一个4岁孩童的眼中只有心如死灰的麻木。

我不想寻找阿曼达·麦克里迪。我希望别人去寻找。

但也许因为此前的几天，我也和城市中的其他人一样密切地关注这起案件，或者因为它就发生在我的社区中，还可能只是因为"4岁儿童"和"失踪"这两个词并不该出现在同一个句子里，所以我们答应了半小时后与莱昂内尔和比特丽斯在海伦妮的公寓见面。

"那么，你们会接下这个案子吗？"比特丽斯问，她和莱昂内尔都站了起来。

"这是我们需要单独讨论的事情。"我回答。

"但……"

"麦克里迪太太，"安琪说，"这一行有特定的行事方式。我们在接受任何委托之前都要先进行私下的调查。"

比特丽斯并不喜欢这一点，但是她也意识到自己做不了什么。

"我们半小时后会去海伦妮家。"我说。

"谢谢。"莱昂内尔说道，他拽了拽妻子的衣袖。

"好的，多谢。"比特丽斯说，虽然她表现得没有那么诚恳。我的感觉是，除非由总统部署国民警卫队来寻找她的外甥女，她才会满意。

我们听见他们的脚步迈下钟楼台阶，随后我从窗户看着他们离开教堂旁边的学校操场，走向一辆饱经风霜的道奇白羊座汽车。太阳向西移动，越过了我的视线，10月初的天空依然是一片夏日的苍白，但已有缕缕褐色飘浮其间。一个孩子的声音响起："文尼，等等！文尼！"从四层高的楼上听去，那声音有些孤独，又好像有什么没有说完。比特丽斯和莱昂内尔的车在街道上掉头，我看着它排出的烟，直到消失在视线之外。

"我不清楚，"安琪说，她靠着自己的椅背，把穿着运动鞋的脚抬到桌上，将又长又密的头发从两鬓分开，"这一次我完全不清楚。"

她穿着黑色的莱卡骑行短裤，白色的紧身背心外罩一件宽松的黑背心。外面的黑背心印着白色的字，前面是"nin"，后面是"讨厌机器"。这件衣服她买了八年，可看起来依然像是第一次穿。我和安琪已经在一起生活了近两年。据我所知，她并没有比我更爱护自己的衣服，但我的那些衬衫总是在摘去价签的半小时后，就变得像是被汽车发动机卷进去过一般，而她高中时穿过的袜子依然和宫殿中的亚麻一样洁白。女性和她们服装的整洁程度常让我感到震惊，但我觉得这是我永远无法解开的谜团之一——就像我不知道阿梅莉亚·埃尔哈特身上究竟发生了什么，以及曾经充斥在我们办公室中的铃声去哪儿了。

"你不清楚这起案子的情况？"我说，"哪里不清楚？"

"一个失踪的小孩，一个很明显不太认真寻找她的母亲，还有一个固执的舅妈……"

"你觉得比特丽斯很固执？"

"耶和华一只脚在门内时也不过如此。"

"她很担心那个孩子，担心得不得了。"

"我能感觉到。"她耸了耸肩，"但依然不喜欢被推着走。"

"这确实不是你擅长的。"

她朝我丢来一支铅笔，铅笔打中了我的下巴。我在脸上擦了擦，想要找到铅笔并丢回去。

"这很有趣，但要是有谁瞎了一只眼睛可就不好了。"我嘟囔着，朝椅子下方摸索着铅笔。

"我们干得不错。"她说。

"确实。"目光所及，铅笔并不在我的桌子或椅子下。

"今年比去年赚得多。"

"这才刚到10月。"地板上、迷你冰箱下也没有。也许它和阿梅莉亚·埃尔哈特、阿曼达·麦克里迪以及那个铃声去了同一个地方。

"刚到10月。"她赞同道。

"你是说我们不需要接手这个案子？"

"差不多吧。"

我放弃了寻找铅笔，微微向窗外望去。太阳从褐色变成了鲜红色，灰白的天空也渐渐变深，成了蓝色。夜晚的第一只黄色灯泡在街道对面的三层公寓中亮起。空气透过窗子，让我想起了少年时代和棒球，那些漫长而轻松的白天变成了惬意而悠闲的夜晚。

"你不同意吗？"安琪在片刻后问。

我耸了耸肩。

"要么现在就说，要么永远保持沉默。"她轻声说道。

我转过身看着她。暮色渐浓，她身边的窗子被涂上了一层金色，这颜色在她的乌发间流动，她那蜂蜜色的皮肤比平时显得更深。从漫长而干燥的夏日开始，不知为何完美地延续到了秋天。经过数月在瑞恩体育场上进行的篮球比赛，她小腿部位的肌肉和手臂部位的肌肉变得更加明显了。

凭借我从前和女性交往的经验，我知道，一旦你和某人亲密接触了一段时间，她的美便是你最先忽视的事情。在理智上，你知道她很美，但你不再为此沉迷或感到惊讶，也不再为之沉醉。但是每天总有一些时刻，我在看着安琪时依然会感到一阵狂风劈开了我的胸膛，让我从凝视她时那甜蜜的痛苦中挣脱出来。

"怎么了？"她咧开嘴笑了。

"没事。"我柔声说。

她迎上了我的目光："我也爱你。"

"是吗？"

"噢，是呀。"

"很可怕，对不对？"

"有时是这样，"她耸了耸肩，"有时并不。"

我们坐了一会儿，什么都没有说，然后安琪的目光转向了她那边的窗户。

"我只是不确定我们现在……是否需要卷入这件麻烦的事。"

"什么麻烦的事？"

"一个失踪的孩子，更糟糕的是，一个完全消失了的孩子。"她闭上了眼睛，用鼻子感受着温暖的微风。"我喜欢开心的时光。"她睁开双眼，但目光依然停留在窗子上。她的下巴微微颤动："你知道吗？"

一年半之前，我和安琪决定让这段朋友们声称延续了数十年的爱情走向圆满。而这18个月，我们侦探事务所的生意也做得很好。

大概两年前，我们完结了格里·格林案，或者说侥幸活了下来。波士顿最知名的连环杀手30年来受到了广泛关注。大众认为是我们捉住了他，广泛的宣传——全国性的新闻报道、小报上没完没了的大肆渲染、两本关于犯罪的书和传说中正在写的第三本——让我和安琪成了城市中两个知名的私家侦探。

格里·格林死后的五个月里，我们拒绝接案子，这反而引起了那些潜在客户的兴趣。在完成了一起对名为德西蕾·斯通的女子失踪案的调查后，我们又回到了公众的视野，重新开始接受委托。最开始的几周里，通往钟楼的楼梯上挤满了人。

虽然没有对彼此坦白过，但我们默契地拒绝接手那些能够从中嗅到暴力气息，或是可能揭露人性黑暗的案件。我觉得，我们两个人都认为需要休息一番，所以我们只接受保险诈骗、企业的不正当行为案件，以及单纯的离婚案。

2月时我们甚至接受了一位老太太的请求，帮助她寻找丢失的鬣鳞蜥。那只藏起来的野兽名叫帕飞，是个长17英寸[1]、浑身有着迷彩绿色的家伙。正如它的主人所说："它对人类感到失望。"我们在波士顿郊区找到了它，当时它正在贝尔蒙特山乡村俱乐部的第14块湿漉漉的绿地上飞奔。当它扑向那一缕位于第15块绿地的过道上、始终被它盯着的阳光时，那条尖尾巴像疯了一样地摇动着。它很冷，也没有反抗。在我们公司的车后座上恢复过来时，它变得就像一条腰带。它的主人支付了清洁费用，还因为她亲爱的帕飞安然无恙地回家而给了我们一笔慷慨的酬金。

今年便是这样的一年。酒吧中没有什么曲折离奇的故事可以作为谈资，银行的账户里也还有余钱。在结冰的高尔夫球场上追逐一只骄纵的宠物蜥蜴可能有些尴尬，但这总好过挨枪子儿。或者说，我们实际上是把对手打得屁滚尿流。

"你觉得我们失去了勇气吗？"安琪问我。

"算是吧。"我说，然后笑了。

"如果她死了呢？"安琪说，我们正从钟楼的楼梯下来。

"那很糟糕。"我回答。

1　英制长度单位，1英寸约为2.54厘米。

"也许还会更糟,这取决于我们挖掘得有多深。"

"那么,你是想要拒绝他们?"我打开了那扇通往学校操场后方的门。

她看着我,嘴巴半张,仿佛害怕用语言表达出来,并听见自己的话语在空气中碰撞。她也知道,拒绝接受委托会让她成为一个拒绝帮助可能是孤立无援的孩子的人。

"我现在还不想答应他们。"我们到达车旁边时,她说出了口。

我点了点头。我明白这种感觉。

"关于失踪的一切感觉都很不好。"安琪说,我们正沿着多切斯特大道驶向海伦妮和阿曼达的公寓。

"我明白。"

"4岁的孩子不会自己消失。"

"当然不会。"

街道两旁,人们开始走出家门,他们已经用过晚餐。有些人在狭窄的前门廊上摆放了椅子,还有些人在街上朝着酒吧或转播晚间球赛的地方走去。我能嗅到空气中硫黄的味道,这来自最近发射的一枚火箭。潮湿的夜晚在深蓝色和忽然出现的黑色之间混沌不清,就像一个没有完成的呼吸。

安琪将腿抬到胸前,把下巴搁在膝盖上:"或许我已经成了胆小鬼,但我不介意在高尔夫球场上追逐鬣鳞蜥。"

当我们从多切斯特大道转向萨文山大道时,我透过挡风玻璃朝外望去。

"我也不介意。"我说。

一个孩子失踪后,她消失前的地方便立刻挤满了人。这些人——亲戚、朋友、警员,还有电视和报纸记者——使这里充斥着嘈杂的噪声。他们营造出了一种人声鼎沸的紧张感,并展现出对这项搜救任务的强烈愿望和奉献精神。

虽然这里极其嘈杂，一切却都未盖过那个失踪的孩子的沉默。这沉默2.5～3英尺高，你能感觉到它挤压着你的臀部，也能听见它从地板上跃起，从角落中、缝隙间，以及一个掉落在床边地板上的娃娃那面无表情的脸上对你呐喊。这和那种在墓地或守灵时遇到的沉默不同。死者的沉默带有一种终结感，你知道你一定会对此感到习惯。但是你并不想习惯于一个失踪孩子的沉默，你拒绝接受，于是他便对着你大叫。

死者的沉默在说：再见。

失踪者的沉默却在说：找到我。

似乎半数的邻居和四分之一的波士顿警察局成员都在海伦妮·麦克里迪这间拥有两个卧室的公寓中。客厅通过一条敞开的门廊延伸至餐厅，这两个房间是主要的活动场所。警方在餐厅的地板上放置了许多电话，每一台都在使用中。许多人都在拨打他们的私人手机。一个魁梧的男人身穿一件状似斑点老鼠皮的T恤，他从面前咖啡桌上的一堆传单中抬起头，说："比特丽斯，四频道需要海伦妮明晚6点到场。"

一个女人用手捂住了她的手机听筒："电台节目《安妮》的制作人打来电话。他们想让海伦妮上午过去。"

"麦克里迪太太，"一个警察从餐厅中喊道，"我们需要你来这里一下。"

比特丽斯朝那个魁梧的男人和打电话的女人点头，然后对我们说："阿曼达的卧室是右手边第一间。"

我点了点头，她穿过拥挤的人群，朝餐厅走去。

阿曼达的卧室门开着，房间静默而黑暗，仿佛街道上的声音无法到达这里。一阵冲水声后，一位巡警从洗手间中走出，用右手拉好拉链，看着我们。

"这家人的朋友吗？"他问。

"是。"

他点了点头："请不要触碰任何东西。"

"我们不会。"安琪回答。

他再次点头，然后沿着走廊去了厨房。

我用车钥匙按下了阿曼达房间的电灯开关。虽然我知道这个房间里的每个物件都已被擦拭过，也做过指纹分析，但我也清楚，要是在犯罪现场直接用手触碰任何东西，那些警察会有多暴躁。

一个光秃秃的灯泡用绳子系着挂在阿曼达的床上方，铜质的外壳不见了，露出来的电线沾满了灰尘。天花板非常需要重新粉刷，夏日的高温让曾经挂在墙上的海报脱落了下来。我能看到的有三张，它们卷曲着，皱巴巴地躺在地板上。在墙上贴过海报的地方，一条条胶带形成了不规则的方形。我不知道它们在这里放了多久才会变得如此皱，日渐增多的纹理就像是人类的静脉。

这间公寓的布局和我自己那套一模一样，社区中大多数三层公寓的布局都一样，阿曼达的卧室是两间中较小的，大概是另一间的一半。我猜想海伦妮的房间是主卧，到那里会经过右侧的洗手间。那间卧室位于厨房正对面，可以看到后面的门廊和楼下的小院子。从阿曼达的卧室可以看见隔壁的三层楼，现在是晚上8点，但这里的光线在正午时分或许和此时一样微弱。

房间里有些霉味，家具很少。床对面的梳妆台看起来好像是从庭院旧货市场中搬回来的一样。摆在房间里的床，与其说是床，不如说只是一套褥子和放在地板上的弹簧垫，上面盖着一张与床的大小不匹配的床单，还有一条狮子王图案的被子，被子因为太大而被推到了一边。一只玩偶兔子抵着梳妆台底部，转向一侧。

一个娃娃躺在床脚处,用无神的目光看着天花板。一台陈旧的黑白电视放在梳妆台上,床头柜上还有一台小收音机。但我在这个房间看不到任何书,连图画书也没有。

我试图想象睡在这个房间里的女孩是什么样的。在过去的几天里,我已经见过足够多阿曼达的照片,也知道她长什么样子,但是一幅肖像并不能让我知道,当她在一天结束时走进这个房间,或是在清晨醒来的第一刻,脸上是什么表情。

她有没有试着把那些海报重新贴在墙上呢?她会不会想买在商场里看到的那些浅蓝色和黄色封面的立体书呢?当她一个人醒来时,面对这个房间夜里的黑暗和静默,会不会盯着床对面那根从墙上伸出来的长钉子,或是天花板东边一角的灰褐色水渍呢?

我看着那个娃娃亮闪闪而又丑陋的眼睛,想要走过去使它们闭上。

"肯齐先生,吉纳罗小姐。"比特丽斯的声音从厨房传来。

安琪和我最后看了一眼卧室,然后我又用车钥匙关上了灯,我们沿着走廊来到了厨房。

有一个男人靠在炉子旁,双手插在口袋里。但是当我们走近时,从他看着我们的样子可知,他在等我们。他比我略矮一些,身材圆胖,就像一个油桶。他的脸充满稚气,看起来很愉快,略有些红润,似乎常常在户外活动。他的喉咙好像很紧绷,又奇怪地看起来很放松,这让他显得像是到了快退休的年龄。他身上带着几分冷酷和无情,让人感觉他好像有一百岁了,并且随意一瞥便能对你和你的整个人生做出判断。

"杰克·多伊尔警督。"他说着,朝我伸出手。

我和他握了握手:"帕特里克·肯齐。"

安琪也介绍了自己,并和他握手。在狭小的厨房中,我们站在他面前，任他仔细地打量我们的脸。他的脸是神秘莫测的，但他那犀利的目光中带有一种吸引力，你虽然知道应该把眼睛移开，却依然不由自主地想要望过去。

在过去数日中，我曾在电视上看过他几次。他是波士顿警察局反儿童类犯罪组的负责人，当他站在镜头前，说自己无论付出什么代价也要找到阿曼达·麦克里迪时，你会对那个绑架了她的人产生短暂的怜悯。

"多伊尔警督很期待见你。"比特丽斯说。

"我们现在见到了。"我回答。

多伊尔笑了："你有时间吗？"

没等我回应，他便来到了那扇通往门廊的门前，将它打开，并回头看着我们。

"我们当然有时间。"安琪说。

与阿曼达卧室的天花板相比，门廊的栏杆更需要刷漆。每当我们中有人靠在上面时，那残缺不全、饱受太阳炙烤的油漆便如火中的木头一般在我们的手臂下噼啪作响。

站在门廊上，我能嗅到相隔几间房子的地方有烧烤的气味，从下个街区的某处还传来后院聚会的声音——一个女人大声抱怨着日光的炽烈，一台收音机播放着超大声合唱团的歌，笑声如玻璃杯中晃动的冰块一般尖锐而突然。很难相信这是10月。很难相信冬天快到了。

很难相信阿曼达·麦克里迪已经飘散得越来越远，而世界还在持续运转着。

"所以，"多伊尔靠在栏杆上说，"你们还没破案？"

安琪看着我，转了转眼珠。

"没有，"我说，"但是快了。"

多伊尔发出了咯咯的轻笑，他的眼睛盯着门廊处的混凝土和下方枯黄的干草。

安琪说:"我们猜想,是你向麦克里迪一家提议不要联系我们。"

"我为什么会这样做?"

"如果我在你的位置上,我也有同样的理由。"安琪说,他转过头看向她,"太多人在管了。"

多伊尔点头:"这是一部分原因。"

"另一部分呢?"我问。

他把手指交叉在一起,然后向外推压,直到关节发出响声:"这些人看起来像有钱的样子吗?还是说他们有走私烟草的船,还有镶满钻石的烛台,而我却不知道?"

"不。"

"自从格里·格林的事情结束后,我听说你们收费颇高。"

安琪点点头:"定金也很高。"

多伊尔朝她微微一笑,又回到栏杆旁。他用双手轻握着栏杆,踮脚向后。"等到这个小女孩被找到后,莱昂内尔和比特丽斯要搭进去10万美元,至少是这个数。他们只是她的舅舅舅妈,但他们会为了找到她去电视台接受曝光,在国内每一家报纸上刊登整页的广告,在高速公路广告牌上放她的照片,聘请心理学家、巫师和警察,"他又看着我们,"他们会破产的,你们知道吗?"

"这也是我们不打算接这个案子的原因之一。"我说。

"真的?"他扬起了一边的眉毛,"那么你们为什么来这儿?"

"比特丽斯很执着。"安琪说。

他的目光回到厨房的窗户上:"她确实如此,不是吗?"

"我们有些困惑,为什么阿曼达的妈妈没有这么执着?"

多伊尔耸了耸肩。"我上一次看见她,她服用了镇静剂或是百忧解，总之是近来他们会给失踪儿童的父母服用的药物。"他从栏杆边转过身，双手放在身体的两侧，"不管怎样，听着，我不想一开始就和两个可能会帮我找到这个孩子的人搞砸关系。我不是瞎说，我只是想确保：第一，你们不会妨碍我；第二，你们不会告诉媒体你们之所以参与，是因为警察太蠢，站在船上连水都找不着；第三，你们不要利用女孩的舅舅和舅妈来赚钱。因为我挺喜欢莱昂内尔和比特丽斯的，他们是好人。"

"第二条是什么？"我笑着问。

安琪说："警督，我们也说过，我们正在努力不去接这个案子。恐怕我们不会有太长的时间来妨碍你。"

他用那严厉而坦率的目光看了她很久："那你们为什么还要站在这门廊上和我说话呢？"

"目前比特丽斯拒绝接受我们说'不'。"

"那你们觉得情况会改变？"他轻声笑着，摇了摇头。

"我们希望如此。"我说。

他点点头，又靠回到栏杆上。

"太久了。"

"什么？"安琪问。

他依然望着眼前的院子和它后面别人的院子。"对一个失踪的4岁孩子来说，"他叹了口气，"这太久了。"他重复道。

"你没有线索吗？"安琪问。

他耸了耸肩："我不指望在这房子附近能找到什么线索。"

"你能对一套二流公寓有什么指望呢？"她反问。

他又笑了，再次耸肩。

"我认为'不大可能'。"安琪说。

他点点头："不大可能。"干掉的油漆在他紧握着的手下发出枯叶般的声音。"告诉你我是怎么开始寻找孩子的。我的女儿香农,大概二十年前吧?她失踪了。只有一天。"他转向我们,伸出了食指,"其实甚至不到一天。事实上,是从某天下午4点左右到第二天早上8点。但她只有6岁。而且我告诉你们,如果你们的孩子没有在某个夜晚丢失的话,你们根本就不会意识到一夜有多漫长。香农的朋友们最后一次见她时,她正骑自行车回家,有些孩子说他们看见一辆车很慢地跟在她后面。"他用手腕擦了擦眼睛,口中吐出一丝关于回忆的气息,"第二天早上我们在一个公园附近的排水沟里找到了她。她把自行车撞坏了,两边膝盖也摔破了,疼得晕了过去。"

他注意到我们脸上的神情,扬起了手。

"她没事,"他说,"两边的脚踝断了,伤得很严重,而且那段时间她很恐惧,但这也是她,或者说我和我妻子在她童年里受到的最大创伤。也算好运吧。见鬼,算是超级好运了。"他暗自庆幸了片刻,"那么我想说什么?香农失踪的时候,整个社区的人,还有我的警察同伴都在找她。我和特里西娅都急死了,开车或者步行找遍了所有地方,我们决定停下来喝杯咖啡,只是为了接着找下去。但是我们站在唐恩都乐店里等咖啡的那两分钟里,我看着特里西娅,她也看着我,我们什么都没说,但彼此都知道,如果香农死了,那我们也将死去。我们的婚姻将走向终点,我们的幸福也将走向终点。我们的生命将是一条漫长而痛苦的道路,别的什么都没有,真的。一切美好和希望,一切支撑我们生活的期待都将和我们的女儿一起死去。"

"这便是你加入反儿童类犯罪组的原因?"我问。

"是我成立这个小组的原因。"他说,"这是我的孩子,是我创造的。它花了我15年时间,我终于做到了。反儿童类犯罪组之所以存在,是因为当时我在甜甜圈商店里看着我妻子,就在那一刻我明白了,没有人能够忍受孩子丢失,谁也不能,无论你我,甚至是海伦妮·麦克里迪那样的失败者。"

"海伦妮是失败者?"安琪问。

他扬起了一边的眉毛:"知道她为什么去那个叫多蒂的朋友家吗,而不是别处?"

我们摇了摇头。

"她家电视的显像管坏了,一会儿有颜色一会儿没有,海伦妮不喜欢这样。所以她丢下孩子去了隔壁。"

"为了看电视?"

他点头道:"对。"

"哇!"安琪感叹道。

他目不转睛地盯着我们看了整整一分钟,然后拽了下裤子,说:"我的两个最优秀的同伴,普尔和布鲁萨德会联系你们,他们会成为你们的联络人。如果你们能帮上忙,我不打算妨碍你们。"他又一次用双手蹭了蹭自己的脸,摇头道,"我累了。"

"你上次睡觉是什么时候?"安琪问。

"不算打盹儿,"他低声笑道,"至少几天前了。"

"应该有人替换你,你好放松一下。"安琪说。

"我不想放松,"他说,"我想找到那个孩子,我想要她完整地回来。我希望她还是从前的样子。"

3

当我们和莱昂内尔以及比特丽斯一起走进莱昂内尔的家时,海伦妮·麦克里迪正在看电视里的自己。

荧幕上的海伦妮穿着一条浅蓝色的裙子和与之相配的外套,翻开的领子上别着一朵花苞状的白色玫瑰,头发垂在肩膀上。她脸上的妆容有些浓,也许眼影是匆忙涂抹在眼周的。现实中的海伦妮·麦克里迪穿一件粉色T恤,前方印着"为商场而生"的口号,以及一件只到膝盖的白运动裤。她的头发扎成了一条蓬松的马尾,但似乎因为染了太多次,已经看不出原本的颜色了,质感介于铂丝和油腻的麦子之间。

还有一个女人坐在现实中的海伦妮·麦克里迪旁边的沙发上,和她大约同龄,但是更敦实,肤色也更加苍白。当她将一支香烟递到嘴唇边,为了专注于电视而向前移动身体时,胳膊上白色的肥肉现出了一个个脂肪窝。

"看,多蒂,快看,"海伦妮说,"这是格雷戈尔和黑德·斯帕克斯。"

"哦,是啊!"多蒂指着屏幕上那两个走在采访海伦妮的记者身后的男人。

"看，他们在招手呢。"海伦妮微笑着说，"这两个混混儿。"

"自以为是的家伙。"多蒂说。

海伦妮举起一罐米勒啤酒放到唇边，同一只手还拿着她的香烟。她喝酒的时候，长长的烟灰垂到她的下巴上。

"海伦妮。"莱昂内尔叫道。

"等下，等下。"海伦妮对他挥动着啤酒罐，眼睛盯着屏幕，"这是最好的部分。"

比特丽斯看了我们一眼，然后翻了个白眼。电视上，记者正在询问海伦妮，她觉得自己的孩子被拐走是谁的责任。

"你怎么能问我这样的问题呢？"电视上的海伦妮说，"我的意思是，谁会带走我的小女儿呢？这有什么意义？她没有对任何人做过任何事。她只是个有着美丽笑容的小姑娘。她总是笑着。"

"她的笑容确实很美。"多蒂说。

"是啊。"比特丽斯也附和道。

沙发上的两个女人似乎并没有听见她的声音。

"噢，她的笑容。"海伦妮说，"那么完美，太完美了。简直让人心碎。"海伦妮的声音变得嘶哑起来，她久久地放下了啤酒，从咖啡桌上的盒子里拿出一张纸巾。

多蒂拍着自己的膝盖咯咯地嚷个没完。"那里，那里。"多蒂说，"那里，那里。"

"海伦妮。"莱昂内尔又叫道。

海伦妮的电视节目已经变成了O.J.辛普森在佛罗里达州某地打高尔夫的镜头。

"我还是不敢相信，他居然逍遥法外。"海伦妮说。

多蒂转向她。"我就知道。"她说，好像卸下了一个巨大的秘密。

"如果他不是黑人,"海伦妮说,"他现在已经进监狱了。"

"如果他不是黑人,"多蒂说,"他会当权的。"

"如果他不是黑人,"安琪说,"你们两个也不会关心。"

她们转过头,看着我们。

对于身后站着四个人,她们似乎略有惊讶,仿佛我们如同《圣经》中的东方三博士一般忽然降临。

"怎么啦?"多蒂嚷道,她那棕色的眼睛扫过我们的胸膛。

"海伦妮。"莱昂内尔说。

海伦妮抬头看着他的脸,在她那双肿胀的眼睛上,睫毛膏已经花了:"怎么啦?"

"这是帕特里克和安琪,我们说起过的两个侦探。"

海伦妮用她那湿漉漉的纸巾朝我们挥了挥手:"你们好呀。"

"嘿。"安琪回应道。

"嘿。"我也打了招呼。

"我记得你。"多蒂对安琪说,"你记得我吗?"

安琪温柔地笑着,摇了摇头。

"瑞恩蒙席高中,"多蒂说,"我当时是新生,你是学姐。"

安琪思索了一番,依然摇头。

"哦,好吧,"多蒂说,"我记得你。我们都叫你毕业舞会女王。"她喝了一大口啤酒,"你还像之前一样吗?"

"之前怎样?"安琪问。

"就好像你觉得自己比所有人都强。"她的眼睛太小了,很难看出盯着安琪的时候视线是否模糊,"你从前就是这样的,完美小姐……"

"海伦妮。"安琪转过头,专心注视着海伦妮·麦克里迪,"我们需要和你说些关于阿曼达的事。"

但是海伦妮却看着我,她的香烟在距离嘴唇四分之一英寸的地方凝住了:"你看起来像一个人。多蒂,是不是?"

"什么?"多蒂问。

"像一个人。"海伦妮迅速地吸了两口烟。

"谁?"此时多蒂也看着我。

"你知道的,"海伦妮说,"那家伙,节目里的那家伙,你知道他的。"

"我不知道,"多蒂回答,她迟疑地对我笑了笑,"什么节目?"

"那个节目,"海伦妮说,"你应该明白我在说什么。"

"我不明白。"

"你明白。"

"什么节目?"多蒂转头看向海伦妮,"什么节目?"

海伦妮朝她眨了眨眼,然后皱起眉头,又重新看向我。"你看起来很像他。"她向我保证道。

"好吧。"我说。

比特丽斯靠在走廊的门框上,闭上了眼睛。

"海伦妮,"莱昂内尔说,"帕特里克和安琪需要同你谈一谈阿曼达的事,单独谈。"

"什么?"多蒂说,"难道我是怪物吗?"

"不,多蒂,"莱昂内尔小心翼翼地说,"我不是这个意思。"

"我就是个垃圾,对吧,莱昂内尔?在我最好的朋友最需要我的时候,我都不配和她在一起,是吗?"

"他不是这个意思。"比特丽斯用疲惫的口气说道,她的眼睛依然闭着。

033

"又来了……"我说。

多蒂皱起了满是雀斑的脸,望着我。

"海伦妮,"安琪匆匆说道,"如果我们能单独问你一些问题,便会很快的,然后就不再烦你了。"

海伦妮看着安琪,又看向莱昂内尔,然后是电视,最后她的目光停留在多蒂的后脑勺上。

多蒂依然困惑地看着我,正在决定是否要将困惑变成愤怒。

"多蒂,"海伦妮说,她的语气就像是要发表面向整个州的演说,"她是我最好的朋友,最好的。这很重要。你们要想和我谈话,就要和她谈。"

多蒂的视线离开了我,回到了她最好的朋友身上。海伦妮用手肘推压着自己的膝盖。

我看了看安琪。我们在一起工作了太久,我能看出安琪的脸上写着两个字:算了。

我迎上了她的目光,点了点头。生命如此短暂,不该在海伦妮或多蒂身上再浪费一分钟。

我看着莱昂内尔,他耸了耸肩,因为无可奈何而全身不自在。

我们本该立刻离开——事实上,我们已经要走了——但是比特丽斯睁开了眼,挡住了我们的路,说:"求求你们了。"

"不。"安琪淡淡地说。

"一个小时,"比特丽斯说,"给我们一个小时就行。我们会付钱的。"

"不是钱的问题。"安琪回答。

"求求你们了。"比特丽斯说。她越过安琪,和我对视着。她把身体的重心从左脚移到右脚,肩膀垂了下来。

"再待一个小时,"我说,"是这样吧。"

她微笑着点头。

"帕特里克吗?"海伦妮抬头看着我,"你是叫这个名字?"

"对。"我说。

"你可以稍微向左移动一点儿吗,帕特里克?"海伦妮说,"你挡住电视了。"

半个小时过去了,我们没有任何新的收获。

连哄带骗后,莱昂内尔终于说服他的妹妹在我们谈话时关上电视,但是没有了电视,海伦妮的注意力更加难以集中。交谈中,有许多次,她的目光越过我,看着空白的屏幕,仿佛期待着能有某种神秘的力量让电视恢复正常。

经过几番抗争,试图留在最好的朋友身边未果后,多蒂在我们关上电视那一刻离开了房间。我们听见她在厨房里晃悠,打开冰箱拿了一罐啤酒,又翻弄着橱柜寻找烟灰缸。

莱昂内尔坐在沙发上,旁边是他妹妹海伦妮,安琪和我坐在娱乐区域对面的地板上。比特丽斯坐在沙发的最边上,尽可能离海伦妮远一点儿,她把一条腿伸向前方,用两只手握住另一边的脚踝。

我们要求海伦妮把她女儿失踪那天的一切都说出来,并询问她和女儿那天有没有发生任何争吵,她有没有惹怒某个人,这个人可能诱拐她女儿作为报复。

当海伦妮解释她从未和女儿吵过架时,语气中似乎带着恼怒。你怎么可能和一个总是笑着的小姑娘吵架呢?在那笑容中,我们似乎能感觉到,阿曼达只爱她的妈妈,她也被妈妈爱着,她们的生活很甜蜜,并无比幸福。海伦妮想不到她惹怒过谁,她也是这么和警察说的。就算她惹怒过某个人,那么谁又会拐走孩子来报复她呢?

"孩子需要受到照顾,"海伦妮说,"你需要给她吃的。"她再次对我们强调,"你要帮她掖被子,有时还要陪她玩。"

她说起这一切时是微笑着的。

直到最后她也没有告诉我们任何从新闻报道中或莱昂内尔和比特丽斯那里无法获得的信息。

至于海伦妮本人,我和她在一起待得越久,就越不想和她待在同一个房间。当我们讨论她的孩子失踪的事情时,她告诉我们她讨厌自己的生活,她很孤独,现在没剩下什么好男人了;人们需要在美国和墨西哥边境四周围上栏杆,将那些明显来波士顿窃取工作机会的墨西哥人拒之门外。她很确信某个自由主义的议程会腐化每一个正派的美国人,又说不清楚是什么,只觉得这影响到了她获得幸福的能力,从给黑人发放福利这点便能确定,虽然她自己也在领取福利,但是在过去七年中她一直在努力摆脱这样的状态。

她提起阿曼达时的语气就像在说一辆被偷走的车,或是走丢的宠物——她对此似乎比对其他事情更加恼火。她的孩子失踪了,这毁掉了她的生活。

似乎是上帝选择让海伦妮·麦克里迪成为最大的受害者。其余的人可以走出红线了,竞争结束了。

"海伦妮,"在对话即将完成时我问道,"有没有什么你忘了对警察说的事能告诉我们呢?"

海伦妮看着咖啡桌上的遥控器。"什么?"她问。

我重复了我的问题。

"这很难,"她说,"你知道吗?"

"什么很难?"我问。

"养一个孩子。"她抬头看着我,那双无神的眼睛睁得很大,仿佛在倾吐什么大智慧,"很难,不像广告里说的那样。"

我们离开客厅时，海伦妮重新打开了电视，多蒂手中拿着两罐啤酒，视线扫过我们，仿佛给出了自己的暗示。

"她在情感方面出了些问题。"当我们到达厨房时，莱昂内尔说。

"是的，"比特丽斯附和道，"她是个荡妇。"她把咖啡倒进自己的杯中。

"不要用这个词，"莱昂内尔说，"看在上帝的分儿上。"

比特丽斯给安琪的杯子里倒了些咖啡，并看着我。

我拿起了我那罐可乐。

"莱昂内尔，"安琪说，"你妹妹似乎对阿曼达的失踪并没有那么担心。"

"不，她很担心，"莱昂内尔反驳道，"是昨晚吧？她哭了一整夜。我觉得她现在只是哭累了。她试图控制自己的……悲痛。你明白吗？"

"莱昂内尔，"我说，"恕我直言，我只看到了她在自怨自艾，看不到悲痛。"

"她很悲痛，"莱昂内尔眨了眨眼，看着自己的妻子，"她确实很悲痛。"

安琪说："我明白我已经说过一次，但我确实不知道有哪些警察还没有做的事情而我们可以做。"

"我明白，"莱昂内尔叹了口气，"我明白。"

"也许再看看吧。"我说。

"好的。"他表示赞同。

"如果警察完全被难住而放弃了这个案子，"安琪说，"也许到时候我们会派上用场。"

"好吧。"莱昂内尔不再靠着墙，而是伸出了一只手，"谢谢你们来这里。谢谢……你们做的一切。"

"随时愿意帮忙。"我和他握了手。

比特丽斯的声音带着哽咽，却如此清晰。这让我停下了脚步。

"她只有4岁。"

我望着她。

"4岁的孩子，"她的眼睛看着天花板，说道，"也不知道她在哪里。也许她走丢了，也许更糟。"

"亲爱的。"莱昂内尔说。

比特丽斯微微摇了摇头。她看着自己的饮料，然后仰起头闭上眼睛灌了一口。当杯子空了时，她把它丢在桌上，然后俯身，两只手紧握在一起。

"麦克里迪太太。"我开了口，但是她却一挥手打断了我。

"人们没有在努力寻找她的每一秒，她都感受得到。"她抬起头，睁开了双眼。

"亲爱的。"莱昂内尔说。

"别再这么叫我了，"她看着安琪，"阿曼达很害怕，她失踪了。莱昂内尔那个讨厌的妹妹正坐在我家的客厅里，和她那个胖乎乎的朋友一起灌啤酒，在电视上看她自己。谁还会替阿曼达说话呢？是不是？"她看着她丈夫，又看向安琪和我，眼睛红红的。最后，她望向了地板："谁能让这个小姑娘知道，有人在乎她是死是活呢？"

足足有一分钟，厨房里唯一的声音来自冰箱发动机的嗡鸣。

随后，安琪非常温柔地说："我想我们可以。"我看着她，扬起了眉毛。她耸了耸肩。

一个声音从比特丽斯的口中吐出，似是笑声，但又像啜泣。她把一只拳头抵在嘴唇上，看着安琪。她的眼中盈满了泪水，却没有落下来。

4

多切斯特大道经过我们社区的这段路上曾经有许多爱尔兰酒吧，比任何一条都柏林以外的街道都要多。在我年少的时候，我父亲曾经参加过一场"挨家喝酒大狂欢"，活动的目的是给当地的慈善机构捐款。人们在每家酒吧喝两杯啤酒、一杯威士忌，然后再去下一家。他们从下个街区的"田野角落"开始，一直沿着大道往北。这个主意是为了选出能够始终站着不醉，跨过向北不到两英里[1]处的南波士顿边界的胜者。

我父亲是个酒鬼，大部分报名参加狂欢活动的人也是如此，但是在这个活动存在的数年中，没有一个人能够成功抵达。

大部分酒吧现在已经不在了，被越南餐厅和街角商店取代。现在这条大街的四条街区因胡志明小道而闻名，这里远比我的许多白人邻居想象的更有魅力。清晨开车的时候，你会看见一些老人沿着马路练太极，也会看见一些人穿着具有他们民族特色的深色丝绸睡衣，头戴

---

1 英制长度单位，1 英里约为 1.61 千米。

宽草帽。我听说这里有所谓的黑道和帮会,但是没有见过。我见到最多的,是那些用发胶抹成刺猬头,戴着加格威尔牌墨镜,站在那里扮酷、装严肃的越南小孩,这和我在他们这个年纪时的表现没什么不同。

至于那些在渗入我们社区的殖民潮中存活下来的老酒吧,大道前方的那三家便很不错。店主们和这里的顾客对越南人持中立的态度,越南人便也和善地对待他们。两种文化似乎都没有对彼此表现出特殊的好奇,却又刚好适应彼此。

小道附近还有一家酒吧,远离大道,位于一条土路的尽头。这条路很破旧,因为在20世纪40年代中期,城镇没有足够的资金把它修完。这里有条小巷在阳光下很难被看见。一家货运公司在它的南边建了一个如机棚大小的仓库,而密集的三层公寓从北边挡住了它。小巷的尽头是费尔默吧,和这条半道夭折的路一样,它也落满了灰尘,似乎被遗忘了。

从前那些"挨家喝酒大狂欢"的日子里,即使是我父亲这样的人——吵吵嚷嚷、醉醺醺的——也不会去费尔默。它仿佛不存在一般,被人从大狂欢的地图上抹去了。在我的一生中,从未见过任何会定期去那里的人。

一家供底层人士休闲的酒吧和属于贫穷白人的酒吧不同,费尔默便是后者的代表。底层人士聚集的酒吧中时常有人打架,但一般只是肉搏,最糟的情况也就是用啤酒瓶砸中某人的头。而在费尔默,每一秒都有纷争,人们通常会进行械斗。许久以前,这里吸引着某些人,他们已经失去了自己在意的一切。他们来到这里是为了酗酒和发泄不满。虽然你也许会觉得,肯定不会有很多人吵着要加入他们的俱乐部,但他们对那些希望加入的人并不友好。

在一个晴朗的周四下午走进来时,我们立刻调整了视线,以适应这里灰绿的色调,酒保正看着我们。四个男人挤在酒吧离门最近的角落,他们缓缓地,一个接一个地转过身,望着我们。

"在你需要他的时候,李·马文去哪儿了?"安琪问。

"或者伊斯威特,"她又说,"我现在就把克林特带走。"

两名男子正背对着我们打台球。好吧,他们之前是在打台球。我们走进来,莫名打乱了他们的游戏,其中一个人从桌上抬起头,皱了皱眉。

酒保转了过去,背对着我们。他看着头顶的电视,正专注于情景喜剧《盖里甘的岛》中的某一段。船长在用他的帽子打盖里甘的头,教授试图破坏这个局面,豪威尔斯夫妇在大笑,玛丽安和金杰不知去哪里了。也许这和剧情有关。

安琪和我在酒吧远处的角落里就座,那里离酒保很近,我们在等着他过来招待。

船长还在打盖里甘,他显然在为某件和猴子有关的事情抓狂。

"这部剧很好看,"我对安琪说,"他们计划要从岛上下来了。"

"真的吗?"安琪点了一支烟,"说说吧,是什么阻止了他们?"

"船长对他的小伙伴表达了爱意,他们在筹备婚礼时都被困住了,猴子偷走了船和他们的椰子。"

"对,"安琪说,"我想起这部剧了。"

酒保转过身,低头看着我们。

"需要什么?"他问。

"一品脱[1]你们这里最好的麦芽酒。"我说。

"两品脱。"安琪说道。

---

[1] 指美制湿量品脱,容量单位,1美制湿量品脱约等于473毫升。

"好,"酒保说,"但是节目结束之前你们得闭嘴,我们中有人没看过。"

《盖里甘的岛》结束后,酒吧的电视被调到了在播《公众之敌》的频道,这是一个以事实为依据的犯罪题材节目,演员们将通缉犯的生活再现得非常糟糕,范·戴姆和西格尔看起来就像是奥利维尔和吉尔古德。电视里正在播放的是一个性侵并分尸了受害者的男人。他在北达科他枪击了该州的一位刑警,他似乎生来就是为了确保让自己遇见的每个人都度过极其糟糕的一天。

"你们问我,"当那个重罪犯人的脸闪现在荧幕上时,大块头大卫·斯特兰德对安琪和我说,"你们应该和这个人谈,不要打扰我的人。"

大块头大卫·斯特兰德既是费尔默吧的老板也是酒保。如他的绰号所言,他很高——至少6.4英尺,还非常壮硕,仿佛厚重的肥肉在骨头上被分层包裹住,而不是随着身体的发胖正常长出来的。大块头大卫的嘴唇周围满是胡子,两侧的肱二头肌上都有深绿色的监狱文身。左边的文身是一把左轮手枪,下面的字样是"滚"。右边似乎是一颗击中了头颅的子弹,字样是"就打你"。

奇怪的是,我从未在教堂遇到过大块头大卫。

"问我在这里见没见过这种人。"大块头大卫说。他又从酒桶里给自己接了一品脱皮尔酒:"这些怪胎,他们不会和正常人待在一起,因为知道我们会对他们做些什么,他们清楚得很。"他放下酒杯,又抬头看着电视,打了个嗝儿。

不知为何,酒吧里散发着酸牛奶的气味,还有汗、啤酒以及篮子里的黄油爆米花味,爆米花每隔四张凳子就放一些。地板是橡胶的,大块头大卫在吧台后面放了冲水管。看地板的样子,他应该已经很久没冲洗过了。烟头和爆米花都掉进了橡胶缝里,我非常确定那些从某张桌子下的暗影中钻出来的小东西是老鼠,它们正在地板上啃咬着什么。

我们已经向酒吧里那四个人询问了海伦妮·麦克里迪的事情,但没有什么帮助。他们年龄比较大,最年轻的一个大概35岁,但是看起来要老上10岁。他们都上上下下地打量着安琪,仿佛她正被赤裸地悬挂在屠夫的橱窗里。他们没有太大的敌意,但也没有那么愿意帮忙。他们都认识海伦妮,但对她似乎没有太多印象。他们也知道她的女儿失踪了,但对此也没有什么感觉。其中一个血管突出、皮肤暗黄的人叫伦尼,他说:"那孩子失踪了。那又怎样?她会回来的,孩子都这样。"

"你以前丢过孩子?"安琪问。

伦尼点头:"他们自己回来了。"

"他们现在在哪里?"我问道。

"一个在监狱,另一个在阿拉斯加还是哪儿。"他重重地拍了一下那个在他旁边打盹儿的男人的肩膀,"这是最小的那个。"

伦尼的儿子苍白瘦弱,两只眼睛乌黑明亮,他说:"好烦啊!你在干什么?"然后他把头埋进了吧台上的胳膊中。

"我们已经和警察谈过这件事,"大块头大卫对我们说,"我们告诉他们,海伦妮确实常来这里,但是她不会带着孩子;她确实喜欢啤酒,但她不会卖孩子来还债。"他对我们眯起了眼睛,"至少不会卖给我们这里的人。"

其中一个打台球的人来到了吧台边。他很瘦,剃了光头,胳膊上有廉价的监狱刺青,但是并不像大块头大卫的文身那样注重细节和美感。他倚在安琪和我中间,虽然我们的右边还有大块的空位。他又在大卫那里点了两杯啤酒,然后盯着安琪的胸部。

"你有什么问题吗?"安琪问。

"没有，"那个人回答，"我没有问题。"

"他没问题。"我说。

那家伙一直注视着安琪的胸，他的眼睛就像被闪电击中过，又饱受生活的折磨。

大卫拿来了他的啤酒，那个人把酒杯举了起来。

"这两个人在询问海伦妮的事。"大卫说。

"是吗？"这家伙的声音很平静，很难听出他是否有所触动。他把自己的两杯啤酒举到我们的头中间，左边的杯子歪了，有啤酒洒在了我的鞋上。

我低头看着自己的鞋，又抬头看他的眼睛。他的呼吸很臭，像是运动员的袜子味。他正等待着我的回应。由于我没有理他，他便看着手里的杯子，用手指紧紧握着把手。他再次抬起头看我，那双疲乏的眼睛就像两个黑洞。

"我没有问题，"他说，"大概你有。"

我稍微移动，将重心转移到我的椅子上，这样便可以更好地用手肘支撑着吧台。不管那个家伙头脑中如癌细胞一般酝酿着怎样的动作，我都可以移动或迂回。

他又低头看着自己的手："大概你有。"他大声重复，然后从我们中间离开了。

我们看着他回到了台球桌旁的朋友身边。他的朋友拿了自己的啤酒，那个光头朝我们的方向做了个手势。

"海伦妮的毒瘾严重吗？"安琪问大块头大卫。

"我哪儿知道？"大块头大卫说，"你在暗示什么吗？"

"大卫。"我说。

"是大块头大卫。"他更正道。

"大块头大卫，"我说，"我不在意你是否在酒吧私藏违禁品，也不在意你平时有没有卖给海伦妮·麦克里迪。我们只是想知道她的问题有没有严重到被人控制的程度。"

他盯着我大概有半分钟，足以让我意识到他是怎样一个浑蛋。然后他又开始看电视。

"大块头大卫。"安琪说。

他转过野牛般的头。

"海伦妮被人控制了吗？"

"你知道，"大块头大卫说，"你很性感，如果你想和一些真正的男人约会，就打个电话吧。"

安琪说："你认识这种人？"

大块头大卫的目光回到电视上。

安琪和我互相望着。她耸了耸肩，我也耸了耸肩。海伦妮和她的朋友们显然都被严重的注意力不集中困扰着，这种情况太普遍，病人足以填满一个精神科病房。

"她没有什么大额债务，"大块头大卫说，"她欠我60美元。如果她还欠别人的话……也都是小意思。我是这样听说的。"

"嘿，大块头大卫，"其中一个位于酒吧尽头的男人嚷道，"你问过了吗，她答不答应？"

大块头大卫朝他们摆了摆手，然后耸肩道："自己问。"

"嘿，甜心，"那个男人喊着，"嘿，甜心。"

"那男人呢？"安琪的目光停留在大卫身上，她的声音很清晰，仿佛那些浑蛋谈论的内容和自己没有关系，"她会不会和谁交往，然后惹怒了他？"

"嘿，甜心，"那个男人还在招呼，"看我，往这边看。嘿，甜心。"

大块头大卫发出轻笑，他转身离开了那四个人，想要专心喝酒。

045

"有的女人能让你发疯,有的女人能让你为她打架。"他越过自己的酒杯看着安琪,"你就是。"

"那海伦妮呢?"我问。

大块头大卫对我微笑,仿佛他对安琪的评价使我忧虑。他朝吧台那四个男人望去,然后眨了眨眼。

"海伦妮呢?"我重复道。

"你见过她,她长得还不错,我想她也会吧。但只要看她一眼,就知道她的身价不高。"他靠在安琪前方的吧台上,"那么你呢,我打赌你和这里的半数男人都约会过。对吧,甜心?"

她摇了摇头,轻声哼了一下。

酒吧里那四个家伙现在都完全清醒了。他们看着我们,瞳孔中闪着光亮。

伦尼的儿子从凳子上下来,走到了门口。

安琪低头看着吧台上面,用手指摸着脏兮兮的杯垫。

"我和你说话的时候你不要看别处。"大块头大卫说。他的嗓音更粗了,仿佛喉咙里卡着痰。

安琪抬起头,看着他。

"这就好了。"大块头大卫靠得更近。他左边的胳膊从吧台上滑下来,去够底下的什么东西。

当伦尼的儿子拨动前门的门闩时,静默的酒吧中响起了巨大的咔嗒声。

这便是全部的情况。一个拥有智慧、美貌和骄傲的女人来到这样的地方,让男人们瞥见了他们正在失去,永远也无法得到的一切。他们被迫面对自己性格上的弱点,也正是这样的弱点让他们在最初就陷入了如此的困境。憎恨、嫉妒和后悔一瞬间都涌入他们那不大聪明的头脑。他们决定也让这个女人后悔——为她的智慧、美貌,尤其是骄傲而悔恨。他们决定反击，把这个女人钉在吧台上，朝她呕吐，喷出种种脏话。

我透过烟草机前方的玻璃看到我自己和身后两个男人的神情。他们手拿台球棍，从球桌那里走过来，光头的那一位走在前面。

"海伦妮·麦克里迪。"大块头大卫说，他的目光依旧停留在安琪身上，"她什么都不是，就是个失败者。她的小孩将来也会是失败者。所以无论她发生了什么，都比现在强。我不喜欢人们来我的酒吧，满口废话，暗示我是毒贩子，好像自己比我强似的。"

伦尼的儿子靠在门上，双臂环抱在胸前。

"大卫。"我说。

"是大块头大卫。"他咬牙切齿地说，视线从未离开安琪。

"大卫，"我说，"别在这儿胡闹了。"

"听见他的话了吗，大块头大卫？"安琪说，她的声音略微颤抖，"别傻了。"

我说："看着我，大卫。"

大卫看着我的方向，更像是为了看看那两个走在我身后的台球手到了哪里，而不是因为我说了什么，当他看见我腰带上的柯尔特指挥官点45手枪时，他的头不动了。

在伦尼的儿子走向那里挡住门的一刻，我把手枪从背部的枪套中转移到了这里。大卫的视线从我的腰间转向我的脸，很快便分辨出为了显摆而持枪的人和真的敢开枪的人有什么区别。

"一旦我身后任何一个人有什么行动，"我对大块头大卫说，"形势就会变坏。"

大卫的目光越过我的肩膀，迅速摇了摇头。

"让那个浑蛋从门口让开。"安琪说。

"雷，"大块头大卫叫道，"坐回去。"

"为什么？"雷说，"该死的！凭什么，大块头大卫？还说什么自由国家，都是骗人的。"

我用食指敲了敲枪尾。

"雷，"大块头大卫说，他的目光此时锁定在我身上，"赶紧从门口躲开，要不然我就用你的脑袋挡枪子。"

"行吧，"雷说，"行吧，行吧。大块头大卫，我想说你什么都不是。"雷摇了摇头，但没有回到自己的座位，他打开了门，走出酒吧。

"口才不错啊，这个雷。"我说。

"我们走吧。"安琪说道。

"行。"我用腿推开了自己的凳子。

我转向门口的时候，那两个台球手就站在我右边。我看了看那个往我的鞋上洒啤酒的家伙。他双手倒拿着台球棍，棍柄抵在膝盖处。他太蠢了，所以一直站在那里，但还没蠢到想要走近。

"现在，"我对他说，"是你有问题了。"

他看着自己手里的棍子，汗水浸湿了他手下方的木头，木头的颜色变深了。

我说："把棍子丢开。"

他估量了一下我们之间的距离。他想到了我的右手距离手枪只有半英尺远。他看着我的脸，然后弯下腰，把棍子放在了脚边。当他朋友的棍子也大声摔在地上时，他走了回去。

我转过身，在酒吧中走了五步，然后停了下来。我回头看着大块头大卫。"怎么了？"我问。

"什么？"大卫看着我的双手。

"我以为你在说话。"

"我什么都没说。"

"我以为你在说，也许你们没有把关于海伦妮·麦克里迪的一切都告诉我们。"

"我没有,"大块头大卫说,他扬起了双手,"我什么都没说。"

"安琪,"我说,"你觉得大块头大卫全都说了吗?"

她已经在门口停了下来,当她抵在门框上时,左手正随意地握着她的点38手枪:"没有。"

"我们觉得你有所保留,大卫。"我耸肩道,"只是一个想法。"

"我什么都告诉你们了。现在我觉得你们两个应该——"

"在你今晚关门的时候回来?"我问,"这是个好主意,大块头大卫。你猜对了,我们会回来的。"

大块头大卫频频摇头:"不,不。"

"大概2点,2点15?"我点头道,"到时见,大卫。"

我转过身,接着往前走。没有人正视我的眼睛。每个人都看着他们的啤酒。

"她不在她朋友多蒂家。"大块头大卫说。

我们转回来,重新看着他。他靠在酒吧的水池上,用饮水机的水管往脸上喷水。

"把手放在吧台上,大卫。"安琪说。

他抬起头,因为脸上溅了水而眨着眼。他把一双手平放在吧台上面。"海伦妮,"他说,"她当时不在多蒂家,她在这里。"

"和谁?"我问。

"多蒂,"他说,"还有伦尼的儿子雷。"

伦尼本来在喝啤酒,他抬起头,说道:"别瞎扯了,大卫。"

"那个守门的烦人家伙?"安琪问,"他是雷吗?"

大块头大卫点头。

"他们在这里做什么？"我问。

"你不许再说一句。"伦尼说道。

大块头大卫使劲儿看了看他，然后目光回到安琪和我身上："只是喝酒。海伦妮一开始就知道，她把孩子单独留在家很糟糕。如果媒体或警察知道她在十个街区以外的酒吧而不是隔壁，那就更糟了。"

"她和雷有什么关系？"

"有时会互相满足一下吧，我猜。"他耸了耸肩。

"雷姓什么？"

"大卫！"伦尼说，"大卫，你闭嘴……"

"利坎斯基，"大块头大卫说，"他住在哈沃斯特。"他深吸一口气。

"你这个小人，"伦尼对他嚷道，"你就是这种人，你一直都是这种人，你全家都不是东西，遇到你准没好事。"

"伦尼。"我说。

伦尼背对着我："你以为我会和你说话，小子，你以为自己是天使啊！我一直在看着我的啤酒，但我知道你有枪，那女的也有。那又怎样？要么毙了我，要么滚。"

我听见外面传来了汽笛声。

伦尼转过头，脸上带着一抹微笑："有人为你而来吧，对不对？"他的笑容变得扭曲，声音尖刻，他张开了那几乎没有牙的嘴。

当汽笛声靠近时，我知道他们已经抵达小巷。他对我们挥了挥手："拜拜吧，有烟就抽一根。"

这一次他的笑声更加夸张，听起来像是因肺部不适发出的咳嗽声。又过了一会儿，他的同伴都加入了。他们起初还很紧张，但后来就都放开了。我们听见警车的门在外面打开的声音。

当我们走出酒吧时，里面像是在开派对。

5

当我们走出酒吧,来到小巷时,看见一辆黑色福特金牛座汽车停在前门不远处。两个警探中年轻的那一位是个高大的男性,却有着少年般的微笑。他从开着的车窗探进头,关上了警笛。

他的同伴跷着腿坐在车盖上,那个人是圆脸,他的笑容更冷淡一些,年轻的那位警探说:"噢,噢,噢。"他伸出一根食指,转动手腕,然后又发出那个声音,"噢,噢,噢。"

"真是现实得吓人。"我说。

"是吗?"他双手拍掌,然后从车盖上滑了下来,两脚落在格栅上,膝盖差点撞上我的腿。

"你就是帕特·肯齐吧。"他的手朝我的胸前伸过来,"很高兴认识你。"

"帕特里克。"我说,然后和他握手。

他使劲握了两下。"我是尼克·拉多普洛斯警司,叫我普尔就行,每个人都这样叫。"他那小精灵般的脸转向安琪,"你是安吉拉吧。"

她也握了手:"是安琪。"

"很高兴认识你,安琪。有人对你说,你和你父亲的眼睛一模一样吗?"

安琪将一只手放在眉毛上,朝着尼克·拉多普洛斯走了一步:"你认识我父亲?"

普尔将双手放在膝盖上:"我们有过一面之交,作为对手。我喜欢他,小姐。他是个真正的贵族。实话对你讲,我很怀念与他的……一面之交。如果我用词得当的话,他真是个难得的人。"

安琪温柔地对他笑了笑:"谢谢你这样说。"

酒吧的门在我们身后打开了,我又闻到了过期威士忌的味道。

年轻些的警察抬起头,看着我们身后的人:"回去吧,蠢货。我知道有人正给你擦屁股呢。"

过期威士忌的臭味消散了,那扇门重新在我们身后关上。

普尔把拇指朝肩膀上一甩:"这个性格挺亲切的小伙子是我的搭档,警探里米·布鲁萨德。"

我们朝布鲁萨德点头,他也点头回应。仔细看去,他比刚一出现时显得年龄更大些。我认为他应该有四十三四岁。刚出来的时候,我用自己的年龄和他比较,因为他的笑容带着几分汤姆·索亚式的天真;但是第二眼看去,他眼角的鱼尾纹、双颊凹陷处的褶皱,以及那金棕色的卷发中间夹杂的深灰,使他看起来老了10岁。他体形健硕——像那种每周至少外出工作四次的类型——身体强健、肌肉明显,但是被身上穿的意大利橄榄色双排扣西装淡化了不少。他松散地系着一条蓝金相间的比尔·布拉斯领带,细条纹衬衫的领口巧妙地松开着。

当他掸去左脚富乐绅皮鞋边缘的灰尘时,我意识到他非常注意穿着,是那种只要经过镜子便会停下来打量自己很久的人。但是当他靠在开着的车窗边看我们时,我又感觉到他非常精于算计,而且拥有惊人的智慧。也许他会在镜子前停留,但我觉得在那些瞬间,他不会错过任何发生在身后的事情。

"我们那位充满激情的杰克·多伊尔警督让我们来看看你们。"普尔说,"所以我们来了。"

"你们来了这儿。"我说道。

"我们正沿着大道驶向你的办公室,"普尔说,"却看见雷·利坎斯基那个瘦猴从这条小巷跑出来。你们也看见了,雷的老爹过去是个告密的,他和我很熟。布鲁萨德警探甚至分不清瘦猴雷和甜蜜射线乐队,我说:'把车停下,里米。那家伙正是瘦猴雷·利坎斯基,他看起来很烦躁。'"普尔笑了笑,用手指敲打着自己的膝盖。"雷叫嚷着,好像在说有人带枪去了他们的乐土。"他朝我扬起了眉毛。

"带枪?"我对布鲁萨德警探说,"在费尔默那种'绅士酒吧'?何必呢,我可从来不带。"

我看向布鲁萨德。他正靠在汽车的前门上,双臂环抱在胸前。他耸了耸肩,仿佛在说:我的搭档就这样。

普尔在汽车的车盖上迅速敲了一下,以吸引我的注意。我回头看向他,他那张饱经风霜的小圆脸上露出了微笑。也许他年近60,他身材矮胖,烟灰色的头发紧贴在脑袋上。他蹭了蹭自己的胡楂儿,眯起眼沐浴着下午3点的阳光:"肯齐先生,你所谓的枪就是我在你右边屁股后面看到的那把柯尔特指挥官吗?"

"正是如此。"我说。

普尔笑了,抬头看向费尔默吧:"我们的大块头大卫·斯特兰德先生,他还好吧?"

"我刚确认过。"我说。

"我们要不要以侵犯罪逮捕你俩?"布鲁萨德从一包绿箭口香糖

中拿出一条，塞入口内。

"需要他起诉。"

"你觉得他不会起诉吗？"普尔说。

"我们很确定他不会。"安琪说道。

普尔看着我们，他的眉毛扬了扬。他转过头，看向自己的搭档。布鲁萨德耸了耸肩，然后他们两个都咧嘴笑了起来。

"好啊，那不是很棒吗？"普尔说。

"我猜大块头大卫试图向你施展魅力？"布鲁萨德对安琪说道。

"他也就'试试'。"安琪回答。

布鲁萨德嚼着口香糖，微笑了一下，然后站直身体将目光锁定安琪，好像在重新打量她。

"严肃地问一句，"普尔说，虽然他的语气依然很轻松，"你们有谁在那里开枪了吗？"

"没有。"我说。

普尔伸出手，打了个响指。我从腰带间取出枪，递给他。

他把弹夹取下来放在手里，拉动套筒，然后看向枪膛，确保里面已空，又闻了闻枪管。他对我点了点头，然后把弹夹递到我的左手，把枪递回我的右手。

我把枪放回背后的皮套中，把弹夹放入夹克的口袋。

"你们的许可证呢？"布鲁萨德问。

"没过期，而且就在钱包里。"安琪回答。

普尔和布鲁萨德再次相互咧嘴笑了笑，然后盯着我们，直到我们拿出他们想要的东西。

我们各自取出许可证，越过车盖，把它们递给普尔。普尔草率地看了一眼，然后递回来。

"我们要访问那些老主顾吗，普尔？"

普尔回头看向布鲁萨德说:"我饿了。"

"我也可以吃饭。"布鲁萨德说。

普尔又一次对我们扬起了眉毛:"你们两个呢,饿不饿?"

"不怎么饿。"我回答。

"别客气,我在想地方,"普尔说,他轻柔地把手放在了我的手肘下,"那里食物很糟糕,不过他们的饮料让你难以置信,是附近最好的,直接从水龙头里流出来。"

维多利亚餐厅位于罗克斯伯里,就在我们社区的分界线上,而且其实这里的食物很棒。尼克·拉多普洛斯点了猪排,里米·布鲁萨德点了烤火鸡。安琪和我喝咖啡。

"所以你们也没有思路。"安琪说。

普尔将一块猪排蘸上苹果酱:"确实,没有。"

布鲁萨德用餐巾擦了擦嘴:"像这样公众反响如此大,历时又如此长的案件,我们从未见过一起结果不糟糕的。"

"你觉得这件事和海伦妮无关吗?"我问。

"我们一开始也考虑到她,"普尔说,"我的结论是她卖掉了孩子,或者某个她欠了债的债主绑架了这个小姑娘。"

"那你为什么改变了想法呢?"安琪问。

普尔嚼了嚼食物,示意布鲁萨德回答。

"她轻松通过了测谎仪。还有,那个大口啃猪排的家伙和我,当我们合作的时候,对我们说谎是很难的。海伦妮经常撒谎,不过别误会,不是关于她女儿失踪的事情。她确实不知道她女儿发生了什么。"

"那阿曼达失踪那一晚海伦妮去哪儿了呢?"

布鲁萨德的三明治正吃到一半:"怎么了?"

"你们相信她告诉媒体的话?"安琪问道。

"有什么不该相信的理由吗?"普尔将叉子插入苹果酱。

"大块头大卫给我们讲了一个不一样的故事。"

普尔将背靠在椅子上,拍打着手上的面包屑:"是怎样的?"

"你是否相信海伦妮的故事呢?"安琪问。

"不完全相信,"布鲁萨德说,"根据测谎仪,她和多蒂在一起,但是也许不在多蒂的公寓。但她还是说了谎。"

"她在哪儿?"普尔问。

"据大块头大卫说,她在费尔默。"

普尔和布鲁萨德彼此看了一眼,又重新看向我们。

"那么,"布鲁萨德缓慢地说,"她骗了我们。"

"她不想耽误15秒钟。"普尔说。

"什么15秒钟?"我问。

"过去,"普尔说,"被访者需要在聚光灯下停留几十分钟,而现在不过数秒。"他叹了口气说,"在电视上,穿着美丽的蓝色裙装扮演悲痛的母亲。你们记得那个姓奥尔斯顿的巴西女人吧?她的小儿子大概在8个月前失踪了。"

"再也没被找到。"安琪点头道。

"确实。我想说的是,那个母亲——她的皮肤很黑,穿着也不精致,而且在镜头前总是显得恍恍惚惚,对吧?过了一段时间,公众就完全不在意她丢失儿子的事情了,因为他们实在不喜欢这个母亲。"

"但是海伦妮·麦克里迪,"布鲁萨德说,"她是白人,而且精心打扮,在镜头前状态很好。也许她不是最耀眼的,但讨人喜欢。"

"不,她不讨人喜欢。"安琪反驳道。

"噢,她本人吗?"布鲁萨德摇了摇头,"她本人的话,确实不怎么样。但是在镜头下呢?她说话的那总共15秒呢?镜头喜欢她,公众喜欢她。她把自己的孩子独自丢下大概4个小时,有人感到愤怒,但是人们都在说:'放过她吧,我们都会犯错。'"

"而且她在生活中可能从未被这样爱过。"普尔说,"只要阿曼达被找到,或者说发生了某些事情,将这个案子挤下了头版——总会有事情发生的——那么海伦妮就会回到原本的样子。但我想说的是,目前她掌握着自己的15秒钟。"

"这便是你认为她对自己的行踪撒谎的全部原因?"我问。

"也许吧,"布鲁萨德回答,他用餐巾擦了擦嘴角,然后推开了自己的盘子,"不要误会我们。我们很快就会去她哥哥家,痛斥她对我们撒谎的行为。如果还有什么疑点,我们会找出来的。"他朝我们扬了扬手,说道,"谢谢你们两个。"

"你们调查这起案件多久了?"普尔问。

安琪看了看表:"从昨天深夜开始。"

"你们已经揭开了某些我们错过的真相。"普尔咯咯笑着,"如我听说的,你们两个能力很强。"

安琪触了触自己的睫毛:"哎,过奖啦。"

布鲁萨德笑了:"我有时和奥斯卡·李出去闲逛。我们从在住房管理局工作到现在这么多年,都是一起过来的。几年前格里·格林在体育场上被捕获后,我向奥斯卡问起过你们两个。想知道他怎么说吗?"

我耸了耸肩:"以我对奥斯卡的了解,可能是骂我们的。"

布鲁萨德点头:"他说你们两个在生活中的大多数时候都一塌糊涂。"

"这像是奥斯卡说的。"安琪说。

"但是他也说,只要你们用心去调查一个案件,即使上帝也没法要你们罢手。"

"奥斯卡,"我说,"他可真会说话呢。"

"所以现在你们和我们面对的是同一个案件。"普尔仔细地叠好自己的餐巾,放在盘子上面。

"你们很困扰吗?"安琪问道。

普尔看向布鲁萨德,布鲁萨德耸了耸肩。

"原则上不会让我们感到困扰。"普尔说。

"但是,"布鲁萨德说,"应该有一些基本规则。"

"比如呢?"

"比如……"普尔拿出一包香烟。他慢慢撕开玻璃纸,取出锡纸,抽出一支不带过滤嘴的骆驼牌香烟。他嗅了一口,将烟草的气味深深吸进鼻孔,然后把头向后靠,并闭上了眼睛。随后他又把头向前伸,将未点燃的香烟在烟灰缸里摁成两半,把包装放回口袋里。

布鲁萨德对我们微笑,并扬起了左边的眉毛。

普尔注意到我们正看着他:"抱歉,我戒烟了。"

"什么时候?"安琪问。

"两年前,但我还是需要这种仪式感,"他微笑道,"仪式感很重要。"

安琪将手伸进自己的手提包:"你介意我抽烟吗?"

"噢,上帝,你抽烟?"普尔说。

他看着安琪点燃了她的香烟,然后头部微微转动,睁大眼睛,直视我的双眼,仿佛想要通过眨眼找到闯进我大脑核心或灵魂的入口。

"基本规则,"他说,"我们不能让任何媒体泄密。你们和《论坛报》的里奇·科尔根是朋友?"

我点头。

"科尔根不是警察的朋友。"布鲁萨德说道。

安琪说:"他的工作不是交朋友,是记者。"

"我对此没有异议,"普尔说,"但是关于这次调查,第一,我不希望任何媒体的人得知任何我们不想告诉他们的事情。同意吗?"

我看向安琪,她正透过香烟的烟雾打量着普尔。最终她点了头。我说:"同意。"

"漂亮!"普尔的话语中带着苏格兰口音。

"你从哪儿找来这家伙的?"安琪问布鲁萨德。

"和他一起工作,他们每周会多付给我一百块钱。算是风险费。"

普尔把头探入了安琪的烟雾中,嗅了嗅。"第二,"他说,"你们两个不用正统的方法,这没关系。但是不能让我们发现你们在调查这起案件时使用枪支,以及威胁人们说出信息,就像对大块头大卫·斯特兰德做的那样。"

安琪说:"大块头大卫·斯特兰德都快要强奸我了,拉多普洛斯警司。"

"我理解。"普尔说。

"不,你不理解,"安琪说,"你根本不明白。"

普尔点头:"我表示抱歉。然而,你们能向我们保证今天下午发生在大块头大卫身上的事情只是例外吗?不会再发生这样的事。"

"我们可以保证。"安琪回答。

"好吧,我会记住你们的话。到目前为止,你们觉得我们的约定怎么样?"

"如果我们同意不向媒体泄露消息,这就会影响我们与里奇·科尔根的关系,那么你们必须让我们了解情况。如果你们像对待媒体一样对待我们,科尔根便会接到电话。"

布鲁萨德点头:"我不觉得这有什么问题,普尔呢?"

普尔耸了耸肩,目光停留在我身上。

安琪说："我很难相信，一个4岁的孩子竟然在一个温暖的夜晚消失得如此彻底，没有任何人看见她。"

布鲁萨德将他的结婚戒指在手指上转了半圈："我也是。"

"所以你们有什么消息？"安琪问，"3天了，你们一定获得了我们在报纸上读不到的消息。"

"我们有十二条供述。"布鲁萨德说，"有的是'我带走了那个女孩，并吃掉了她'，有的是'我把那个女孩拐走然后卖给了统一教会'。那地方肯定能付很多钱。"他向我们苦笑了一下，"十二条供述中没有一条是有用的。有的灵媒说她在康涅狄格州，有的说她在加利福尼亚州，还有的说她还在本州，但是在林区。我们审问过莱昂内尔和比特丽斯，他们的不在场证明无懈可击。我们也检查了下水道，我们还去了那条街上的每一栋房子，访问了所有邻居。这并不只是为了查明那一晚他们听见或看见了什么，也是为了调查所有人的房间，看看是否有女孩的线索。我们现在知道哪个邻居在服用可卡因，哪个在酗酒，哪个殴打自己的妻子，哪个家暴自己的丈夫，但是我们没有找到任何与阿曼达·麦克里迪失踪案有关的线索。"

"毫无进展，"我说，"你们真的毫无进展。"

布鲁萨德缓慢地转过头，看向普尔。

普尔隔着桌子凝视着我们有一分钟之久，他的舌头来回搅动，推压着下唇，随后把手伸进旁边座位上那只破破烂烂的随身匣子，拿出几张有光泽的照片。他把第一张从桌子对面递过来，拿给我们。

那是一个男人的黑白近照，他将近60岁，脸上的皮肤像是被拉着紧紧地贴在骨头上，然后拧成一团被头颅后部的金属夹子夹起来；一双苍白的眼睛从眼眶中凸出；嘴很小，几乎快要消失在鹰钩鼻的阴影之下；他双颊的凹陷处皱得很厉害，简直可以嵌入一个柠檬；在他尖尖的头顶上，十几缕银灰色的头发从裸露的皮肤上面拂过。

"见过他吗？"布鲁萨德问。

我们摇头。

"他叫莱昂·特雷特，伤害过孩子。他已经被捕三次了。第一次审判让他进入了精神病院，后面两次进了监狱。大概两年半之前，他结束了最后一次服刑，从布里奇沃特出狱，然后消失了。"

普尔又递给我们一张照片，这是一个身材高大的女人的全身彩照。她双肩如拱顶般结实，腰身宽阔，头上长着乱蓬蓬的棕色毛发，就像是一只直立的圣伯纳犬。

"好家伙。"安琪说。

"罗伯塔·特雷特，"普尔说，"这是刚刚那位亲爱的莱昂的太太。这张照片是十年前拍的，所以她可能会有些变化，但是我觉得应该不会瘦下来。罗伯塔是著名的园艺高手，她通常靠开花店养活自己，以及她亲爱的莱昂。两年半之前她不干了，也搬出了位于罗斯林德尔的公寓，从此没有人再见过他们两个。"

"但……"安琪说。

普尔从桌子对面递过来第三张照片，也是最后一张。这是一位瘦小的、褐色皮肤的男子的面部特写，他长着一只懒散的右眼，脸皱巴巴的，显得有些困惑。他看向镜头的样子就像是在一间暗室中寻找着什么，满是无奈和愤怒的脸上夹杂着激动的疑虑。

"科温·厄尔，"普尔说，"同样是犯人，他一周之前在布里奇沃特被释放，行踪不明。"

"但是他和特雷特夫妇有关。"我说。

布鲁萨德点头："他在布里奇沃特监狱时和莱昂同屋。莱昂回归正常生活后，他的室友是一个来自多切斯特的劫匪，名叫博比·明顿。他把欺凌孩子的科温揍得屁滚尿流，其间得知了那个蠢货的一些想法。据博比·明顿所说，科温有个最大的愿望：他出狱后，希望自己的老狱友莱昂和他出色的妻子罗伯塔,能够作为一个幸福的大家庭一起生活。但是科温没有礼物可不会登门,我猜他觉得不礼貌吧。据博比·明顿所说,他并不会送给莱昂一瓶顺风酒,送给罗伯塔一束玫瑰,而是要送给他们一个孩子。博比告诉我们应该是个小孩。科温和莱昂喜欢小一点儿的孩子。"

"那个博比·明顿打电话给你了吗?"安琪问。

普尔点头:"他一听说阿曼达·麦克里迪失踪的事情便打了过来。这个明顿先生似乎一直在用具体的事例吓唬科温·厄尔,内容是多切斯特的好人们会对这种低劣的犯人做些什么。他说科温只要在多切斯特大道走上10码[1],就会有人向他丢臭鸡蛋。明顿先生认为科温·厄尔专门选择多切斯特作为给特雷特夫妇挑选礼物的地方,是为了打他的脸。"

"科温·厄尔现在在哪里?"我问。

"不见了,失踪了。我们已经监视过他父母位于马什菲尔德的家,然而什么也没有发现。他是坐出租车离开监狱的,去了斯托顿一家脱衣舞俱乐部,这是人们最后一次见到他。"

"博比·明顿打来电话什么的——这便是你们把厄尔和特雷特夫妇与阿曼达联系起来的全部原因?"

"站不住脚,对吧?"布鲁萨德说,"我和你们说过,我们没多少线索。反面证据是,厄尔没有勇气在一个他不熟悉的社区中直接抢走孩子。他过往的罪证中没有一点指向这种行为。他从前的受害者都来自他7年前工作过的夏令营。他没有使用过暴力,明顿可能只是替自己的狱友夸大了。"

"那特雷特夫妇呢?"安琪问。

---

1 英制长度单位,1码约等于91.44厘米。

"罗伯塔是干净的。她唯一被判刑的罪行是在20世纪70年代,在莱昂去卖酒的商店行窃时作为事后从犯。她用一年时间完成了刑期,从那之后没再在监狱里待过一个晚上。"

"莱昂呢?"

"莱昂?"布鲁萨德朝普尔扬起了眉毛,并吹了声口哨,"莱昂很坏,非常坏,特别坏。他被判过三次刑,被指控过二十次。由于受害者拒绝做证,大部分案件都撤销了。我不知道你们是否清楚这种只伤害弱者的犯人的逻辑,但这和老鼠以及蟑螂出现的逻辑是一样的:你发现了一只老鼠或蟑螂,附近就还有一百只;你抓住了一个疯子,便可以打赌附近还有另外三十个。他们如果有他一半的智商,就不会被逮捕。所以据我们保守估计,莱昂可能伤害过多达五十个孩子。他先是住在伦道夫,后来是霍尔布鲁克,那里都有孩子失踪,再也没回来,所以政府人员和警察把他视为这些孩子被谋杀的头号嫌疑人。告诉你们莱昂性格的另一面——他上一次被逮捕时,金斯顿警方发现他在家附近埋藏了许多全自动枪械。"

"他因此获刑了吗?"安琪问。

布鲁萨德摇头:"他很聪明,把武器都埋在了隔壁邻居的住宅范围内。金斯顿警方知道是他干的——他的房间里满是全国步枪协会的实时通讯、枪支使用手册、《透纳日记》,以及装备精良的偏执狂应该持有的全部物品——但是他们无法证明。很少有人能盯住莱昂。他很仔细,知道如何避开人们的目光。"

"很明显。"安琪说,她的语气中透着苦涩。

普尔将一只手轻轻覆在她手上:"把照片留下吧,研究一下。并且留意这三个人。我怀疑他们和案件相关,虽然除了一个犯人的供述之外没有其他证据,但是他们是当前这个区域内最知名最低劣的罪犯。"

安琪对着普尔的手微笑:"好的。"

布鲁萨德撩起他的丝绸领带,摘了几根线头:"周日晚上海伦妮和谁在费尔默?"

"多蒂·马赫。"安琪回答。

"只有她吗?"

我和安琪一时都没有说话。

"记住,"布鲁萨德说,"要互通全部消息。"

"瘦猴雷·利坎斯基。"我说。

布鲁萨德转向普尔:"再和我说说这个人的事,搭档。"

"他是个流氓,"普尔说,"想一想,不到一个小时前,我们还把他那瘦骨头握在手里。"他摇了摇头,"好吧,真是个损失。"

"为什么?"我问。

"瘦猴雷是个职业混混儿,和他老爹学的。他可能知道我们在找他,所以便离开了,至少要离开一段时间。也许这便是他告诉我们你们两个在费尔默摆弄手枪的原因,于是我们便丢开他,给了他逃走的机会。利坎斯基父子在阿勒格尼有亲戚,里米。或许你可以……"

"我会联系那边的警方,"布鲁萨德说,"我们能追踪他吗?"

普尔摇头:"他五年内没犯过事儿。没有债务,没有假释过,他很干净。"普尔用食指在桌子上敲击着,"他最终会出现的,病毒都是如此。"

"买单。"当侍者靠近时,布鲁萨德说。

普尔付了钱后,我们四个人走到了下午天色渐暗的户外。

"如果你们愿意打赌的话,"安琪说,"你们会赌阿曼达·麦克里迪发生了什么呢?"

布鲁萨德又拿出一片口香糖,放入口中,缓慢地嚼着。普尔正了正自己的领带,在车窗前观察着自己的样子。

"我会赌,"普尔说,"一个4岁的孩子失踪了八十多个小时,肯定不会有什么好事。"

"布鲁萨德警探呢?"安琪问。

"我会赌她死了,吉纳罗小姐。"他绕着车走到驾驶座旁的车门处,打开了门,"这是个肮脏的世界,从来都没有对儿童友好过。"

6

在萨文山公园中，日落时分，太空人队和黄鹂队正在进行一场比赛，两队似乎都在战术安排上有些问题。当太空人队的一位强击手在三垒线上发起进攻时，黄鹂队的三垒手并没有成功防御，因为他正在摆弄脚边的一棵野草，并对此更感兴趣。于是太空人队的跑者拾起了球，带着它往回跑。就在要抵达本垒板时，他朝着投手的方向掷球，投手拾起球，丢向一垒手。一垒手接住了球，但是并没有传给跑者，而是转过身把球扔向了外野手。中外野手和右外野手同时去接球，结果撞在了一起。左外野手正在向他的妈妈挥手。

面向4至6岁孩子的北多切斯特儿童棒球联盟每周在萨文山公园举行一次比赛，他们选择了两块场地中较小的一块，那里距离东南高速公路大约50码，用一片铁丝网围栏隔开。萨文山俯瞰高速公路，以及一小片名为马里布沙滩的海湾，多切斯特游艇队把他们的船停泊在这里。我一辈子都住在这个社区，却从未见过一艘真正的游艇在这附近的任何地方抛锚，不过也许是我一直没有选对日子。

在4至6岁的时候，我们打的是棒球，因为那时候还没有软式棒球。我们有教练,还有大声叫嚷着要求集合的家长,孩子们已经学会如何打触击球,以及如何扑到二垒手的脚下。父亲们在投手土墩上用直球和曲球考验我们。我们会打七局制的比赛,并和其他教区展开激烈竞争,当我们在七八岁进入少儿棒球联合会时,北多切斯特那些来自圣巴特、圣威廉、圣安东尼的队伍完全有理由对此感到担心。

我和安琪站在露天看台边,看着大约30个小男孩和小女孩笨拙地跑来跑去,而且一直在丢球,因为他们不是被帽子遮住了眼睛,就是在忙着看落日,我非常确信我在他们这个年纪时采用的训练方法更能让孩子们意识到棒球的严肃性,但这些打儿童棒球的孩子似乎享受到了更多乐趣。

首先,我没有看到任何出局的情况。每个队的阵容都会轮换。每当15个左右孩子全部击过球(他们都会击球,没有三振出局这回事儿)时,他们便用球拍与另一支队伍交换手套。没有人计分。如果某个孩子非常机敏,既能接到球,又能将球传给跑者,那么两个孩子都会被教练表扬,然后跑者再去垒上防守。一些家长喊着:"看在上帝的分儿上,把球捡起来,安德烈娅。"或者"快跑,艾迪,快跑!不,不——往那边。那边!"但是大多数时候,家长和教练们会为每一次运球超过4英尺的击球,为每一次棒球在与公园同样邮政编码的任何地方被守住并扔回来,为每一次成功从一垒跑到三垒而鼓掌,哪怕孩子们在这个过程中越过了投手土墩。

阿曼达·麦克里迪在这个联盟中打过球。是莱昂内尔和比特丽斯为她报的名,并带她来比赛的。她属于黄鹂队,她的教练告诉我们,她经常打二垒,如果不被衬衫上的鸟转移注意力,她可以非常完美地接到球。

"有时她会因此错过,"索尼娅·加拉贝迪安微笑着摇了摇头,"她之前就在阿伦现在的位置上。她总是拽自己的衬衫,看着上面的鸟，不时和它讲话。如果有球往她这边来……好吧，那要等到她不再看那只美丽的鸟的时候。"

那个站在球座边的男孩身材圆胖，在这个年纪算是很高大了，他把球向左边远远地击去，所有外野手和大部分内野手都追了上去。当那个大个子男孩绕过二垒时，他决定自己试着防守一下。他跑进外野，加入了队伍，孩子们就像玩碰碰车一样摔打、翻滚、上蹿下跳。

"你永远也无法见到阿曼达做这种事情。"索尼娅·加拉贝迪安说。

"她不会本垒打？"安琪问。

索尼娅摇头："不，也会。但是，你看见那里的一大堆孩子了吗？如果我们不去阻止，他们就会称王称霸，忘了为什么要来这里。"

两个家长来到场地上，朝着混乱的人群走去，孩子们就像马戏团演员一样，在沙堆上翻起了跟头。索尼娅指着一个红头发的小女孩——她正在打三垒。她可能5岁，比两支队伍中的其他队员都要小，队服直到小腿。她看着那群朝外野跑去的孩子人数越来越多，然后她蹲了下来，开始用一块石头挖土。

"那是克丽，"索尼娅说，"无论发生什么——即使一头大象走入球场，允许所有孩子摆弄它的鼻子——克丽也不会加入，对她来说这件事根本不重要。"

"她这么害羞吗？"我说。

"这是一部分原因，"她点头，"但不仅如此，她也不会对其他孩子的反应做出回应。她并没有很伤心，但也从未真正开心过。你们明白吗？"

克丽把头从泥土间抬起了片刻，当夕阳映射在投球台上时，在她那张布满雀斑的脸上，眼睛眯了起来，然后又接着挖土。

"阿曼达在这方面很像克丽，"索尼娅说，"她不会对即时的刺激有太多反应。"

"她很内向。"安琪说。

"有一些吧，但不是那种让你觉得眼睛背后隐藏着很多东西的内向。她并没有封锁在自己的小世界里，但是她在这个世界上也没有太多感兴趣的事情。"她转过脸，抬头看着我，抬下巴的姿态和平静的目光中流露出某些悲伤和艰辛，"你见过海伦妮吗？"

"见过。"

"你对她怎么看？"

我耸了耸肩。

她笑了："她就是那种会让人耸肩的人，不是吗？"

"她会来看比赛吗？"安琪问。

"只有一次，"索尼娅说，"就一次，她还喝多了，和多蒂·马赫在一起，两个人都醉醺醺的，说话十分大声。我觉得阿曼达很尴尬，她一直在问我比赛什么时候结束。"她摇头道，"这个年纪的孩子不会像我们这样有明确的时间观念。他们只会注意到时间显得很长或者很短。那一天，一场比赛对阿曼达来说一定非常漫长。"

大多数家长和教练已经来到了外野，太空人队的孩子们也是如此。有些孩子还在沙堆上蹦蹦跳跳，他们分成了不同的小组追逐打闹，互相丢手套，或者像海豹一样在草地上滚来滚去。

"加拉贝迪安小姐，你注意到有陌生人在赛场附近徘徊吗？"安琪给她看了科温·厄尔、莱昂和罗伯塔·特雷特的照片。她看着他们，在注意到罗伯塔时眨了一下眼，但最终摇头。

"看到那边沙堆旁边的大个子了吗？"她指着一个高大健硕的男人说道。他看起来刚过40岁，留着乱糟糟的平头。"那是马修·霍格兰，他是一个职业健美运动员，曾连续几年入选马萨诸塞州的健美先生。他性格很好，很爱自己的孩子。去年，有个讨厌的家伙来看了一会儿比赛，我们都不喜欢他的眼神，所以马修把他弄走了。我不知道他对那个人说了什么，但那个人立刻脸色苍白，匆匆离开了。从那以后，再也没有那种人来过这里。也许……那种人也有自己的关系网，会传递消息之类的，我也不知道，但是再也没有陌生人来看过比赛，"她看着我们，"除了你们两个。"

我摸了摸自己的头发："那我可疑吗？"

她咯咯地笑了："我们中有些人认出了你，肯齐先生。我们记得你当时是怎样在体育场上救下孩子的。你在任何时候都可以帮我们任何人照看小孩。"

安琪轻轻推了推我："我们的英雄。"

"少来了。"我说。

又过了十分钟，外野的秩序才重新恢复，所谓的比赛也得以再次开始。

在这段时间里，索尼娅·加拉贝迪安向我们介绍了一些还留在看台上的家长。其中部分人知道海伦妮和阿曼达，那场比赛剩下的时间我们便和他们交谈起来。对话的内容，除让我们更加意识到阿曼达·麦克里迪是个沉浸在自己兴趣中的小姑娘外，又对她有了更多了解。

在海伦妮那如同虚构的儿童情景喜剧般的描述中，阿曼达除了微笑便是微笑。而完全相反的是，那些和我们交谈的家长通常会提到：阿曼达很少笑，她总是无精打采，而且太过安静，不像一个4岁的小孩。

"我家杰茜卡？"弗朗西斯·尼古丽说，"从2岁到5岁，她都很好动。而且爱问问题！比如，'妈妈，为什么动物不会像我们一样讲话呢？我为什么有脚趾？为什么有的水是冷的，有的水是热的？'"弗朗西斯对我们疲惫地微笑，"我的意思是，这种情况很常见。我认识的每个妈妈都会说起4岁的小孩有多么气人。他们才4岁，对吧？这个世界每分每秒都会让他们感到惊奇。"

"那阿曼达呢？"安琪问。

弗朗西斯·尼古丽将身体向后靠，她环视公园，看着地面上的阴影逐渐加深，笼罩着场地上的孩子们，似乎把他们都变小了。"我照看过她几次，但都不是事先约好的。海伦妮会顺路过来说：'你能帮我照看她一会儿吗？'六七个小时后，她会回来把女儿接走。我的意思是，我还能怎么做呢，拒绝她吗？"她点燃了一支烟说，"阿曼达太安静了。这不是什么问题，从来都不是。但事实上，谁会想到一个四岁的孩子是这样的呢？无论你把她放在哪儿，她都坐在原地，一直盯着墙或电视，或者别的什么东西。她不会去探索我家孩子们的玩具，也不会拽猫尾巴什么的。她就坐在那儿，像个布偶，也从来不问她妈妈什么时候来接她。"

"她有精神方面的疾病吗？"我问，"或许是孤独症？"

她摇头："不，如果你和她说话，她会回答得很好。她看起来总是有一点儿惊讶，但是非常可爱，在她这个年纪算是讲话讲得很好的了。她是个聪明的小孩，只是有些无精打采。"

"这似乎不太正常。"安琪说。

她耸了耸肩："是啊，我也觉得。你们知道吧？在我看来她习惯了被忽视。"一只鸽子贴着投手土墩飞过，有些孩子朝它扔手套，但没有击中它。弗朗西斯对我们无力地笑了笑："我认为这很糟糕。"

当她的女儿跑向本垒时，她转过身背向我们。女孩的手笨拙地握着球棒，打量着面前的球和球座。

"把它打到公园外面去,亲爱的,"弗朗西斯叫道,"你能做到。"

她女儿转身看向她,她笑了。然后她女儿摇了几下头,把球棒扔到了场地中。

7

比赛结束后,我们在阿什蒙特格子窗餐厅停了下来,吃顿晚餐喝杯啤酒。我只能将安琪的反应看作对费尔默吧事件的后怕。

阿什蒙特格子窗餐厅的食物和我妈妈以前做的很像——肉条配土豆,有很多汤汁。而且这里的女侍者都表现得很像妈妈:如果你不吃光盘子里的食物,她们就会问你贫困地区的饥饿儿童会不会浪费食物。我总是觉得她们会告诉我,不吃光最后一口就不许离开餐桌。

以安琪对她那份白葡萄酒鸡肉挑挑拣拣的样子,估计到下周她也没法离开这家餐厅。虽然她身材娇小又苗条,却比刚下公路的卡车司机吃得还要多。但是今晚,她用叉子搅动着意面,然后似乎又忘记了什么。她把叉子丢在盘子上,抿了一小口啤酒,然后便凝视着空气,仿佛自己是正在寻找电视的海伦妮·麦克里迪。

当她吃到第四十口时,我已经吃完了。安琪认为这便意味着晚餐已经结束,于是把她的盘子推到了餐桌中间。

"你永远无法了解一些人,"她的眼睛看着桌子,说道,"你能吗?想要了解他们,是不可能的。你无法……搞清楚是什么让他们做出这些事情,或是弄明白他们是怎么做的。如果这不符合你的思考方式,就永远没有意义,对吧?"她抬头看着我,眼睛红红的,有些湿润。

"你在说海伦妮吗?"

"海伦妮,"她清了清嗓子,"海伦妮、大块头大卫以及酒吧里那些人,还有那个带走阿曼达的人,他们都让人难以理解,他们不会……"一滴眼泪落在她的脸颊上,她用手背擦去了,"该死的。"

当她咬着自己的嘴唇内侧时,我牵起了她的手,抬头看着她头顶上的吊扇。"安琪,"我说,"费尔默吧里那些家伙都是废物,他们连一分钟都不值得你去费神。"

"好吧,"她用嘴深深地吸了一口气,我能听见这气息穿过唾液,匆忙地进入了她的喉咙,"是啊。"

"嘿,"我说,我用手掌轻抚着她的前臂,"我是认真的,他们不值一提,他们……"

"他们差点儿强奸我,帕特里克。我很确定。"她看着我,嘴角不规则地抽动着,直至凝滞成一个微笑,这是我见过的最奇怪的笑容之一。她拍了拍我的手,嘴角边的肌肉崩开,随后整张脸都显得很崩溃。泪水从她的眼睛中涌出,她始终试图保持微笑,并轻拍我的手。

我已经认识这个女人半辈子了,我可以用一只手数出她在我面前哭过的次数。此时我完全不明白为什么会这样——相比今天我们在酒吧遇到的事情,我见过安琪面对更加可怕的危机,并且成功摆脱——但无论出于什么原因,她的痛苦是真实的,在她的脸上和身上看见这份痛苦让我很难过。

我从自己这一边的位置走出来,她挥手让我走开,但我滑向了她身边。她投入了我的怀抱,抓着我的衬衫,靠着我的肩膀默默哭泣。我抚平了她的头发,亲吻着她的额头,抱着她。当她在我的臂弯中颤抖时，我能感觉到血液在她的全身流动着。

"我感觉自己太蠢了。"安琪说。

"别胡说。"我反驳道。

我们已经离开了阿什蒙特格子窗餐厅，安琪让我在南波士顿的哥伦比亚公园停下来。在公园尽头，一段U形的花岗岩看台包围着尘土飞扬的小路，我们买了一箱6瓶装的啤酒带到了这里，从看台的木板上掸去一些碎屑，然后坐了下来。

哥伦比亚公园对安琪来说是个神圣的地方。20多年前，她的父亲吉米在一场骚乱后失踪了，她的妈妈便选择在这里告诉安琪和她妹妹：无论能否找到尸体，她们的爸爸都已经死去。深夜里，当安琪无法入睡，或者鬼魂在她的头脑中萦绕时，她有时会回到这个公园。大洋在我们右侧50码的地方，微风袭来，天气很凉，我们只有紧拥在一起才能不再颤抖。

她向前探身，望着跑道和远方公园中广袤的绿色区域："你知道我为什么这样讲？"

"你说。"

"我无法理解那些选择伤害别人的人。"她在看台上转身，面对着我，"我说的不是那些以暴力回击暴力的人。我想，我们在这方面也和任何人一样。我说的是那些没有遭遇任何挑衅就伤害他人的人，他们享受丑恶，想要把每个人都拖下水。"

"酒吧里那些家伙。"

"对，他们可能会强奸我！强奸！！"

一段时间里，她的嘴一直张着，仿佛这句话的完整含义第一次真正地打击到她。"然后他们会回家庆祝。不，不，等等。"她把手臂举到面前，"不，不是这样。他们不会庆祝，这不是最糟糕的情况。

075

最糟糕的情况是，他们根本不会去想这件事。他们会折磨我的身体，用他们能想到的最恶毒的方式对我施加暴力，而结束后，他们对此的记忆就像是你对一杯咖啡的记忆一般。这并不是一件需要庆祝的事，而只是又一件打发时间的事情。"

我什么都没说，也没有什么可说的。我看着她的眼睛，等待她继续说下去。"而海伦妮，"她说，"她也几乎和这些人一样糟，帕特里克。"

"恕我直言，这样讲太过分了，安琪。"

她摇摇头，睁大了眼睛："不，不过分。强奸是即时的暴力。当某个浑蛋施暴时，你的心脏在灼烧，你的一切都化为乌有。但海伦妮对她的孩子做的……"她看着下方满是尘土的小路，喝了一口啤酒，"你听到了那些妈妈讲的事情，你也看到了她在面对自己女儿失踪时的态度。我打赌她每天都在对阿曼达施加暴力，不是家暴那种，而是冷漠地对待她。她一点儿一点儿地烧干了那孩子的心，这种伤害就像是砒霜。海伦妮就是这样的人，她就是砒霜。"她自顾自地点头，并低声重复道，"她就是砒霜。"

我把她的双手放在我手里："我可以到车上打个电话，放弃这个案子。就现在。"

"不。"她摇头，"不能放弃。这些人，这些自私而该死的人——像大块头大卫和海伦妮一样的人——他们污染了这个世界。我知道恶人必有恶报，这很好，但是在找到这个孩子之前，我哪里也不去。比特丽斯说得对，她只有一个人，没有人替她发声。"

"除了我们。"

"除了我们，"她点头，"我要找到那个女孩，帕特里克。"

她的眼中有一缕分外明亮的光，我以前从未见过这样的光芒。

"好的，安琪，"我说，"好。"

"好。"她用自己的啤酒罐碰了碰我的。

"如果她已经死了呢？"我问。

"她没有，"安琪说，"我能感觉到。"

"可万一死了呢？"

"她没有。"她喝干了啤酒，把啤酒罐放入我脚边的口袋，"就是没有。"她看着我，"明白吗？"

"明白。"我回答。

回到公寓，安琪的精力和能量已经耗光，她趴在床罩上面睡着了。我把床罩从她身下拉出来，然后关上了灯。

我坐在厨房的桌子边，在一个文件夹上写了阿曼达·麦克里迪的名字，并根据过去24小时的事情潦草地记下几页笔记：我们对麦克里迪一家、费尔默吧里那些人以及球场上的家长的访问。结束后，我起身从冰箱中拿出一罐啤酒，站在厨房的地板中间喝了几口。我没有拉上厨房的窗帘，每一次我看向其中一面黑暗的窗格时，便看到格里·格林在回望我，他的头发浸泡在汽油中，脸上有最后一位被害人菲尔·迪马斯的血迹。

我拉起了窗帘。

"帕特里克，"格里在我的胸膛中低语，"我在等你。"

当安琪、奥斯卡、德温、菲尔·迪马斯与我一起面对格里·格林、他的搭档伊万德罗·阿鲁吉，以及一个名叫亚历克·哈迪曼的在押精神病人时，我怀疑我们中的任何人都没有意识到将会付出怎样惨重的代价。格里和伊万德罗曾取出人们的内脏，摘下他们的头颅，开膛破肚，钉在十字架上，这一切可能出于乐趣或恶意，也可能因为格里疯狂地崇拜上帝，或者别的什么。我从未真正了解这背后的原因，我不知道有谁能够了解。动机迟早会在它造成的后果面前黯然失色。

我经常做关于格里的噩梦,总是格里;从来不是伊万德罗,也不是亚历克·哈迪曼,只有格里。也许因为我已经认识了他半辈子。当还是个警察的时候,他在当地巡逻,对我们这些孩子总是微笑以待,并友好地抚弄我们的头发。他退休后成了"黑蜂鸟"酒吧的老板和酒保。我和格里喝过酒,也与他进行过彻夜长谈。我在他面前感到很放松,对他也很信任。在那三年里,他已经在杀害离家出走的儿童。这些孩子完全被遗忘了,没有人寻找,也没有人思念。

我的噩梦总是在变化,但是通常格里会在梦里杀害菲尔——当着我的面。事实上,我没有见到他割破菲尔的喉咙,虽然我距离他们只有8英尺远。我当时在格里酒吧的地板上,试图阻止他的德国牧羊犬将牙齿刺入我的眼睛,但是我听到了菲尔的叫喊。我听见他说:"不,格里!不!"他死的时候我抱着他。

在长达12年的时间里,菲尔·迪马斯曾是安琪的丈夫。在他们结婚之前,他也是我最好的朋友。在安琪提出离婚后,菲尔戒了酒,重新找到了工作,我想他的生活正在走向正轨。然而格里让这一切灰飞烟灭。

格里朝安琪的腹部开了一枪,还用一把剃刀在我的下巴上留下了疤痕。他"帮助"我结束了和一个名叫格蕾丝·科尔的女人及她的女儿梅的关系。

格里的左侧身体着了火,当奥斯卡在他身后射中三颗子弹时,他正用霰弹枪指着我的脸。

格里几乎毁掉了我们所有人。

"我在这里等着你呢,帕特里克,我等着。"

搜寻阿曼达·麦克里迪会让我回忆起与格里·格林以及他的同伴们对峙时的惨境,我的这个想法并没有什么逻辑,完全没有逻辑。在这个夜晚,数周以来唯一一个凉爽的夜晚,我意识到了这深深的灰暗。如果今晚像昨晚一样潮湿而温暖,我不会有这样的感觉。

但是现在我又陷入了某种回忆……

在追踪格里·格林时,我们非常清楚地知道,他就是安琪今晚说到的那种人——那种很难被理解的人。人类是狡猾的生物,他们的冲动由多种力量导致,其中有许多连他们自己也无法理解。

为什么会有人拐走阿曼达·麦克里迪呢?

我不知道。

为什么某个人——有时其实是某些人——想要强奸一位女性呢?

我也不知道。

我闭上眼睛坐了一会儿,试图看见阿曼达·麦克里迪,通过内在的感觉判断出她是否还活着。但是在我的眼睑背后,只有一片黑暗。

我喝完了啤酒,到里屋去看安琪。

她趴在床中间睡着,一只胳膊伸过我那一侧的枕头,另一只手握成拳头,抵着自己的喉咙。我想要走到她身边,抱着她,直到费尔默吧发生的一切不再在她的头脑里徘徊,直到她的恐惧消失,直到格里·格林的影子消散,直到这个世界以及丑恶的一切越过我们的身体,乘着晚风离开我们的生命。我在门口站了很久,看着她睡觉的样子,心中怀着愚蠢的希冀。

8

和菲尔离婚并与我成为情侣之前,安琪曾和一位新英格兰有线新闻网的制作人约会过。我见过那人一次,没有留下特别的印象,虽然我记得他在领带方面的品味很好,然而他擦了太多须后水以及摩丝来和安琪约会。我记得,我们在深夜聚在一起玩任天堂游戏或是周六打垒球的机会很少。

然而,在那之后,这个人却变得很有用,因为安琪与他保持了联系,而且当我们偶尔需要他时,他会帮我们录制当地的新闻广播录像带。我很惊讶她居然能做到这一点——与前男友保持联系,成为朋友,让一个自己两年前甩掉的男人乐于帮忙。我要是能给某一位前女友打电话,拿回我的面包机就好了。也许我需要在分手技巧上做些改进。

第二天早晨安琪洗澡的时候,我下楼签收了联邦快递送来的一个箱子,寄信人是新英格兰有线新闻网的乔尔·卡尔扎达。这座城市中有八个新闻频道:四台、五台、七台、联合派拉蒙电视网、华纳兄弟、福克斯频道、新英格兰有线新闻网,收视率位居第一的是一个家庭独立频道。这八家电视台在中午12点和下午6点都有新闻播报，其中三家还有下午5点新闻播报，两家有下午5点半新闻播报，四家会在晚上10点进行新闻播报，四家的新闻播报在晚上11点结束。它们早上播报新闻的时间也各不相同，从5点开始，每家都会在一天中的许多时段播放一分钟的实时消息。

在安琪的要求下，乔尔拿到了每家电视台从阿曼达·麦克里迪失踪那晚开始的每一条关于她的报道。不要问我他是怎么做到的，也许制作人总是在进行录像带交易，也许安琪撒撒娇就轻松搞定了，也许得益于乔尔的人际关系。

我昨晚花了几个小时重读了全部关于阿曼达的报纸文章，除手指被油墨染上了很深的颜色外没有得到任何新的消息。睡觉前，我在一张法律文件上拼贴出了自己全部的指纹。当一个案件像大理石一般厚重，需要严格保守秘密时，有时唯一能做的便是尝试新的渠道，或者至少尝试一个看起来比较新的渠道。这便是我们的想法——看录像带，寻找我们漏掉的线索。

我把八盘家用录像带从联邦快递的盒子中取出，把它们堆在客厅中间电视旁边的地板上。安琪和我一边在咖啡桌旁吃早餐，一边比对案件笔记，试图制订今日的作战计划。除试图追踪瘦猴雷·利坎斯基，以及重新访问海伦妮、比特丽斯和莱昂内尔·麦克里迪外（我们对此怀有一丝希望，认为在阿曼达失踪的那个夜晚，他们可能会记起某些之前遗忘的重要线索），我们能做的事情很少。

当我拾起她面前空了的早餐盘时，安琪背靠在沙发上。"那么，"她说，"你有时候会想，在电子公司工作多好——为什么我不去呢？"她看着我把她的盘子放在自己的上面，"有很多好处。"

"很好的退休计划。"我把盘子拿进厨房，放入洗碗槽。

"规律的时间。"安琪从客厅喊道，我听见她按动自己的比克打火机,点燃了清晨的第一支香烟,"完美的牙科治疗。"

我为我们两人分别泡了一杯咖啡,然后回到了客厅。由于刚洗过澡,安琪浓密的头发还湿着,她通常在早上穿着男士运动长裤和T恤,这身搭配让她显得更加瘦小,身体看上去不像实际的那样结实。

"谢谢。"她没有抬头,只从我手中接过咖啡杯,翻了一页自己的笔记。

"这些东西会弄垮你的。"我说。

她从烟灰缸中拿起香烟,眼睛依然盯着笔记:"我16岁就开始抽烟。"

"太久了。"

她又翻了一页:"这么长时间,你也都没说什么。"

"你的身体,你来决定。"我说。

她点头:"但是现在我们睡在一起。某种程度上这也是你身体的一部分,对吗?"

在过去的6个月中,我已经习惯了她清晨的脾气。她的精力总是异常旺盛——在我起床之前就已经完成有氧运动,并沿着城堡岛走了一圈——但即使在最好的时候,她早上也不是很愿意让人亲近。如果她觉得自己前一晚暴露了脆弱或虚弱的某一面(在她心里这是同样的东西),她的身上便会环绕着一层薄而冷的气息,就像是黎明时的晨雾。你能看见她,知道她在那里,但是只要你的目光从她身上移开一秒,她便会消失,飘到那一缕缕白雾后面,一段时间都不再出来。

"我很唠叨吗?"

她抬头看着我,冷冷地笑了一下:"有一点儿。"

她抿了一口咖啡,又低头看着自己的笔记:"这里什么也没有。"

"耐心一些。"我打开了电视,把第一盘带子插入录像机。

导演从七开始倒数,数字变黑,在蓝色的背景下有些模糊,一行标题闪现，上面是阿曼达失踪的日期。忽然我们来到了戈登·泰勒和塔尼娅·比洛斯科克的工作室，他们是五频道的知名主播。戈登似乎总是无法阻止自己的黑发挡住前额，这在当前流行用发胶牢牢固定住头发的主播之中并不常见。但是他眼神敏锐，目光中透出正直，声音因愤怒而有些发颤，即使在报道圣诞树灯光和巴尼观光时依然如此，这弥补了他发型的缺陷。塔尼娅的姓氏很难发音，眼镜赋予她某种睿智的气质。我认识的每个人都认为她是个美女，我想这点很重要。

戈登拉直了他的袖口，塔尼娅在椅子上做了个很酷的扭动或稳定身体的动作，同时她用手拿起了几张纸，准备根据提示念出新闻。关于儿童失踪的字眼出现在他们头部中间的方框中。

"一个孩子在多切斯特失踪了。"戈登沉重地说。

"塔尼娅？"

"谢谢，戈登。"镜头移近，想要给一个特写。"一个4岁的女孩在多切斯特失踪，引起了警方的困惑和邻里的担忧。事情就发生在几小时前。小阿曼达·麦克里迪从她位于萨加莫尔街的家中失踪了，警方说，"她把头向前倾了倾，声音降了一个八度，"没有任何线索。"

镜头切回戈登，他并未预料到这一点。他的手停在了前额上，一绺恼人的头发从指尖垂下来。"为了对这个让人心碎的故事有更深的了解，我们连线现场的格特·布罗德里克。格特？"

当格特·布罗德里克手里拿着麦克风，复述戈登和塔尼娅已经告诉过我们的信息时，街上挤满了邻居和好奇的人。大约在格特身后20英尺处，在黄色警戒线和穿制服的警察的另一侧，情绪激动的海伦妮被莱昂内尔搀扶着，出现在自家的前门廊。她正在呼喊什么，但是在嘈杂的噪声、新闻记者们周围发电机的嗡嗡声，以及格特报道时气喘吁吁的话语间很难辨识。"这便是警察目前了解到的情况——非常少。"格特盯着摄像机,努力避免眨眼。

戈登·泰勒的声音切入了现场报道。

"格特。"

格特伸出一只手,触碰了一下左耳:"听到了,戈登?戈登?"

"格特。"

"听到了,戈登。我在。"

"你身后的门廊上是小女孩的母亲吗?"

摄像机镜头转向门廊,聚焦并朝海伦妮和莱昂内尔拉近。海伦妮张着嘴,泪水从她的脸颊流下来,她的头奇怪地抬起了一下,又低了下去。这个动作就仿佛是一个缺乏颈部肌肉支撑的新生儿。

格特说:"我们认为这是阿曼达的母亲,虽然目前还没有正式确认。"

海伦妮用拳头捶打着莱昂内尔的胸膛,她的眼睛忽然张开了。她号啕大哭,将左手越过莱昂内尔的肩膀,食指指向镜头外的某些东西。我们在门廊上见证了一个活生生的人走向崩溃的过程,个人的悲痛被完全暴露在公众之下。

"她看起来很难过。"戈登说。这个戈登,什么都瞒不过他。

"是的。"塔尼娅赞同道。

"由于时间非常重要,"格特说,"警方在询问一切信息,寻找任何可能见过小阿曼达的人……"

"小阿曼达?"安琪说,她摇了摇头,"她为什么只有4岁,如果是大阿曼达,成熟的阿曼达呢?"

"任何知道这个小女孩信息的人,"阿曼达的照片填满了屏幕,"请拨打下方电话。"

反儿童类犯罪组的号码在阿曼达的照片下闪现了片刻,然后镜头切回工作室。方框中不再是失踪的孩子,而是案件现场,格特·布罗德里克抚弄着麦克风，用空洞而困惑的目光看着摄像机，而此时的海伦妮依然在门廊上狂怒，比特丽斯与莱昂内尔一起，试图把她固定在合适的位置。

"格特，"塔尼娅问，"你和那位母亲说上话了吗？"

格特忽然不自在地笑了笑，那一道如烟雾般掠过她空洞的眼睛的愤怒瞬间消失了："没有，塔尼娅。到目前为止，警察还不许我们越过你在我身后看到的这条警戒线。所以，再次重申，我们还无法确认，你们在我身后的门廊上看到的这个激动的女人就是海伦妮·麦克里迪。"

"真难过。"戈登说。海伦妮再次倒向莱昂内尔，号啕大哭，格特的肩膀绷紧了。

"真难过。"塔尼娅表示赞同，阿曼达的脸和反儿童类犯罪组的电话号码又一次在屏幕上出现了片刻。

"还有另一个让人心碎的故事，"戈登在镜头回到自己身上时说道，"在洛厄尔发生了一起入室行凶案，造成至少两人死亡，第三个人在枪击中受伤。我们现在正连线位于洛厄尔的玛莎·托斯尼，对吧，玛莎？"

镜头切到玛莎，那一瞬间，一道雪花在屏幕上划过，然后暂时转为黑屏，我们坐下来观看录像带剩余的部分。自信的戈登和塔尼娅会告诉我们，他们对这些展现在我们面前的事件有何看法，以填补情绪上的空白。

八盘录像带播完，90分钟过去了，除了身体僵硬，我们没有任何收获。而且糟糕的是，我们比从前更加厌倦广播新闻了。除了摄像机的角度，一条报道和另一条没有什么区别。随着对阿曼达的调查不断展开，媒体为海伦妮的房子拍摄了大量类似的长镜头，海伦妮本人也接受了采访，布鲁萨德或普尔给出了结论，邻居们拿着传单在小路上乱走，警察们俯身在车盖上用手电筒照着社区的地图，或者扯住他们的搜查犬。所有的报道之后都跟着同样精练、充满伤感的评论，那些主播的眼睛里、下巴和前额的线条中都刻着同样训练有素的悲伤和重复的道德感。现在，回到我们日常的固定节目……

"好吧，"安琪说，她努力拉伸着，我听到她背部的椎骨发出类似核桃被夹子夹开的声音，"除了在电视上看到一堆我们在社区里认识的人，今天早上还有什么成果？"

我的身体前倾，扭动着脖子。很快我们两个就形成了一支乐队。"没什么，我看见了劳伦·史密斯。我以为她搬家了呢。"我耸了耸肩，"我猜她只是在躲我。"

"是那个用刀子袭击你的人吗？"

"是剪刀，"我说，"我更愿意把这一出想成前戏，她只是不太擅长。"

她用手背猛击我的肩膀："我想想。我看见了阿普丽尔·诺顿和苏珊·希尔斯玛，高中以后我就没见过她们。还有比利·博兰，以及迈克·奥康纳，他掉了很多头发，你觉得呢？"

我点头："也瘦了很多。"

"谁会在意呢？他都秃了。"

"有时我觉得你比我还肤浅。"

她耸了耸肩，点燃了一支烟："我们还看见了谁？"

"丹妮尔·延特，"我说，"芭布丝·凯林斯，还有那该死的克里斯·马伦，真是无处不在。"

"我也注意到了，都在前半段。"

我喝了一口冷咖啡："啥？"

"前半段啊，在每盘录像带的前半部分，他都在外围晃来晃去，但是后半段却没有。"

我打了个哈欠:"他就是个闲逛鬼,这个克里斯。"

我拾起她喝完了的咖啡杯,和我的一起挂在手指上:"还要吗?"

她摇头。

我走进厨房,把她的杯子放入水槽,给自己新倒了一杯咖啡。当我打开冰箱,取出奶油时,安琪走了进来。

"你上一次在社区里看见克里斯·马伦是什么时候?"

我关上冰箱门,望着她:"对于刚才在录像带里看见的半数人,你最后一次见他们是什么时候?"

她摇了摇头:"不要管其他人了。我的意思是,他们一直在这里。克里斯搬到城里去了,在德文希尔大厦附近找了个住处,大概在87街区。"

我耸了耸肩:"那又怎样呢?"

"那么克里斯·马伦做什么工作呢?"

我把装奶油的纸盒放在我杯子旁的橱柜上:"他为奇斯·奥拉蒙工作。"

"那家伙进了监狱。"

"真是惊喜。"

"怎么回事?"

"什么怎么回事?"

"奇斯为什么入狱?"

我再次拿起了装奶油的纸盒:"还有什么原因?"我边说边转身走进了厨房,用纸盒拍打着我的大腿。

"违禁品。"我缓缓地说。

"你说得太对了。"

读客悬疑文库

9

阿曼达·麦克里迪没有微笑。她用一双静默而空洞的眼睛看着我,浅金色的头发软塌塌地垂在脸上,仿佛有一只湿漉漉的手将它们沾在她的脑袋周围。她的下巴和她妈妈一样很容易颤抖,对于她那椭圆形的脸来说太方也太小了。脸颊下方暗色的斑痕意味着她有些营养不良。

她也没有皱眉,或者表现出生气或悲伤的样子。她只是呆坐在那里,仿佛对于刺激缺乏反应。她在拍照片时,跟吃饭、穿衣、看电视以及和母亲一起散步时没有什么区别。她幼小生命中的一切似乎都以一条水平线的方式存在,没有起伏,没有任何特别的东西。

她的照片被印在一张法律文件大小的白纸上,略微偏离中心。照片下方是她的个人数据。正下方是这些字:如果你看到了阿曼达,请与我们联系。下面是莱昂内尔和比特丽斯的名字与电话号码;接着是反儿童类犯罪组的号码,联系人是杰克·多伊尔警督;再下面的号码是911。这份传单的最底部印着海伦妮的名字和电话。

这堆传单放在莱昂内尔家厨房的橱柜上,他今早回家后便把它们留在了这里。莱昂内尔整夜都在外面,往路灯柱、地铁站的支撑梁、工地的临时围墙和被封闭的建筑物上贴传单。他已经走遍了波士顿和坎布里奇市中心,而比特丽斯以及另外几十个邻居分工完成了市区内其余的地点。到了黎明时分,他们已经把印着阿曼达头像的传单粘在了波士顿方圆20英里内能找到的每个合法和不合法的地方。

我们走进来的时候,比特丽斯正在客厅进行晨间巡查,与所有警察和媒体就案件进行交流,并询问进展。在那之后,她又打电话给许多家医院。然后,她会打给那些拒绝在休息室或咖啡间张贴阿曼达传单的商家,让他们解释理由。

我不知道她是何时睡的觉,或者是否睡过觉。

海伦妮和我们一起待在厨房。她坐在桌边,正在吃一碗苹果麦片,以缓解宿醉带来的头疼。由于我和安琪,普尔和布鲁萨德同时到来,莱昂内尔和比特丽斯或许已经察觉出什么,跟着我们来到了厨房。莱昂内尔刚洗过澡,头发还没干,他的美国联合快递公司制服上满是水渍。比特丽斯的脸上现出了战时难民般的疲惫。

"奇斯·奥拉蒙。"海伦妮缓慢地说。

"奇斯·奥拉蒙,"安琪说,"对。"

海伦妮挠了挠自己的脖子,那里有一根小静脉在跳动,就像是一只困在皮肤下的甲壳虫:"我不知道。"

"不知道什么?"布鲁萨德问。

"我是想说,这个名字听起来有些熟悉。"海伦妮抬头看着我,手指触摸着塑料桌面上的一个破洞。

"有些熟悉?"普尔说,"有些熟悉吗,麦克里迪小姐?你能重复一下刚才的话吗?"

"什么?"海伦妮将一只手穿过她稀疏的头发,"什么?我说听起来很熟悉。"

"一个像奇斯·奥拉蒙这样的名字,"安琪说,"没有什么可耳熟的。你要么很熟悉,要么完全不知道。"

"我在思考。"海伦妮轻轻触碰自己的鼻子,然后把手放下来,盯着指头。普尔拖着一把椅子走在地板上,发出刺耳的声音,然后把它放在了海伦妮面前,坐了上去:"知道还是不知道,麦克里迪小姐,知不知道?"

"什么知不知道?"

布鲁萨德大声叹了口气,手指点着自己的结婚戒指,用脚在地板上拍打。

"你知道奇斯·奥拉蒙先生吗?"普尔的低语仿佛被碎石和玻璃覆盖住了。

"我不……"

"海伦妮!"安琪的声音如此尖锐,连我都吓了一跳。

海伦妮望着她,她喉咙中的甲壳虫在皮肤下忽然开始抽搐。短短一秒的时间,她试图与安琪对视,然后便低下了头,头发遮住了脸。当她把一只光着的脚放在另一只上面,并绷紧小腿的肌肉时,身后的椅子发出了轻微的刺耳声音。

"我知道奇斯,"她说,"知道一点儿。"

"是一小点儿还是很多?"布鲁萨德拿出一条口香糖,他剥开锡纸时发出的声音就像是有牙齿在啃咬着我的脊柱。

海伦妮耸了耸肩:"我知道他。"

从我们进入厨房开始,比特丽斯和莱昂内尔第一次离开了靠墙的位置,比特丽斯来到了布鲁萨德和我之间的火炉旁边,莱昂内尔则坐在了角落里的一把椅子上,和他的妹妹隔着桌子相对而坐。比特丽斯把一个铁铸的水壶从火炉上取下来放在水龙头下。

"奇斯·奥拉蒙是谁?"莱昂内尔伸出手,把他妹妹的右手从脸上拿下来,"海伦妮?奇斯·奥拉蒙是谁?"

比特丽斯朝我转过头:"他是个违禁药品贩子之类的吧,对不对?"

在流水声中,她的话音很轻,只有布鲁萨德和我听见了。

我伸出双手,耸了耸肩。

比特丽斯又回到了水龙头边。

"海伦妮?"莱昂内尔又问了起来,他的声音抬得有些高,而且不太平稳。

"只是一个人,莱昂内尔。"海伦妮的声音疲惫而平淡,仿佛来自千万年前。

莱昂内尔看着我们这些人。

我和安琪都移开了目光。

"奇斯·奥拉蒙,"里米·布鲁萨德说,他清了清嗓子,"除去其他身份,他确实是个违禁药品贩子,麦克里迪先生。"

"他还有什么身份?"莱昂内尔的脸上残存着孩童般的好奇。

"什么?"

"你说'除去其他身份',他还有什么身份?"

比特丽斯从水龙头边转过身,将水壶放在火炉上,点燃了下方的火:"海伦妮,你为什么不回答你哥哥的问题?"

海伦妮的头发依然挡在脸上,她的声音也依然遥远:"你怎么不去跟黑鬼玩?"

莱昂内尔的拳头狠狠地砸在桌子上,廉价的桌布上出现了一道裂痕,就像是穿过峡谷的溪流。

海伦妮把头猛地缩回来,头发朝脸的两侧散开。

"你听我说,"莱昂内尔用一根颤抖的手指指着他妹妹的鼻子,"你不许侮辱我的妻子,也不许在我家厨房里发表种族歧视的言论。"

"莱昂内尔……"

"这是我家厨房!"他再次敲击桌子,"海伦妮!"

我以前从没有听到过这样的声音。第一次在我们的办公室见面,莱昂内尔也曾抬高语调,那样的声音我很熟悉,但是这次不同,这是怒吼。这声音可以让水泥松动,让橡树震颤。

"奇斯·奥拉蒙,"莱昂内尔再次开口,他那只空着的手抓着桌角,"他是谁?"

"他是一个违禁药品贩,麦克里迪先生。"普尔搜寻口袋,拿出一包香烟,"还是色情照片贩子和拉皮条的。"他从烟盒里取出一支烟,把它放在桌子正中,俯身从顶部嗅了嗅,"他还逃税,如果你敢相信的话。"

莱昂内尔显然没有见识过普尔对于香烟的仪式感,他似乎为此短暂地吃惊了一下。然后他眨了眨眼,注意力又回到海伦妮的身上。

"你和拉皮条的有联系?"

"我……"

"他还是色情照片贩子,海伦妮?"

海伦妮背向他,把右臂搭在桌子上,朝厨房外面看去,以避免与房间里的任何人对视。

"你替他做什么?"布鲁萨德问。

"有时候运货。"海伦妮点燃了一支烟,把火柴捧在手里,又如同给台球杆上粉一般将它摇了出来。

"运东西。"普尔说。

她点了点头。

"从哪儿到哪儿?"安琪问。

"从这里到普罗维登斯或到费城,取决于东西多少,"她耸了耸肩,"也取决于需求数量。"

"你能从中得到什么?"布鲁萨德问。

"一些现金,一些藏货。"她再次耸肩。

"违禁药品?"莱昂内尔问。

她转过头看着他,香烟在指尖摇晃,身体放松下来,堆成一团:"是啊,莱昂内尔。"

海伦妮把他的手从自己膝盖上移开,站了起来,走向冰箱,拿出一罐米勒啤酒。她"啪"的一声把它打开,啤酒的泡沫涨到罐顶,她全都呷进了嘴里。

我看了看钟:上午10点30分。

布鲁萨德联系了两个反儿童类犯罪组的警探,让他们对克里斯·马伦进行定位并立即监控。除了原本搜查阿曼达的警探,还有两个人在受命定位雷·利坎斯基,整个反儿童类犯罪组目前都在负责一个案件。

"你必须清楚,"他在电话中说,"这意味着只有我能知道你此时在做什么,明白吗?"

他挂掉电话后,我们追随着海伦妮和她的晨间啤酒来到了莱昂内尔和比特丽斯家后方的门廊。深蓝色的云朵平坦地铺在头顶,使这个上午显得灰暗而慵懒,它们给空气带来了一种厚重的潮湿感,让人觉得下午会下雨。

啤酒似乎让海伦妮的注意力集中了起来,这正是她平时难以做到的。她靠在门廊扶手上,直视我们的目光中并没有恐惧和自责。她在回答我们关于奇斯·奥拉蒙,以及他的助手克里斯·马伦的问题。

"你认识奥拉蒙先生多久了?"普尔问。

她耸了耸肩:"10年,也许12年。我们是在社区里认识的。"

"克里斯·马伦呢?"

"大概也是。"

"你们是怎么开始联系的?"

海伦妮将啤酒拿得低一些:"什么?"

"你是在哪里遇见奇斯那家伙的?"比特丽斯解释道。

"费尔默。"她喝了一口罐里的啤酒。

"你是什么时候开始替他工作的呢?"安琪问。

她又耸了耸肩:"这些年里我都在干一些小活儿,大约四年前我需要更多的钱来照顾阿曼达。"

"天哪!"莱昂内尔说。

她看了他一眼,然后目光又回到普尔和布鲁萨德身上:"于是他让我做一些买卖,不算什么大生意。"

"不算大生意。"普尔说。

她眨了眨眼,然后迅速点头。

普尔转过头,用舌头推压着下唇的内侧。布鲁萨德与他对视,然后从口袋里拿出又一支口香糖。普尔轻声笑了:"麦克里迪小姐,你知道我和布鲁萨德警探在被调到反儿童类犯罪组之前,在哪个组工作吗?"

海伦妮做了个怪脸:"我关心这个干吗?"

布鲁萨德把口香糖塞进嘴中:"当然,你没有理由关心,我只是说一下。"

"缉毒组。"普尔说。

"反儿童类犯罪组很小,没有多少同事,"布鲁萨德说,"所以我们还会经常和缉毒组一起出去。"

"为了跟上形势。"普尔说。

海伦妮眯眼看着普尔,想要弄清楚他要说些什么。

"你说你在费城这条线上运送违禁品。"布鲁萨德说。

"是啊。"

"给谁?"

她摇了摇头。

"麦克里迪小姐,"普尔说,"我们不是为缉毒而来的。给我们一个名字,我们便能知道你是否真的替奇斯·奥拉蒙……"

"里克·莱博。"

"里克这个浑蛋。"布鲁萨德说道,然后露出了微笑。

"交易在哪里进行呢?"

"机场边的华美达宾馆。"

普尔对布鲁萨德点头。

"你跑新罕布什尔州的路线吗?"

海伦妮喝了一大口啤酒,然后摇头。

"不跑?"布鲁萨德扬起了眉毛,"不会往纳舒厄那边去?不卖给骑摩托的家伙们吗?"

海伦妮再次摇头:"不,不是我。"

"你拿了奇斯多少钱,麦克里迪小姐?"

"什么?"海伦妮问。

"奇斯3个月前违反了假释规定,他要在监狱里待上10~12年。"布鲁萨德把口香糖吐在了栏杆上,"你听说他犯事了,从他那里拿走多少钱?"

"我什么都没拿,"海伦妮的眼睛停留在自己的光脚上,"胡说八道。"

普尔朝海伦妮走来,轻柔地从她手中拿走了啤酒罐。他靠在栏杆上,将罐子倾倒,把里面的酒倒在房屋后面的车道上。

"麦克里迪小姐,"他说,"过去几个月里有传闻说,就在奇斯·奥拉蒙被逮捕之前,他给纳舒厄一家汽车宾馆里的某些骑手送了一个糖果袋。糖果袋在警方的一次突袭中被发现了,但里面没有钱。那些骑手——都是壮汉——还没有瓜分袋子里的东西。据我们北方执法部门的朋友观察,那场交易就发生在突袭之前没多久。这些事情让很多人认为,那个跑腿的人卷走了钱。根据目前的传言,奇斯·奥拉蒙阵营的人还不知道这件事。"

"钱在哪里?"布鲁萨德问。

"我不知道你们在说什么。"

"介意做测谎吗?"

"我已经做过一次了。"

"这次是不同的问题。"

海伦妮转向栏杆,望着外面的小型沥青停车场,以及远方干枯的树木。

"有多少钱,麦克里迪小姐?"普尔的声音很温和,没有一丝施压或催促的感觉。

"20万美元。"

门廊上静默了足足一分钟。

"谁载你去的?"布鲁萨德最终问。

"雷·利坎斯基。"

"钱在哪里?"

海伦妮干瘦的背部绷紧了:"我不知道。"

"说谎的家伙,"普尔说,"屁股会着火。"

她从栏杆旁转过身:"我不知道,我对上帝发誓。"

"她要对上帝发誓。"普尔对我眨了眨眼。

"噢,好吧,那么,"布鲁萨德说,"我想我们只能相信她了。"

"麦克里迪小姐？"普尔从他的西装外套下拉出两边的衬衫袖口，在手腕上抚平。他声音轻快，带有韵律感。

"我……"

"钱在哪里？"他的声音越是显得轻松而富有韵律感，他便显得越有威慑性。

"我不……"海伦妮将一只手拂过脸颊，身体靠在栏杆上，"我当时很混乱，你知道吗？我们离开了汽车宾馆，没多久新罕布什尔州的警察就开始在停车场巡逻。雷扶着我，我们就走在警察中间。阿曼达还在哭，所以他们一定以为我们只是路过的一家人。"

"阿曼达和你在一起？"比特丽斯问，"海伦妮！"

"什么？"海伦妮回答，"我正打算把她留在车里。"

"所以你们开车走了，"普尔说，"你很混乱，然后怎么样？"

"雷把车停在了一个朋友的住处，我们在那里待了大概一小时。"

"阿曼达去哪儿了？"比特丽斯问。

海伦妮皱眉："我哪儿知道，碧[1]？不是在车里，就是和我们一起在房间。两者之一。我和你们说了，我当时很蒙。"

"你离开那里时，钱还在你身上吗？"普尔问。

"我觉得没有。"

布鲁萨德打开了他的速记本："那栋房子在哪里？"

"在一条小巷里。"

布鲁萨德闭了一会儿眼："在什么位置？地址是哪里？麦克里迪小姐。"

"我和你们说了，我很混乱。我……"

---

[1] 比特丽斯的昵称。

"那属于哪个城市?"布鲁萨德咬着牙。

"查尔斯镇。"她说。

她歪着头,思索着:"是的,我几乎可以确定,或者在埃弗雷特。"

"或者在埃弗雷特,"安琪说,"范围缩小了。"

"查尔斯镇有一座很大的纪念碑,"我微笑着表示鼓励,"你知道的,它看起来就像是华盛顿纪念碑,只是它在邦克山上。"

"他在取笑我吗?"海伦妮问普尔。

"我没有那个意思,"普尔说,"但是肯齐先生有他的用意。如果你在查尔斯镇,你就会记得那个纪念碑,对不对?"

海伦妮又停顿了很久,搜索着自己的脑海中还余下什么。我在想我是否应该再拿一罐啤酒给她,看看能否帮她提高反应的速度。

"是的,"她非常缓慢地说,"我们离开的时候经过了有纪念碑的山。"

"那么那栋房子,"布鲁萨德说,"在城镇的东边。"

"东边?"海伦妮问。

"你距离邦克山公共住宅区、梅福德街或者邦克山大道,要比距离中心街或沃伦街近。"

"你说是就是吧。"

布鲁萨德歪着头,用手背慢慢拂过脸上的胡楂儿,轻轻地吸了几口气。

"麦克里迪小姐,"普尔说,"除了那间房子位于一条小巷的尽头,你还记得其他的事情吗?那里能住一家人还是两家人?"

"那房子很小。"

"那就是一家吧,"普尔写在他的速记本上,"肤色呢?"

"都是白人。"

"谁？"

"雷的朋友们，一男一女，都是白人。"

"很好，"普尔说，"那么房子，房子是什么颜色？"

她耸了耸肩："我不记得了。"

"我们去找利坎斯基吧，"布鲁萨德说，"我们可以去宾夕法尼亚州，我开车。"

普尔抬起一只手："警探，我们再在这里待一会儿。麦克里迪小姐，请搜寻你的记忆，想想那个夜晚有什么气味，雷·利坎斯基的音响里放着什么音乐。任何能让你回忆起那辆车上的事情都可以。你们从纳舒厄开到了查尔斯镇。大概需要一小时，也许不到。你很混乱，你们开进了小巷，然后……"

"我们没有。"

"什么？"

"我们没开进小巷。我们停在了街边，因为小巷里有一辆坏了的旧车。我们在附近开了大概20分钟才找到一个停车的地方。那里也太难停车了。"

普尔点头："小巷里的那辆坏车有什么特点吗？"

她摇了摇头："只是一堆废铁，堆在街区里。没有轮子。"

"街区里的话，"普尔问，"没有别的了吗？"

海伦妮正要又一次摇头，但她停下来，并咯咯地笑了。

"你介意和我们分享一下笑话吗？"普尔问。

她看着他，微笑道："什么？"

"你笑什么，麦克里迪小姐？"

"加菲。"

"詹姆斯·加菲尔德？我们的第20任总统？"

"啥？"海伦妮鼓起了眼睛，"不是，是猫。"

我们都盯着她。

"猫!"她伸出双手,"漫画里的那只。"

"哦。"我说。

"记得有段时间,每个人都往窗户背面贴加菲猫的贴纸吗?那辆车上也有一个。这也是我为什么觉得它已经停在那里好久了。我是说,谁现在还会往车窗上贴加菲猫呢?"

"确实,"普尔说,"确实。"

10

当温斯罗普跟随首批开拓者到达新世界时,他们选择了在一平方英里的土地上定居下来,这里以山为主,他们按照老家英格兰的城镇名将这里命名为波士顿。那个艰难的冬天,温斯罗普在此朝圣,他们发现这里的水莫名地咸,于是便搬到海峡另一头,也带走了波士顿这个名字,于是这里在一段时间内没有名字或意义,后来才成了查尔斯镇。

从那时起,查尔斯镇便牢牢地占据了前哨的身份。这里历史上属于爱尔兰人,是数十代渔民、商战队员和码头工人的家。查尔斯镇以它的沉默而知名,人们拒绝和警察说话,这里的凶杀率虽低,却拥有全国最高比例的未侦破案件。这种闭嘴的习惯甚至延伸到了简单的问路。如果你向一个镇民询问哪条街怎么走,他会眯起眼睛说:"你都不知道自己去哪儿,还来干吗?"这或许已经是礼貌的回答,如果他真的不喜欢你,随后还会对你竖起中指。

所以,查尔斯镇是一个很容易让人感到困惑的地方。写着街道名称的路牌总是消失;房屋通常彼此挨得很近,会挡住后面通往其他房子的小巷；沿山而建的街道往往走不通，或者司机不得不转向与他的目的地相反的方向。

查尔斯镇各处都令人眼花缭乱，它在以很快的速度变化着。这取决于你往哪个方向走，米沙乌公共住宅区可以为爱德华公园周围马蹄形的改良沙石地面让路。沿着道路穿过面向纪念碑广场那些红砖白瓦的宏伟殖民地房屋——没有任何提示——便来到了遍布深灰色建筑的邦克山住房区，这不符合重力规律。西弗吉尼亚州最贫穷的白人都住在这里。

这里斑点密布，带有一种历史感——无论是砖块和水泥，还是富于殖民色彩的护墙板和鹅卵石，以及前革命时期风格的酒馆和后凡尔赛条约时期的水手舱——在美国大部分地区都是很难复制的。

这里依然难以开车。

这便是我们在前一个小时做的事情，跟着普尔和布鲁萨德，以及坐在他们金牛座汽车后座上的海伦妮，在查尔斯镇中来来回回、四处游荡。我们已经从纵向和横向穿过了那座山，在两个公共住宅区背面环绕过，从围着邦克山纪念碑的雅皮士中间一点点挤过去，并来到沃伦街最下方。我们沿着码头行驶，经过了陈旧的装甲舰、海军驻地、已经脏兮兮的仓库以及已变为昂贵公寓的坦克维修车间，车子在破旧的公路上隆隆作响，这里已经到了陆地边缘，沿途是长久被遗忘的渔场那烧毁的外壳。在这里，不只有一个聪明的家伙在子弹穿过他的胸膛，射入头部时看见了生命中最后一缕照耀着神秘河流的月光。

我们坐在金牛座汽车里，沿着中心街和卢瑟福大道行进，沿山路最高到达高街，最低到达邦克山大道，最远到达梅福德街。沿途路过的每一条小街我们都会查看，每一条忽然出现在眼角余光中的小巷我们也不放过。我们锲而不舍地在街区间寻找一辆车，寻找那20万，寻找加菲猫。

"迟早，"安琪说，"我们会没油的。"

"或者失去耐心。"我说，海伦妮正透过金牛座汽车指给我什么东西。

我踩下刹车，金牛座又一次停了下来，布鲁萨德和海伦妮下车走向一条小巷，向内张望，然后他们回到车里，我也把脚从刹车上抬起来。

"为什么你们还在找那些钱？"在我们朝着山的另一边驶去后的几分钟，安琪问道。我们的维多利亚皇冠车盖笔直朝下，刹车发出"咔嗒"一声，踏板跳到了我的脚上。

我耸了耸肩："也许，第一，对于任何事，这都是最近的线索；第二，也许布鲁萨德和普尔目前判断这是与毒品相关的绑架案。"

"那么绑匪怎么没提赎金要求？克里斯·马伦或者奇斯·奥拉蒙，再或者他们的某个伙计，怎么还没和海伦妮联系呢？"

"也许他们在等她自己发现。"

"对海伦妮这样的人来说，他们期待太高了。"

"克里斯和奇斯又不是火箭科学家。"

"确实，但……"

我们又停了下来，这一次海伦妮先于布鲁萨德下了车，狂躁地指向人行道上的建筑垃圾车。街对面房子中工作的建筑工人不见了，虽然我知道他们就在附近的某处，他们的工作是在建筑的正面竖立脚手架。

我按下了紧急刹车键，然后走出了汽车，我很快便知道了海伦妮如此兴奋的原因。垃圾车高5英尺，宽4英尺，挡住了后面的小巷。小巷里有一辆20世纪70年代末的老爷车，位于街区之间，一只橘色肥猫粘在后窗上，爪子伸得很开，在肮脏的玻璃间露出傻瓜般的微笑。

如果不完全堵住的话，在这条街上很难同时停两辆车，所以我们又花了五分钟才在山上的巴特利特街找到停车位。然后我们五个人走回小巷。建筑工人已经休息回来，手里拿着冰饮和山露汽水，绕着脚手架转来转去。我们从山上走下来时，他们朝海伦妮和安琪吹口哨。

当我们靠近小巷时，普尔和其中一人打招呼，那人迅速移开了目光。

"福瑞德·格里芬先生，"普尔说，"你还喜欢安非他命[1]吗？"

福瑞德·格里芬摇头。

"道歉。"普尔用那种带有威慑性的唱腔说道，同时走进了小巷。

福瑞德清了清嗓子："对不起，女士们。"

海伦妮向他伸出中指，其余的建筑工人都嚷嚷起来。

我们落在了其他三个人后面，安琪轻轻推了推我："你能感觉到在夸张的笑容背后，普尔有一些紧张吗？"

"感觉有一点儿，"我说，"我不会干涉他，因为我是个胆小鬼。"

"这是我们的秘密，宝贝。"我们走进小巷时，她拍了拍我的屁股，这又引起了街对面的另一阵喧嚷。

老爷车已经有一段时间没用了，这一点海伦妮说得对。一道道锈痕和灰黄色的斑点给车轮下的煤渣染上了颜色。车窗堆积了许多尘土，我们能第一眼识别出加菲猫真是个奇迹。一张报纸盖在仪表盘上，头条新闻详细介绍了戴安娜王妃在波黑的和平使命。

小巷的地面用鹅卵石铺成，有的地方裂开了，其他地方也很破旧，露出下方粉灰色的泥土。两个塑料垃圾桶装满了垃圾，溢出来的

---

[1] 一种中枢兴奋剂及抗抑郁症药。

垃圾撒在一只布满蜘蛛网的煤气表下面。小巷被拥挤地夹在两座三层建筑之间，我很惊讶他们竟然能把车停进来。

在小巷的尽头，大概离街道10码的地方，有一座只有一层的房子，从单调的建筑外观看，应该建于20世纪四五十年代。它也许曾是建筑工地上工头的住所，或是一间小广播站。如果不是周围有许多建造豪华的社区，也许它不会显得这么突出，但即使如此它依然很丑。这里没有台阶，只有一扇歪着的门，离地基大概1英尺高，木墙上覆盖着黑色的油布，貌似有人考虑装上铝制的墙板，但是在交工前却放弃了。

"你记得住户们的名字吗？"

普尔问海伦妮，他拇指一抖，便解开了手枪皮套的带子。

"不记得。"

"当然不会记得了。"布鲁萨德说，他的目光扫过面朝小巷的四扇窗户，"你说有两个人？"

"对，一个男的和他女友。"海伦妮抬起头，四下环顾。那些三层建筑的影子笼罩着我们。

身后的一扇窗户开了，我们闻声望去。

"天哪！"海伦妮说。

一个将近60岁的女人从二楼的一扇窗中探出头，往下看着我们。她手里拿着一支木汤匙，几根意面从里面掉出来，落在了小巷中。

"你们是管动物的吗？"

"太太？"普尔眯起眼睛看着她。

"爱护动物协会，"她边说边摇动着自己的木汤匙，"你们和他们一起的吗？"

"我们五个？"安琪问。

"我在找你们，"女人说，"我在找你们。"

"有什么事？"我问。

"那些该死的猫，烦人的家伙们，就为了这个。我一只耳朵听着我孙子杰弗里发牢骚，另一只耳朵听着我丈夫骂人。我后脑勺上难道还有第三只耳朵，专门听这些破猫乱叫？"

"不，太太，"普尔说，"我看不见第三只耳朵。"

布鲁萨德清了清嗓子："当然我们从这里只能看见你的正面，太太。"

安琪对着自己的拳头咳嗽起来，普尔低下头，看着自己的鞋。

女人说："你们是警察，我能看出来。"

"怎么看出来的？"布鲁萨德问。

"对劳动人民不尊重。"那女人猛地关上了窗户，每一块窗格都在震颤。

"我们只能看见你的正面。"普尔咯咯笑道。

"你喜欢这句话？"布鲁萨德转向小房子的门口，开始敲门。

我看向煤气表旁边过于满的垃圾桶，那里有至少十小罐猫食。

布鲁萨德接着敲门："我尊重劳动人民。"他并没有专门说给谁听。

"大多数时候。"普尔赞同道。

我看向海伦妮。为什么普尔和布鲁萨德不把她留在车里呢？

布鲁萨德敲了第三次门，一只猫在里面嚎叫起来。

布鲁萨德从门口退了回来："麦克里迪小姐？"

"嗯。"

他指着那扇门："请你转动一下门把手好吗？"

海伦妮看了他一眼，然后照做，门从里面打开了。

布鲁萨德对她微笑："你能往里走一步吗？"

海伦妮又一次照做。

"很好,"布鲁萨德说,"看见什么了?"

她回头看着我们:"里面很黑,而且气味很奇怪。"

布鲁萨德一边把听到的写在笔记本上,一边说:"市民供述房间有不正常的气味。"

他盖上了钢笔:"好了,你可以出去了,麦克里迪小姐。"

安琪和我看着彼此,摇了摇头。只能把事情交给普尔和布鲁萨德了。他们让海伦妮打开门并且先走进去,这么做就不必再申请搜查证了。"不正常的气味"是个很好的理由,只要海伦妮打开了门,任何人便可以合法进入了。

海伦妮回到铺着鹅卵石的地面,回头看着那扇窗户,刚刚窗子里的女人在抱怨猫的事情。

其中一只憔悴的橘色斑纹猫——肋骨线条清晰——掠过布鲁萨德,然后是我,随后跃入空中,落在其中一个垃圾箱上,一头扎进我刚才看见的罐头堆里。

"伙计们。"我叫道。

普尔和布鲁萨德从门口转过身。

"那只猫的爪子,上面有干涸的血迹。"

"哦,真恶心。"海伦妮说。

布鲁萨德指着她:"你待在这里,在我们叫你之前都不要动。"

她在自己的衣袋中摸索着香烟:"你不必和我说两次。"

普尔把头探入门口,嗅了嗅。他转向布鲁萨德,皱了皱眉,同时点头。

安琪和我来到了他们身边。

"盐渍鲱鱼味,"布鲁萨德说,"有人带香水吗?"

安琪和我摇了摇头。普尔从他的口袋里拿出一小瓶雅男仕。在这之前,我都不知道雅男仕还在生产。

"雅男仕？"我问，"怎么，他们没有百露了吗？"

普尔来回扬了几下眉毛："欧仕派也没了，很不幸。"

他把瓶子递了过来，我们都在上唇涂了足够多。安琪还把它倒在了一条手帕上。尽管它很难闻，而且让我的鼻孔里面发烫，但还是要比单独闻盐渍鲱鱼好一些。某些警察、医务助理和医生将死去了一段时间的尸体散发出来的味道称作"盐渍鲱鱼的味道"。一旦尸体中的气体和酸液在其僵硬后依然肆意流动，身体便会膨胀，并发生各种各样让人恶心的反应。

我们看见一条与我的车同宽的门廊。一把装有木质把手，已经出现裂缝的铁锹旁边放着覆有干盐渍的冬靴，它们粘在了去年2月的报纸上。门廊上还放着一个生锈的木炭火盆，以及一堆空啤酒罐。薄薄的绿色地毯有几处被撕开了，几个带血的猫脚印已经干涸。

我们走进下一间屋子，这是一间客厅。房间窗外的阳光与一台音量调小的电视机射出的银色光线互相辉映。房间里很黑，但有一道灰暗的光从侧窗照进来，这让屋子蒙上了一层阴影，然而这对肮脏的环境并没有多大改善。地板上的毯子并不配套，乱七八糟地堆在一起。在很多地方，你能从地毯切割并拼接的位置看到缝补的痕迹。墙壁上镶嵌着金色的胶合板，天花板上刷着白油漆。一张破烂的蒲团沙发靠在墙上。在我们站在房间正中，眼睛适应了灰色的光线后，我注意到在那些破布料后面，几双眼睛正闪闪发亮。

蒲团沙发背后传来柔和的电机工作的声音，就像是一堆蝉正围着发电设备嗡嗡叫，那些眼睛正呈锯齿状移动着。

然后它们发起了进攻。

至少一开始看起来是这样的。十几声高亢的嚎叫后，一群猫争相跳出来，伸出利爪——有暹罗猫、杂色猫、斑纹猫和一只六趾猫。它们窜出沙发，跳过咖啡桌，拍打着粗毛毯，穿过我们的腿，在冲向门口的途中撞翻了护壁板。

普尔说:"天哪!"然后他单腿跳了起来。

我趴在那堵廉价的墙上,安琪也和我一起。厚实的猫毛划过我的脚。

布鲁萨德先是向左摇晃了一下,然后又向右,用力拍打着他西装外套的边缘。

然而那些猫并没有追赶我们,它们在追随阳光。

当它们从开着的门冲出去时,海伦妮尖叫道:"天哪!快来人!"

"我怎么和你们说的?"我听见一个中年女性的声音,她吼道,"一群祸害,你们就是查尔斯镇的祸害!"

房间里瞬间变得无比安静,我能听见厨房里钟表的嘀嗒声。

"猫。"普尔十分不屑地说,他用一块手绢擦了擦眉毛。

布鲁萨德弯下腰检查自己的裤脚,掸掉了鞋子上的一缕猫毛。

"猫很聪明,"安琪不再倚着墙,"比狗好。"

"不过狗可以给你拿报纸。"我说。

"狗也不会把沙发抓成这样。"布鲁萨德补充道。

"狗饿了不会吃主人的尸体,"普尔说,"猫会。"

"咳,"安琪说,"这是假的,对吧?"

我们缓慢地进入了厨房。

进去之前,我不得不停下片刻,屏住呼吸,大口吸入我刚才喷上的香水。

安琪说:"真讨厌。"然后她把脸埋进了她的手帕。

一个全身赤裸的男人被绑在椅子上。一个女人跪在距离他几英尺之外的地板上,下巴紧贴着胸脯,她那沾着血的白色睡衣带子垂在手肘上面,手腕和脚踝在背后被绑在了一起。这两具尸体都已变得膨

109

胀，在血液停止流动后，皮肤变成了火山灰般的灰白色。

那个男人的胸口有一处很大的枪伤，胸骨和上胸腔都已经损毁。根据洞的大小，我猜测那里曾被近距离枪击。不幸的是，关于猫类的饮食习惯和可疑的忠诚度，普尔说得很对。侵蚀他血肉的不仅是子弹。由于枪击后已经死亡了一段时间，再加上猫造成的损害，他的上半个胸脯看起来好像是被外科剪刀从里面划开一般。

"这里和我想象的不一样。"安琪说，她的眼睛盯着那个男人胸脯上的大洞。

"遗憾地告诉你，"普尔说，"那里是他的肺。"

"很明显，"安琪说，"我感觉恶心。"

普尔用一支圆珠笔将那个男人的下巴抬了起来。他向后退了一步："喂，看，大卫！"

"马丁？"布鲁萨德说着，向尸体靠近了一步。

"是他。"普尔放开那个男人的下巴，触摸着他深色的头发，"你看起来气色很差，大卫。"

布鲁萨德转向我们："大卫·马丁，又名小大卫。"

安琪对着手帕咳嗽了几声："我看他很高啊。"

"和身高没有关系。"

安琪看着那个男人的下身："噢。"

"她一定是基米。"普尔说，他跨过一大块干涸的血迹，走向穿睡衣的女人。

他用笔抬起她的头。

我说："什么仇什么怨啊？"

一道黑色的伤口贯穿基米的喉咙。她的下巴和颧骨上溅满了黑血，眼睛向上看，仿佛正在寻求帮助，或者想要证明厨房外面还有什么在等着她。她的胳膊上有许多很深的刀口，布满了黏稠的黑色血块,我看出她的肩膀和锁骨处有烟头烫伤的痕迹。

"她死前遭受了折磨。"

布鲁萨德点头:"当着她男友的面。'告诉我那钱在哪儿,否则我就弄死她。'类似这样的情形。"他随后摇了摇头,"这太残忍了,作为一个瘾君子,基米还算过得去。"

普尔从基米的尸体边离开:"那些猫没有动她。"

"什么?"安琪问。

他指着小大卫:"你们也看到了,它们吞食了马丁先生的尸体,但是没有动基米。"

"你想说什么?"我问。

他耸了耸肩:"它们喜欢基米,不喜欢小大卫,糟糕的是杀手们不这样想。"

布鲁萨德走到他的同伴身边:"你觉得小大卫放弃了那些财产?"

普尔轻轻地把基米的头放回了胸前,发出"啧啧"的声音:"他是个贪得无厌的浑蛋。"他回头看着我们,"最好不要说死者的坏话,但是……"他耸了耸肩。

"小大卫和他的一个前女友几年前打劫了一家药店,卷走了杜冷丁、达尔丰、安定,谁知道还有什么。不管怎样,警察来了,小大卫和他前女友从后门离开,他们只能从二楼的安全出口跳到一条小巷里。那个女孩扭伤了脚腕。小大卫可真是爱她,他拿走了她的东西,然后把她丢在了小巷里。"

先是大块头大卫·斯特兰德,现在又是小大卫·马丁。

不能给孩子取名叫大卫了。

我站在厨房中四下张望:地砖已经被毁掉了,储物架上也没有食物,成堆的罐头食品和空薯片袋散落在地上;天花板的板条被取了下来，放在餐桌旁，落满了白色的灰尘；壁炉和冰箱都被从墙边拉开，碗橱的门也开着。那个杀死小大卫和基米的人搜查得很彻底。

"你想上报吗？"布鲁萨德问。

普尔耸肩："我们为什么不先稍微搜搜看呢？"

普尔从他的口袋中拿出几双薄塑料手套，分别递给布鲁萨德、安琪和我。

"这是犯罪现场，"布鲁萨德对我和安琪说，"别破坏任何东西。"

卧室和浴室也同厨房及客厅一样狼藉，一切都被翻了个底儿朝天：或是被割开，或是被倾倒在地板上。和我见过的其他瘾君子的家比起来，这里的情况也不算太糟糕。

"电视。"安琪说。

我从卧室中探出头，普尔从厨房里走出来，布鲁萨德离开浴室。我们和安琪一起来到了电视旁边。

"没有人想到要动它。"

"也许因为它开着。"普尔说。

"所以呢？"

"把20万藏在里面，还要保证一切正常运转是很难的，"布鲁萨德说，"你们不觉得吗？"

安琪耸了耸肩，看向屏幕，与杰里·施普林格对话的一位嘉宾显得很拘谨。她调高了音量。

另一位嘉宾将一个人称为"荡妇"，又把一个好笑的男人叫作"脏狗"。

布鲁萨德叹了口气："我去拿一把螺丝刀。"

杰里·施普林格故意看向观众。观众大声吵闹、嚷嚷着。

海伦妮在我们身后说："噢，《施普林格时间》，不错。"

布鲁萨德从浴室出来，拿着一把带有红色橡胶把手的小螺丝刀。"麦克里迪小姐，"他说，"我需要你在外面等。"

海伦妮坐在破烂的蒲团沙发边缘，眼睛盯着电视说："那个女的正因为猫大吵大闹，她说她要报警。"

"你告诉她我们是警察了？"

海伦妮冷淡地笑了笑。

这时，施普林格的一位女嘉宾朝另一个人狠狠打了一拳。

海伦妮说："我告诉她了，她说她还是会报警。"

布鲁萨德挥动着螺丝刀对安琪点头，她在一阵哗啦哗啦的声音中关掉了电视。

"该死的，"海伦妮对着空气嗅了嗅，"这里有怪味。"

"需要香水吗？"

她摇摇头："我前男友拖车里的味道比这儿还糟糕。他以前喜欢把臭袜子泡在水池里。我告诉你吧，就是那种味儿。"

普尔歪过头，好像要说些什么，但是他看了她一眼，便改变了主意，只是大声而失望地叹了口气。

布鲁萨德打开了电视机盖，我帮忙掀起盖子。我们向里面看去。

"有什么吗？"普尔问。

"电缆、电线、内部扬声器、发动机、显像管。"布鲁萨德回答。

我们又重新盖上了盖子。

"怪我吧，"安琪说，"这不是今天最糟糕的事情。"

"对，不是。"普尔摊了摊手。

"也不是最好的。"布鲁萨德从嘴角挤出这句话。

"什么？"安琪问。

布鲁萨德对她露出那珍贵的微笑："你说呢？"

113

"你们能把电视打开吗?"海伦妮问。

普尔朝她的方向眯起了眼睛,摇了摇头:"帕特里克?"

"怎么了?"

"这后面有个院子。我们结束之前,你能把麦克里迪小姐带去那里吗?"

"那节目怎么办?"海伦妮问。

"我来给你补上。"我说。"荡妇,你这个脏狗。"我又说。"哗啦哗啦。"我接着说。

我向她伸出手,海伦妮抬头看着我:"你这么做没什么意思。"

"噢!"我说。

当我们靠近厨房时,普尔说道:"麦克里迪小姐,请闭上眼睛。"

"什么?"海伦妮稍微退了一步。

"你一定不想看到那里发生了什么。"

还没等我们任何人阻止,海伦妮便探出头,越过他的肩膀。普尔脸色一沉,退到一边。海伦妮走进厨房,停了下来。我站在她身后,等着她发出尖叫或是突然晕倒,也可能是蹲下或跑回客厅。

"他们死了?"她问。

"是的,"我回答,"早就死了。"

她进入厨房,朝着后门走去。我看向普尔,他扬起了一只眉毛。当海伦妮经过小大卫时,她停下来看着他的胸部。

"就像那部电影演的。"她说。

"哪部?"

"所有异形都从人类的胸膛里跳出来,流出酸液那一部,叫什么来着?"

"《异形》。"

"对，它们从你的胸膛里钻出来，但是那电影叫什么？"

安琪去了一趟当地的唐恩都乐，几分钟后也和海伦妮以及我一起待在了后院。普尔和布鲁萨德正拿着笔记本和相机在房间里走来走去。

后院就只是个后院，还没有我的壁橱大。小大卫和基米在外面放了一张生锈的桌子和几把椅子，我们坐在那里，听着邻里说话的声音。时间已经到了下午3点，天气变凉——母亲们在呼唤着孩子，房屋另一侧的建筑工人们在使用砂浆钻孔机，几条街以外正在进行一场空心球比赛。

海伦妮用吸管喝着她的可乐："太糟糕了。他们看起来像是好人。"

我呷了一口咖啡："你见过他们几次？"

"就那一次。"

安琪问："你还记得那一晚有什么特别的事吗？"

海伦妮一边思索，一边又用吸管吸了几口可乐。

"那些猫，到处都是猫，其中一只抓伤了阿曼达的手，那个小贱货，"她对我们微笑着说，"我在说那只猫。"

"所以阿曼达也和你一起在房间里。"

"我想是的，"她耸了耸肩，"对。"

"因为之前你不是很确定有没有把她留在车上。"

她再次耸肩。我克制着自己，没有伸出双手把她的肩膀扳回来。

"我有吗？好吧，在我想起猫抓了她之前，我都不确定。对，她确实在房间里。"

"你还能想起别的吗？"安琪用手指敲打着桌面。

"她很和善。"

"谁,基米吗?"

她对我伸出一根手指,微笑道:"对,她是叫这个名字,基米。她很酷,她把阿曼达和我带到了她的卧室,给我们看了她去迪士尼乐园的照片。阿曼达很兴奋,她回家的路上一直在说:'妈妈,我们能去看米奇和米妮吗?我们能去迪士尼乐园吗?'"她哼了一声,"孩子嘛,好像我们能去得起似的。"

"你进到这栋房子时,手里可有20万。"

"但那是雷的生意。我的意思是,我没法独自从奇斯·奥拉蒙这样难缠的人手里偷走东西。雷说,他算了我一份。他以前从没对我撒过谎,所以我认为这是他的买卖,如果奇斯发现了也是他的问题。"她又一次耸肩。

"我和奇斯是老相识了。"我说。

"真的吗?"

我点头:"还有克里斯·马伦,我们一起打棒球,在街边闲逛,等等。"

她扬起了眉毛:"你没瞎说吧?"

我举起一只手:"我向上帝发誓。海伦妮,你觉得如果奇斯知道有人想要偷他的东西,他会怎么做呢?"

她拿起了自己的可乐杯,又把它放了回去:"听着,我和你说过,是雷干的。我除了和他一起进了汽车旅馆,什么都没⋯⋯"

"奇斯——那时候我们还年轻。一天晚上,他发现自己的女友看了另一个小子一眼,于是奇斯把一个啤酒瓶在路灯上砸碎,用玻璃划破了她的脸,把她的鼻子割了下来,海伦妮。那还是年轻的奇斯,你觉得他现在是什么样的?"

她接着用吸管喝可乐,直到杯底的冰发出声响:"是雷⋯⋯"

"你觉得杀死你的女儿他会失眠吗?"安琪问。"海伦妮,"她将手伸过桌子，抓着海伦妮瘦削的手腕，"你怎么想？"

"奇斯？"海伦妮问，她的声音有些嘶哑，"你觉得他和阿曼达的失踪有关？"

安琪盯着她足足半分钟，然后摇了摇头，放开了海伦妮的手腕："海伦妮，我问你一些事情。"

海伦妮擦了擦手腕，又看向自己的可乐杯："什么？"

"你到底来自什么鬼星球？"

海伦妮好一会儿都没有说话。秋天在我们周围绚烂的色彩中死去。明黄色、火焰般的红色、明亮的橘色和绿色的树叶从枝头飘落，堆积在草地上。这些垂死的生命充满了活力，它们飘落的姿态那样特别，给秋风布上了褶皱。没有任何一个地方的秋天比10月的新英格兰更加壮观，更加值得骄傲。太阳冲破了上午还密布的乌云，把窗子变成了反射着白色光线的黑色方框，给小院周围这一圈砖砌的房子镀上了一层与深色树叶相称的颜色。

我想，这不是树叶的死亡。真正的死亡在我们身后。死亡发生在小大卫和基米家那脏乱的厨房中。死亡是黑色的血污，以及不忠诚的、什么都吃的猫。

"海伦妮。"我唤道。

"怎么了？"

"你们和基米在房间里看迪士尼乐园的照片时，小大卫和雷在哪里？"

她的嘴微微张开。

"快说，"我说，"想起什么就说什么，不必思考。"

"后院。"她说。

"后院，"安琪指着地面，"这里。"

她点头。

"你从基米的卧室能看到后院吗?"我问。

"不能,窗帘是拉上的。"

"那你怎么知道他们在这里?"我问。

"我们离开时雷的鞋很脏,"她缓慢地说,"雷在许多方面都很邋遢。"她伸出手,触碰我的手臂,仿佛要向我分享一个非常私人的秘密,"但是,哥们儿,他很在意自己的鞋。"

11

20万 + 冷静 = 孩子

"20什么?"安琪问。

"20万。"布鲁萨德平静地说。

"你在哪里找到这张字条的?"我问。

他回头看了看那栋房子。

"卷得很紧,别在基米蕾丝内衣的束腰带上。我想是为了引起注意。"

我们站在后院中。

"是这里。"安琪说着,指向一棵干枯的榆树旁的小土丘。那里的土最近被动过,那块土地就像硬币一样平坦,土丘是唯一的凸起。

"我相信你,吉纳罗小姐,"布鲁萨德说,"所以我们现在要做什么?"

"把东西挖出来。"我回答。

"然后没收,让公众知道这件事,"普尔说,"通过媒体把它和阿曼达·麦克里迪的失踪联系起来。"

我看着干枯的草地,以及勃艮第色的卷曲叶子:"已经很久没有人碰过这个地方了。"

普尔点头:"你的结论是?"

"如果钱埋在那里,"我指着土丘,"那么即使他们当着小大卫的面虐待基米至死,他也没有说出来。"

"可没有人说过小大卫参加过和平部队。"布鲁萨德说。

普尔走向那棵树,将两只脚分别放在土丘两侧,低头看着它。

房间里,海伦妮坐在客厅,距离那两具肿胀的尸体约15英尺远,她在看电视。施普林格已经换成了杰拉德或萨莉,或是别的什么脱口秀演员。他们正为最新的怪人狂欢鸣响牛铃。公众将宣泄作为一种"治疗"方式,"创伤"一词的含义被不断淡化,一群白痴站在高台上对着空气大喊大叫。海伦妮似乎并不在意,她只抱怨着气味,询问我们能否开窗。我们都没有足够的理由拒绝。一打开窗户,我们便把她留在了这里,她的脸沐浴在闪烁的银光中。

"所以我们没用了。"安琪说,她的声音平静而悲伤,又带着些许震惊,努力消化着一起案件忽然结束时的扫兴。我思考着这件事,现在这个案件成了绑架案,完整地拥有赎金字条以及有合理动机的嫌疑人。联邦调查局会接手,我们可以和这个国家里其他的懒汉一样,通过新闻追踪案件的后续,等待海伦妮和其他丢失孩子的家长一起,出现在《施普林格时间》中。

我朝布鲁萨德伸出手:"安琪说得对,很高兴和你一起工作。"

布鲁萨德和我握手并点头,但什么都没说。他看向普尔。

普尔用他的鞋踢着小土丘,看向安琪。

"我们没用了,"安琪对他说,"对吧?"

普尔和她对视了片刻,然后视线又回到小土丘上面。

几分钟的时间里，没有人说话，我知道我们该走了，安琪也知道我们该走了。然而我们没有走，仿佛我们和这棵死去的榆树一起被种在了小院里。

我转头看向身后这栋丑陋的房子，从这里可以看见小大卫的头，以及绑在他身上那把椅子的顶部。他知道自己赤裸的肩膀抵在那张廉价的柳条椅子靠背上时是什么感觉吗？在他胸腔的血肉如同一张薄纸，被子弹撕裂前，这是不是他最后的感受呢？还是说他感觉到血液流到了自己被捆绑的手腕上，手指变得发青、麻木？

在他生命的最后一日或一夜，那些来到这栋房子的人知道他们会杀死基米和小大卫。发生在厨房里的是一起专业的谋杀案。当基米最后一次努力，希望小大卫开口时，她的喉咙被割断了。那些人为了以防万一，还是用刀杀死了她。

邻居们总会把枪声误当作别的——也许是汽车的回火声，或者将霰弹枪的声音当成发动机振动或瓷器柜倒在地板上的响声。尤其是当这声音从贩毒者或吸毒者家中传出时，因为邻居们都知道他们总是在夜里发出奇怪的声响。

没有人希望自己真的听到了枪响，真的成了一起谋杀案的目击者——虽然只是听见了什么。

所以杀手们迅速而沉默地杀死了基米，也许没有任何警告。但是他们在一段时间内曾用枪指着小大卫。他们想让他看到手指在扳机上弯曲的样子，听见子弹弹出的声音，感受到点火时的爆炸。正是这些人带走了阿曼达·麦克里迪。

"他们想要用20万来换阿曼达。"安琪说。

确实如此，在五分钟前我便知道，然而普尔和布鲁萨德并不愿把这个想法说出来，因为这严重违反警察的规章制度。

普尔打量着那棵死树的树干。布鲁萨德用他的鞋尖从绿草上钩起一片红叶。

"是吗？"安琪问。

普尔叹了口气："我希望绑架者们不要在我们找到他们之前，打开一个满是报纸或有标记的钱的箱子，然后杀了那个女孩。"

"这种事情以前发生过？"安琪问。

"发生在我转交给联邦调查局的一些案子中，"普尔说，"这也是我们现在需要面对的问题，吉纳罗小姐，绑架案归联邦调查局管。"

"我们去联邦调查局，"布鲁萨德说，"钱会被他们放在证据柜中，然后他们会进行调停，以证明自己有多么聪慧。"

安琪看着外面的小院，垂死的紫罗兰攀在另一侧的铁丝网上："你们两个要是不想惊动联邦调查局，就自己和绑架者们协商。"

普尔把手插进口袋："我找到过太多死在壁橱里的孩子了，吉纳罗小姐。"

她看向布鲁萨德："你觉得呢？"

他微笑了："我讨厌联邦调查局。"

我说："这样不太好，伙计们，你们会丢掉饭碗，也许比这更糟。"

在院子的另一边，一个男人从他位于三层楼的窗子伸出一块小地毯，然后用一根曲棍球球棍击打。灰尘上升，成为愤怒而转瞬即逝的云团，那个男人还在继续，似乎没有看见我们。

普尔蹲下身，在土丘上拾起一根草："你们还记得珍妮·明内利的案子吗，几年之前？"

安琪和我耸了耸肩。让人难过的是，你会忘记许多可怕的东西。

"一个很年轻的女性，"布鲁萨德说，"骑着自行车在萨默维尔失踪了。"

我点头。话题又回来了。

"我们找到了她,肯齐先生,吉纳罗小姐。"普尔用手指捏住那根草的两端,"在一个桶里,她被浸泡在水泥中,水泥还没有凝固,因为杀死她的'天才们'放了太多水。"他拍了拍手,也许是为了掸去灰尘或花粉,也许只是因为我们找到了一具漂浮在一桶水泥浆里的年轻女性尸体。他站了起来:"听起来很不错吧?"

我看向布鲁萨德。回忆让他的脸变得苍白,他的手臂颤抖了几下,于是他把双手插进了衣袋里,手肘紧贴在身体两侧。

"不,"我说,"如果出了问题,你们……"

"怎样?"普尔说,"会丢饭碗吗?我就快退休了,肯齐先生。如果有人想要夺走一个服务了30年的警察的退休金,你知道警察联盟会对他们做什么吗?"普尔向我们伸出一根手指,并摇了摇,"就像眼看着饥饿的狗追逐挂在一个男人身上的肉,这可不光彩。"

安琪咯咯笑了:"你可不一样,普尔。"

他拍了拍她的肩膀:"我只是一个有三个前妻的落魄老头儿,吉纳罗小姐。我什么都不是,但是我想赢得最后的案子。幸运的话,趁我还在,干掉克里斯·马伦,再把奇斯·奥拉蒙关在地牢里。"

安琪看着他的手,然后抬起头注视他的脸:"如果搞砸了呢?"

"那我就每天喝酒,直到死掉。"普尔移开了手,拂过自己头顶的硬发,"便宜的伏特加,这是我能用警察的工资买得起的最好的酒。你觉得还可以吗?"

安琪微笑道:"挺好的,普尔,挺好的。"

普尔回头看了看那个正在敲打地毯的男人,然后又看向我们:"肯齐先生,注意到门廊上那把园艺铲了吗?"

我点头。

普尔微笑了。

"噢,"我说,"是啊。"

我回到房间里,拿来了铲子。当我从客厅中穿回来时,海伦妮问:"我们要走了吗?"

"很快。"

她看了看铲子,以及我手上戴的塑料手套:"你们找到钱了?"

我耸了耸肩:"也许吧。"

她点头,视线回到了电视上。

我继续走着,在厨房门口,她的声音让我停了下来。

"肯齐先生?"

"嗯。"

她的眼睛在电视屏幕的映射下闪着光芒,让我想到了猫。

"他们不会伤害她,对吗?"

"你是说克里斯·马伦和奇斯·奥拉蒙其他的手下?"

她点头。

电视上,一个女人正在对另一个女人说:"离我的女儿远点儿,你这个怪人。"观众一阵叫骂。

"他们会伤害她吗?"海伦妮的眼睛依然盯着电视。

"会。"我说。

她忽然把头转到我的方向。

"不。"她摇了摇头,仿佛这样便能让自己的愿望成真。

我本该告诉她我在开玩笑,阿曼达会没事的。然后她便回到家,一切回归正常,依旧用电视、酒精以及海洛因,或者别的什么麻痹自己,让自己不要看到这个世界有多么差劲儿。

但她的女儿在外面,一个人非常害怕:她可能被绑在散热器或床柱上,下半边脸缠着电工胶带,这样她便无法发出任何声音。她也可能已经死了,这部分是由海伦妮的任性造成的,她以为自己怎么做都可以，不会导致任何后果，不会带来任何负面影响。

"海伦妮。"我说。

她点了一支烟，火柴头跃动了几次，才成功点燃："怎么了？"

"你终于明白了吗？"

她看向电视，然后又重新看向我。她的眼睛有些湿润和红肿："明白什么？"

"你的女儿被绑架了，因为你偷的钱。那些带走她的人根本不在乎她，他们可能不会把她还回来。"

两行眼泪从海伦妮的脸颊流下来，她用自己的手腕擦去了。

"我明白，"她说，她的注意力又回到了电视上，"我又不蠢。"

"你很蠢。"我说着，回到后院。

我们在土丘周围站成一个圈，挡住了一切来自邻里的视线。布鲁萨德把铲子插入土中，然后几次把它翻过来。最终我们看见一个皱巴巴的绿色塑料袋露出了头。

布鲁萨德又挖了一会儿，普尔四下张望，并弯下腰拉动袋子，把它从洞里拽了出来。

他们甚至没有把袋口绑起来，只是扭转了几下，普尔任由它在自己手中旋转。当袋口松开后，绿色的塑料袋变皱，也变得更大。普尔把它丢在地上，袋子的顶端张开了。

我们看见了一堆凌乱的钞票，大多是100美元和50美元，是柔软的旧币。

"这是一大笔钱啊！"安琪说。

普尔摇头："吉纳罗小姐，这是阿曼达·麦克里迪。"

在普尔和布鲁萨德叫来法医团队和尸检员之前,我们关掉了客厅里的电视,来到海伦妮身边。

"你们要用钱换阿曼达。"她说。

普尔点头。

"她会活着回来吗?"

"有希望。"

"我还需要再做什么吗?"

布鲁萨德俯身蹲在她面前。"你不需要做任何事,麦克里迪小姐。你现在只需要做一个选择,我们四个,"他对我们招了招手,"认为这可能是正确的方法。但是如果我的领导们知道我打算这么做,我会被停职或者开除,你明白吗?"

她微微点头:"如果你告诉别人,他们会逮捕克里斯·马伦。"

布鲁萨德点头:"也许……或者我们认为,联邦调查局会把逮捕歹徒的事情放在你女儿的安全之上。"

她再次微微点头,仿佛她的下巴在落下的途中遇到了什么隐形的障碍。

普尔说:"麦克里迪小姐,你的决定是底线。如果你想,我们立刻就会联系联邦调查局,把钱上交,让他们处理这件事。"

"其他人?"她看向布鲁萨德。

他触了触她的手:"是。"

"我不想让其他人处理,我不……"她站起来的时候有些不稳,"如果采用你们的办法,我需要做什么呢?"

"保持沉默,"布鲁萨德站起身,"不要告诉媒体或警察,甚至不要告诉莱昂内尔和比特丽斯究竟发生了什么。"

"你们要和奇斯谈吗?"

我说:"对,也许这是我们的下一步行动。"

"此时奥拉蒙先生似乎掌控着局面。"布鲁萨德说。

"你们为什么不跟踪克里斯·马伦呢？也许他会在不知情的情况下带你们找到阿曼达。"

"我们也会跟踪，"普尔说，"但是我感觉他们想到了这一点，我确信阿曼达被隐藏得非常好。"

"告诉他我很抱歉。"

"谁？"

"奇斯。告诉他我没有什么恶意，我只是想要我的孩子回来，告诉他不要伤害她。你们会告诉他吗？"她看着布鲁萨德。

"好。"

"我饿了。"海伦妮说。

"我们去拿一些……"

她对普尔摇头："不是我！不是我！是阿曼达说的。"

"什么？什么时候？"

"那一晚我把她放在床上，她和我说的最后一句话是：'妈妈，我饿了。'"海伦妮微笑着，但是眼里盈满了泪水，"我说，不要担心，宝贝，你明天早上会有东西吃的。"

没有人说话。我们等着看她会不会崩溃。

"我的意思是，他们会给她吃饭，对吗？"眼泪从她的脸上流下来，但她依然保持着微笑，"她不会一直饿着，对不对？"她看向我，"是不是啊？"

"我不知道。"我说。

12

　　奇斯·奥拉蒙身高6.2英尺，体重430磅[1]，是个黄头发的斯堪的纳维亚人，不知为何，大家都误传他是黑人。

　　虽然他走路的时候身上的肉会摇摇晃晃，他也很爱穿所有胖子都喜欢的羊毛或厚棉布汗衫，但如果把奇斯当成一个快乐的大胖子，或者认为他行动迟缓，那就大错特错了。

　　奇斯经常微笑，在一些人面前，他似乎是由衷地感到快乐。尽管他那过时而虚伪的谎言可能会让人皱眉，但他说话时总有些奇怪的魅力和感染力。你会发觉自己在听他说话，还会关注起他对俚语的偏好。无论黑人还是白人，很少有人能够随心所欲地同时讲受黑人贫民窟文化和疯狂的白人种族主义者影响的俚语。这种情形常常出现在弗雷德·威廉森或安东尼奥·法加斯的作品里。无论如何，这一点都很吸引人。

　　但是我也很熟悉那个某晚曾坐在酒吧里，无比冷静却恶狠狠地盯

---

[1] 英制重量单位，1磅约为0.45千克。

着一个人的奇斯,你知道这个人只能再活1分30秒。我知道奇斯会雇一些瘦弱而且潦倒、躲在棒球棍后面就能被挡住的女孩。当她们靠近他的车时,他从女孩们手里拿走大把的钱,然后拍一拍她们骨感的屁股,送她们回去工作。

他会在酒吧给朋友们买单;会给落魄的酒鬼很多零钱,并带他们去吃中餐;会在圣诞节给穷困的邻居们送火鸡。但这无法抹去那些在走廊里死去的瘾君子;那些一夜间变得落魄不堪的年轻女子,她们牙龈流血,在地铁站为购买治疗艾滋病药物的钱而乞讨;还有那些他悄悄写在下一年电话簿上的名字。

由于先天和后天的双重影响,奇斯在小学阶段的大多数时间都瘦弱多病。透过廉价的白衬衫,他那干枯的身躯看起来就像是老人的手指。有时他会剧烈咳嗽,甚至呕吐。他很少说话,在我的印象中他也没有朋友。我们大多数孩子午餐都用亚当12号或芭比午餐盒携带,而奇斯会用一个棕色纸袋带饭,吃完后他会把袋子仔细叠好,带回家以便再次使用。

刚上学的那几年,他的父母每天早上会送他到学校门口。他们用外国口音和他说话。他们在离开前会为自己的儿子整理头发或围巾,或是拨弄他那厚重的粗布上衣的纽扣,这时粗鲁的话音便会传入校园。他们会沿着大道走回家——两个人都很高大——奥拉蒙先生戴着一顶至少15年前流行的缎子软帽,边上斜插着一根橘色的羽毛。他的头微微倾斜,仿佛知道那些二层楼的阳台上会传来辱骂他和他妻子的声音。奇斯会看着他们,直到他们走出视线。如果他的母亲停下来,把一只掉下来的袜子拉回肥胖的脚踝上,他便会皱起眉头。

不知为何,在我的印象里,奇斯和他父母总是与初冬耀眼的日光联系在一起:一个瘦小而丑陋的男孩站在布满半结冰水坑的校园边上,看着他高大的父母弓着背,走在颤动的黑色树木之下。

因为轻微的口音、父母肥胖的身躯、乡村式的服装，奇斯经常被欺负并挨打。还有他那泛着黄色光泽，让孩子们想到坏掉的奶酪的皮肤，这正与他的名字相称。

奇斯在圣巴特学校的第七年，他的父亲作为布鲁克莱恩一家高级小学的看门人，被指控殴打一个在地板上吐痰的10岁学生。那个孩子的父亲是综合医院的神经外科医生，又是哈佛大学的访问学者。在奥拉蒙先生的突然袭击下，这个孩子摔坏了胳膊和鼻子。奇斯的父亲将面临严重的惩罚。这一年，奇斯在5个月内长了10英寸。

第二年，奇斯的父亲被定罪，并被判处3到6年监禁。此时，奇斯的身体迅速膨胀起来。被欺负了14年的孩子长成了肌肉少年，这14年里他在奚落声中改掉了曾有的轻微口音，14年的羞耻和忍气吞声让他的愤怒变成了体内狂热而固执的炸弹。

八年级和高中之间的那个暑假是奇斯的"报仇之夏"。孩子们在角落里被打得屁滚尿流，趴在地面看着奇斯的12码（相当于欧码的46码）鞋子落在他们的肋骨上。有的孩子被打坏了鼻子，有的被打坏了手臂。卡尔·考克斯——奇斯最年长而无情的一个霸凌者——他的头被一块来自三层房屋屋檐的石头砸中，他的耳朵也被刮掉了一半。此后，他因为奇特的外貌一直被人嘲笑。受到报复的不仅是圣巴特毕业班的男孩。那个夏天，一些14岁的女孩也在鼻子上绑着白色的绷带，或是去找牙医修复她们坏掉的牙齿。

从那时起，奇斯便知道如何选择自己的目标。他能猜到哪些人非常胆小无力，在他伤害他们的时候不敢抬头看他的脸。他狠狠地欺负这些人，因此那些最喜欢对警察和父母告状的孩子从来说不出任何证据。

逃脱了奇斯报复的孩子有菲尔、安琪和我，我们没有折磨过他，因为我们也至少有一位不太时髦的移民家长。奇斯也没有报复过布巴·罗戈夫斯基。我不记得布巴是否欺负过奇斯,但即使有过,聪明的奇斯也知道,如果二人发生冲突,占据天时地利人和的布巴明显有优势,自己只会吃亏。他只会在形势有利于自己时出手。

这些年来他变得更加高大、狡猾,也成了一个更加危险的疯子。在布巴面前,他始终表现出一副阿谀奉承的样子,甚至当布巴到海外去购买各种武器时,他还会亲自喂养布巴的狗,并给它们洗澡。

布巴就是这样的人。他吓唬所有的人,让我们帮他喂狗。

"在嫌疑人17岁时,他的母亲被送进了疗养院,"布鲁萨德阅读着奇斯·奥拉蒙的档案,而普尔正飞速经过瓦尔登湖自然保护区前往康科德监狱,"一年后,他的父亲从诺福克被释放,失踪。"

"有谣言说奇斯杀了他。"我说。我仰在后座上,头抵着车窗,康科德茂盛的树木在我眼前飘过。

在布鲁萨德和普尔上报了发生在小大卫家的两起谋杀案后,安琪和我拿着那包钱,把海伦妮送回了莱昂内尔家。我们把她放下,然后开车来到了布巴的仓库。下午2点是布巴重要的睡眠时间,他穿着一件火红色的日本和服在门口迎接了我们,那张疯疯癫癫的胖脸上不知为何带着一丝愤怒。

"为什么叫醒我?"他问。

"我们需要你的保险箱。"安琪回答。

"你有保险箱。"他瞪着我。

我和他对视:"我们没有地雷保护。"

他伸出手,安琪把口袋放在他手里。

"是什么?"布巴问。

"20万。"

布巴点点头,仿佛我们刚才在说祖母的传家宝。我们可以告诉他这是外星人的证据,他也会是同样的反应。除非你能安排他和珍·西摩尔约会,这是他心中的极品美人。

安琪从包里拿出了科温·厄尔、莱昂以及罗伯塔·特雷特的照片,在布巴困倦的面孔前摆成扇形:"认识这几个人吗?"

"该死的!"他嚷道。

"你认识?"安琪问。

"啥?"他摇摇头,"不,那个该死的女人。她用两条腿走路吗?"

安琪叹了口气,把照片放回了包里。

"另外两个是骗子,"布巴说,"我没见过,但我知道。"

他打了个哈欠,点了点头,然后关上了我们面前的门。

"他进监狱的时候,我怀念的不是这样的他。"安琪说。

"而是他说的那些有趣的话。"我说道。

安琪把我送回我的公寓,让我在那里等待普尔和布鲁萨德,而她开车前往克里斯·马伦的公寓进行监视。她选择这个任务是因为她从来都不喜欢进男子监狱。另外,奇斯很喜欢和她开玩笑,试图让她脸红,并询问她最近在和谁约会。我提出和普尔及布鲁萨德同行,因为我看起来比较友好,奇斯不会配合脸色不好的人。

"乔乔·麦克丹尼尔在1986年死亡,奇斯是嫌疑人。"布鲁萨德说,我们正沿着二号公路蜿蜒而上。

"他是奇斯犯罪的导师。"我说。

布鲁萨德点头:"丹尼尔·凯布莱在1991年失踪并疑似死亡,他也是嫌疑人。"

"这个没听过。"

"会计,"布鲁萨德翻了一页,"据说为几个讨厌的人物写过书。"

"奇斯在收银台徒手抓住了他。"

"显然。"

普尔在后视镜中捕捉到我的目光:"你和这个犯人联系很多啊,帕特里克。"

我从座位上坐直了身体:"得了吧,普尔,你什么意思?"

"你和奇斯·奥拉蒙以及克里斯·马伦是朋友吧。"布鲁萨德说。

"不是朋友,只是一起长大的。"

"你和最近的凯文·赫利什也是一起长大的吗?"普尔把车停在左车道上,等待着另一侧的车流中断,这样他便可以穿过二号公路,驶上通往监狱的路。

"我上一次听说凯文只是失踪了。"我说。

布鲁萨德越过座位对我微笑:"不要忘了臭名昭著的罗戈夫斯基先生。"

我耸了耸肩。我已经习惯了人们因为我和布巴交往而扬起的眉毛,尤其是警察的眉毛。

"布巴是我的朋友。"我说。

"什么浑蛋朋友,"布鲁萨德说,"他真的在仓库地板下面埋了炸药吗?"

我耸了耸肩:"你找时间去见他,自己看。"

普尔咯咯笑了:"说说你的提前退休计划吧。"他拐进了通往监狱的碎石车道,"你来自某个社区,帕特里克,仅此而已,某个神奇的社区。"

"我们只是被误解了,"我说,"我们每个人都很善良。"

我们从车上下来时,布鲁萨德伸展了一下身体,然后说:"奥斯卡·李告诉我你不喜欢评价。"

"不喜欢什么？"我看着监狱的墙壁问道。这座监狱具有典型的康科德风格，所以即使是监狱也看起来很吸引人。

"评价，"布鲁萨德说，"奥斯卡说你讨厌评价别人。"

我顺着墙顶螺旋形状的线走下去。忽然这里变得不那么吸引人了。

"这便是你和一个像罗戈夫斯基这样的疯子交往，还和奇斯·奥拉蒙这种人保持联系的原因吧。"

我斜视着明亮的日光说："不，我不是很擅长评判别人，每次都是如此。"

"然后呢？"普尔问。

我耸了耸肩："会在我口中留下不好的余味。"

"所以你的评价很糟糕？"普尔轻快地说。

我想起几个小时之前，我还用"愚蠢"这个词评价过海伦妮。这个词让她变得畏缩，同时也刺伤了她。我摇了摇头："不，我的评价很准确，只是会在我的口中留下不好的余味。如此简单。"

我把双手塞进衣袋，朝着监狱的前门走去。布鲁萨德和普尔还没有想出更多关于我性格和缺点的问题。

康科德监狱面向来访者的小院外，监狱长在两扇门前各安排了一位警察，塔楼里的警察们把注意力转移到了我们身上。我们到达的时候，奇斯已经在那里了。他是院子里唯一的犯人，布鲁萨德和普尔曾要求会面尽可能私密。

"你，帕特里克，混得咋样？"我们穿过院子的时候，奇斯招呼道。他站在一处喷泉旁边。与一头黄发、形似虎鲸的奇斯相比，喷泉看起来就像一个高尔夫球座。

"不错，奇斯。今天天气很好。"

"真受不了，兄弟。"他把拳头放在我的拳头上面，"这日子真是坏透了。杰克·丹尼尔的事，一包酷儿烟全都混在一块儿了。你知道我在说什么吗？"

我不知道，但是我微笑了。对待奇斯就要这样。你点头、微笑，希望他能说些有意义的东西。

"该死的！"奇斯站直了身体。"你把执法人员给带过来了，警察局的人！"他喊道，"局子里的人——普尔和……"他掰了下手指，"布鲁萨德对吧？我以为你们两个小子不抓贩毒了呢。"

普尔对着太阳笑了笑。"我们不抓了，奇斯先生。确实不抓了。"他指着奇斯下巴上一条长长的黑色伤疤，看起来像是锯齿刀片留下的痕迹，"你在这里树敌了吗？"

"这里吗？"奇斯朝我翻了翻眼睛，"能把我拿下的浑蛋还没出生呢。"

布鲁萨德咯咯笑了，用左脚踢着泥土："对，奇斯，你说得没错。你一直在念黑人说唱，惹恼了一些家伙，他们讨厌有身份认同困惑的白人小子。对吧？"

"行啊，普尔，"奇斯说，"你这个冷漠的猫崽子，和那些拿地图都找不着自己屁股的死卷毛有什么关系？"

"将就吧。"普尔说，布鲁萨德的嘴角掠过一丝微笑。

"听说你丢了一包现金。"布鲁萨德说。

"你听说了？"奇斯刮了刮下巴，"我不记得了，警员，但是你有一包正在找地方存放的现金……好吧，那我很乐意接受。把它们拿给我的伙计帕特里克，他会保存到我出来为止。"

"喂，奇斯，"我说，"很感人啊！"

"就这么定了，兄弟。因为我知道你很正直。罗戈夫斯基老兄怎么样？"

"挺好。"

"他在普利茅斯待了一年？罪犯到了那儿都会发抖。他恐怕还会回去吧，他好像特别喜欢那里。"

"他不会回去，"我说，"他落下了一年的电视节目，现在还在补。"

"那些狗咋样？"奇斯低声问，仿佛这是一个秘密。

"大概一个月之前，贝克尔死了。"

这个消息让奇斯愣了一会儿。他抬头望向天空，一阵柔和的微风吹拂着他的眼皮。

"它怎么死的？"他看着我，"吃了毒药吗？"

我摇头："被车撞了。"

"故意的？"

我再次摇头："一个小老太太在开车，贝克尔刚好冲到大道上。"

"布巴怎么想？"

"他一个月前刚给贝克尔做了绝育手术，"我耸了耸肩，"他很确信这是自杀。"

"有点儿道理，"奇斯点头，"确实。"

"那些钱，奇斯，"布鲁萨德用一只手在奇斯面前挥动，"那些钱。"

"我没有丢钱，警员。我和你说了。"

奇斯耸了耸肩，转身离开布鲁萨德，走向一条野餐长凳，坐在了上面，等待着我们加入他。

"奇斯，"我说，我坐在了他旁边，"我们在社区里发现一个女孩失踪了。也许你也有听说？"

奇斯从他的鞋面上拾起一根草，在胖乎乎的手指尖旋转着："听说了一点儿，阿曼达什么的，对吗？"

"麦克里迪。"普尔说。

奇斯噘起嘴唇,似乎花了一毫秒的时间思考这个问题,然后耸肩:"不用帮我回忆了,这和那包现金有啥关系?"

布鲁萨德轻声笑了,摇了摇头。

"我们来做一个假设。"普尔说。

奇斯将双手一起夹在两腿中间,看着普尔,油腻的脸上带着小男孩般的好奇。

"没问题。"

普尔把一只脚放在奇斯那一侧的长凳上:"我们假设,只是为了讨论……"

"只是为了讨论。"奇斯愉快地说。

"某些人从一位绅士那里偷走了一笔钱,就在那天,这位绅士因为违反假释规定被监禁了。"

"这个故事有什么意义吗?"奇斯问,"我喜欢有意思的故事。"

"我尽量,"普尔说,"我保证。"

奇斯用手肘碰了碰我,然后咧嘴大笑,随后又看向普尔。布鲁萨德身体向后靠,看向保安塔。"所以这个人——事实上是个女人——从一个不该偷的人那里偷走了这笔钱。几个月后,她的孩子失踪了。"

"真遗憾,"奇斯说,"你要问奇斯的话,这件事真丢脸。"

"是啊,"普尔说,"很丢脸,现在被这个女人惹怒的男人有一个同伙……"

"是被偷钱的男人。"奇斯说。

"抱歉,"普尔拍了拍并不存在的帽子,"那个被女人偷走钱的男人有一个同伙,在女人的孩子失踪那一晚,有人看见他出现在她家门外聚集的人群中。"

奇斯刮了刮下巴："有趣。"

"那个人为你工作，奥拉蒙先生。"

奇斯扬起了眉毛："是实话？"

"嗯。"

"你说门外有一群人？"

"对。"

"那么，我打赌还有许多不为我工作的人也站在那里。"

"确实。"

"你也要审问他们吗？"

"那个母亲没偷他们的钱。"我说。

奇斯转过头："你怎么知道？一个敢从奇斯这里偷钱的疯女人，她可能偷了整个社区。我说得对吧，兄弟？"

"所以你承认她偷了你的钱？"布鲁萨德问。

奇斯看着我，将手指弹向布鲁萨德的方向："我以为这是个假设。"

"当然，"布鲁萨德举起一只手，"抱歉，奇斯大人。"

"这是一个交易。"普尔说。

"噢，"奇斯重复道，"交易。"

"奥拉蒙先生，我们会保持沉默，只有你我知道。"

"只有我们。"奇斯说，然后朝我翻了翻眼睛。

"但是我们想让那孩子安全回来。"

奇斯看了他很久，脸上渐渐露出笑容："我就直说吧。你说你——一个警察——会让我假设中的手下拿回那笔假设的钱，来换回一个假设的孩子，然后就不再追究了，朋友？这就是你想告诉我的，警员？"

"我是警司。"普尔说。

"管你是什么。"奇斯哼了一声,把双手甩到面前。

"你对法律很熟悉,奥拉蒙先生。我们提出的这个交易对你有利,从法律上讲,你要求怎么做都可以,不需要支付任何费用。"

"胡说八道。"

"我没有胡说。"普尔说。

"奇斯,"我开口道,"这次交易谁会吃亏呢?"

"什么?"

"认真地讲,有人拿回了他的钱,还有人找回了她的孩子。每个人都能很好地脱身。"

他对我摇了摇手指:"帕特里克,我的兄弟,不要试图说服我了。谁会吃亏?你们问什么呢?谁会吃亏?"

"对,你说啊。"

"被偷钱的人吃亏!"他向空气中扬起手,然后拍打着自己粗壮的大腿,将头靠向我,直到我们快要碰在一起,"他最吃亏,他被骗了,他会相信警察吗?相信警察和他们的约定?"他把一只手放在我的脖子后面,捏了一下。

"奥拉蒙先生,"普尔说,"我们怎么才能让你相信我们是很有诚意的呢?"

奇斯放开了我的脖子:"你们才没有诚意。退一万步说,让所有人都冷静一下吧,让那些家伙自己看着办吧。"他对着普尔摇晃他那粗壮的手指,"也许到那时候,每个人都很满意。"

普尔伸出双臂,手掌朝上:"我们不能这样做,奥拉蒙先生。你必须得知道。"

"行,行。"奇斯匆忙点头,"也许某人需要给一个正直的浑蛋减刑,因为他帮忙促成了某些交易。你们怎么想?"

"这需要地方检察官的介入。"普尔说。

"那又怎样?"

"也许你没有听见,我们刚刚还说想把这件事保密,"布鲁萨德说,"把女孩换回来,我们还是好朋友。"

"好吧,你们假设的这个人,他接受了交易,他可真蠢。什么傻瓜假设,真傻。"

"我们只是想要阿曼达·麦克里迪,"布鲁萨德说,他把手掌放在自己的脖子后面,捏了几下,"活着的。"

奇斯靠在桌子上,把头歪向太阳,使劲呼吸着空气。他的鼻孔张得很大,仿佛能够从地毯上吸出成卷的钱币。

普尔从桌子边退了回来,将双臂交叉在胸前,等待着。

"我以前在马棚里养了一个叫麦克里迪的,"奇斯终于开口道,"偶尔让她卖货,不定期的。那丫头看起来不怎么样,但你帮了她大忙,她就会替你做事。知道我在说什么吗?"

"马棚?"布鲁萨德朝着桌子走来,"你是在说你把海伦妮·麦克里迪当成妓女吗,天才奇斯?"

奇斯将身体前倾,大笑起来:"当成妓女。挺顺口啊,有没有?我要给自己成立一个乐队,就叫'当成妓女',我要好好搞一搞。"

布鲁萨德挥动手腕,用手背打在了奇斯鼻子正中。这可不是什么爱的表现。奇斯用手捂着鼻子,血立刻从指间渗出,布鲁萨德走到这个大块头张开的腿间,一只手抓住了他的右耳,用力挤压,直到我听见软骨的响声。

"听我说,浑蛋。你在听吗?"

奇斯发出一种类似应许的声音。

"我不关心海伦妮·麦克里迪,以及你会不会在复活节的周日带她去见一屋子的牧师。我也不在意你那些浑蛋交易,还有你被关在这墙里却依然在做的生意。我只在意阿曼达·麦克里迪。"他靠近奇斯的耳朵,拧了几下,"你听见这个名字了吧,'阿曼达·麦克里迪'。如果你不告诉我她在哪里,你就演吧——你想被弄死是吧,我会弄来四个最恨你的大黑佬,让他们和你过一晚上。你听明白了吗,还是我再打你一顿?"

他松开了奇斯的耳朵,退了回来。奇斯的头发被汗水浸透了,他把手窝成杯状捂住嘴,开始大声干呕。孩童时代,他在咳嗽时便会发出这种声音,这通常意味着他即将呕吐。

布鲁萨德朝奇斯的方向扬了扬手,然后看着我:"你决定。"他边说边在裤子上擦了擦手。

奇斯把手从鼻子上拿了下来,靠在野餐凳上,血从他的上嘴唇流过,进入口中。他深呼吸了几下,目光始终没有离开布鲁萨德。塔里的警察们正望着天空。守门的两个警察研究着自己的鞋,仿佛他们那天早上都换了一双新鞋。

我听见远处传来钢铁碰撞的声音,仿佛有人在监狱里进行举重练习。一只小鸟掠过来访者的院子。它实在太小,飞得也太快,我甚至没有看清它的颜色,它便越过了墙壁和螺旋线,消失在视野中。

布鲁萨德从长凳边退回来,双脚张开,望着奇斯。他的目光没有任何情感和生命力,就像是在研究树皮。这是另一个布鲁萨德,我以前没有见过这样的他。

作为侦探同行,布鲁萨德对安琪和我怀有一份职业上的尊敬,甚至会对我们展现出一点儿魅力。我很确信那是大多数人所认识的布鲁萨德——一位英俊、言谈得体的警探,着装精致,脸上带着电影明星般的微笑。但是在康科德监狱,我看到的是一位街边的警察,是小巷里的争吵者,是用警棍审讯的布鲁萨德。当他用阴暗的眼神注视着奇斯时,我看见了一位游击战士,一位丛林勇士,他心怀正义,无论付出任何代价都要赢。

奇斯在草地上吐了一口混着血的浓痰。

"你,马克·福尔曼[1],"他说,"来亲一口我的黑屁股。"

布鲁萨德扑向他,普尔抓住了同伴背部的上衣,奇斯向后一挪,巨大的身体离开了野餐桌。

"你这些伙伴真扫兴,帕特里克。"

"嘿,浑蛋!"布鲁萨德嚷道,"你让我想起了被关禁闭那一晚!你明白吗?"

"我的牢房里有一张你老婆和一堆小矮子做爱的照片,"奇斯说,"就在我房间里,想来看看吗?"

布鲁萨德再次冲向他,普尔用胳膊挡在他同伴胸前,使他双脚离地,跌向远离长凳的一边。奇斯走向监狱的大门,我小跑着赶了上来。

"奇斯。"

他回头看着我,但依然在走路。

"奇斯,拜托你了,她只有4岁。"

奇斯没有停下来:"我很抱歉。告诉那家伙,他需要使用一些社交技巧。"

奇斯经过那扇门时,警察在门口拦住了我,他戴着一副太阳镜。当他把我推回来时,我能在他的两块镜片中看见自己扭曲的脸。两个小小的我闪着光,脸上带着同样愚钝而失落的神情。

"过来,奇斯。过来,伙计。"

奇斯回到围墙边,把手指伸过横栏,望了我很久:"我帮不了你,帕特里克。好吧?"

---

[1] 著名的辛普森案中因有歧视黑人嫌疑而饱受争议的白人警察。

我回过头向普尔和布鲁萨德的方向示意："他们跟你的约定是真的。"

奇斯缓慢地摇头："帕特里克，警察和罪犯没什么两样，浑蛋都是有目的的。"

"他们会带着一支军队回来，奇斯。你知道是怎么回事。他们正在处理那么高关注度的案子，结果被惹恼了。"

"我不知道。"

"不，你知道。"

他咧开嘴大笑，上嘴唇的血凝固并变厚："那就证明一下呗。"他说着便转过身，走在通往一条短草坪的鹅卵石小路上，回到了监狱。

我朝面向来访者的门走去，经过了布鲁萨德和普尔。

"真是个好主意，"我说，"真完美。"

13

布鲁萨德赶上我,我们一起沿着走廊走向签到桌。他的手从后面抓住我的手肘,让我面向他。

"我的方法有什么问题吗,肯齐先生?"

"什么鬼方法?"我把胳膊从他手中挣脱,"你是说你刚刚在这儿做的事情吗?"

普尔和警察来到了我们身边,普尔说:"别在这里吵,你们要维持形象。"

普尔领着我们两个穿过走廊,通过金属探测器,来到最后一扇门前。一位头发从头顶绑成许多小辫子的警司把武器还给了我们。然后我们出来,进了停车场。

我们的鞋一踩在砂石上,布鲁萨德便开了口:"你还想吞掉那条鼻涕虫多少废话?肯齐先生,嗯?"

"无论付出什么代价……"

"也许你想回去,聊聊狗的自杀什么的……"

"什么约定,布鲁萨德警探!我就说……"

"你对你的朋友奇斯有多失望？"

"绅士们。"普尔来到我们中间。

我们的声音在停车场中刺耳地回响着，我们的脸因为吵嚷变得通红。布鲁萨德脖子上的肌肉就像绷紧的绳子一般突出，我能感觉到肾上腺素正在使我的血液震颤。

"我的方法很好。"布鲁萨德说。

"你的方法，"我说，"糟透了。"

普尔将一只手放在布鲁萨德胸前。布鲁萨德低头看着他的手，目光停留了一会儿，他的下颌肌肉收缩了起来。

我穿过停车场，感觉肾上腺素已经凝聚在了小腿中，碎石在脚下咯吱作响。我听见一只鸟儿从瓦尔登湖的方向飞来，划过天空，发出尖厉的叫声。阳光已变得柔和，在拂过树干后渐渐消散。我靠在金牛座汽车背面，把一只脚踩在保险杠上。普尔的手还放在布鲁萨德胸前，在和他说话，嘴唇贴近这位后辈的耳朵。

除了那些叫喊，我的脾气还没有完全释放出来。如果我真的生气了，如果我头脑中的开关被触动，我的声音就会变得很平淡、死气沉沉、十分单调，一道生硬的红光穿过我的头颅，驱散了所有恐惧、理性和感受。那道光线越炽热，我的血液就变得越冷，最终成为上等金属的蓝色，而我单调的声音化作了一阵低语。

这低语——并不是为了提醒我自己，或是其他任何人——随即就被我甩手、踢脚的动作打破了。我的肌肉一瞬间就从生硬的红色光线和金属般冰冷的血液中愤怒地延展开。

我父亲的脾气就是这样的。

在意识到自己也拥有这样的脾气之前我便知道它的样子。我能感觉到它长着手。

我希望我和父亲本质的区别始终在于行动。他会在愤怒的时候表现出来，无论何时何地。他的脾气控制着他，就像是酒精、傲慢或虚荣控制着其他男人。

在我很小的时候，正如一个酒鬼的孩子发誓自己从不喝酒，我也发誓要对抗那束红色的光、冰冷的血液以及单调的声音。我始终相信，是选择让我们不同于其他动物。一只猴子无法选择控制自己的胃口，但一个人可以。我的父亲，在那些可怕的瞬间，就是一只动物。而我拒绝成为这样的人。

所以尽管我理解布鲁萨德的愤怒，他对于寻找阿曼达的绝望，以及在奇斯不肯严肃地对待这件事时的激动，却不能原谅，因为这使我们走投无路，让阿曼达无迹可寻——除此之外，也许与现在相比，她还会跌入距离我们更远的深渊。

布鲁萨德的鞋子出现在保险杠下的砂石上。我感觉到他的影子挡住了我脸上的阳光。

"我不能再这样做了。"他的声音很柔和，几乎消失在了微风里。

"什么？"我问。

"让那些卑鄙的家伙伤害孩子，然后走掉，并感觉自己很聪明。我不能放任他们。"

"那就辞职吧。"我说。

"我们拿着他的钱，他只能和我们配合，把女孩还回来。"

我抬头看着他的脸，感觉到他的恐惧，他强烈地希望自己不要再看到一个死去或者被折磨到绝望的孩子。

"如果他不在意这笔钱呢？"我问。

布鲁萨德移开了目光。

"不，他在意。"普尔来到车旁边，把手放在后备厢上。但他不是很确定。

"奇斯有一大堆钱。"我说。

"你了解这些人，"普尔说道，布鲁萨德站得笔直，脸上带着凝滞的好奇，"钱总是不够的，他们总想要更多。"

"20万对奇斯来说不是零花钱，"我说，"但也不至于是他的全部身家。算是用来行贿和付财产税的钱，这些钱能用一年。但假如他有什么道德底线呢？"

布鲁萨德摇头："奇斯·奥拉蒙没有道德。"

"不，他有。"我用脚跟狠狠地踢了一下保险杠，也和任何人一样，为自己激烈的语气感到惊讶。我更加平静地重复道："不，他有。在他的世界里，首要的道德准则是，不要惹恼奇斯。"

普尔点头："海伦妮就惹到他了。"

"可真对。"

"如果奇斯非常生气，你觉得他会只为了传达这条信息就杀死那个女孩，并对这笔钱说'滚'。"

我点头："而且夜里能睡得很好。"

普尔走进了我和布鲁萨德之间的阴影中，脸上覆了一层灰色。他忽然显得很老，与其说他具有威慑力，不如说他被吓到了，而且那种精灵般的感觉也不见了。

"如果，"他说，他的声音很小，只能靠近去听，"奇斯既保持道德底线，又想要获益呢？"

"偷梁换柱？"布鲁萨德问。

普尔把双手插进口袋，伸展背部和肩膀，以抵御傍晚忽然吹起来的微风。

"我们可能已经在这里插了一手，里米。"

"什么？"

"奇斯现在知道，我们多么迫切地想换回孩子，甚至愿意打破规则，把警徽丢在一边，抛去官方权威，用钱来交换。"

"如果奇斯想作为赢家脱身……"

"那其他人都无法脱身了。"普尔说。

"我们已经去找克里斯·马伦了，"我说道，"看看他能把我们引向谁。趁现在交易还没有崩盘。"

普尔和布鲁萨德点头。

"肯齐先生，"布鲁萨德伸出手，"我刚才在那里失控了，我让那个浑蛋占了上风，我把咱们的事情搞砸了。"

我和他握了握手："我们会把她带回来的。"

他的手握得更紧些："活着带回来。"

"活着。"我重复道。

"你觉得布鲁萨德由于压力而崩溃了吗？"安琪问。

我们把车停在德文希尔街的金融区边缘，这里能看到德文希尔大厦的后部，这便是克里斯·马伦的公寓楼。反儿童类犯罪组的警探们尾随马伦来到了这里，然后回家过夜了。在我们监视马伦的同时，还有若干两人一组的警探在监控奇斯组织的其他关键成员。布鲁萨德和普尔注视着的这栋位于华盛顿街的建筑的正面。马伦已经进去了三个小时。

我耸了耸肩："当普尔说起在水泥桶里找到珍妮·明内利时，你注意到布鲁萨德的脸色了吗？"

安琪摇头。

"比普尔还要糟糕。一听到这些内容，他就好像要崩溃了一样。他的手开始颤抖，脸色苍白发亮，看起来很不好。"我抬头看着这栋建筑15层的那三面黄色的窗格，我们断定这是马伦家的窗子，其中一面变黑了，"也许他已经失去了理智。确实，他对奇斯表现得过激了。"

安琪点燃了一支烟,拉开了她那一侧的车窗。街道上很安静,白色的石灰岩墙面和摩天大楼上反着光的蓝色玻璃互相映衬,看起来就像是电影中的夜景,一个没有真实人类存在的模型世界。白天,德文希尔街上满是莫名快乐或拥挤的行人、股票经纪人、律师、秘书、骑自行车的快递员,以及不停按喇叭的卡车和出租车,还有公文包、红蓝领带以及手机的声音。但9点之后,街道上便安静了下来,坐在一辆停泊于这些巨大而空荡的建筑间的车中,看着灯光暗下,保安们也离开房间,我们感觉自己不过是巨大的博物馆中的一件展品。

"还记得格林用枪打伤我的那一晚吗?"安琪问。

"记得。"

"就在那之前,我记得自己和你,以及伊万德罗一起在黑暗中挣扎,我卧室里的所有蜡烛都像眼睛一样闪烁着,我想:我不能再这样做了。我不能再使我自己——哪怕是很小的一部分——陷入这些暴力和……垃圾的事情中。"她把头转了回来,"也许布鲁萨德就是这种感觉,你能忍受在水泥里找到几个孩子吗?"

我想起布鲁萨德在打了奇斯后,他的眼中是纯粹的空洞。这空洞是如此彻底,以至于压倒了他的暴怒。

安琪说得对。你能忍受自己找到几个死去的孩子吗?

"如果觉得能找到阿曼达,他甚至愿意烧掉这座城市。"我说。

安琪点头:"他们两个都会。"

"但她可能已经死了。"

安琪把烟灰掸在她那一侧的车窗顶上:"别这么说。"

"我忍不住,但这是很有可能的。你知道这一点,我也知道。"

在空荡的街道上,有一部分强烈的静默涌入了我们的车里。

"奇斯讨厌目击证人。"安琪最终说道。

"对,他很讨厌他们。"我表示赞同。

"如果那孩子死了,"安琪说着,清了清嗓子,"布鲁萨德一定会——普尔也很可能会——崩溃。"

我点点头:"上帝会帮助任何相关的人。"

"你觉得上帝会帮忙?"

"不会吗?"

"上帝,"她边说边把自己的烟压进了烟灰缸,"你觉得他会像帮助阿曼达一样,帮助那些绑架她的人吗?"

"也许不会。"

"那么又来了……"她看向车窗之外。

"什么?"

"如果阿曼达死了,布鲁萨德失控,杀死了绑架她的人,上帝可能会帮忙。"

"真是个奇怪的上帝。"

安琪耸肩。

"各得其所。"她说。

14

  我听说过克里斯·马伦的营业时间，以及他在白天经营夜间生意的决定。第二天清晨，他在8点55分准时走出德文希尔大厦，在华盛顿街上右转。

  我把车停在了华盛顿街上，与公寓相隔半个街区，当我在后视镜中看到马伦朝着州街的方向走过来时，按下了放在座位上的对讲机按钮，并说："他刚从前门离开。"

  安琪在德文希尔街，她看见清晨这里的任何一辆车都不被允许停留或闲逛。她说："开眼界了。"

  布鲁萨德穿着一件灰色的T恤、一条黑色运动裤，外罩一件深蓝与白色相间的运动外套，站在我们车对面的皮巷前方。他拿着一个装有咖啡的塑料杯，不时喝上一口，并像一个刚跑完步的人那样阅读着体育报。他为别在腰带上的接收机配了一副耳机，两者都喷上了黄黑两色，使其看起来就像个随身听。五分钟前，他甚至在T恤上洒了些水，伪装成汗渍。作为前缉毒警察，他非常精通这些细节性的伪装。

  马伦在旧州议会大厦的花架旁右转，布鲁萨德穿过华盛顿街，跟了上去。当他使用藏在表带下的发报机说话时,我看见他把咖啡举到嘴边,嘴唇假装做出喝的动作。

"在州街上往东走。我看见他了,好戏开始了,小子们。"

我关掉了对讲机,把它放在我的衣袋中,直到我的角色扮演完成。为了完美实现今天的伪装,我穿着最破旧的灰色风衣,坐在一位地铁站的流浪汉旁边,早上我才刚刚往衣服上抹了蛋黄和百事可乐。我那肮脏的T恤在胸口处撕裂,牛仔裤和鞋尖都溅满了油漆和尘土。我的鞋底和鞋面在脚尖处分开了,走路时会发出轻微的咔嗒声,脚趾也露了出来。我还把头发梳直,吹干,让自己看起来就像是拳击手唐·金。抹衣服剩下的蛋黄被我抹在了胡子上。

很有型吧。

蹒跚地穿过华盛顿街时,我拉开了拉链,把余下的晨间咖啡倒在了胸前。人们看见我迈着笨拙的步子,挥动着手臂走过来,并嘟哝出一串从来没听过的字句,然后推开了德文希尔大厦那扇镶着金边的门。

喂,那个保安看见我有没有很激动。

那三个走出电梯的人也是如此,他们在大理石地板上与我保持着很远的距离。我斜眼看着三人组中那两个女人,对着她们从安妮·克莱因套装下露出的腿微笑。

"和我一起吃比萨吗?"我问。

那个男商人把两个女子引到了更远的地方,而保安喊道:"喂!你怎么回事!"当他从那张闪着光的黑色马蹄形桌子后走出来时,我转向他。他年轻、精干,用一根手指粗鲁地指着我的方向。

商人把那两个女子推出了大厦,从衣服的内袋中取出一个手机,用牙齿拉开天线,依然沿华盛顿街走着。

"过来,"保安说,"转过身去,从你来的那条路离开。就现在，过来。"

　　我在他面前晃荡着，舔了舔我的胡子，叼着蛋壳回来。我张开嘴，嚼碎了蛋壳。

　　保安站在大理石地板上，一只手搭着警棍。"你，"他开口道，仿佛在和一条狗说话，"快走。"

　　"啊哈。"我嘟哝着，又开始摇晃身体。

　　又一辆车停在大堂前，电梯纷纷响起提示音。

　　保安想要够我的手肘，我转了个圈，于是他的手指抓了个空。

　　我把手伸进口袋："给你看个东西。"

　　保安从皮套里拿出了警棍："嘿，把你的手放在我能看见的地方。"

　　"噢，天哪！"当人群从电梯中出来时，有人说道。我从风衣里掏出一根香蕉，用它指着保安。

　　"我的天，他拿了一根香蕉！"声音从我身后传来。是安琪。

　　我永远是个即兴表演者，无法遵从剧本。

　　电梯里出来的人群正试图穿过大厅，他们努力不与我对视，但依然在饮水机旁边见证了今天最精彩的一幕。

　　"先生，"保安说道，他努力显得很有权威，但又不失礼貌，现在许多房客都在看我们，"把香蕉放下。"

　　我用香蕉指着他："从我表哥那里拿的，他是一只红毛猩猩。"

　　"需要报警吗？"一个女人问。

　　"女士，"保安有些绝望地说，"我会处理好的。"

　　我把香蕉丢向他。他扔下警棍，仿佛被打中一般跳了回去。人群中发出尖叫，一些人快步走向门口。

　　在电梯间，安琪与我对视并指着我的头发："太热了。"她做了个口型，然后溜进电梯，门关上了。保安拾起他的警棍，丢开了香

153

蕉,他好像已经准备好要来抓我。我不知道自己身后还有几个人——也许三个——但至少有一个想要英勇地冲向我这个"流浪汉"。

我转过身,背对着马蹄形桌子和电梯,发现只剩下两个男人、一个女人和保安。那两个男人正在朝着门口移动。然而那个女人对我有些兴趣。她张着嘴,用一只手按压着喉咙底部。

"我正在工作呀,怎么了?"我问她。

"什么?"保安又朝我走了一步。

"澳大利亚乐队,"我转过头,用亲切而好奇的目光盯着保安,"他们在20世纪80年代早期做得很大,非常大。你知道他们出了什么事吗?"

"什么?不知道。"

我抬起头盯着他看,并摆弄着自己的鬓角。很长一段时间,大厅里似乎没有人移动,连呼吸声都没有。

"噢,"我最后边耸肩边说道,"是我的错,香蕉你留着吧。"

我朝着门外走去,那两个男人紧贴着墙壁。

我朝其中一个人眨了眨眼:"你们的保安很负责,没有他,我会把这里搞得一团糟。"我推开了通往华盛顿街的门。

我正想悄悄对普尔竖个大拇指,他坐在金牛座汽车里,把它停在了学院街和华盛顿街的转角处。这时一对手掌击中了我的肩膀,并把我拽到那栋楼的一侧。

"给我滚开,你这个要饭的。"

我连忙回头,看见克里斯·马伦回到了旋转门,朝我这边那个僵住了的保安示意,接着走向了电梯。

我挤进街道上的人流中,把对讲机从口袋里拿出来,然后打开。

"普尔,马伦回来了。"

"知道了,肯齐先生。布鲁萨德现在正在和吉纳罗小姐联系。现在转身,到你的车里去,不要暴露我们的身份。"我能看见他在车窗后说话,然后把对讲机放回到座位上望着我。我转向了人群中。

一个戴着可乐瓶般的眼镜、头发紧紧绑在脑后的女人像一只虫子那样盯着我。

"你是警察吗?"

我把一根手指覆在嘴唇上:"嘘。"我把对讲机放进风衣中,走向我的车,而她还张着嘴站在原地。

当我打开后备厢时,我看见布鲁萨德正靠在艾迪·鲍尔商店的窗户边。他把手抬到耳畔,对着手腕说话。我靠在打开的后备厢下方,调至他的频道。

"……再说一遍,吉纳罗小姐,目标在路上。立即终止。"

我刷掉了胡子上所有的蛋壳,然后在头上戴了一顶棒球帽。

"再说一遍,"布鲁萨德低语道,"撤退!出来!"

我把风衣丢进后备厢,拿出我的黑色皮革外套,把对讲机移到口袋里,然后将外套穿在肮脏的T恤上面。我合上后备厢,从人群中抄近路来到艾迪·鲍尔商店,透过窗户看着那些人体模型。

"她回应了吗?"

"没有。"布鲁萨德说。

"她的对讲机还开着吗?"

"不知道。我们只能假设她听到了我的话,在马伦听见之前关掉了。"

"我们上去。"我说。

"你要是敢朝那栋楼迈一步,我就开枪打断你的腿。"

"她在那边暴露了。如果她的对讲机坏掉,她就听不见……"

"我不能因为你和她睡过觉,就允许你破坏这次监视行动。"他离开窗边,迈着慢跑后松垮的大步经过我,"她很专业,为什么你不能专业一点儿呢？"

他走上了街道，我看了看表：上午9点15分。

马伦已经进去四分钟了。一开始他为什么会转身？布鲁萨德露馅了吗？

不，布鲁萨德伪装得很好。我能看见他，只是因为我知道要找他，即使如此，他也完全混入了人群，我先是错过了一次，然后才认出他来。

我又一次看表：9点16分。

如果布鲁萨德在意识到马伦即将回到德文希尔大厦的第一时间，安琪便收到了消息，她当时应该在电梯里，或者离马伦的家门足够远。她可能会转身向右跑到楼梯间，照此推断，此时她应该已经下楼了。

9点17分。

我看着德文希尔大厦的入口。两个年轻的股票经纪人走了出来。他们穿着闪亮的雨果·博斯牌套装、古驰鞋子，打着杰弗里·比尼的领带，发胶涂得很厚，恐怕用削木机才能梳得动。他们为一个穿着深蓝色权力套装、戴一副配套超薄太阳镜的女子让路，并在她迈入一辆出租车时盯着她的屁股。

9点18分。

安琪还在这里的唯一可能，便是她不得不藏在马伦的公寓中，或者他在门口或里面捉住了她。

9点19分。

如果她确实得到了布鲁萨德的消息，就不可能愚蠢地回到电梯上，站在那里，看着电梯门在另一侧面向克里斯·马伦打开……

嘿，安琪，好久不见。

克里斯，好久不见。

你怎么来我公寓了？

拜访一个朋友。

是吗？你不是在调查女孩失踪的案子吗？

你为什么用枪指着我，克里斯？

9点20分。

我的目光越过华盛顿街，看向学院街的拐角。

普尔遇上了我的视线，非常缓慢地摇了摇头。

也许她已经到了大厅，但是被保安缠住了。

小姐，等等。我不记得在这里见过你。

我是新搬来的。

我想不是吧。

他的手伸向电话，拨打911……

但她那时已经出门了。

9点22分。

我朝着那栋建筑迈了一步，又迈了一步，然后停了下来。

如果一切都没有问题，如果安琪只是关掉了对讲机，以防那个声音让任何人注意到她。而我站在那里，站在15楼的另一个出口外，透过一小扇窗户看着马伦公寓的门，就在马伦出来的时候，我进了门，他认出了我……

我背靠在墙上。

9点24分。

距离马伦把我推到墙边，走进那栋建筑已经过去了13分钟。

我外套里的对讲机在胸前发出响声。我拿了出来，先是一阵低沉而急促的嗡嗡声，接着我听到："他又回来了。"

是安琪的声音。

"你在哪儿？"

"我只能说，感谢上帝发明了50英寸的电视。"

"你在里面？"布鲁萨德问。

"当然，这是个好地方。但我觉得我很容易被锁住，伙计。"

"他回去干什么？"

"他的西装。说来话长，回头再告诉你们，他应该就要走到街上了。"

马伦穿着一件蓝色的西装走出了公寓，他回来的时候原本穿着一件黑的。他的领带也换了。我正盯着他领带的结，他朝着我这边摇摆着走了过来，我低下头，一动不动地看着自己的鞋子。那些偏执的毒贩总会在第一时间注意到人群中有人做出的敏捷动作，所以我并不打算转身。

我非常缓慢地由一数到十，调低了衣袋中对讲机的音量，隐约听见布鲁萨德的声音："他又走了，我跟上了他。"

当马伦来到一个穿明黄色外套的女孩面前时，我才抬起头，微微转过身，找到在人群中穿梭，从法院街来到州街的布鲁萨德。马伦在旧议会大厦前方右转，再次穿过小巷。

我回到艾迪·鲍尔商店的窗子前，看着自己的影子。

"呦！"我说。

15

一个小时后,安琪拉开了维多利亚皇冠的车门,说道:"窃听器,伙计,窃听器。"

我把车开到了皮巷车库的第四层,面向德文希尔大厦。

"你给每个房间都安了?"

她点燃了一支烟:"还有电话。"

我看了看表。她在那里待了刚好一小时:"你是什么人,中央情报局探员吗?"

她在烟雾间笑了:"我告诉你,我一会儿可能不得不杀了你,宝贝。"

"所以西装是怎么回事?"

她的目光移向远方,透过车窗看着德文希尔大厦的外墙。然后她轻轻摇了摇头:"对,西装。他在自言自语。"

"马伦?"

她点头:"以第三人称。"

"一定是从奇斯那里学来的。"

"他进门的时候说:'真是个好主意,马伦。周五穿黑西服,你是脑子进水了吗?'类似这样的话。"

"他可真迷信。"

她咯咯笑了:"确实。然后他回到卧室,在里面翻来翻去,脱掉身上的衣服,把衣柜里的衣架使劲堆在一起,等等。不管怎样,这花去了他一些时间,然后他挑了一件新的西装穿上。我在想,很好,他就要出去了,因为我在电视后面待得很难受,那一堆电线就像是蛇……"

"然后呢?"

安琪在这样的时刻可能会有些混乱,所以一点儿温柔的提醒有时能帮上忙。

她对我怒目而视:"'开门见山'先生,听着。然后……我忽然听见他又说话了。他说:'傻瓜,嘿,你这个傻瓜!对,说的就是你!'"

"什么?"我向前倾了倾身体。

"很有趣吧,是不是?"她眨了眨眼,"确实,我以为他看见了我。我想到自己会被分尸、煮熟。对吧?"她那双棕色的大眼睛瞪得很大。

"对。"

她吸了一口烟:"不。他又在自言自语。"

"他说自己是'傻瓜'?"

"他显然陷入了某种情绪,'嘿,傻瓜,你打算给这身西服配一条黄领带吗?挺好啊。真好,傻瓜。'"

"大傻瓜。"

"我向上帝发誓,他就是这么说的。我的意思是他不会几个词。然后他又翻腾了一阵,找到另一条领带系上,一路都在低声嘀咕。我在想，他可别迈出一只脚才想到这领带是对的，衬衫不对。我待得可太难受了，需要有人拉我一把，才能从他的电视后面出来。"

"之后呢？"

"他走了，我联系了你们，"她向窗外掸了掸烟灰，"故事结束了。"

"布鲁萨德用对讲机说，他在回来的路上时，你已经在公寓里了吗？"

她摇了摇头："我在马伦家门口，手里拿着凿子。"

"你在开玩笑吗？"

"怎么了？"

"你知道他要回来，还进去？"

她耸了耸肩："我忽然有了主意。"

"你真有意思。"

她发出沙哑的笑声："足够让你感兴趣吧，少年。我只需要做到这一点。"

我不知道自己是想要吻她，还是想要杀了她。

我们中间座位上的对讲机响了起来，布鲁萨德的声音传出："普尔，你跟上他了吗？"

"跟上了。他坐出租车在商业街上往南走，朝高速方向去了。"

"肯齐？"

"什么事？"

"吉纳罗小姐和你在一起吗？"

"对。"我用最低沉的声音说。安琪捶了捶我的胳膊。

"等着吧，看看他要去哪儿，我准备往回走了。"

一分钟左右的时间里，我们只听见凝滞的空气声，然后普尔又开了口："他在高速公路上，正在向南行驶。吉纳罗小姐？"

"我在，普尔。"

"我们的伙伴都各就各位了吗？"

"每个人都在。"

"打开接收器，离开你们的位置，接上布鲁萨德，然后往南走。"

"你听见了吗，布鲁萨德警探？"

"我正沿着宽街向西。"

我开始倒车。

"我们在宽街和巴特里马奇街的转角处接你。"

"收到。"

我离开车库时，安琪打开了后座上方的便携式接收器，调整音量后，我们听见马伦空荡的公寓中传来了很轻的嗡嗡声。我穿过德文希尔大厦下方的停车场，在沃特街左转，驶过邮局和自由广场，看见布鲁萨德靠在一家熟食店前面的路灯上。他跳上车，普尔的声音又在对讲机里响起："从南湾购物中心旁边的多切斯特出口下高速。"

"又回到原来的社区了。"布鲁萨德说。

"你们这些多切斯特的小子离不开这里。"

"这儿就像一块磁铁。"我附和道。

"不说这个了，"普尔说，"他在波士顿大道上左转，朝南波士顿去了。"

我说："不过这块磁铁引力也不是很强。"

十分钟后，我们经过了普尔空着的金牛座汽车。它停在加文街上，这里位于南波士顿老殖民地廉租房的中心，我们在相隔半个街区的地方也停了下来。普尔最后一次对讲，告诉我们他徒步跟踪马伦进入了老殖民地。在他重新联系我们之前，我们没有什么事可做，只能坐在车里,一边打量这片廉租房的样子,一边等待。

这里其实不怎么难看:街道很干净,绿树成荫,小路优雅地环绕着刚喷上白色纹饰的红砖建筑。大多数一楼的窗户下都有小型树篱和方块草坪。栅栏笔直地围绕着花园,非常结实,而且没有生锈。就廉租房而言,老殖民地是你能在这个国家找到的审美最好的地方之一。

这里有一些滥用药品的问题,以及由此衍生的自杀问题。

"我在这里长大。"布鲁萨德在后座上说。他朝窗外望去,仿佛期待着这片景色可以在他面前放大或缩小。

"却叫这个名字?"安琪说,"你在开玩笑吧。"

他微笑了,并略微冲她耸肩。"我父亲是一名来自新奥尔良的商船船员,他也把那地方叫作'瑙林斯'。他在那里遇到了一些麻烦,于是便到码头上工作。先是在查尔斯镇,后来是在南波士顿。"他朝那些砖房子歪了歪头,"我们在这里住了下来。这里的孩子要么叫弗朗基·奥布莱恩,要么姓沙利文、谢伊、卡罗尔或者康奈利。你的名字不是叫弗兰克,就是麦克、肖恩或帕特。"他朝我扬了扬眉毛。

我举起了双手:"哎呀!"

"所以拥有一个类似里米·布鲁萨德这样的名字……好吧,我觉得这让我变得更坚强了。"他咧嘴笑着,看向外面的廉租房,轻声吹着口哨,"兄弟,又回到家了。"

"你不住在南波士顿了吗?"安琪问。

他摇头:"我老爸去世后我就不住在这里了。"

"你很怀念吗?"

他噘起嘴唇,看着几个孩子在人行道上一边跑一边吵嚷着,互相扔着类似瓶盖的东西。

"不怎么怀念。我总觉得自己是被错放在城里的乡下小子,哪怕在新奥尔良。"他耸了耸肩,"我喜欢树。"

他转动对讲机的调频装置,把它放在唇边:"帕斯奎尔警探,我是布鲁萨德。听到请回答。"

帕斯奎尔是反儿童类犯罪组的警探之一,他被要求监视康科德监狱,关注所有去探访奇斯的人。

"我是帕斯奎尔。"

"有情况吗?"

"没有。昨天你们几个走后,没有任何人来访。"

"电话呢?"

"更没有。自从上个月奇斯往院子里带了一块牛肉后,就被禁止打电话了。"

"好的,布鲁萨德挂了。"他把对讲机丢在座位上,忽然抬起头,看向街道上一辆驶向我们的车,"看,这是什么?"

一辆烟灰色的雷克萨斯RX300汽车经过我们,车牌上写着"法罗"。它又行驶了20~30码,然后经过一个U形的转弯,停在了路边,挡住了一条小巷。这是一辆价值5万美元的运动型多用途车,可以进行越野旅行,也可以穿过类似区域进行丛林狩猎。整个车身都闪着光,仿佛刚刚用丝绸垫子擦拭过。它和沿街停放的福睿斯、高尔夫以及吉优,还有20世纪80年代初生产,破旧的后窗上挂着绿色垃圾袋的别克车非常相称。

"这辆RX300,"布鲁萨德说,他的声音如同一位商业广播员一样低沉,"天生适合那些不想受暴风雪和坏路况阻碍的毒贩。"他身体前倾,把胳膊搭在我们中间的椅背上,眼睛看着后视镜,"女士们先生们,我们碰见了法劳·古提雷兹。洛厄尔市的最高勋爵。"

一个精瘦的西班牙男子从雷克萨斯中走出来。他穿着一条黑色的亚麻裤子和一件石灰绿的衬衫,脖子上扣着黑色的纽扣,外罩一件长至膝盖的黑丝绸燕尾服。

"很时髦啊!"安琪说。

"是吗?"布鲁萨德说道,"他今天穿得很保守,你应该看看他泡吧时的样子。"

法劳·古提雷兹拽了拽衬衫的下摆,并抚平了裤脚。

"他来这儿干什么?"布鲁萨德轻声说。

"他是谁?"

"他负责奇斯在洛厄尔和劳伦斯的事务,那些都是迷人的老工业区。有传闻说,他是唯一一个能搞定新贝德福德所有变态渔民的人。"

"这就有意思了。"安琪说。

布鲁萨德的眼睛依然盯着后视镜:"为什么?"

"他在和克里斯·马伦会面。"

布鲁萨德摇头:"不!不!马伦和法劳互相讨厌,我听说和一个女人有关,是10年前的事了。这也是古提雷兹被赶到495号州际公路环线垃圾场的原因,而马伦留在了那里。"

古提雷兹上下打量着街道,双手抓着自己晚礼服的翻领,就像一位法官。他的下巴微微扬起,瘦长的鼻子在空气中嗅着。他那僵硬的举止显得很顽固,有些不合逻辑,和他瘦高的身材并不相称。他显示出一副不愿冒犯任何人的样子,却期待着能够冒犯谁。他很没有安全感,甚至不惜通过杀人来掩盖这一事实。他让我想起了我认识的一些人——他们通常更矮一些或者身量很轻,共同点是很想证明自己和那些高大的家伙一样危险,所以他们一直在打架,不肯停下来休息,甚至连吃饭都吃得很快。我认识的这种人不是成了警察,就是成了罪犯,似乎没有其他选择。但是他们通常英年早逝,那愤怒质问的神情永远地留在了脸上。

"他看起来很讨厌。"我说。

布鲁萨德把手搭在后座上,并将下巴贴在上面:"是啊,法劳就是这种人。他想证明很多东西,却没有足够的时间来实践。我总是觉得他会发火,也许某一天会走到克里斯·马伦面前,在他前额上打一拳,再把奇斯·奥拉蒙骂一顿。"

"也许会有那一天。"安琪说。

"也许吧。"布鲁萨德附和道。

古提雷兹在雷克萨斯周围走来走去,然后背靠在前车盖上。他看向自己挡住的小巷,又看了看表。

"马伦会从你的方向出来。"普尔在对讲机里低声说。

"不太友好的三方会面要开始了,"布鲁萨德说,"先不要过来,伙计。"

"收到。"

安琪把手伸向后视镜,稍微朝右边转动了一下,这样我们便能清楚地看见古提雷兹、那辆雷克萨斯,以及小巷的边缘。

马伦出现在小巷尽头。他把一只手放在领带下,沉默地看了古提雷兹和挡住他路的雷克萨斯好一会儿。

布鲁萨德的身体靠向后面,从腰带间取出格洛克手枪,拉动套筒。

"情况不是很好,不要离开这辆车,有事拨911。"

马伦举起一只细长的黑色手提箱,并微笑起来。

古提雷兹点头。

布鲁萨德从座位上弯下腰,把手指放在车门的把手上。

马伦伸出了他空着的那只手,过了一会儿,古提雷兹和他握手,两人拥抱,互相用拳头捶了捶彼此的背。

布鲁萨德放开了门把手:"噢,很有趣。"

他们结束拥抱后,古提雷兹接过了箱子。他转向雷克萨斯,在一个幅度很小但华丽的鞠躬后打开了门,马伦爬进了后座。然后古提雷兹走向司机座位的门边也坐了进去,启动了引擎。

"普尔,"布鲁萨德在对讲机里说,"我们发现法劳·古提雷兹和克里斯·马伦表现得就像失散多年的兄弟。"

"别瞎扯了。"

"我向上帝发誓,伙计。"

法劳·古提雷兹的雷克萨斯离开路边,从我们的车旁驶了过去。

它继续沿街而行,布鲁萨德把对讲机拿到唇边:"听着,普尔。我们正在尾随一辆深灰色的雷克萨斯SUV,开车的是古提雷兹,马伦坐在上面拿着枪,他们离开了廉租房区。"

当我们经过第二条小巷时,普尔小跑着出来了。他穿着一件伪装成流浪汉的衣服,和我的很像,只是还加了一条深蓝色的头巾。他从我们车后绕过,跑向金牛座汽车时,便将头巾摘了下来。我们跟随雷克萨斯回到了波士顿街上。古提雷兹向右转,我们先是跟到了安德鲁广场,之后转弯驶上了和高速公路平行的辅路。

"如果马伦和古提雷兹现在是朋友了,"安琪说,"那这意味着什么呢?"

"对奇斯·奥拉蒙来说真是天大的坏消息。"

"奇斯在监狱里,他的两个手下——本该是一辈子的敌人——现在却联手对抗他?"

布鲁萨德点头:"接手了他的帝国。"

"阿曼达在这件事中处于哪个环节呢?"

布鲁萨德耸了耸肩:"中间的某个环节吧。"

"什么中间?"我问,"靶子中间的位置吗?"

16

跟踪了那些浑蛋一段时间后，其中一个收获便是，你会对他们的生活方式有点儿嫉妒。

噢，不是那些价值不菲的东西——价值6万美元的车、百万美元的公寓、爱国者队比赛的首排座席，虽然这些也很让人嫉妒。那些小毒贩每天能享受到的日常快乐，对我们这些上班族来说真的很陌生。

例如，我们监视他们的全程，我很少看见克里斯·马伦和法劳·古提雷兹遵守交通规则。在他们眼里，那些红灯显然是为胆小鬼准备的，停车标记是给小孩看的。高速公路上限速55英里每小时，为什么明明开到90英里每小时可以更快到达目的地，却要限速55英里每小时呢？当应急车道畅行无阻时，为什么还要使用超车道呢？

还有停车的情况。波士顿的停车位就和撒哈拉沙漠的滑雪坡一样稀缺。穿貂皮披肩的老太太们甚至为了抢车位引发过枪战。在20世纪80年代中期，有些蠢货竟然花25万美元在灯塔山车库买了一个认证的停车位，这还不包括每月的维护费用。

波士顿宣称：我们这里很小、很冷，但是人们会为了一个好的停车位厮杀起来。快来吧，把家人带过来。

古提雷兹和马伦，以及后面几天我们跟踪过的他们的手下都没有这个问题。他们随意地并排停车：无论在哪里，无论什么时候，只要他们有停车的心情，他们想停多久就停多久。

有一次，在南端的哥伦布大道上，克里斯·马伦吃完午餐走出哈莫斯利斯餐厅时，发现一个艺术家正非常生气地等他。他留着标志性的山羊胡子，一只耳朵上戴着三个耳钉。克里斯用自己锃光瓦亮的黑色奔驰挡住了艺术家粗笨的思域。艺术家的女友也和他在一起，所以他只能据理力争。我们的位置在半个街区以外的大街对面，听不见他们说了什么，但明白大概是什么意思。艺术家和他的女友大喊大叫，指指点点。克里斯一边走近，一边把羊绒围巾掖在深色的阿玛尼雨衣下，整理了一下领带，还没等那个女人发完牢骚，便敏捷地对着艺术家的膝盖踢了一脚。克里斯站得离那个女人很近，可能会被人误认为情侣。他把自己的食指抵在她的前额上，竖起拇指，在她头上放了很久，这对那个女人来说是无比漫长的一段时间。然后他做了个开枪的手势，把手指从女人的头上移开，还吹了吹。他对她微笑，然后靠近并在她脸上迅速地吻了一下。

随后克里斯走向他的车，坐进去开走了。那个女人还盯着他的背影，有些蒙。我想她还没有意识到她的男友正在痛苦中咆哮，就像一只背部折断了的猫在人行道上打滚儿。

除了我们、布鲁萨德和普尔，还有数名来自反儿童类犯罪组的警察共同进行监视工作。除了古提雷兹和马伦，我们还关注着许多奇斯·奥拉蒙的人。有"毒刃"卡洛斯·奥兰多，他负责那些廉租房里的日常事务，而且无论去哪里，都带着一摞漫画书。还有吉吉·麦克纳利，他是北多切斯特地区负责所有非越南妓女的皮条客，却和一个越南女孩约会，并且很宠她。乔尔·格林和希基·威斯特在埃尔西诺的一个摊位上监督高利贷和记账，那是奇斯在下米尔斯开的酒吧。巴迪·佩里和布莱恩·博克斯——这两个家伙很蠢，需要地图才能找到自己的浴室——他们负责打架。即使粗略地观察，这个团队也没有多少聪明人。奇斯是凭借自己的努力获得地位的：他对人尊重，向任何可能伤害他的人表达敬意，哪里出现权力的空白，便跑到哪里。最大的一次飞跃发生在几年以前，当时杰克·劳斯——爱尔兰暴徒在多切斯特和南波士顿区域的老大与他的主要亲信凯文·赫利什一起消失了。凯文·赫利什是一个脑子里有马蜂窝，血液里有工业腐蚀剂的家伙。他们消失后，奇斯为多切斯特出价，并成功上位。奇斯很聪明，克里斯·马伦大概有他一半的智慧，而法劳·古提雷兹只有一点儿。其他伙计，都很符合他的原则：从不雇用任何既不贪婪（奇斯认为这在生意中是必要的）又足够聪明，可以运筹帷幄的人。

所以他只雇用傻瓜、偏执狂，以及那些喜欢把钱捆在橡皮筋里，言谈类似詹姆斯·肯恩，爱好吹牛的家伙。这些人没有任何抱负。

每次马伦和古提雷兹进入室内——公寓、仓库、办公楼——那里便立刻被反儿童类犯罪组列入监视范围，在接下来的三天内这些地方会被全面包围，如果可能，还会有警探混进去。

我们安置在马伦家的窃听器显示，他每天晚上七点给他母亲打电话，谈论的都是同样的话题：为什么他不结婚；为什么他如此自私，不让母亲抱孙子；为什么他不和好姑娘约会；既然他在林务局有一份好工作，为什么看起来还如此憔悴。每晚7点30分，他会看《危险边缘！》，并大声回答里面的问题，大概能得三百分。他很了解地理知识，但是每当出现17世纪的法国艺术家时，他就只能干瞪眼。

我们听见他和几个女友说话，和古提雷兹胡扯些汽车、电影以及棕熊队的话题。但是和许多罪犯一样，他似乎很不喜欢在电话里谈论生意。

在其他方面，警方对阿曼达·麦克里迪的搜查全部失败了。警方逐渐将侦查方向转向其他领域。

在监视的第四天，布鲁萨德和普尔接到了多伊尔警督的电话，让他们在半小时内来到辖区，并确保要带上我们。

"情况可能很糟糕。"普尔说。我们正驶向市中心。

"为什么要带上我们？"安琪问。

"这就是我说糟糕的原因。"普尔说，并在安琪向他吐舌头时回以微笑。

多伊尔这些天似乎过得不大好。他的皮肤发灰，眼睑呈现黑色，整个身体都散发着冷咖啡的气味。

"把门关上。"我们进来后，他对普尔说道。我们在桌子对面坐下，普尔关上了背后的门。

多伊尔说："当初我成立反儿童类犯罪组，并寻找好的警探，我找遍了警察内部的各个小组，除了反卖淫组和缉毒组。那么我为什么这样做呢，布鲁萨德警探？"

布鲁萨德摆弄着自己的领带："因为其他组每个人都害怕和这两个组的人一起工作，长官。"

"为什么会这样呢，拉多普洛斯警司？"

普尔微笑："因为我们太帅了，长官。"

多伊尔用手做了个"继续"的姿势，然后自顾自地点了几下头。

"因为，"他最终说，"缉毒组和反卖淫组的警探都是牛仔，是疯狂的警察。他们喜欢黑社会，喜欢打赌，喜欢到处奔忙，喜欢以自己的方式做事。"

普尔点头："做任务时经常起到反面效果，确实，长官。"

"但我和你们在六组的警督确认过，你们两个很够意思、很高效、很守规矩,对吧?"

"那是谣言,长官。"布鲁萨德说。

多伊尔严厉地对他笑了笑:"你去年当上了一等警探。对吧,布鲁萨德?"

"对,长官。"

"担心回到二等或者三等吗?没准会回到巡警的位置。"

"啊,不,长官。我不想这样,长官。"

"那就不要再搞这些蠢事了,警探。"

布鲁萨德对着自己的拳头咳嗽:"是,长官。"

多伊尔从桌子上拾起一张纸,读了一下,然后又放了回去:"你们让反儿童类犯罪组半数的警探监视奥拉蒙的人。我问为什么,你们说,你们收到了一张匿名纸条,上面写着奇斯和阿曼达·麦克里迪的失踪有关。"

他再次自顾自地点头,然后抬起头和普尔对视:"你想要修正这个结论吗?"

"长官?"

多伊尔看了看表,站了起来:"我从十开始倒数。在我数到一之前告诉我实话,你们或许能保住工作。"

"十。"他开口道。

"长官。"

"九。"

"长官,我们不知道……"

"噢!八,七……"

"我们相信阿曼达·麦克里迪被奇斯·奥拉蒙绑架了,为了确保她妈妈还回从奥拉蒙的组织中偷的钱。"普尔坐了回去,对布鲁萨德耸了耸肩。

172

"所以，这是绑架。"多伊尔说，然后坐了下来。

"可能是。"布鲁萨德说道。

"是联合绑架。"

"我们还未完全确定。"普尔补充道。

多伊尔打开一个抽屉，从中拿出录音机，丢在桌面上。从我们进入办公室开始，他第一次看向我们，然后按下了播放键。

先是一阵刺耳的静电声，然后是电话铃，接着一个声音响起，我听出是莱昂内尔在说："您好。"

对面是一个女人的声音："告诉你的妹妹，让那个老警察、长得挺帅的警察，还有那两个私家侦探明天晚上8点到花岗岩铁路采石场来。让他们从昆西那边过来，爬上老铁路的斜坡。"

"请问，你是谁？"

"告诉他们带着从查尔斯镇找到的东西。"

"女士，我不知道……"

"告诉他们，他们在查尔斯镇找到的东西，可以用来和我们在多切斯特找到的东西做交易。"那个女人的声音低沉而平淡，而且很轻，"你明白了吗，亲爱的？"

"我不确定。我能拿张纸吗？"

对面发出嘶哑的笑声："你很谨慎，亲爱的，非常谨慎！这些都在录音吗？还有其他人在听吗？如果我们在花岗岩铁路采石场看见了那四个人以外的其他人，就把从多切斯特带回来的包裹扔下悬崖。"

"没有人……"

"再见，亲爱的。请保持温柔，你听见了吗？"

"不，等等……"

录音机里传来"咔嗒"一声，然后是莱昂内尔急促的呼吸，再之后是拨号音。

多伊尔关掉了录音机。他靠在椅背上,将手指并拢,抚摸着自己的下唇。

一阵沉默后,他问:"你们在查尔斯镇找到了什么,伙计们?"

没有人说话。

他旋转座椅,看向普尔和布鲁萨德:"你们还想让我倒数吗?"

普尔看着布鲁萨德。布鲁萨德伸出一只手,手掌向上,朝普尔的方向挥过来。

"谢谢,你真贴心。"普尔转向多伊尔,"我们在大卫·马丁和基米·尼豪斯家的后院里找到了20万美元。"

"查尔斯镇的瘾君子吗?"多伊尔问。

"对,长官。"

"那么这20万当然应该看作证物。"

普尔朝布鲁萨德的方向挥了挥手。

布鲁萨德看着他的鞋子:"不能确定,长官。"

"一定是证据。"多伊尔拾起一支铅笔,在他手肘处的记事本上写下一些东西,"我联系完内务部,你们就会立刻被这个部门解雇。对了,你们想要去哪家保安公司工作?"

"嗯,您看……"

"或者酒吧?"多伊尔咧嘴笑道,"得知他们的酒保以前是个警察,顾客会很开心的,他们能听到所有关于兵与贼的故事。"

"警督,"普尔说,"恕我直言,我们希望能保住工作。"

"我知道你们想,"多伊尔在笔记本上写下了更多内容,"你们在调查凶杀案并盗取证据时就应该想到,这可是重罪,绅士们。"他拿起电话,拨了两个数字,并等待。"迈克尔,把参与调查大卫·马丁、基米·尼豪斯被杀案的警员名单给我一份。我要掌握情况。"他把电话夹在肩膀上,用铅笔背面的橡皮敲击桌面。听筒中传来细小的声音，他再次靠向电话："好的，明白了。"他在笔记本上潦草地写了几笔，然后挂断。"丹尼尔·古登和马克·莱纳德警探。认识他们吗？"

"大概知道。"布鲁萨德说。

"我能推测出，你们没有让他们得知，你们在被害人的后院中找到了什么。"

"是，长官。"

"什么'是'？你是说你告诉了他们，还是说没有告诉？"

"没有告诉。"普尔说。

多伊尔把双手放在脑后，重新靠在自己的椅背上："现在就停下来，绅士们。如果到时候事情没有这么糟，也许——我只是说也许——你们下周就还有工作。但是我向你们保证，你们不可能待在反儿童类犯罪组了。如果我想看牛仔表演，我可以去看《赤胆屠龙》。"

普尔把一切都告诉了他，从安琪和我在新闻录像中看见克里斯·马伦开始，直到现在。他唯一没说的事情是他们在基米的内衣中找到了关于赎金的纸条。当我在脑海里回放莱昂内尔和那个女人的对话时，我意识到没有那张纸条，就没有任何可靠的证据表明，给莱昂内尔打电话的人在以孩子为要挟索要赎金，也没有证据表明这是绑架：联邦调查局就无法插手。

"那笔钱在哪里？"多伊尔在普尔说完后问道。

"在我这里。"我回答。

"在你这里，是吗？"他问，但并没有朝我的方向看，"非常好，普尔警司。你偷走了20万美元——而且这是证物，我还可以补充说，你把这笔钱交给了一个无关人士，这个人的名字数年来和三起未

175

解决的谋杀案联系在一起,还有人说,杰克·劳斯和凯文·赫利什的失踪也和他有关。"

"不是我,"我说,"你一定把我和另一个帕特里克·肯齐弄混了。"

安琪踢了踢我的脚踝。

"帕特。"多伊尔招呼道,他把身体从椅子上向前倾,并望着我。

"是帕特里克。"我说。

"抱歉,"多伊尔说,"帕特里克,由于你接受赃款、妨碍正义、干扰国会对重案的调查、破坏证物,我可以把你送进大牢。你再插一脚试试,如果我真的不喜欢你,你知道我能挖出什么吗?"

我在椅子上转动身体。

"你说什么?"多伊尔问,"我听不见。"

"没说什么。"我回答。

他把手放在耳后:"什么?"

"我没有说话,"我说,"长官。"

他微笑了,用手指拍打桌面。

"非常好,小子。有人问你的时候再说话,否则请闭嘴。"他朝安琪点头,"就像你的搭档一样,我一直听说你才是行动的负责人,女士。现在看来是真的。"他把椅子转回到普尔和布鲁萨德的方向,"所以你们两个天才想要和奇斯唱对手戏,用钱换回那孩子。"

"非常准确,长官。"

"我不把这件事上报给联邦调查局的理由是什么?"他伸出双手。

"因为对方没有提出正式的赎金要求。"布鲁萨德说。

多伊尔低头看着录音机:"那我们刚刚听的是什么?"

"是这样，长官。"普尔靠向桌子对面，指着录音机，"如果你再听一遍的话，你会发现一个女人提议用在查尔斯镇找到的'某些东西'交换在多切斯特找到的'某些东西'。她说的可能是邮票或棒球卡片。"

"事实上，她打给了一个丢失了孩子的母亲，这难道不会引起我们联邦执法兄弟的兴趣吗？"

"好吧，具体来说，"布鲁萨德说，"她打给了那个丢失小孩的母亲的哥哥。"

"说'告诉你妹妹'。"多伊尔补充道。

"对，确实。但是长官，依然没有切实的证据表明，我们讨论的是一起绑架案。你了解联邦调查局，他们把鲁比·里奇案、韦科案搞砸了，和波士顿暴徒做疯狂的交易，他们……"

多伊尔抬起一只手："我们都意识到了最近的职场违法现象，布鲁萨德警探。"他低头看着录音机，然后又看向手肘旁的笔记。"花岗岩铁路采石场不是我们的辖区。它位于州警察局和昆西警察局之间。所以……"他拍了下手，"好。"

"好？"布鲁萨德问。

"我说'好'，意思是我们可以和州警察局及昆西警察局联合工作，并不需要明确提及麦克里迪家孩子的事情，让联邦调查局歇着吧。打电话的人说除了你们两个，任何警察都不可以去花岗岩铁路采石场。好吧。但我们打算封锁那些山路，绅士们。我们会在昆西采石场周围拉一条绳子，只要那孩子不受伤害，我们准备让马伦、古提雷兹或者无论哪个想要得到20万美元的人扫兴。"他再次用手指敲击桌面，"听起来不错吧？"

"是的，长官。"

"是的，长官。"

他咧开嘴对他们笑了,但笑容有些冰冷:"一旦事情完成,我会把你们两个调离我的部门和辖区。明晚在采石场要是有什么差错,我就把你们调去拆弹组。退休之前,你们就待在那儿,负责爬到车底下,祈祷炸弹不会爆吧。还有问题吗?"

"没有,长官。"

"没有,长官。"

他把椅子转回我们的方向:"肯齐先生和吉纳罗小姐,你们是普通市民。我不喜欢你们出现在这间办公室,更别提明晚上山了。但是我没有太多选择。所以这样约定吧——你们不能与嫌疑犯进行任何交火,不能和嫌疑犯讲话。如果发生冲突,请你们双膝跪地、遮挡头部。事情结束后,你们不能对媒体提及任何关于此次行动的内容,也不能把这次事件写进书里。清楚了吗?"

我点头。

安琪也点头。

"如果你们违反了上述任何条例,我会吊销你们的许可证和枪支使用执照,并把悬案小组调去查看玛里昂·索恰谋杀案,联系我在媒体的朋友,让他们回顾一下杰克·劳斯和凯文·赫利什的诡异失踪。明白吗?"

我们点头。

"请让我听到'好的,多伊尔警督'。"

"好的,多伊尔警督。"安琪低声说。

"好的,多伊尔警督。"我也说道。

"很好,"多伊尔靠在椅背上,向我们四个张开双臂,"现在滚出我的视线吧。"

"傲慢的家伙。"当我们来到街上时,安琪说道。

"他就是个老软蛋。"普尔说。

"真的？"

普尔看看我，就仿佛我在吸胶水一般，然后非常缓慢地摇头。

"噢。"我说。

"钱还安全吗，肯齐先生？"

我点头："你现在需要吗？"

普尔和布鲁萨德互相对视，然后耸肩。

"现在不用，"布鲁萨德说，"明天的某个时间，我们会和州警察局及昆西警察局的小子们开个紧急会议，到时候带过来吧。"

"谁知道呢？"普尔说，"也许，我们以现在监视奥拉蒙手下的人力，明天能抓住某个从家出发，把孩子装在麻袋里，前往采石场的人。我们就不用去那里，一切都结束了。"

"行吧，普尔，"安琪说，"行吧，如果事情这么容易的话。"

普尔叹了口气，摇晃着走了回去。

"伙计，"布鲁萨德说，"我可不想去拆弹组工作。"

普尔咯咯笑了："这里就是拆弹组，小子。"

我们坐在比特丽斯和莱昂内尔家前门廊的台阶上，尽可能向他们提供新的信息，以及最近的案件情况，并宣称如果日后我们因为这件事情遇到麻烦，他们很有可能会被联邦起诉。

"所以，"比特丽斯在我们结束后说，"这一切都是因为海伦妮实施了一个糟糕的计划，欺骗了不该骗的人。"

我点了点头。

莱昂内尔抬起一只手，对着拇指旁一大块老茧不停地吹气。"她是我妹妹，"他最终说道，"但是这件事……"

"不可原谅。"比特丽斯说。

他回头看着她,然后转过来看向我,仿佛脸上被泼了奎宁水:"是的,不可原谅。"

安琪来到栏杆前,我站起身,感觉到她温暖的手滑入了我手中。

"如果有什么值得安慰的事,"她说,"我想任何人都没法看到了。"

比特丽斯穿过门廊,坐在丈夫身边的台阶上。她握住了他那双大手,他们凝视着远方的街道,足有一分钟,空虚、愤怒和无奈同时出现在他们脸上。

"我只是不明白。"比特丽斯说。"我只是不明白。"她低语道。

"他们会杀了她吗?"莱昂内尔回头看着我们。

"不会,"我说,"这样没有意义。"

安琪按压着我的手,帮助我撑起谎言的重量。

在车里坐了四天,跑遍全城跟踪那些浑蛋后,我终于回到公寓洗了个澡,安琪也洗了一下。她出来后站在客厅的门廊,用白毛巾紧裹着蜂蜜色的皮肤,拿一把梳子梳头发。她看向我,而我坐在扶手椅上,正把我们和多伊尔警督会面的内容记下来。

我抬起头,和她对视。

她的眼睛很漂亮,是焦糖色的,而且非常大。我有时觉得如果这双眼睛愿意的话,可以把我吸进去。这样会很棒,相信我,非常完美。

"我想你了。"她说。

"我们已经一起锁在车里三天半了,有什么可想的?"

她微微歪头,直到我迎上她的目光。

"噢,"我说,"你是说你想要我了。"

"嗯。"

我点头:"有多想?"

她褪下了毛巾。

"这么想吗?"我说,我的喉咙有些哽住,"我,我……"

亲昵过后的一段时间里,我陷入了充满回声和画面的世界:我躺在潮湿的黑暗中,安琪的心在我的心脏上面跳动。她的脊背抵着我的指尖,身体温暖着我的手掌。我能听见她那温柔的呻吟在回响着。我们结束后,她忽然喘息了一声,从喉咙中发出低沉的轻笑。她回头看了片刻,深色的头发落在她脸上和背上。我眯着眼睛,近距离看着她的上牙咬着下嘴唇,她的小腿在白床垫上的剪影,肩胛骨下的肌肉,那一缕缕梦和爱欲让她的眼睛变得缱绻蒙眬,她那深粉色的指甲在我腹部以上的肌肤上留下了痕迹。

在和安琪亲昵之后的半个小时左右,我都无心做任何事。大多数时候,我只是打一个电话,我需要别人为我画好图。除了最基本的活动能力,我丧失了其他一切技能,也理解不了任何有智慧的对话。我只是沉溺于回声和画面中。

"嘿。"她用手指敲打着我的胸膛,把她的大腿紧靠在我的大腿内侧。

"怎么了?"

"你有没有想过……"

"我现在什么都没想。"

她笑了,用一只脚缠住了我的脚踝,让我的胸膛微微隆起,用舌头舔过我的喉咙:"我认真的,就问你一下。"

"说吧。"我答应道。

"我是想问,当你在我身体里时,你有没有想过如果不采取措施,我们做的事情能产生一个生命吗?"

我歪过头,睁开了眼睛,与她对视。她平静地看向我,她的左眼下方有一块睫毛膏的污痕,在幽暗的卧室中,看起来就像是一块瘀青。

这是我们的卧室,对不对?她还保留着豪斯街那栋从小在里面长大的房子,保留着那里大多数家具,但是在近两年内,她没有在那里睡过一夜。

这是我们的卧室,我们的床。我们的床单上缠绕着两具躯体,我们的心怦怦跳着,血肉彼此挨得太近,对一个观察者而言,很难判别出哪里是我的身体,哪里是她的。有时连我自己也很难判断。

"一个孩子。"我说。

她点头。

"我们做的事,"我缓慢地说,"会把一个孩子带到这个世界。"

她又一次点头,而且眼睛里闪着光。

"你想这样?"

"我不是说这个,"她低声说着,并靠了过来,亲吻着我的鼻尖,"我是说,你有想过吗?你有想过我们在这张床上产生的力量,弹簧发出声音,我们也发出声音,一切都……好吧,很美妙,不仅仅是因为身体的感受,而是因为我们的参与——我和你——比如现在,对吧?"她把一只手掌压在我的腹股沟上,"我们可以创造一个生命,一个孩子。我和你。只要有一片药忘了吃——就有概率,是多少来着,十万分之一?我的身体里此时便有一个生命在成长了。这个生命是你的,也是我的。"她亲吻了我,"是我们的。"

我们就这样躺着,如此靠近,对方的身体那么温暖,我们深深地被彼此吸引,此刻我们很容易萌生一个生命在她的子宫里开始的希望。女性身体具有的神圣感和神秘感，再加上安琪独有的魅力，仿佛被包裹在这茧一般的床单中，这柔软的床垫和摇摇晃晃的床中。一切都变得那么清晰。

但是世界不是这张床。世界如水泥一般冰冷，如刀锯一般锋利。这个世界上满是曾经作为婴儿的怪物，他们一开始也是子宫里的受精卵，作为20世纪唯一的奇迹，它们诞生在女性体内，却又因此愤怒、扭曲，注定走向可怕的一生。有多少爱人睡在类似的茧中、类似的床上，和我们有同样的感受呢？他们之中会产生多少个怪物呢？又有多少受害者呢？

"说呀。"安琪催促着，她拨开了我前额上湿漉漉的头发。

"我想过这件事。"我说。

"然后呢？"

"这让我感到敬畏。"

"我也是。"

"也让我感到恐惧。"

"我也是。"

"很恐惧。"

她的眼睛眯了起来："为什么呢？"

"那些遭遇不幸的孩子，那些如同阿曼达·麦克里迪，仿佛从未出生一般消失了的孩子，那些手拿电工胶带和尼龙绳在街道上晃悠的恋童癖。这个世界真糟糕，亲爱的。"

她点头道："那又怎样？"

"什么？"

"这世界很糟糕，好吧。但是那又怎样？我是说，我们的父母可能知道这个世界有多糟糕，但是他们还是让我们来到了这个世界。"

"我们的童年也很美好。"

"你会希望自己没被生出来吗?"

我把双手放在她背部低一点儿的位置,她靠在了我的手上。随着她从我身上坐起,床单从她的背上滑落,她坐在我的大腿上,低头看着我,头发从耳后落下。赤裸的她如此美好,比我所知道的任何事、任何人、任何幻想都更加趋近完美。

"我会希望我没被生出来吗?"

"这就是我要问的。"她柔声说。

"当然不会,"我说,"可阿曼达·麦克里迪会吗?"

"我们的孩子不会成为阿曼达·麦克里迪。"

"我们怎么知道?"

"因为我们不会偷犯罪者的钱,他也不会把我们的孩子带走,好把钱换回来。"

"每天都有孩子在失踪,很多没有这么充分的理由,你知道的。他们失踪只是因为他们走路上学,在错误的时间经过错误的转角,在商场里和父母走散。他们就这样死了,安琪,他们死了。"

一滴眼泪落在她的胸前,过了一会儿又落在我的胸膛上,它触到我的皮肤时已经变冷。

"我知道,"她说,"尽管如此,我还是想和你要一个孩子。不是今天,甚至可能不是明年。但是我想要,我想让自己的身体里产生某个美好的东西,它属于我们,又是一个和我们完全不同的人。"

"你想生个孩子。"

她摇头:"是想生一个我们的孩子。"

我们小睡了一会儿。

或者说我睡着了。几分钟后,我醒来发现她已经不在床上。我下了床,穿过黑暗的公寓,走进厨房,发现她坐在窗边的桌子旁,树影间透过来的破碎月光映着她赤裸的身体,让她显得有些苍白。

她的手肘边放着一个笔记本,面前摆着案子相关的文件,当我来到门口时,她抬起头,说:"他们不会让她活着。"

"奇斯和马伦?"

她点头:"这是个愚蠢的战术,他们会杀了她。"

"他们已经让她活了这么久。"

"我们怎么知道?就算让她活着,他们也许只是为了拿到钱,只是为了确保这一点。但在那之后他们会杀掉她,留着她太麻烦了。"

我点头。

"你已经面对过这样的事了。"她说。

"对。"

"所以明天晚上?"

"我希望找到尸体。"

她点燃了一支烟,皮肤暂时被打火机的火焰映红了:"你能接受这样的结果吗?"

"不能。"我来到桌子边,靠近她,并把手放在她肩膀上。我意识到我们在厨房中赤身裸体,并发觉自己又想起了我们在床上用身体创造出的力量,那可能诞生的第三个生命如鬼魂一般飘在我们赤裸的肌肤之间。

"布巴?"她开口道。

"完全可以。"

"普尔和布鲁萨德不会愿意的。"

"所以我们不会告诉他们他在那里。"

"如果我们到达采石场时,阿曼达还活着,我们可以给她定位,至少标记出她的位置。"

"然后布巴会击落任何抱着她的人,把他们打得屁滚尿流,让他们消失在黑夜里。"

　　她微笑道:"你想要打电话给他吗?"

　　我把电话从桌子对面拉过来:"你请便。"

　　她拨号的时候交叉双腿,将头歪向听筒。"嘿,大块头。"她说,在布巴回应后她又开了口,"明晚想出来玩吗?"

　　她听了一会儿,然后咧开了嘴:"如果你很走运的话,布巴,你应该可以开枪打人。"

17

马萨诸塞州警察局的警长约翰·登普西长着宽大的爱尔兰人面孔,就像一张煎饼,他的眼睛鼓鼓的,如猫头鹰一般警觉。他眨眼的时候也很像猫头鹰,眼部肌肉忽然收缩,致使厚厚的眼睑落下来覆在眼睛上,停留得比通常情况稍微久一点儿,然后又如窗帘一般拉起,消失在眉毛下。

和我见过的大多数州属警察一样,他的脊椎仿佛是用铅管做的,嘴唇很薄而且苍白,像是用一支颜色很浅的铅笔画在单调的白色脸庞上。他的手呈现奶油色,手指修长而线条柔和,指甲修理得很平整,就像是钱币的边缘。但这双手是他身上唯一温柔的地方,他其余的部分都是由页岩铸成的,瘦削的轮廓是如此硬朗,连一点儿脂肪都没有。如果他从指挥台上摔下来,我很确信他会变成碎片。

州属警察的制服总是让我感到不安,尤其是高级官员的样式。那些整齐光洁的黑色皮革,醒目的徽章和闪亮的铜、银纹饰,从右肩绕过胸膛,到达左侧大腿的坚硬武装带,帽檐处高出四分之一英寸,遮挡住前额和眼睛的警帽。这一切都带有一种日耳曼式的攻击性。

市属警察总是让我想到老战争电影里的士兵。无论他们穿得多么精致，仿佛都距离爬上诺曼底海滩只有一步之遥，牙齿紧咬着湿雪茄，尘土如雨点般落在背上。但是当我看见那些普通的州属警察时——他们下巴紧绷或是傲慢地歪着，太阳照在制服发光的部分——我的眼中立刻浮现出他们正步走在1939年前后秋日的波兰街道上的场景。

我们都集合后不久，登普西警长摘下了他的大帽子，露出下面一片醒目的橘色头发。他的头发修剪成了看起来很精神的板寸，就像从阿斯特罗人造草皮上长出来的一般，他似乎意识到了这会让陌生人感到不安。他用手掌抚平了头发的边缘，从桌上拿起长杆，在张开的手掌上敲了敲，那对猫头鹰般的眼睛带着茫然的轻蔑扫视了整间屋子。在他左侧，联邦标志下方摆着一小排椅子，多伊尔警督和昆西警察局的警长坐在一起，他们都穿着极其肃穆的服装，三个人都用威严的目光审视着这个房间。

我们来到位于米尔顿的州警察局，在作战准备室内集合。此时，房间的左半边已经被州警察局自己的人占满了。他们都长着敏锐的眼睛和光洁的皮肤，帽子整齐地夹在腋下，裤子或衬衫上没有一丝褶皱。

左半边屋子的前排坐着昆西警察，后排是波士顿警察。昆西警察似乎在模仿州属警察，虽然我看见他们的衣服上有一点儿褶皱，还有几顶帽子掉在了脚边的地板上。他们多数是年轻男女，脸颊如条纹鲈鱼一般油光发亮。我敢花重金打赌，他们中没有人在执勤时开过枪。

相比之下，房间的后半部分就像是厨房的等候区。穿制服的警察们看起来还好，但是反儿童类犯罪组的男人和女人们，以及从其他组临时调来的警探们穿得五颜六色，身上满是咖啡渍，呼吸中带着烟味，头发蓬乱，衣服皱巴巴的，一些小玩意儿要是掉进这些折痕中恐怕都会找不到。大多数警探从一开始就为阿曼达·麦克里迪案工作，他们的脸上带着那种"看不惯就滚"的神态，所有工作严重超时，敲了太多住户家门的警察都是这样的。和州属警察及昆西警察不同的是，波士顿警局的警察都瘫在椅子上，不时互相踢到对方，还总是咳嗽。

安琪和我正好在会议开始前赶到，我们坐在了后排。安琪穿了一条新洗的黑色牛仔裤，上身是黑色的棉布衬衫，外罩一件棕色皮革外套。她的整洁程度足以和昆西警察坐在一起。然而我穿着一件破旧的法兰绒衬衫，图案是标准的西雅图后垃圾摇滚，里面是白色的莱恩和史丁比T恤，下身是带有白色斑点的牛仔裤，唯一可以拿出手的是我的运动鞋，它们非常新。

"这是轻便鞋吗？"布鲁萨德问，我们坐在了他和普尔旁边的位置。

我从新鞋上掸掉一片绒毛："不是。"

"真糟糕，我喜欢轻便鞋。"

"广告上说，"我说道，"它们能让我和'便士'哈达威跳得一样高，一步能捉两只小鸡。"

"噢，那好吧。值这个价。"

在登普西警长身后，两位警员把一张昆西采石场和蓝山自然保护区的大幅地形图挂在墙上。刚一挂好，登普西便拿起长杆，指着地图中间的一个地点。

"花岗岩铁路采石场，"他清晰地说，"近来阿曼达·麦克里迪失踪案取得的进展，让我们相信今晚8点会进行一场交易。绑架者们希望用孩子交换一包被偷走的钱，而这笔钱现在归波士顿警察局保管。"他用长杆在地图上画了一个大圈，"你们可以看到，他们选择采石场，也许是因为有无限可能多的逃生路线。"

"无限可能,"普尔轻声说,"好词。"

"即使有直升机待命,并在采石场和蓝山自然保护区埋伏整组的人力,那里的情况也很难掌控。让事情更加复杂的是,绑架者们要求今晚只能有四个人可以靠近那里。在交易发生之前,我们需要处于完全隐身的状态。"

一位警员举起手,清了清嗓子。

"警长,我们如何圈住这片区域,却又不被看见呢?"

"痕迹可以擦掉。"登普西用一只手抚摩着下巴。

"他不是在说这个。"普尔低语道。

"他是。"

"哦。"

"第一指挥队,"登普西说,"设置在山谷中,位于蓝山野兔坡的坡底。从那里乘坐直升机到达花岗岩铁路采石场顶端不到一分钟。我们的大部队将在此待命。我们一得知交易结束就冲出来包围保护区,从两端封锁采石场街道,一边是奇卡塔布特,一边是锯口路,封锁东南高速公路的南北出口和入口坡道,将一切阿猫阿狗一网打尽。"

"阿猫。"普尔说。

"阿狗。"布鲁萨德说。

"第二指挥队将埋伏在昆西公墓的入口,第三指挥队……"

接下来的一个小时,我们听着登普西概述了封锁计划,并为州警察局和地方警察局下达了各自的任务。超过150位警察将会出动,潜伏在昆西采石场周围和蓝山边缘。他们有三架直升机随时待命。强大的波士顿警局人质沟通团队将会出现在现场。多伊尔警督和昆西警察局警长会进行巡视——他们都待在各自的车里,关闭车头灯,在黑暗中环绕采石场巡逻。

"希望他们不会互相撞上。"普尔说。

采石场的面积很大。在新英格兰花岗岩贸易繁盛的时期，有60多个采石场在运作。花岗岩铁路采石场是目前未被填平的22处之一，其余的采石场广泛地分布在高速公路和蓝山之间零散的山丘上。我们在夜晚进入，没有什么光线。连登普西请来说明情况的管理员们也承认，那些山上有太多条路，其中某些路只有少数使用它们的人才知道。

但道路并不是重要的问题。道路最终会通往某处，终点是不多的几条大路和一两个公共公园。即使绑架者们能从山上的搜捕网中溜掉，他们也会在山下的某处被捕。如果这件事只关乎我们四个和几个在山上监控的警察，我认为奇斯的人更有优势。但有了150位警察的参与，我很难想象有人能够在不被发现的情况下进出这里。

无论奇斯组织中的大多数人有多么愚蠢，他们也一定知道，不管他们怎么要求，在人质案中，一定会有许多警察到场。

登普西下一次停顿的时候，我举起了手。他看见了我，但似乎不想搭理我。于是我叫道："警长。"

他低头看着自己的长杆："说。"

"我不知道绑架者们怎么还能逃走。"

许多警察发出咯咯的笑声，登普西微笑了。

"好吧，这就是重点。肯齐先生，对吧？"

我也回以微笑："我明白，但你不觉得绑架者们也明白吗？"

"你是什么意思？"

"他们选择这个地点，就已经意识到你们会包围他们了，对吧？"

登普西耸了耸肩："犯罪使人变傻。"

又一阵笑声从穿蓝色警服的小子们那里传过来。

我等待着笑声散去:"警长,如果他们对我们的布控措施做好了准备,那么我们要怎么办呢?"

他咧开了嘴,但是那对猫头鹰般的眼睛与笑容并不相称。它们盯着我,稍显困惑又略带愤怒:"没有能出去的路,肯齐先生。无论他们怎么想。这是一比一亿的概率。"

"但他们会觉得自己是那个一。"

"那他们就错了。"登普西看着自己的长杆,露出不悦的神色,"还有什么蠢问题吗?"

6点整,我们在一辆警车内与负责人质沟通的玛丽亚·戴克马警探会面,他们停在了距离里丘蒂车道30码远的一座水塔下,这条路是从昆西采石场的中心开凿出来的。她是一个苗条、小巧的女人,刚满40岁,留着一头牛奶色的短发,长着一对杏核眼,身穿一套深色的商务套装,在我们谈话的大部分时间里都悠闲地摆弄着自己左耳上的珍珠耳环。

"如果你们任何人与绑架者和孩子面对面,你们会怎么做呢?"她的目光扫过我们四个,最后停在警车的车壁上——有人在那里贴了一张《国民讽刺》杂志中的图片,上面是一只手拿着枪,对准一个狗头,标题写道:不买杂志,我们就杀了这条狗。

"我在等你们说。"她说道。

布鲁萨德说:"我们会让嫌疑人放开……"

"是'要求'嫌疑人。"她纠正道。

"我们要求嫌疑人放开孩子。"

"如果他回答'滚',并拿出手枪呢,那要怎么办?"

"我们……"

"你们后退,"她说,"让他保持在你们的视野范围内,但是给他一定的空间。他一慌张，孩子就会死。他如果感觉自己受到威胁，那也是同样的情况。你们要做的第一件事是给他一定的空间，让他放松下来。你们不能让他感觉自己在发号施令，但也不能让他感到很无助，要让他觉得自己有选择。"她把头从照片处转回来，拽了拽自己的耳环，然后与我们对视，"明白了吗？"

我点头。

"无论你们做什么，不要一直盯着嫌疑犯，也不要突然移动。你们要做什么事情的话，要告诉他。比如，我现在要退回去了，我要放低我的枪了，等等。"

"像对待孩子一样对待他，"布鲁萨德说，"这是建议。"

她微微一笑，眼睛看着自己的裙边："布鲁萨德警探，我在人质沟通组织工作了六年，只失败过一次。你要是想挺起胸膛大叫'放手，你个浑蛋！'就随你的便吧。不过在罪犯把阿曼达的血溅满你的衣服后，求求你不要再让我去参加脱口秀节目。"她对他扬起眉毛，"好吧？"

"警探，"布鲁萨德说，"我没有质疑你的工作方式，我只是打个比方。"

普尔点头："如果为了救那个女孩，需要像对待孩子一样对待嫌犯，那么我愿意把嫌犯放在马车里，给他唱摇篮曲。你明白我的意思吧。"

她叹了口气，将身体靠过来，用双手抚弄头发："任何人碰见嫌犯带着阿曼达·麦克里迪的机会都非常小。但如果你们遇上了，那么记住——他们只能以这个女孩作为要挟，这个女孩。挟持人质并陷入僵局的人，就像是角落里的老鼠。他们通常非常害怕，也非常容易杀人。在这样的情况下，他们不会怪自己，也不会怪你。他们会怪那个孩子，只有你们非常小心，他们才不会割破她的喉咙。"

她向我们强调了这一点,然后从套装口袋里拿出四张名片,依次递给我们:"你们都有手机吗?"

我们点头。

"我的号码在卡片背面。如果你们和罪犯陷入僵局,并且无话可说,打给我并把手机拿给绑架者。好吗?"

她看向后车窗外面崎岖的黑色山峦和采石场的石堆,以及花岗岩山峰那凸起的轮廓。

"采石场,"她说,"谁会选择这样一个地点呢?"

"这似乎并不是最容易逃脱的地方,"安琪说,"在这样的情况下。"

戴克马警探点头:"可他们依然选择了这里。有什么是他们知道而我们不知道的?"

7点整,我们在波士顿警局的移动指挥所会合,多伊尔警督以他特有的方式为我们鼓舞士气。

"你们要是搞砸了,有那么多山崖可以跳下去,所以,"他拍了拍普尔的膝盖,"不要搞砸。"

"真是振奋人心哪,长官。"

多伊尔来到控制台前,拿起一个浅蓝色的运动包,把它扔在布鲁萨德的腿上:"这是肯齐先生今早拿来的钱。已经数过了,也登记了全部序列号。这个包里确实有20万美元,一分都不少。一定要用我们的方式把它还回去。"

收音机占据了三分之一的控制台,它发出声音:"指挥所,这里是59号。完毕。"

多伊尔把听筒从架子上取下来,轻按了一下发送开关:"这里是指挥所。59号,请讲。"

"马伦已经离开了德文希尔大厦,乘坐一辆黄色的出租车在斯托罗车道上往西。我们正在靠近。完毕。"

"往西?"布鲁萨德说,"他去西边干吗?他为什么会在斯托罗车道上?"

"59号,"多伊尔问,"你确定马伦的身份了吗?"

"啊……"一段长长的停顿,伴随着静电的杂音。

"请再说一遍,59号。完毕。"

"指挥官,我们从出租车公司获取了马伦的行踪,并看着他从德文希尔大厦的后门进到了车里。完毕。"

"59号,你听起来不是很确定。"

"啊,指挥官,我们看见了一个符合马伦形体特征的人,头戴凯尔特人帽子,眼睛上戴着太阳镜……嗯……完毕。"

多伊尔闭了一会儿眼睛,把听筒放在他的前额中间:"59号,你们到底有没有确认嫌疑人的身份?完毕。"

又是一阵伴随着静电声的长长停顿。

"啊,指挥官,仔细想想,确实没有。但我们很确定……"

"59号,谁在和你一起监控德文希尔大厦?完毕。"

"67号,指挥官。长官,我们需要——"

多伊尔轻轻一按,便切断了对话,他在收音机上按下一个按钮,然后对着听筒说话。

"67号,这里是指挥所,请回话。完毕。"

"指挥所,这里是67号。完毕。"

"你在哪里?"

"特里蒙特路南部,指挥官,我和同伴在步行。完毕。"

"67号,你为什么在特里蒙特路上?完毕。"

"跟踪嫌疑人,指挥官。嫌疑人正在走路,沿着波士顿公园往南走。完毕。"

"67号,你是说你在特里蒙特路南部跟踪马伦吗?"

"正是如此,指挥官。"

"67号,让你的搭档拘留马伦先生。完毕。"

"啊,指挥官,我们没有……"

"让你的搭档拘留嫌疑人,67号。完毕。"

"好的,长官。"

多伊尔把听筒放在控制台上,捏了捏自己的鼻梁,然后叹气。

安琪和我看着普尔和布鲁萨德:布鲁萨德耸了耸肩,普尔不满地摇头。

"啊,指挥官,这里是67号。完毕。"

多伊尔拿起了听筒:"请讲。"

"好的,长官。那个,呃……"

"你们跟踪的人不是马伦。对吗?"

"对,指挥官,是一个衣着和嫌疑人很像的家伙,但……"

"挂了,67号。"

多伊尔把听筒放回到收音机上,摇了摇头。他靠在椅背上,看着普尔:"古提雷兹去哪里了?"

普尔双手叠放在腿上:"我上一次确认时,他在保诚希尔顿酒店的一个房间中。昨天晚上从洛厄尔过来的。"

"谁监视他?"

"一个四人组——迪安、加拉格尔、格利森和哈尔彭。"

多伊尔把这些名字和他手肘边写着编号的名单核对了一下。他在收音机上拨号。

"49号,这里是指挥所,请回话。完毕。"

"指挥所,这里是49号。完毕。"

"你在哪里?完毕。"

"希尔顿酒店旁边的多尔顿街上,指挥官。完毕。"

"49号,"多伊尔查看手肘边的名单,"37号在哪里?完毕。"

"格利森警探在大厅,指挥官,哈尔彭警探在后面的出口。完毕。"

"嫌疑人在哪里?完毕。"

"嫌疑人在他的房间中,指挥官。完毕。"

"你确认一下,49号。完毕。"

"好的,我等下会回话。完毕,挂了。"

等待答案的过程中没有人说话,我们甚至没有看向彼此。这就像你看一场足球赛的时候,即使知道你支持的球队在比赛还剩四分钟时领先六分,他们也还是搞砸了。所以我们五个人坐在指挥所的后方,感觉我们可能拥有的任何优势已经从门下滑到了外面,隐入了浓密的黑暗中。如果马伦如此容易地就从四位有经验的警探眼皮底下逃脱,那么过去的几天中他又逃脱了多少次呢?有多少次,警察们以为他们在监视马伦,实际上却在监视另一个人呢?据我们所知,马伦可能去看过阿曼达·麦克里迪;可能已经确定了今晚在山上的逃跑路线;可能买通了一些警察,让他们睁一只眼闭一只眼;或者晚上8点之后,在漆黑的山林中思考自己应该从方程式中除去哪些人。

如果马伦一开始就知道我们在监视他,他也许向我们展示了所有他想让我们看见的东西,当我们在看那些东西时,他便把不想让我们看到的一切都藏在了我们背后。

"指挥官,这里是49号。我们遇到了问题,古提雷兹不见了!我再说一遍,古提雷兹不见了!完毕。"

"多久了,49号?完毕。"

"很难说,指挥官,他租的车还停在车库里。我上一次亲眼看见他是在早上7点。"

"指挥所收到,挂了。"

一段时间内,多伊尔似乎想要捏碎手里的听筒,但随后他把它轻柔而精准地放在了控制台的角落。

布鲁萨德说:"他也许还有另一辆车,早在入住一到两天前就停在了那里。"

多伊尔点头:"如果我再联系其他队伍,那么你觉得会有多少奥拉蒙的人行踪不明?"

没有人回答,我觉得他并不需要答案。

18

如果你出了我小时候生活的社区向南，越过尼庞西特河，就会到达昆西。我父亲那一代人认为这里拥有足以逃离多切斯特的爱尔兰式繁荣，但又不至于富得像米尔顿——位于西北几英里之外、家家有两个厕所的富裕爱尔兰族裔聚居区。当你沿着93号州际公路向南行驶，在到达布伦特里之前，你会先看到沙褐色的群山向西蔓延，它们仿佛永远处在即将碎裂的边缘。

昆西的祖先们正是在这些山上发现了如此多的花岗岩，富含黑色硅酸盐和烟雾状石英的土地在他们脚下闪闪发光，就像一条条钻石汇成的溪流。美国的第一条商业铁路建于1827年，它的第一条铁轨就是在昆西落地，用钉子和金属螺栓固定，延伸至山上，这样花岗岩便可以被运送到尼庞西特河岸边，装上纵帆船，运输至波士顿、曼哈顿、新奥尔良、莫比尔和萨凡纳。

花岗岩百年来的繁荣创造了许多能够经受时间考验的建筑——壮观的图书馆、政府办公大楼、高大的教堂，能够隔绝噪声、光线以及希望的监狱。此外，遍布全国海关大楼的凹槽纹饰大石柱以及邦克山纪念碑也是用这里的花岗岩建造的。这些岩石被从土地中挖出来,会留下许多洞——深深的洞、宽大的洞。这些洞只能用水来填满。

在花岗岩工业没落的数年后,采石场成了一切东西的倾倒地:偷来的车、旧冰箱、旧壁炉,甚至尸体。每隔几年,当一个孩子在那里潜水后消失,或者一位叫沃波尔的被判终身监禁的囚犯告诉警方,他把一位失踪的妓女丢在了山崖上时,采石场便会被搜查。报纸会刊登这里的地形图和水下照片,在这些照片上,我们能看到被淹没的山脉、遭到严重破坏并涌出的岩石、从地表深处长出的尖利锯齿状山峰,还有在100英尺深的水下,如同亚特兰蒂斯幽灵的凸起的悬崖。那些尸体有时会被找到,有时则不能。由于水下黑色淤泥堆积得很厚,以及不合常理的地形变化,这里到处都是未知的斜坡和裂口。采石场掩藏的秘密就和梵蒂冈一样多。

我们艰难地爬上了老铁路的斜坡,折断挡住脸的树枝,在黑暗中踩着野草,不时被岩石绊住,在忽然变得光滑的石头上摔倒,然后低声咒骂。我发现自己正在想,如果我们是努力翻过这些山,抵达蓝山另一头那座水库的志愿者,现在应该已经死掉了。某些熊或是被惹恼的驼鹿,也可能是印第安部落会因为我们惊扰了他们就杀了我们。

"再来一次,大声一点儿。"我说道。布鲁萨德在黑暗中跌倒,胫骨撞在了一块巨石上,于是伸开腿踢了它一脚。

"嘿,"他说,"你觉得我像杰里迈亚·约翰逊吗?上一次在这片树林里时,我喝醉了,正在打炮,从我的位置能看见高速公路。"

"你在打炮?"安琪说,"天哪!"

"你讨厌打炮吗?"

"我讨厌虫子,"安琪说,"很恶心。"

"在树林里做爱的时候,那股气味真能引来熊吗?"普尔问。他靠在一棵树的树干上,仿佛嵌入了夜晚的空气中。

"这附近没有什么熊了。"

"你不会知道的。"普尔看向漆黑的树木深处并说道。他把装着钱的运动包暂时放在脚边,从口袋里拿出一块手帕,轻拍脖子上的汗珠,并擦了擦发红的脸。他吹了几口气,又吸了几口。

"你还好吗,普尔?"

他点头:"还好,只是身材走形了。噢,对,是老了。"

"需要我们谁来拿包吗?"安琪问。

普尔对她做了个鬼脸,并拾起了包。他指着斜坡说:"让我们再上火线。"

"这不是火线,"布鲁萨德说,"这是一座山。"

"我在引用莎士比亚的名言,你这个俗人。"

普尔从树旁离开,开始艰难地登山。

"那你应该说,'用我的王国换一匹马',"布鲁萨德说,"这样更贴切。"

安琪深呼吸了几下,看向布鲁萨德,而他也看着她:"我们老了。"

"我们老了。"他赞同道。

"想想我们就要把他们干掉了,怎么样?"

"很好。"他微笑着,弯下腰,又深吸了一口气,"我太太在我们结婚之前出了车祸,几根骨头断了。她没有医疗保险。你知道骨折要花多少钱修复吗?等到我必须拄着拐杖追赶嫌犯的时候,我就可以退休了。"

"谁在说拐杖?"普尔问,他抬头看着陡峭的斜坡,"很好用吧。"

孩提时代,我在这条路上走过许多次,目的地是花岗岩铁路的水洞或斯温格尔采石场。那里是禁区,用栅栏围着,周围有马萨诸塞州保护部的护林员巡逻。如果你知道位置的话，就能找到一些装着铁链的小门；如果你不知道位置，也可以带着设备自己开辟一处。护林员总是供不应求，他们只有一小拨人，却要努力巡逻几十个采石场，会有上百个孩子在炎热的夏日来到这里。

所以我以前爬过这座山。15年前。在白天。

现在略有不同。

第一，我的身体素质已经和青少年时期不一样了。我受了太多伤，也喝了太多酒，在工作中和人或者台球桌发生过太多次撞击——有一次，对面既有一面挡风玻璃，又有一条路——撞击后我的身体发出剧烈的声响，我非常痛苦，而且立刻产生了钝痛，就像一个年纪是我两倍的人或者职业足球运动员遭受的痛苦那样。

第二，和布鲁萨德一样，我并不是灰熊亚当斯。我对没有柏油路和一家好熟食店的世界是陌生的。每年一次，我会和我妹妹及她的家人一起前往华盛顿的雷尼尔山徒步旅行。四年前，我被一个女人强迫在缅因州参加了一次野营，她在海军商店采购，并自称自然主义者。那次旅行的日程有三天，但我们只坚持了一晚，用掉一罐驱虫剂后就开车去了肯登，去享受洁白的床单和有舒适服务的酒店。

当我们沿着斜坡向花岗岩铁路采石场前进时，我思索着同行的这几个人。我的猜测是，没有人能够成功挨过那次野营的第一个晚上。如果能在阳光灿烂的白天穿着正规的野营靴，拿着结实的手杖，乘坐一流的滑雪缆车，那么我们可能会有可观的进展；但我们只是在山路上跌跌撞撞地行进了20分钟，手电筒照着脚印，以及偶尔嵌在铁路上的枕木。这条铁路在近一个世纪前就停止了运行。终于，我们嗅到了水的味道。

没有什么比采石场的水闻起来更加干净，冷冽，充满希望。我不确定为什么，因为这只是花岗岩之间堆积了数十年的雨水，受到了地下泉水的滋养和过滤。但是我一闻到那个气味,就感觉回到了16岁,并且能感觉到自己从天堂峰边缘跳下时胸膛的跃动。那是斯温格尔采石场中一座70英尺高的山崖,从那里可以看见浅绿色的水在我脚下漾开,就像一只等待的手。我感觉自己失去了重量,失去了形体,只剩纯粹的灵魂飘浮在虚空之中,被仙境般的空气包围着。然后我坠落下来,空气也变成了一股龙卷风,从前行的绿色池塘中直冲上来,暗礁、峭壁和山崖上的涂鸦包围着我,绽放出红色、黑色、金色和蓝色,我能嗅到那些存留了一个世纪的雨水的气味——洁净、冷冽,可忽然一切变得可怖起来。随后我触到了那片水,脚尖朝下,手腕紧贴大腿,落入深水之中,水底有车、冰箱和尸体。

这些年来,每隔四年左右,采石场便会夺走一条年轻的生命,还不算那些夜深人静时被丢在山崖上,后来被发现的尸体。数年后,我在报纸上读到那些社论作者、社会活动家和悲痛的父母在问:"为什么?为什么?"

为什么孩子们——我们这一代人自称采石场老鼠——要从100英尺高的山崖上跳入200英尺深的水中?那里有忽然出现的石壁、汽车天线和木材,谁知道还有什么?

我不知道。我跳下来只是因为我是个孩子。因为我父亲是个浑蛋,我家常常有警察出没,我和妹妹大多数时候都在找地方藏身,我们的生活没有生活的样子。因为很多时候,当我站在那些山崖上时,能看到一只倒放的绿色大碗翻过来,露出它本来的面目。我越是伸长脖子,就越感觉到身体里有一阵冰冷的嗞嗞声,并能感觉到自己的身体,每一根骨头,每一条血管。因为我在空气中感到纯洁,在水中感到干净。我跳下去,是为了向我的朋友证明一些东西,一旦成功,我便很上瘾,想要寻找更高的山崖,花更久的时间坠落。成为私家侦探后,我跳跃的理由是同样的——我讨厌明确地知道接下来会发生什么。

"我需要喘口气。"普尔说。他抓住了我们前方长出来的一根粗藤蔓,抓着它转向地面。运动包从他手上掉下来,他的脚在泥土间打滑。他跌落在包上,手里紧紧地抓着那株藤蔓。

我们距离山顶大约还有15码。我能隐约看见闪着绿色光芒的水,它就像一缕云,从最后一座山脊背后探出,掩映在幽暗的山崖上,盘旋在深蓝色的天空中。

"好的,伙计,好。"布鲁萨德停下来,坐在他的同伴身边。他的前辈把手电筒放在腿上,不住地喘气。

黑暗中,普尔的脸比我任何时候见过的都要苍白,他白得发光。他嘶哑的呼吸声在空气中搅动着,眼神有些蒙,好像在寻找什么无法找到的东西。

安琪跪在他身边,用一只手托着他的下巴,感受他的脉搏:"深呼吸一下。"

普尔点头,他的眼睛凸起,并深吸了一口气。

布鲁萨德俯下身:"你还好吧,伙计?"

"还好,"普尔成功开口,"没什么事。"

他脸上的汗水流淌至喉咙,并浸湿了衣领。

"我真的老了,爬座山,"他咳嗽了一声,"都这么费劲。"

安琪看着布鲁萨德。布鲁萨德回头看我。

普尔又咳嗽了几声。我斜照着手电筒,看见他的下巴上有许多小小的血点。

"再等一小会儿。"他说。

我摇了摇头,布鲁萨德点头,从口袋里拿出对讲机。

普尔伸出手,抓住了他的手腕:"你要干什么?"

"叫人,"布鲁萨德回答,"我们要把你弄下山,兄弟。"

普尔把布鲁萨德的手腕抓得更紧了,他咳嗽得非常用力,我觉得他会咳上一段时间。

"你不要呼叫任何人,"他说,"我们需要单独行动。"

"普尔,"安琪说,"你现在状况不大好。"

他抬头看着她,微笑着说:"我没事。"

"胡扯。"布鲁萨德说,他把视线从普尔下巴上的血点移开。

"真的,"普尔在地上扭转身体,用手臂内侧环住了藤蔓,"上山吧,孩子们,上山吧。"他微笑了,但在闪着光的脸颊旁边,能看见嘴角在抽搐。

我们低头看着他。他看起来距离安息只差一个拱背的动作或一个白眼。他的皮肤是生扇贝的颜色,眼睛无法聚焦,他的呼吸声就像是雨水拍打着窗户。

他依然紧握着布鲁萨德的手腕,就像狱卒一样强硬。他看着我们三个,似乎在猜测我们在想什么。

"我老了,还有债务,"他说,"但我会没事的。可你们要是不找到那个女孩,她会有事。"

布鲁萨德说:"我不认识她,普尔。你明白吗?"

普尔点头,把布鲁萨德的手腕抓得更紧,直到他手上的皮肤变红。

"我很感激,小子,真的!我教给你的第一件事是什么?"

布鲁萨德的眼睛在安琪手电筒的光线下闪闪发亮,他的视线离开了同伴的胸膛,看向他的瞳孔。

"我教给你的第一件事是什么?"普尔问。

布鲁萨德清了清嗓子,朝树林里面吐了一口痰。

"是什么?"

"结案。"布鲁萨德说。他的声音听起来就像是普尔的手离开了他的手腕，抓住了他的喉咙。

"一直是这个，"普尔说，他把视线转向身后的山脊，"所以，去结案吧。"

"我……"

"不要可怜我，孩子！不要！拿上这个包。"

布鲁萨德弯下身，他把手伸到普尔腿下，拉出了包，拍打着底部的尘土。

"去吧，"普尔说，"现在就走。"

布鲁萨德的手腕离开了普尔的手指。他站直身体，看向幽暗的树林，就像是一个刚刚得知什么是孤单的孩子。

普尔看着我和安琪，微笑道："我会活下来的。去救那个女孩，我寻求救援就行。"

我移开了目光。据我所知，普尔刚刚经历了轻度的心脏病发作或中风。血从他的肺里涌出来，这意味着结果并不乐观。如果不立即接受救治，我低头看着的这个人可能会死。

安琪说："我留下来。"

我们看着她。从普尔坐下开始，她就一直跪在地上，用一只手掌拂过他苍白的前额，顺着浓密的头发向后梳。

"留什么留，"普尔说，并用力拍打着她的手，他歪过头，看着安琪的脸，"那个孩子今晚就会死，吉纳罗小姐。"

"叫我安琪。"

"那孩子今晚就会死，安琪。"他紧咬牙关，朝着某些刺痛他胸骨的东西做了个鬼脸，然后使劲吞咽，想要把它压回去。"除非我们做些什么。我们需要全部人力，把她完好无损地救出来。现在，"他使劲拽着藤蔓，好把自己拉起来一点儿，"你们去采石场。你也是，帕特里克。"他把头转向布鲁萨德，"还有你这个烦人的家伙。去吧。现在就走。"

很显然没有人想走。但随后普尔伸出了手臂,把手腕转向我们,我们都看见了他手表上那发光的数字:8:03。

我们迟到了。

"快走!"他呵斥道。

我看向山顶,又看向普尔身后那幽深的树林,然后低头看着这个人。他弓着身体,两腿张开,一只脚耷拉在一边,就像是一个被从木架上卸下来的稻草人。

"快走!"

我们把他留在了那里。

我们爬上山,当道路被灌木丛中的杂草遮挡而变窄后,布鲁萨德走在前面。夜晚如此安静,只剩我们行走的声音,我们很容易相信自己是这里仅有的生物。

在距离山顶10英尺的地方,我们遇到了一条12英尺高的铁丝网围栏,但这并不算什么阻碍。一块宽度和高度与车库门相仿的围栏被割掉了,我们没有停步,从那个洞穿了过去。

在山顶,布鲁萨德停留了很久,打开他的对讲机并对着它低声说话。"我们到达采石场了。拉多普洛斯警司突然发病了。听我的信号——再说一遍,听我的信号——请前往距离山顶15码的铁路斜坡处救援。等我的信号。请回话。"

"好的。"

"挂了。"布鲁萨德把对讲机放回了雨衣里。

"现在要做什么?"安琪问。

我们站在一个离水约40英尺高的山崖上。黑暗中,我能看见其他的悬崖、峭壁、弯曲的树木,以及突出的石块的轮廓。在我们正左边,出现了一条错落而断裂的花岗岩石缝,几座山峰参差不齐,比我们脚下这座山峰还要高上10～15英尺。在我们右边大约60码，土地都很平整，然后再次变得蜿蜒曲折，陷入黑暗。下方是水，黑色的峭壁中间有一个浅灰的大圆圈。

"那个给莱昂内尔打电话的女人让我们等待信号，"布鲁萨德说，"你们看见什么信号了吗？"

安琪用手电筒照着我们脚下，光线落在花岗岩上又弹回来，在灌木中间形成弧形。跃动的光线就像是一只慵懒的眼睛，把我们断续的视野连成了一片，这是一个可以在方寸之间任意改变的怪异世界——从石头到苔藓再到破裂的白色树皮，然后是绿色植被。光在树木之间流过，就像一缕缕银色的牙线。

"我没有看到任何信号。"安琪说。

我知道布巴就在外面的某处。也许他正好能看见我们。也许他也能看见马伦和古提雷兹，还有所有和他们一起工作的人。也许他还能看见阿曼达·麦克里迪。他从米尔顿那边过来，穿过坎宁翰公园，沿着一条数年前发现的路向上，他曾去那里扔掉热兵器，或一辆车、一具尸体——一切可能被布巴这样的家伙丢在采石场的东西。

他的步枪上有一个目标瞄准镜，上面有光线增强装置。透过瞄准镜，我们看起来就像站在一个模糊的海藻世界中，我们的一切动作正在他眼前的镜片里显影。

布鲁萨德腰间的对讲机响了，在无尽的寂静中，那个声音就像是一声尖叫。他摸索着，把它拿到了嘴边。

"布鲁萨德。"

"我是多伊尔。第十六辖区接到电话，一个女人要给你传话。我们觉得这和给莱昂内尔·麦克里迪打电话的是同一个人。"

"请讲。是什么内容？"

"布鲁萨德警探，你往右边走，一直到南边的山崖上。肯齐和吉纳罗往左边走。"

"就这些?"

"就这些。"多伊尔挂了。

布鲁萨德把对讲机放回腰间,望着水对岸的山崖:"分头行动。"

他看着我们,眼睛显得小而空洞。他比平时看起来更加年轻,紧张和恐惧从他脸上抹去了十年的岁月。

"当心。"安琪说。

"你们也是。"他回答道。

我们又在那里站了一会儿,仿佛只要不动,我们就可以避开这件不可避免的事情,避开得知阿曼达是生还是死的瞬间,避开那个一切希望和计划都脱离我们掌控的时刻。多希望无论有谁受伤、失踪或被杀害,都与我们无关。

"好吧,"布鲁萨德说,"该死。"他耸了耸肩,然后沿着平坦的路走了过去,手电筒的光线在他面前的灰尘中跃动。

安琪和我从山崖边后退了大约10英尺,然后顺着石头走,直到一条裂缝出现,另一侧有一块6英寸高的花岗岩岩石。我牵着她的手,我们跨过了裂缝,走在下一块石头上,又顺着石头走了30英尺,然后遇到了一堵墙。

它比我们高出大约10英尺,呈现出奶油般的浅黄色,上面还有巧克力色的旋涡。这让我想到了大理石蛋糕。一块6吨重的大理石蛋糕,但是很硬。

我们用手电筒照射它的左侧,但什么都没有发现,巨石向那边延展了大概30英尺,深入树林。我把光线拉回到面前,看见石头上有一些切口,仿佛在页岩的位置,岩层已经剥落。在我们面部以上约2.5英尺的地方,有一条一脚宽的小裂缝,看起来像是一个嘴唇。再向上

4英尺又有一个大一些的嘴唇。

"最近攀岩攀得多吗？"我问安琪。

"你不是想要……？"她的手电筒光芒在岩石表面跳动着。

"没有别的选择。"我把自己的手电筒递给她，抬起鞋尖，踩在第一个小嘴唇上。我回头看着安琪："如果我是你，不会站在正后方。我可能很快就会下来。"

她摇了摇头，迈向我的左边，用两个手电筒照在岩石上，我用鞋尖抵着那嘴唇，并反复上下推压，想看看那个石头微笑是否会崩裂。得知没有崩裂后，我深吸了一口气，使劲踩了上去，去够更高的地方。我用手指抓着那里，它们因为尘土和石盐而非常滑，溜了出来，我从石壁上掉落，摔了个屁股蹲儿。

"很好，"安琪说，"你有擅长所有体育项目的基因。"

我站起身，在牛仔裤上摸了摸，擦掉手指上的尘土。我怒视着安琪，并且又尝试了一次，结果还是屁股着地。

"不过这石壁已经紧张起来了。"安琪说。

第三次尝试，我的手指在石壁上停留了长达15秒，但还是没有抓住任何东西。

当我抬头看着这块顽固的花岗岩石板时，安琪手里手电筒的光线照在我脸上。

"我可以试试吗？"她问。

我接过了手电筒，把光线打在石壁表面："请便。"

她向后走了几步，看着这块岩石，几次蹲下来又起身，从腰部开始拉伸，并活动手指。还没等我弄清楚她的计划，她便站起来，出发，全速朝着岩石表面跑去。就在她还差几英寸像歪心根撞在一扇画着的门一样撞上岩石时，她的脚卡在下面的裂缝处，右手抓着上面的一块石头，瘦小的身体又向上跳跃了2英寸，然后左臂搭在了岩石顶端。

她在那里悬挂了足足30秒,身体紧贴着岩石,仿佛被钉在了那里。

"现在你打算怎么做?"我问。

"我觉得我要在这里躺一会儿。"

"这听起来像是讽刺。"

"哦,你听出来了?"

"这是我的才能之一。"

"帕特里克,"她说道,这语气让我想起了我妈妈和几个我认识的修女,"站到我下面,然后推我。"

我把一支手电筒放入了皮带扣,这样光线就照在了我脸上,另一支放在我背部的口袋里。我站在安琪下方,两只手放在她的脚跟下面,开始向上推。两支手电筒加起来可能都比她重。她的身体顺着岩壁向上,我伸展手臂,直到垂直举过头顶,她的脚跟离开了我的手掌。她在岩石顶端转过身,向双手和膝盖的方向低头看着我,并伸出了一只手。

"准备好了吗,我的运动员?"

我朝着手心咳嗽了一下:"真烦。"

她收回了手,微笑着说:"你说什么呢?"

"我是说我必须要把另一支手电筒放在背后的口袋里。"

"噢,"她重新把手伸了过来,"当然。"

她把我拉上来后,我们在岩石顶上用手电筒照射四周。这块岩石至少有20码长,没有裂痕,就像保龄球一样光滑。我趴在石头上,把头和手电筒伸向边缘,看着平滑而垂直的崖壁向下延伸约65英尺,直至水面。我们大约位于采石场北侧的中间位置。这片水的正对岸有一排悬崖峭壁,满是涂鸦,甚至还有一位攀岩者钉上的岩钉。在手电筒的照射下,水就像夏日公路上的热浪一样闪着光芒。那是我记忆中的淡绿色,略带乳白,但我知道这个颜色是骗人的。去年夏天,那些潜入水中寻找尸体的人只能被迫放弃搜查。因为水下有高浓度的淤泥,也因为在150英尺以下的深水中,能见度会自然降低,他们只能看见眼前两三英尺范围内的东西。我把光线从对面移开,照在我们这一边,越过一个漂浮在绿色水中的皱巴巴的车牌,还有一大块从中间被动物咬开、看起来像是独木舟的木头,然后便是某个圆形、肉色物体的边缘。

"帕特里克。"安琪说。

"等等,用你的手电筒照这里。"我把光线拉回右边,回到我发现肉色物体的地方,却只看见了更多绿色的水。

"安琪,"我说,"现在,拜托了。"

她趴在我旁边的岩石上,将手电筒的光线靠近我说的地方。65英尺的水深导致光线变弱,潭水那轻柔的绿色也没有什么帮助。我们的光圈平行移动着,就像一双眼睛在水中先是前后,然后上下扫视,形成了一个个密封的方形。

"你看见了什么?"

"我不知道,可能是一块石头……"

咖啡色的树皮漂浮在我手电筒的光线下,然后又是那个车牌,它仿佛被一双愤怒的大手攒皱了。

也许那是一块石头。白色的光、绿色的水以及周围的黑暗和我的眼睛开了个玩笑。如果是尸体,我们现在应该会找到它。另外,尸体不会漂浮,在采石场不会。

"我找到了什么东西。"

我转动手腕,跟随安琪的光线,两道光束落在阿曼达·麦克里迪的娃娃那弯曲的头和没有生气的眼睛上。它正面朝上漂浮在绿水中,印花裙子又湿又脏。

哦，天哪！我在心里默念："不——！"

"帕特里克，"安琪说，"她可能在那下面。"

"等等……"

"她可能在那下面。"她重复道，我听见一个踢腿的声音，她翻了个身，把左脚上的鞋子脱了下来。

"安琪，等等，我们应该……"

在采石场的另一边，悬崖后面的林木线裂开了。枪声在树枝间响起，并忽然炸裂出黄色和白色的光。

"我被发现了！我被发现了！"布鲁萨德的吼叫从对讲机中传出，"请立即支援！请立即支援！"

一块大理石碎片从山崖上落下来，砸中了我的脸。随后我们身后的树木忽然发出咔嚓的声音，树枝被折断，岩壁上迸出火花，伴随着金属撞击的声响。

安琪和我从石头边缘翻了回去，我抓起了对讲机："我是肯齐，这边在开火。再说一遍，有人从采石场南边对我们开火。"

我又向后滚了一点儿，潜入黑暗，发现自己把手电筒留在了石头边缘，一道光束依然照着采石场上方。水对面那个开枪的人可能把手电筒当成了目标。

"你中枪了吗？"

安琪摇头："没有。"

"快回来。"

"什么？"

又一阵子弹击中我们身后的岩石和树木，我屏住呼吸，等待他们停下来。当一片寂静袭来时，我在黑暗中爬行，用手背触到了手电筒，把它推向石块边缘，让它落入水中。

"天哪！"当我爬回安琪身边时她说道，"我们要做什么？"

"我不知道。如果他们的步枪上有激光瞄准装置，我们就死定了。"

他们又开始开枪了。安琪身后那些树的叶子在夜色中跃动着，子弹射入了树干，弄断了较细的树枝。枪声略停了一会儿，那个开枪的人调整了目标，开始射击我们下方的山崖。子弹就打在那些石头嘴唇的另一边，如冰雹一般拍打着岩石。只要他的手臂向上抬起一到二英寸，子弹便会划过悬崖顶端，击中我们的脸。

"需要支援！"布鲁萨德在对讲机里吼道，"立刻！两边都在开火！"

"支援在路上。"一个平静而冷淡的声音回答。

当枪声再次停下来时，我按下了发送键："布鲁萨德。"

"在！你们两个还好吗？"

"被盯上了。"

"我也是。"从他那一头，我听见了子弹射出的声音。当朝采石场那边看去时，我能看见枪口在树木间持续地发出白光。

"该死的！"布鲁萨德喊道。

天空变亮，上方射下白色的光，两架直升机在采石场中间掠过，机头灯足以照亮一个足球场。一段时间内，我被忽然出现的强光晃得看不清东西。一切都失去了原本的颜色，在光线下变白：白色的森林、白色的崖壁、白色的水。一个长长的深色物体从另一边的森林中呈弧形划过，划破了大片的白色。它在空中来回翻转了几下，然后落下悬崖，冲向水面。我追随着它，就在它即将消失在视线中时，才认出那是一颗子弹。与我们隔水相望的森林中又传来了更多的枪声。

然后枪声停止了。我搜寻着那道白光，看见了另一支步枪的枪尾，它穿过了夜色，朝水中落去。一架直升机在布鲁萨德那一侧的森林上方倾斜，我听见了发动机的声音，还有布鲁萨德对讲机里的吼叫："别打了！别打了，你这个疯子！"

碧绿的树顶在白色的光线中破碎，空气里发出噼啪的声响，然后直升机上的武器停了下来，第二架直升机也向下倾斜，光线直射在我脸上。螺旋叶片的风对着我，把我吹得两脚离地。安琪拿着对讲机说道："后退，我们没事，直升机在开火的区域中。"

白光消失了一会儿，我的视线变得清晰，风也已经减弱。我看见直升机升起了大约40英尺，在采石场上方盘旋，将光线投入水中。

所有枪声都停止了。然而，狂躁的机械声已经被直升机涡轮的嗡鸣声和旋翼的噼啪声取代。

我看向白色的池塘，直视搅动着的绿水，大块的木头和车牌正在漂离阿曼达的娃娃。我回头看安琪，她把右边的鞋也脱了下来，同时正从头上褪下运动衫。她只穿着一件黑色的内衣和蓝色牛仔裤，在清冷的空气中颤抖着，面颊泛起了红晕。

"你不会要下去吧。"我说。

"你猜对了。"她点头并把运动衫放在地上，然后从我旁边冲了过去。我转向她，看见她已经跃入空中，猛一蹬腿，胸部向前方扬起。直升机朝右边倾斜，安琪的身体先是在灯光下蜷曲，然后又伸直。

她像导弹般落了下去。

白色的光线下，她的身体是深色的。她双手紧紧抓着大腿，垂直坠落时看起来就像是一尊纤细的雕像。

她像一把屠刀划破水面，刀法干净利落，随即消失了。

"我方有人入水，"有人在对讲机里说，"我方有人入水。"

他们仿佛知道我也会跟着跳下去，于是直升机掉头朝悬崖飞来，右转并停在那里，从一侧向另一侧微微移动，在我面前形成一堵墙。

从采石场的悬崖跳下去，关键技巧在于速度和冲刺。你必须跳得尽可能远，这样空气阻力和重力才不会在下降时把你推回墙上或凸起的石块上。由于直升机挡在我面前，即使我能够潜入它的下方，向下的气流也会把我推进悬崖，让我像个口香糖一样粘在那里。

我趴在地上观察着安琪。以她落水的方式，即使头刚一朝下便开始蹬腿，她也依然会坠得很深。在这些采石场中，她可能在落水时撞上任何东西：木块或者沉入水底岩石上的旧冰箱。

她在距离娃娃15码的地方浮出水面，粗略地打量了一番，然后又潜入水中。

在采石场南侧，布鲁萨德出现在岩石的一块凸起上。他朝那一边向他飞来的直升机挥动双臂。布鲁萨德走过去，涡轮发出尖厉的声音——就像牙医钻头的响声——划破黑夜，直升机向布鲁萨德伸出起落架。他伸手去够，然而一阵微风让整个机身发生倾斜，直升机变得离他更远了一些。

同一阵风也摇晃着我面前的直升机，它几乎移到了悬崖边上。它后退，并向右倾斜，转向采石场的中心，但当我脱下鞋和外套时它又飞了回来。安琪在下方再次浮出水面，朝着娃娃游去。她抬起头，看着那两架直升机，然后再次入水。

在采石场的另一边，那架直升机朝着布鲁萨德飞去。他在坑洼不平的岩石上后退了几步，仿佛失去了落脚点，但随后当直升机从悬崖边回来，机头在水面上转向时，他抬起双臂，环住了起落架。布鲁萨德的双腿在空气中踢打，他的身体随着直升机上下起伏，然后他被拉进了机舱内。

我这边的直升机径直朝我飞来，当我意识到它在试图着陆时已经太迟了。我捡起鞋子和外套，从岩架上跌跌撞撞地后退并向右转。直升机起落架的前端朝着岩石降落，然后猛地向后，把尾翼甩向左边。

它再回来时升高了一些,螺旋桨发出的冲击波足以把我击倒在地,涡轮机的轰鸣声就像一把金属镐般敲打着我的耳膜。

我挣扎着站起来,直升机弹回了一次,然后再次离开光滑的石头。我能看见飞行员在驾驶舱中面部紧绷,仿佛正在讨价还价。机头下降,尾翼上升,一瞬间我以为螺旋桨会刮碎那一片把悬崖顶端和森林隔开的岩石。

一名身穿深蓝色连体衣,戴黑色头盔的警察从机舱跳出,他低着头,弯着膝盖,穿过岩石朝我跑来。

"肯齐吗?"他喊道。

我点了点头。

"过来。"他抓住我的胳膊,按下我的头。另一架直升机从水面离开,朝着我们留下普尔的斜坡飞去。我知道他们不可能在那里降落,时间太紧迫了,没有多余的时间。唯一能让普尔离开那里的办法是:把一个人和一个篮子从飞机边放下去,把他拉上来。

警察把我推进了机舱,螺旋桨依然在我头顶转动。我一进入直升机,它便离开岩石,从边缘降了下去。

我能看见安琪就在我下方,我们朝着她俯冲了下去。她一只手拿着阿曼达的娃娃,潜入了水下,水面被搅动得起了漩涡。

"快回来!"我嚷道。

副驾驶员回头看着我。

我用拇指指向天花板:"你们会淹死她的!快回来!"

副驾驶员轻轻推了推驾驶员,驾驶员把油门拉了回来,当直升机向右倾斜时,我的肚子里翻江倒海。从驾驶舱的窗户能隐约看到一座满是涂鸦的山崖,那座山崖随着我们上升渐渐远去。直升机转了整整一圈,在距离我们最后看见安琪的地方30英尺以上的位置盘旋着。

安琪浮出水面,拍打着吞噬她的漩涡,从口中吐出几口水,然后仰躺在水中。

"她在干什么?"我旁边的警察问。

"到岸边去。"我回答,安琪仰泳朝岩石游去,她左臂间的娃娃像风车一般旋转着。

警察点头,他的步枪瞄准了森林那边。

安琪的高中没有游泳队,所以她代表美国少女俱乐部参赛。她16岁时曾在国家比赛中赢得银牌。虽然有多年抽烟的习惯,但她划水很稳。她的身体干净利落地游过水面,几乎从不将水扰乱,身后留下的痕迹也很少。她游向岸边时仿佛一条鳗鱼。"她只能走回去,"副驾驶员嚷道,"我们不能在那里着陆。"

安琪感觉到一小块突出的岩石,她差点儿撞了上去。她翻转身体朝着岩石群漂去,并小心地把娃娃放在其间的一处裂缝中,然后自己爬了上来。

驾驶员让直升机在岩石间下降,并通过安装在灯上方的对讲机说道:"吉纳罗小姐,我们无法对你实施救援。岩墙离得太近了,而且没有支点。"

安琪点头,她疲惫地挥了挥手,她的身体在刺眼的聚光灯下显得很白,一缕缕长发贴在脸颊上。

"这些岩石的正后方,"驾驶员对着对讲机说,"有一条小路,沿着它往下走并一直左转,你会到达里丘蒂车道,那里有人等着你。"

安琪对他比了个拇指,然后在岩石上坐了下来,深吸一口气,把娃娃放在她的腿上。当直升机再次倾斜,冲到采石场的崖壁上方时,她变成了一堵黑墙上苍白的小点。随后我们沿着老铁路下降,并向西朝着蓝山的滑雪坡前行,下方的土地迅速后退。

"她到底在下面找什么呢?"我旁边的警察放下了步枪。

"那女孩。"我回答。

"怎么不早说?"警察说,"我们得和潜水员一起回去。"

"晚上?"我问。

警察透过面罩看着我。"可能吧,"他有一点儿犹豫,"应该是明天早上。"

"我想她希望在那一步之前找到她。"我说。

警察耸了耸肩:"伙计,如果阿曼达·麦克里迪在采石场里,只有上帝才能决定我们能否找到她的尸体。"

19

我们降落在蓝山保护区的野兔坡上,在滑雪缆车线之间利落地下滑,看着第二架直升机也照做,并轻巧地停在大约20码之外的地方。

一些警车和救护车,两辆马萨诸塞州保护区护林车,还有几队骑兵迎接了我们。布鲁萨德从第二架直升机中跳出来,跑向第一辆警车,把那个穿制服的警察从驾驶座里拽了出来。

当他开启发动机时,我慢慢跑了过去:"普尔在哪儿?"

"我不知道,"他说,"他不在我们把他留下的地方。他不在那条小路上。我觉得他要么试图自己下来,要么在听见枪声后上了山顶。"

登普西警长穿过草地,朝我们跑过来:"布鲁萨德,那边到底发生了什么事?"

"说来话长,警长。"

我爬上车,坐在布鲁萨德旁边。

"那孩子呢?"

"那里没有孩子,"布鲁萨德说,"这是个局。"

登普西靠在车窗上:"我听说那个女孩的娃娃漂在水上。"

布鲁萨德看着我,目光很可怕。

"对,"我说,"但没有看见她的尸体。"

布鲁萨德把车调到前进挡:"我们去找普尔了,长官。"

"拉多普洛斯警司两分钟前打来了电话,他在普利切特街上,说那里有死人。"

"谁?"

"不知道。"

登普西从车窗边移开身体:"我让一个骑兵团到里丘蒂车道那边接你的伙伴了,肯齐先生。"

"谢谢。"

"那边是谁开的枪?"

"不知道,长官。虽然他们把我追得很惨。"

一台涡轮机忽然发出刺耳的声音,登普西只能大声叫喊,他的声音才能被我们听到。

"他们出不来!"登普西嚷道,"他们被封锁在里面了!没有出来的路!"

"是的,长官。"

"没有女孩的线索吗?"登普西似乎觉得,如果这个问题他问了足够多次,早晚会得到希望的答案。

布鲁萨德摇了摇头:"是这样,长官,恕我直言,拉多普洛斯警司在小道上心脏病发作了。我要去接他。"

"去吧。"登普西走到一边,让另外几辆车排在我们后面。布鲁萨德踩下油门,顺着斜坡向下,车轮擦过一排树,驶上一条土道,几秒后左转,在一条坑坑洼洼的小路上加速行驶,直奔高速公路匝道,再经过一个转盘,就到了普利切特街上。

又经过了两条尘土飞扬的小路,我们来到了采石场街,沿着山脉的南部边缘向下。通过后视镜我们能看到,红色和蓝色的灯光在身后闪烁着。

布鲁萨德没有减速,匆匆经过了采石场街尽头的一个停车牌。他将车摆尾,驶入转盘,更加使劲地踩了油门。四个轮胎都失控了,笨重的汽车仿佛抽动了一下,马上就要侧翻,但突然轮子定住了,强劲的引擎发出声音,我们冲下了转盘。布鲁萨德再次定住车轮,我们又翻过了一个坡道,车上溅满了草末和泥土。我们飞速经过右侧的一个废弃磨坊,在距离磨坊50码的道路左侧看见普尔靠在雷克萨斯RX300的后部。

普尔的头抵在挡泥板上。他的衬衫敞开到肚脐,一只手捂着心脏。

布鲁萨德猛地停车,跳出来,在泥土上滑了一跤,到普尔旁边跪了下来。

"伙计!伙计!"

普尔睁开眼睛,虚弱地笑了:"我迷路了。"

布鲁萨德摸了一下普尔的脉搏,然后把一只手放在他的心脏处,用拇指推了一下他的左眼皮:"没事,伙计!没事!你一定……你一定没问题的。"

几辆警车经过了我们。一个年轻的警察从第一辆警车中出来,他穿着昆西制服,布鲁萨德说:"打开你的后车门!"

警察摆弄着手里的手电筒,把它掉在了地上。他走过去捡了起来。

"快点儿把车门打开!"布鲁萨德大吼,"快!"

年轻的警察把手电筒踢到了车下,然后他跑回来,打开车门。

"肯齐，帮我抬着他。"

我抓住了普尔的小腿，布鲁萨德慢慢来到他身后，用胳膊环住了他胸前的位置，我们把他抬到了警车的后方，让他滑入座位。

"我没事。"普尔说，他的眼睛转向左边。

"你一定没事。"布鲁萨德微笑着说道。他转过头，看着那个年轻的警察，他显得有些紧张。

"你开车快吗？"

"嗯，很快，长官。"

在我们身后，很多骑兵和昆西警察来到了雷克萨斯车前方，拔出了枪。

"从车里出来！"一个骑兵喊道，他用武器指着古提雷兹的挡风玻璃。

"哪家医院近一些？"布鲁萨德问，"昆西还是米尔顿？"

"长官，从这里出发的话，是米尔顿。"

"你多久能到？"布鲁萨德问那个警察。

"三分钟。"

"给你两分钟。"布鲁萨德拍了拍警察的肩膀，把他推到驾驶座门口。

警察跳上车，坐在方向盘前。布鲁萨德捏着普尔的手说："一会儿见。"

普尔困倦地点了点头。

我们退了回来，布鲁萨德关上了后门。

"两分钟。"他对警察重复道。警察开车上路时，车轮卷起沙砾，扬起了滚滚的尘土。他打开车灯，在柏油路上飞驰着，仿佛被火箭助推器击中一般。

"该死的。"另一个警察说，他站在雷克萨斯前方。"该死的。"他又说了一遍。

布鲁萨德和我朝雷克萨斯走去。他抓住了两个骑兵，指着那栋废弃的磨坊："检查那个建筑！快！"

骑兵们甚至没有问原因。他们把手放在腰间的枪上，沿着这条路向磨坊跑去。

我们靠近雷克萨斯，穿过那一小群挡住前保险杠的警察，透过挡风玻璃看着克里斯·马伦和法劳·古提雷兹。古提雷兹坐在驾驶座上，马伦拿着枪。车头灯还开着，发动机也依然在运转。古提雷兹面前的挡风玻璃上有一个小洞，破碎的玻璃形成了一片小蜘蛛网的形状。马伦前方的玻璃上也有一个相同的孔。

他们头上的枪眼也非常类似——都是一角硬币大小、皱巴巴的，边缘呈白色，两人的鼻子下都流出一道细细的血。

从表面上看，古提雷兹中了第一枪。他的脸上除了不耐烦没有任何表情，两手都是空的，手掌摊开放在座位上；车钥匙还插着，车子处于换挡状态。克里斯·马伦的右手握着腰带上的枪，他的脸因为恐惧和惊讶忽然僵住。他在大约半秒钟前知道自己将要死去，时间可能更短。但这足以让一切都变成慢动作，当他看见那颗杀死古提雷兹的子弹时，一千个可怕的念头在他愤怒的大脑中横冲直撞。他去够自己的枪，却听见了另一颗子弹划破挡风玻璃的声音。

是布巴，我想。

在雷克萨斯前方50码处，那个如寡妇般摇摇欲坠的废弃磨坊为狙击手提供了完美的藏身之处。

在汽车前车灯投射的光线中，我看见两个州属警察慢慢靠近那里。他们膝盖微屈，拿起枪指着磨坊。其中一个人指了一下另一个人，随后两人一起靠近侧门；一个人把门打开，另一个人把枪举到胸前，率先走了进去。

布巴，我想，我希望你这样做不只是为了好玩，告诉我阿曼达·麦克里迪在你手里。布鲁萨德追随着我的视线说道："从子弹的角度看，你有几分把握它们是从那个建筑里打出来的？"

"我不想打赌。"我说。

两小时后，他们还在收拾残局。夜晚忽然变冷，下起了雨夹雪，雪和雨落在挡风玻璃上，也像虱子一般沾在我们头上。

那两个进入磨坊的骑兵拿着他们找到的一支温彻斯特M94杠杆式步枪走了出来，上面安装着激光瞄准装置。步枪被扔在了二楼一桶陈年的油中，就在面向这条破烂道路的窗户右边。序列号已经归档，当有人提到指纹时，法医系统第一个来查看的人哈哈大笑。

更多骑兵进入磨坊，试图寻找另外的证据，但在两个小时内没有找到任何弹壳或其他东西，法医在路上和通往这里的那扇窗的窗框上也没有发现任何脚印。

在通往斯温尔格采石场的山路后方，与安琪碰面的护林员给了她一件鲜艳的橙色雨衣，还有一双厚袜子。但她在夜色中依然不住地颤抖，用一条毛巾不停地擦头发，虽然几个小时前她的头发就已经干了，或者说冻住了。小阳春的季节，似乎走起了马萨诸塞式的风格。

两个潜水员试图在花岗岩铁路采石场展开搜查，但表示在30英尺以下的水中，能见度几乎为零。而且一旦天气变化，花岗岩中便会有淤泥脱落，使浅水区变得一片混浊。

潜水员们到10点便放弃了，他们只找到了一条男士牛仔裤，挂在水平面以下约20英尺的一处岩架上。

当布鲁萨德到达采石场南侧，也就是我和安琪发现娃娃的那座山崖的正对面时，一张字条正等待着他，它整齐地被压在一块小圆石下，上方的树枝上挂着一支和铅笔一样细的手电筒。

走开。

布鲁萨德正朝那张字条走去，树林中却发出了枪声，他离开森林，来到山崖上，手里拿着枪和对讲机，把钱袋和手电筒留在了树林中。第二拨子弹把他逼到了山崖边上，他站在黑暗中，以隐藏自己，并把枪指向森林。但由于担心枪口的火光暴露他的准确位置，他没有开枪。

他们搜索布鲁萨德最后的位置时发现了字条、绑架者的小型手电筒，还有那个打开且空着的包。一小时内，他们在布鲁萨德所在山崖正后方的树木和岩石间找到了100多个用过的弹壳。骑兵在对讲机中说："我们还会找到更多的，枪手们可能进了那个后面的房子。上帝保佑，这里就像是格林纳达。"

负责巡逻我们那一侧的骑兵和护林员报告称，他们发现了至少50发子弹射入我们的山崖或背后的树林。

我们听见收音机里的一位骑兵总结了他们达成的共识："登普西警长，长官，他们似乎并不打算从这里走出去，这里根本没有路。"

这里所有进出的路都依然被封锁着，但由于子弹是从花岗岩铁路采石场南边射过来的，骑兵、护林员以及带着猎犬的地方警察被送往那里，集中搜查嫌犯。即使在街道北边，我们也能不时看见树顶被射灯照亮。

医生们认为普尔突发了心肌梗死，情况在他走向采石场街时进一步变糟。普尔到那里时迷失了方向，可能已经神志不清。他显然看见古提雷兹和马伦开着雷克萨斯驶向普利切特街，于是他朝那边走去，结果只找到他们的尸体，于是便通过雷克萨斯车里的电话呼叫。

我们最后得到的消息是，普尔正在米尔顿医院的重症监护室中，他的情况很危急。

"有人计算过了吗？"登普西问我们。我们正靠在维多利亚皇冠汽车上，布鲁萨德抽着安琪的一支烟，安琪一边颤抖，一边用一个印有马萨诸塞州保护区标志的杯子喝咖啡，我用一只手抚摩着她的背部，试图向她的血液中传递一些热量。

"计算过什么？"我问。

"古提雷兹和马伦在路上被杀死时，正好是你们三个遭遇枪击的时间。"他嚼着一根红色塑料牙签，偶尔用拇指和食指触碰一下，但始终没有从嘴里拿出来，"除非他们也有直升机，我觉得他们没有……你们怎么看？"

"我也不觉得他们有直升机。"我回答。

他微笑着说："对。那么，除此之外，确实没有什么办法能让他们先是在山顶，约一分钟后又开着他们的雷克萨斯出现在这里。我觉得这似乎不太可能。你们明白了吗？"

安琪说话时牙齿在打战："所以还有谁在那里？"

"这就是问题，对吧？问题之一。"他回过头，看了一眼高速公路另一侧黑色的山。"还有，那女孩在哪里？钱在哪里？某些上演了一幕施瓦辛格电影中枪战戏的家伙在哪里？某些如此顺利地干掉古提雷兹和马伦的人在哪里？"他把脚抬到挡泥板上，再次触碰牙签，抬头看着雷克萨斯车另一边那些在高速公路上飞速行驶的车辆，"媒体可要大饱眼福了。"

布鲁萨德深深地吸了一口烟，又用力呼出："你在玩隐身术，对不对？登普西。"

登普西耸了耸肩，他的眼睛依然看着高速公路。

"隐身术？"安琪问。

"把屁股盖起来，"布鲁萨德说，"登普西警长不想让人知道，自己是那个一夜间弄丢了阿曼达·麦克里迪、20万美元，还有两条人命的警察。对吧？"

登普西转过头，直到牙签正对着布鲁萨德："我不想让人知道自己是这样的警察，不想，布鲁萨德警探。"

"那就由我来担这个罪名喽。"布鲁萨德点头。

"是你弄丢了钱，"登普西说，"我们让你按照自己的方式行事，结果就是这样。"他朝着雷克萨斯扬起眉毛，两个验尸官助手正把古提雷兹的尸体从驾驶座拉出来，放入一个摊在地上的黑袋子中。"你们的多伊尔警督，他从8点半开始就一直在和公安局局长本人通电话，试图解释。上一次我见到他，他正在替你和你的搭档说话。我告诉他这是在浪费时间。"

"当他们对他那样开火时，"安琪说，"他又能做什么呢？拿起袋子跳下悬崖吗？"

登普西耸了耸肩："这确实是一个选择。"

"我不相信，"安琪说，她的牙齿不再打战，"他冒着生命危险……"

"吉纳罗小姐，"布鲁萨德把一只手放在她膝盖上，制止了她，"多伊尔警督不打算说的，登普西局长也不会说。"

"听布鲁萨德警探说，吉纳罗小姐。"登普西说道。

"总有人要为这群浑蛋负责，"布鲁萨德说，"我被选中了。"

登普西咯咯笑了："你是唯一一个代表官方的人。"

他把我们留在那里，走向一伙骑兵，回头看着采石场的山，然后跟对讲机说话。

"这是不对的。"安琪说。

"这没有错，"布鲁萨德说道，"就是这样。"他掸了掸自己的香烟，通过过滤嘴吸了一口，喷向街道，"我搞砸了。"

"是我们搞砸了。"安琪说。

他摇了摇头："如果我们现在还有那笔钱，阿曼达就依然是失踪或死亡的状态。但是没了那笔钱呢？我们看起来就像是小丑。这是我的错。"他朝着街道吐了口痰，再次摇头，用鞋跟踢了踢脚边的轮胎。

安琪看着一个法医技术人员把阿曼达的娃娃放入塑料袋，密封起来，在上面用黑色的马克笔写字。

"她在那里，对不对？"安琪抬头看着黑色的山。

"她在那里。"布鲁萨德说。

20

黎明来临时,我们依然在那里。拖车已经沿着普利切特街把雷克萨斯拉走,转向通往高速公路的转盘。

骑兵们在山间进进出出,拿回装有弹壳和一些子弹碎片的口袋,它们是从岩石表面被捡到,或从树干里被挖出来的。其中一个人还找到了阿曼达的运动衫和鞋,但是似乎没有人知道那个骑兵是谁,或者他做了什么。在我们守夜的过程中,一个昆西警察在安琪的肩膀上盖了一条毯子,但她依然在发抖,嘴唇在街灯、车灯和犯罪现场安置的灯光的映衬下显出紫色。

多伊尔警督大约1点从山上下来,勾起一根手指招呼布鲁萨德。他们沿着路走到围住磨坊的黄色警戒胶带前,停了下来,面对着彼此,多伊尔开始发怒。你无法听见他在说什么,但声音很大,而且能看见他用食指点在布鲁萨德的脸上,情绪不足以用"呸!我们试过了,又怎样?"来表达。大部分时间,布鲁萨德都低着头,对话持续了一会儿,至少有20分钟,多伊尔似乎越来越生气。当他说完时,布鲁萨德抬起头,他对布鲁萨德摇头,即使在50码以外,你也能感觉到对话不愉快地结束了。他把布鲁萨德留在那里，走进了磨坊。

"坏消息，我看出来了。"安琪说，布鲁萨德坐在汽车的引擎盖上，从烟盒中又拿出一支烟。

"明天的某个时刻我将被停职，等待内务部听证会。"布鲁萨德点燃了烟，耸了耸肩，"我最后的职责是通知海伦妮·麦克里迪，我们没有找回她的女儿。"

"那你的领导呢，"我问，"他是支持这次行动的人，他会被追责吗？"

"不会。"布鲁萨德靠在保险杠上，吸了一口烟，呼出一道细细的蓝色烟雾。

"不会？"安琪问道。

"不会，"布鲁萨德把烟灰掸在街上，"由我承担过失和全部责任，我必须承认自己为了获得荣誉掩盖了相关信息，这样我才不会丢掉警徽。"他再次耸肩，"欢迎了解警局政治。"

安琪说："但……"

"噢，对了，"布鲁萨德转向她说道，"警督说得非常清楚，如果你们把这件事告诉任何人，他就会——让我想想他怎么说的——'曝光玛里昂·索恰谋杀案，把你们弄死'。"

我看向磨坊门，我就是在这里最后一次看见多伊尔的。

"该死的。"

布鲁萨德摇头："他从不虚张声势。如果他说要对你做什么，就一定会做的。"

我回想着那件事。四年前，安琪和我在东南高速公路上冷漠地杀掉了一个叫玛里昂·索恰的皮条客兼毒贩。我们用的是未注册的枪，并擦掉了指纹。

但是我们留下了一个目击者，他叫尤金，是个少年犯。我不知道他姓什么，但很确定如果我当时不杀了索恰，他会杀死尤金——即使不是那时候也会很快。我想尤金这些年来一定受过很多苦吧——他未来将无法为希尔森·雷曼公司做事。在其中一次审讯中，他一定为了减刑供出了我们。鉴于完全没有任何证据能把索恰的死和我们联系在一起，我敢肯定地区检察官已经不再跟进这个案子了，但某些人获取了信息，并告诉了多伊尔。

"你是说，他现在在威胁我们。"

布鲁萨德看着我，然后看向安琪，并微笑了："这当然是委婉的说法。不过，确实，他在威胁你们。"

"真让人欣慰。"安琪说。

"这一周充满了让人欣慰的事呢。"布鲁萨德丢开了香烟，"我打算给我妻子打个电话，把好消息告诉她。"

他朝着警察和那几辆环绕着雷克萨斯车的货车走去，弓着背，手插在口袋里，步伐有些迟疑，仿佛脚下的地面和半小时前有所不同。

安琪通过发抖来抵御寒冷，我也跟着她一起颤抖。

清晨，山间弥漫着绛紫色和深粉色的雾气，潜水员们从采石场回来了。当警察们开始为早高峰做准备时，那些封锁普利切特街和采石场街的黄色警戒胶带与锯木架已经被拿掉。一队骑兵围在通往山上的方向，形成人工障碍物。清晨5点，骑兵依然守在所有主路的出入口，但已经允许行人经过检查点进入，高速公路进出的卡口也都打开。电视台的新闻车和报纸记者很快就从高速公路涌出，仿佛他们就等在弯道附近。他们堵住了故障车道，用闪光灯照着我们，也照向山上。一个记者多次叫住安琪，问她为什么没有穿鞋。安琪多次低着头，原本放在腿上的手抬起中指，并回答他。记者们之所以出现，是因为有人泄露了消息，某人在昆西采石场打了几百枪，两具尸体在普利切特街上被发现，看起来像是职业杀手作案。然而，不知为何，阿曼达·麦克里迪的名字伴着微风从山上传来，好戏开始了。

其中一个记者认出了布鲁萨德，随后其余人也都认出了他，很快他们就向下朝我们呼喊起来，我们被当成囚犯了。

"警探，阿曼达·麦克里迪在哪里？"

"她死了吗？"

"她在采石场吗？"

"你的搭档呢？"

"绑架阿曼达·麦克里迪的人昨晚真的被打死了吗？"

"赎金丢了的事是谣言还是真的？"

"阿曼达的尸体在采石场被找到了吗？所以你才没有穿鞋，对不对，女士？"

就好像听见了这些话一样，一个骑兵拿着包穿过普利切特街，把它递给安琪："女士，你的东西，和一些子弹一起拿下来的。"

安琪依然低着头，但感谢了他，她把马丁靴从包里取出并穿上。

"运动衫可不好穿了。"布鲁萨德说，他淡淡地笑了笑。

"是吗？"安琪从引擎盖上滑下来，背对着记者们。其中一个记者试图越过护栏，一个骑兵用伸长的警棍把他推了回去。

安琪把毯子和雨衣褪下，她赤裸的身体和黑色的内衣让许多摄像机转向我们。她看着我："我该跳个慢速脱衣舞，再稍微扭扭屁股吗？"

"你愿意就行，"我说，"我想你吸引了所有人的注意。"

"反正吸引了我。"布鲁萨德说，他公然盯着安琪穿着黑色蕾丝内衣的胸部。

"噢，不错。"她扮了个鬼脸，把运动衫套在头上，拉到肚脐以下的位置。

高速公路上有人鼓掌，还有人吹口哨。安琪依然背对着他们，把

233

一缕缕浓密的头发拉出领口。

"我的表演?"她对我说,并悲哀地笑了一下,然后轻微摇头,"是他们的表演,伙计。所有那些人的表演。"

日出后不久,普尔从病危状态降为加强护理状态。由于除了等待无事可做,我们离开了普利切特街,跟在布鲁萨德的金牛座汽车后面来到了米尔顿医院。

由于都不是普尔的血亲,我们因为可以让几个人进入重症监护室而与住院护士发生了争执。一个医生经过我们,看了安琪一眼并说道:"你知道你的皮肤发紫吗?"

另一场小小的争执后,安琪跟着医生到一张帘子后面检查她是否患有失温症。住院护士不情愿地允许我们进入重症监护室看普尔。

"心肌梗死,"他靠在枕头上说道,"不是什么好词,对吧?"

"这是两个词呢。"布鲁萨德说,他尴尬地伸出手,轻轻捏了一下普尔的胳膊。

"不管怎样,都是心脏病发作。"他再次挪动身体,一阵忽然的疼痛让他发出咝咝的声音。

"放松,"布鲁萨德说,"看在上帝的分儿上。"

"上面发生了什么事?"普尔问。

我们把自己知道的一小部分告诉了他。

"树林里有两个枪手,地面上有一个?"我们说完后他问道。

"看起来是这样,"布鲁萨德说,"或者悬崖有一个带两支步枪的枪手,破旧的小路上有一个。"

普尔的神色表明,如果他相信了这个结论,那么他也相信肯尼迪是被单枪杀死的。他在枕头上移动头部,看向我。

"你确实看见悬崖上有两支步枪吗?"

"我很确定,"我说,"那里太乱了。"我耸了耸肩,然后点头,"我很确定,是两支步枪。"

"磨坊里的射手把枪留下了?"

"对。"

"但是没有弹壳。"

"对。"

"树林里的射手拿走了步枪,却把弹壳扔得到处都是。"

"确实如此,长官。"布鲁萨德说。

"天哪,"他说道,"我搞不明白。"

安琪此时进入了病房,她弯曲着上臂,正用一只棉签擦拭。她来到普尔床边,低头对他微笑。

"医生怎么说?"布鲁萨德问。

"轻度失温症,"她耸了耸肩,"他给我打了一剂鸡汤还是什么,说我能保住自己的手指和脚趾。"

她的皮肤恢复了血色——虽然不如平常,但已经看起来好多了。她坐在普尔旁边的床上说:"普尔,我们两个看起来就像是一对鬼魂。"

他咧开嘴笑着说:"我听说你模仿了著名的加拉帕戈斯群岛悬崖潜水员,亲爱的。"

"是阿卡普尔科,"布鲁萨德说,"加拉帕戈斯没有悬崖潜水员。"

"那就是斐济,"普尔说,"不要纠正我了。再问一次,孩子们,究竟发生了什么?"

安琪轻轻拍了拍他的脸:"告诉我们,你到底发生了什么事?"

他噘起嘴唇待了一会儿才说道:"我不是很确定。不知为什么,我发现自己正往山下走。问题在于,我把对讲机和手电筒弄丢了。"

他扬了扬眉毛。"很聪明,对吧?当我听见那些枪声时,想要回到来时的地方,但无论我怎么走,我似乎都离那声音越来越远。我走出树林,"他摇了下头,"接下来便来到了采石场街的转角处,以及高速公路的出口,我看见雷克萨斯车从那里开过,于是我走在它后面。当我到那里时,我们的朋友们已经被爆了头,而我感觉有些眩晕。"

"你记得自己报告的事吗?"布鲁萨德问。

"我报告了吗?"

布鲁萨德点头:"用车上的电话。"

"噢,"普尔说,"我可真聪明,对吧?"

安琪微笑着从普尔床边的小车里拿了一块手帕,擦了擦他的前额。

"天哪!"普尔说,他的声音有些含糊。

"怎么了?"

他的视线离开了我们一段时间,然后又转了回来:"什么?没事。只是因为这些药物的作用,我很难集中精神。"

值班护士拉开了布鲁萨德旁边的帘子:"你们该走了。"

"那边发生了什么事?"普尔含糊地问。

"快走吧,"护士说,普尔的眼睛转向左边,他咂了咂干裂的嘴唇,睫毛眨了几下,"拉多普洛斯警司承受不住了。"

"不,"普尔说,"等等。"

布鲁萨德拍了拍他的胳膊:"我们会回来的,伙计,你不要担心。"

"发生了什么事?"普尔再次问道,当我们离开病床时,他的声音减弱,进入睡眠状态。好问题,我想,我们走出了重症监护室。

我们回到公寓后,安琪跑去洗热水澡,我给布巴打电话。

"喂？"他回应道。

"告诉我们她在你那里。"

"什么？是帕特里克吗？"

"告诉我阿曼达·麦克里迪在你那儿。"

"没有啊。为什么？我要她做什么？"

"你杀了古提雷兹和……"

"没有，不是我。"

"布巴，"我说，"是你干的，一定是你。"

"古提雷兹和马伦？不是我，伙计。我把脸埋在坎宁翰公园的土里待了2个小时。"

"你都没去那里？"

"我被打了。有人等在那儿，帕特里克。有人用大锤还是什么鬼东西砸了我的后脑勺，把我打蒙了，我都没能出公园。"

"好吧，"我说，我感觉自己头脑中迷雾重重，"再和我说一遍，慢点儿。你到了坎宁翰公园……"

"大约6点半，我带着装备穿过公园走向树林。我正要进到树林朝山上走去时，却听见了什么声音。我想转头，但是啪的一声——有人打了我的后脑勺。你知道，我一开始只是很生气，但视线开始模糊，我准备低头转身，结果又被打了一下。我单膝跪在地上，又挨了第三下打。我以为还有第四下，但当我从一摊血中醒来时，已经8点半了。我再一次进入树林时，林子里已经到处都是州属警察了。于是我回来了，去了傻笑医生那里。"

傻笑医生是一个鼻子总是在喷气的家伙，布巴和城市里半数的暴徒习惯去他那里治疗见不得光的伤口。

"你还好吗？"我问。

"我脑子里一直有很大的嗡嗡声，看东西先是黑的，然后才变清楚，但是没什么事儿。我可太生气了，帕特里克。还没有人能把我打倒，你明白吗？"

我明白。在到目前为止的10个小时内，我所听见的内容中，这是最令人沮丧的。能够迅速而聪明地把布巴从方程式中剔除的人，能力一定非常强。

还有一件事：如果你要用这种方式对付布巴，那为什么让他活着？绑架者们杀死了马伦和古提雷兹，还想杀掉布鲁萨德、安琪和我。为什么他们不从远处向布巴开枪，把他干掉呢？

"傻笑医生说，只要再打一下，我后脑勺上的肌腱可能就会断掉。伙计，"他说，"我可真是太生气了。"

"只要我知道那个人是谁，"我说，"我会转达的。"

"我也打听了一下，你知道吗？我从傻笑医生那里听说了法劳和马伦的事情，所以我让纳尔逊打了几个电话。我还听说了警察丢钱的事。"

"对。"

"但是没有女孩的消息。"

"没有女孩的消息。"

"你这次可是跟一堆大浑蛋干了一架，伙计。"

"我知道。"

"嘿，帕特里克。"

"嗯？"

"奇斯可不会蠢到找人在我头上打一棒。"

"不是故意的吧，他可能没想到你会在那里。"

"奇斯知道咱俩关系有多好。他能猜到在这样的事情上，你会让我做后援。"

他说得对。奇斯在防守方面很聪明，不可能想不到布巴会参与其中。奇斯也一定知道,为了碰运气杀死打他头的人,布巴会向他的一群手下扔手榴弹。所以,如果是奇斯下的指令……还是那件事,为什么他不做个了断呢?布巴死了,奇斯不必担心遭遇报复。但如果让他活着,奇斯在出狱后还想保留自己的组织,唯一的选择便是向布巴交出至少一位当晚在树林里的手下。除非他还有什么我想不到的选择。

"天哪!"我说。

"再告诉你一件事。"布巴说道。

我不确定自己已经打结的大脑还能再接受更多的麻烦,但是我说:"快说。"

"有一个关于法劳·古提雷兹的传言。"

"我知道。他和马伦联合,想要接管奇斯的生意。"

"不,不是这个,这个所有人都知道。我听说法劳不是我们的人。"

"那他是什么人?"

"他是警察,帕特里克。"布巴说,我感觉自己头脑中的一切都滑向左侧,"传说他是美国缉毒局的。"

21

"美国缉毒局?"安琪说,"你开玩笑的吧。"

我耸了耸肩:"只是布巴听说的。你知道,街头的流言可能完全是胡扯,也可能完全是真的,现在还不好说。"

"所以是怎么回事?古提雷兹埋伏了六年,为奇斯·奥拉蒙的组织做事,然后他牵扯进了一起4岁孩子的绑架案中,却不汇报给自己的上级吗?"

"逻辑对不上,是不是?"

"对。但什么事是不可能发生的呢?"

我靠坐在厨房的椅子上,克制了自己想要撞墙的冲动。这是我办过的最令人恼火的案子。一切几乎都没有意义。一个4岁的女孩失踪了。证据让我们相信这个孩子被毒贩们绑架,因为她妈妈拿了那些人的钱。一个好像在为毒贩工作的女人提出了归还那笔钱,把它作为赎金。交出赎金的行动其实是一次伏击,毒贩们被枪打死。其中一个毒贩或许是联邦政府的卧底,也可能不是。失踪的女孩没有被找到,她也可能就在采石场的水底。

安琪来到桌子对面，把她温暖的手放在我的手腕上："我们至少要试着睡几个小时。"

我转动手腕，把她的手包裹在我手中："这个案件中有哪一件事对你来说有意义吗？"

"既然古提雷兹和马伦都被打死了，那应该没有。奇斯组织中没有人能收拾这个烂摊子。他的组织里没有一个人足够聪明，能把这件事搞定。"

"等等……"

"什么？"

"你刚刚说过了，奇斯的组织中现在出现了力量的空白。如果这是重点呢？"

"什么？"

"如果奇斯知道马伦和古提雷兹在计划突袭呢？或者说他至少可能知道马伦要这样做，又听说了一些流言，说古提雷兹不是他以为的那种人？"

"所以奇斯安排了一切——绑架、赎金要求等——这样他就能除掉马伦和古提雷兹？"她放开了我的手，"你是认真的吗？"

"这是一种结论。"

"愚蠢的结论。"她说。

"喂。"

"不，想想吧。为什么他本可以雇几个杀手，在马伦和古提雷兹睡觉时干掉他们，却要惹这么大的麻烦？"

"但是他也生海伦妮的气，想要把那20万要回来。"

"所以他让马伦绑架那孩子，精心设计用孩子换钱的骗局，又在事情结束后找人开枪打死了马伦？"

"为什么不能是这样呢？"

"因为这样的话,阿曼达在哪里?钱在哪里?昨晚是谁在树林里开火?又是谁把布巴打晕了?马伦为什么不知道自己会被杀掉呢?你有没有意识到,这个庞大、复杂的阴谋实施起来,需要奇斯组织中多少人加入?而且马伦并不蠢,他是奇斯团伙里最聪明的。你不觉得他会觉察出内部正在计划杀死他吗?"

我揉了揉眼睛:"天哪,我头很疼。"

"我也是,你又没有帮上什么忙。"

我对她皱眉,她微笑了。

"好吧,"她说,"回到第一步,阿曼达被绑架了。为什么?"

"她妈妈从奇斯那里偷走了20万。"

"为什么奇斯不派人去威胁她呢?我很确信她会屈服,他们也知道。"

"他们要花上三个月才能弄清楚,那笔钱没有被警察扣留或者被那些车手劫走。"

"好吧,但是他们的行动很迅速。我们遇见雷·利坎斯基那天,他的眼圈是黑的。"

"你觉得他是被马伦打的?"

"如果马伦认为他骗了自己,那么对他的惩罚可远远不止送他一对黑眼圈。所以,正如我刚才所说的,如果马伦认为利坎斯基和海伦妮欺骗了组织,他不会绑架海伦妮的孩子,他只会杀了海伦妮。"

"所以,也许绑架阿曼达的不是奇斯?"

"也许不是。"

"那20万是巧合吗?"我歪着头,朝她扬起一条眉毛。

"你是说这是非常大的巧合。"

"这巧合就和佛蒙特州一样大。尤其是基米内衣里的字条说,20万可以把孩子换回来。"

她点头,捏了捏咖啡杯的把手,把杯子在桌上转来转去:"好吧,那我们又回到了奇斯身上。一切的问题在于他为什么要惹这些麻烦。"

"我同意。这些行为没有意义,也不符合奇斯的办事规则。"

她把视线从咖啡杯上移开:"所以她在哪里,帕特里克?"

我碰了碰她的胳膊,把我的手伸进她浴袍的袖口:"她在采石场,安琪。"

"为什么?"

"我不知道。"

"有人绑架了这个女孩,利用她索要赎金,然后杀死了她。就这么简单吗?"

"对。"

"为什么?"

"因为她看见了绑架者的脸?因为那些昨晚在采石场的人嗅到了警察的味道,知道我们正从两头向中间围堵?我也不知道,反正就是有人会杀掉孩子。"

她站了起来:"我们去找奇斯。"

"那睡觉呢?"

"我们死后可以尽情睡。"

22

昨晚曾短暂侵袭的雨夹雪今早又回来了,我们到达康科德监狱时,能听见雨雪像硬币一样打在引擎盖上。

这一次我没有和两个执法人员一起,所以奇斯被带到了来访者专用的房间,隔着一层厚玻璃与我们会面。安琪和我都拿起了隔间里的电话,奇斯也拿起了他的。

"嘿,安琪,"他说,"你看起来不错啊。"

"嘿,奇斯。"

"也许,哪天我从这里出来,我们可以喝杯巧克力麦芽什么的。"

"巧克力麦芽?"

"对,"他转动肩膀,"一种冰激凌饮料之类的吧。"

她眯起了眼睛,说:"好的,奇斯,你被放出来以后给我打电话。"

"真该死!"奇斯用他那宽厚的手掌拍打着玻璃,"你懂的。"

"奇斯。"我说。

他扬起了眉毛。

"克里斯·马伦死了。"

"我听说了，真丢人。"

安琪说："你似乎不太意外。"

奇斯背靠在椅子上，打量了我们一番，懒洋洋地挠着胸脯："这种事情，你们懂吗？浑蛋都死得早。"

"还有法劳·古提雷兹。"

"是啊，"奇斯点头，"真为法劳难过。浑蛋也很会乔装打扮，知道我在说什么吧？"

我说："有传言说，法劳不只为你工作。"

奇斯扬起了一条眉毛，看起来暂时有些困惑："又来了，怎么回事，我的兄弟？"

"我听说法劳是联邦警察。"

"胡扯。"奇斯咧嘴笑了，并摇了摇头，但是他的眼睛依然睁得很大，而且略有些不聚焦，"你在街上听到什么流言都信，我觉得你应该去当个浑蛋警察之类的。"

他知道这是一个愚蠢的比喻。奇斯的特点在于他口中吐出的一切都是流畅、轻快、有趣的，哪怕是威胁。从他颇有把握的话语中，能听出他以前从未听说过法劳是一名警察。

我笑了："奇斯，你的组织里有一个警察，想想这会对你的信誉有什么影响。"

奇斯的眼睛又回到了茫然而好奇的状态，他靠在椅背上重新坐好："你的伙伴布鲁萨德，他大概一小时前来看过我，告诉我马伦和古提雷兹没法替我做事了。他说他认为是我干掉了自己的小子们，还说他会让我付出代价。他又说自己被停职跟我有关，以及他那个老傻瓜伙伴生病的事。他说想知道真相，这可把奇斯惹毛了。"

"听到这些我很抱歉,奇斯,"我靠向玻璃,"还有人也被惹恼了。"

"是吗?谁?"

"罗戈夫斯基老兄。"

奇斯的手指不再挠他的胸脯,他椅子的前腿落下来,触到了地面:"罗戈夫斯基老兄为什么生气?"

"你的团伙里,有人用棍子在他后脑勺上打了好几下。"

奇斯摇头:"不是我的人,兄弟,不是我的人。"

我看着安琪。

"这很不幸。"她说。

"是啊,"我说,"太糟了。"

"什么?"奇斯说,"你们知道我从没对罗戈夫斯基老兄抬过一下手。"

"记得那个人吗?"安琪问。

"哪个?"我反问道。

"几年前的一个人,爱尔兰黑帮的重要人物,你认识他。"她打了个响指。

"杰克·劳斯。"我说。

"对。他就像是爱尔兰教父之类的,对吧?"

"等等,"奇斯说,"没有人知道杰克·劳斯发生了什么事,只知道他惹恼了帕特里索斯。"

他透过玻璃看着我们,我们都缓慢地摇了摇头。

"等等!你是说杰克·劳斯是被……"

"嘘。"我说道,并把一根手指放在唇边。

奇斯把电话在桌子上放了一会儿,抬头看向天花板。当他重新看我们时,身高似乎缩短了1英尺,刘海上的汗水让他的头发粘在前额上，使他看起来年轻了10岁。他把电话拿回到唇边。

"保龄球馆的传闻？"他低声问。

几年前，布巴、一个叫派因的职业杀手、我以及菲尔·迪马斯在皮具区一座废弃的保龄球馆里遇见了杰克·劳斯和他的疯子搭档凯文·赫利什。杰克·劳斯和凯文·赫利什被绑了起来，堵住嘴，他们被布巴用几个保龄球折磨，完全没有机会反击。最后他们是被胖子弗雷迪·康斯坦丁打死的，他是这里的意大利黑手党头目。我们几个从那里出来，知道没有人会发现尸体，甚至没有人会去找他们的尸体。

"真的吗？"奇斯低声问。

我用死亡般的目光回答了他。

"布巴应该知道，我和他被打没有任何关系。"

我看着安琪。她叹了口气，看向奇斯，然后又低头看玻璃下方的小架子。

"帕特里克，"奇斯说，他的语气不再带有任何矫揉造作的优越感，"你要让布巴知道。"

"知道什么？"安琪问。

"我和那件事没有关系。"

安琪微笑着，摇了摇头："好的，可以，奇斯。"

他用手背猛拍着玻璃："你听我说！我和那事没有关系。"

"布巴可不这样想，奇斯。"

"所以，去告诉他。"

"为什么？"我问。

"因为这是真相。"

"我可不买账，奇斯。"

奇斯把椅子向前拽，使劲儿揉捏着电话，似乎要把它掰成两半："听我说，你这个浑蛋。那个神经病以为是我打了他，我还不如砍死几个护卫,把自己关在牢房里一辈子。那家伙就是个行走的死刑犯。现在你们告诉他……"

"去你的,奇斯。"

"怎么了?"

我又非常缓慢地说了一遍。

然后我说:"两天前我就来找过你一次,为一个4岁的女孩乞求帮助。现在她死了,都是因为你。你还想要宽恕?我会告诉布巴,你为打了他而道歉。"

"不。"

"我会告诉他你说对不起,你会以某种方式弥补他的。"

"不,"奇斯摇头,"你不能这样做。"

"看我的吧,奇斯。"

我把电话从耳边拿开,想要把它挂起来。

"她没有死。"

"谁?"安琪问。

我把电话放回耳边。

"她没有死。"奇斯说。

"谁?"我问道。

奇斯转动眼珠,把头歪向门口站岗的警察。

"你知道是谁。"

"她在哪里?"安琪问。

奇斯摇头:"给我几天时间。"

"不行。"我说。

"你没有选择。"他回过头看着我,然后靠近窗户,在电话中低声说,"会有人联系你的,相信我,我要先弄清一些事。"

"布巴非常生气,"安琪说,"他有朋友。"她环视着监狱的墙。

"别胡扯了,"奇斯说,"他的伙伴们,烦人的图欧米兄弟刚被埃弗雷特的银行解雇。他们下周会在这里轮班接受处置,所以不要吓唬我了,我很害怕,好吧?但我需要时间,把狗弄走,我会给你消息的,我保证。"

"你怎么确定她还活着?"

"我就是知道,好吧?"他对我们苦笑了一下,"你们两个并不清楚真正发生了什么。你们清楚吗?"

"我们现在清楚了。"我说。

"你告诉布巴,关于他被打的事情,我是清白的。你想让我活着,对吧?没有我,那女孩就回不来了,你明白吗?再见,宝贝,再见。"他唱道。

我靠在椅子上,打量了他一会儿。奇斯看起来很真诚,但他很擅长做出这种样子。他能够做出一番事业,就是因为明确地知道什么东西最让人受伤,然后弄清楚哪些人想要这些东西,谁需要这些东西;他知道如何在上瘾的女人面前摇晃海洛因的口袋,让她们做任何事,然后只给之前承诺她们的一半货物;他知道如何在警察和侦探面前宣扬半真半假的消息,并且还没等他们重复之前的承诺,就让他们在虚线上签好了名。

"我需要更多。"我说。

警察敲门说道:"还有一分钟,奥拉蒙犯人。"

"更多?你需要什么?"

"我要那个女孩,"我说,"现在就要。"

"我不能告诉你。"

"该死的,"我撞击着玻璃,"她在哪儿,奇斯?她在哪儿?"

"如果我告诉你,他们会知道消息是我泄露的,我明天早上就会死。"他边说边向后退,把手掌挡在身前,那张胖脸上满是恐惧。

"那么给我点儿硬消息,一些我能跟进的消息。"

"能够单独确证的。"安琪补充道。

"单独什么?"

"还有30秒。"警察说。

"告诉我们一点儿消息吧,奇斯。"

奇斯绝望地回头看了看,又看向把他围在里面的墙,以及我们之间的厚玻璃。

"算了。"他乞求道。

"20秒。"安琪说。

"不行。看……"

"15秒。"

"不,我……"

"嘀嗒嘀嗒,"我说,"时间快到了。"

"那女人的男友,"奇斯说,"你们知道吗?"

"他出城了。"安琪说道。

"那就去找他,"奇斯发出咝咝的声音,"我只知道这些,去问他在孩子失踪那一晚负责哪一部分。"

"奇斯。"安琪开口道。

警察出现在奇斯身后,把手搭在他的肩膀上。

"不管你们以为发生了什么,"奇斯说,"其实你们完全不知道。你们这些家伙跑题太远了,你们可能要跑到格陵兰去了。好吧?"

警察走近他,把电话从他手中拿走。

奇斯站了起来,被拽向门口。警察打开门时,他回头看着我们,口中念叨着一个词:"格陵兰。"

他来回扬了几下眉毛，然后警察把他推出了门，离开我们的视线。

第二天，午后不久，花岗岩铁路采石场的潜水员们发现了一块破布，它被刺穿并挂在一块像冰锥一样突出的花岗岩上。岩石位于南侧崖壁边的岩架，在水平面以下15英尺处。

3点，海伦妮确认这个布条来自她女儿失踪那晚穿的T恤。布条是从T恤后部撕下来的，上至衣领，上面有阿曼达·麦克里迪名字的缩写，是用记号笔写上去的。

海伦妮在比特丽斯和莱昂内尔家客厅里指认过T恤的碎片后，她看着布鲁萨德把粉色的布条放回证据袋中，她的百事可乐玻璃瓶在手里碎掉了。

"天哪，"莱昂内尔说，"海伦妮。"

"她死了，对不对？"海伦妮把手握成拳头，让那些碎玻璃片深深地刺进肉里。血大滴大滴地落在硬木地板上。

"麦克里迪小姐，"布鲁萨德说，"我们还不知道，让我看看你的手。"

"她死了，"海伦妮重复道，她的声音变得更大了些，"难道没有吗？"她把手远离布鲁萨德，血洒在咖啡桌上。

"海伦妮，看在上帝的分儿上。"莱昂内尔把一只手放在他妹妹的肩膀上，伸手去够她受伤的手。

海伦妮转身躲开他，却失去了平衡，跌向地板，她坐在那里一边捧着自己的手，一边抬头看着我们。她的视线和我相遇，我想起在小大卫的家里，我曾说过她很蠢。

她并不蠢，只是有些迟钝——对这个庞大的世界，对她的孩子面临的真正危险，即使玻璃的碎片刺进了她的血肉、肌腱和动脉。

然而痛苦来临了，终于来临了。当她与我对视时，她的眼睛变白、变大，真相找到了它们。这是一种可怕的觉醒，她的瞳孔发生了核聚变般的反应，她开始意识到自己的疏忽让女儿付出了怎样的代价，也意识到自己的孩子可能正在承受如此肮脏而强烈的痛苦，噩梦如活塞一般进入她小小的头颅。

　　海伦妮张开嘴，无声地哭泣起来。

　　她坐在地板上，血从她割破的手上流下来，落在牛仔裤上。她的身体不受控制地颤抖着，因为悲痛和恐惧，头垂在肩膀边。她抬头看向天花板，泪水从眼中涌出。她蹲在地上摇晃着身体，继续无声地哭着。

　　那天晚上6点，我们还没有机会和布巴说话，他便和纳尔逊·费拉尔一起来到了一家奇斯在下米尔斯开的酒吧。他们让那三个毒贩和酒保去吃饭，十分钟后，酒吧里大部分的东西都被炸到了停车场。整个吧台从前门崩出来，撞坏了一位当地议员的本田雅阁，那辆车违法停在残疾人的车位上。到达现场的消防员不得不戴上氧气面罩。爆炸的力量是如此之大，快要把酒吧炸飞了，酒吧本身没有什么东西着火，但在地下室里，消防员发现一堆未切割的海洛因正在燃烧。前两个进入地下室的消防员开始呕吐，他们退了回来，任由海洛因烧着，直到做好充分的保护措施才再次进入。

　　我本可以给奇斯送个信，让他知道布巴正按照自己的方式行事。可是，6点半的时候，奇斯在康科德监狱中一块刚擦过的地上摔倒了，摔得极其严重。奇斯不知为何彻底失去了平衡，翻过三层楼边上的护栏跌下来，落在40英尺下的石头地板上，巨大、爱扯废话的黄色脑袋着地，死掉了。

第二部分

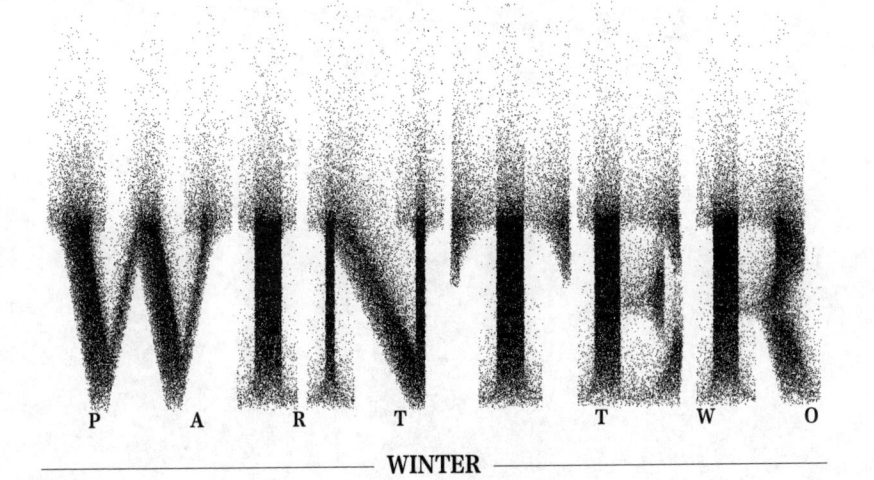

冬 天

WINTER

23

  5个月过去了,阿曼达·麦克里迪依然处于失踪状态。她的照片——头发湿漉漉地沾在脸上,眼睛无神而空洞——贴在建筑工地和电线杆上。它们通常破破烂烂或已被腐蚀。她的照片也会在新闻播报时出现。我们越是看这张照片,它便越模糊,阿曼达看起来就越像是一个虚构的人物。她的照片只是广告牌上源源不断出现的图片之一,通过显像管发出,直到路人带着冷漠的惆怅注意到她的容貌,却已经想不起她是谁,或者为什么她的照片会被贴在公交车站的灯柱上。

  那些还记得她的人可能会无视关于她的记忆带来的寒冷,把头转向体育新闻,或者抬起头看向即将到来的公交车。他们只会想到,这个世界是个可怕的地方,坏事每天都在发生,他们的车又来迟了。

  长达一个月的采石场搜查没有任何收获,而且由于气温骤降,11月的冷风横扫山区,因此搜查活动宣告结束。潜水员们承诺,等到春天来临时,他们还会回来,并又一次提出排水,用垃圾填埋采石场的建议。那些担心会花一大笔钱的昆西政府官员在环保主义者中找到了一些奇怪的支持者,他们认为填埋采石场会破坏环境,而且损毁登山者和徒步者的风景,还会摧毁昆西人重要的历史遗迹,州内某些最好的攀岩地也将消失。

普尔在2月时重新回到了岗位,此时距离他成为警察的30周年纪念日还有6个月。他被重新分配到缉毒组,并被降为一等警探。相比布鲁萨德,他已经很幸运了。布鲁萨德从一等警探被降为巡警,缓期9个月,然后又被分配到车辆调配所。我们在他降职的第二天找他喝酒,就在采石场那惊魂一夜后一周多一点儿,他对着自己的塑料调酒棒苦笑了一下,并把它放入加了利金酒和奎宁水的杯中,搅拌着冰块。

"所以奇斯说她活着,还有人告诉你古提雷兹是缉毒警察。"

我点头:"她要是还活着,奇斯说雷·利坎斯基可以证明。"

布鲁萨德不再苦笑,而是展现出绝望的神色。"我们在这里和宾夕法尼亚州都对利坎斯基发布了全境通告。如果你想,我会一直把通告保留着。"他朝我微微耸肩,"我觉得,这也不影响什么。"

"你认为奇斯在撒谎。"安琪说。

"阿曼达·麦克里迪还活着?"他拿出调酒棒,吸掉上面的酒,把它放在鸡尾酒餐巾边缘,"对,吉纳罗小姐,我觉得奇斯在撒谎。"

"为什么?"

"因为他是个罪犯,他们都这样。因为他知道你们太想让她活着,所以你们会买账。"

"那么你那天去看他的时候,他没有说过类似的话吗?"

布鲁萨德摇头,从口袋里拿出一包万宝路,他现在已经不再克制自己抽烟了。"他对马伦和古提雷兹遭遇枪击感到很惊讶。我告诉他，如果我只剩下最后一件事可做，我会毁掉他的生活。他哈哈大笑，第二天他就死了。"他点燃了烟，闭上一只眼睛看着火柴的光焰，"我对上帝发誓，我希望是自己杀了他，我希望我安排了一个犯人干这事，真的。我只希望他死掉，因为某个在意那个小女孩的人让他滑了一跤，他也知道为什么自己会一路跌向地狱。"

"到底是谁杀了他？"安琪问。

"我听说他们在怀疑那个从阿林顿来的变态小子，他刚刚因为杀了两个人被判刑。"

"那个去年杀死两个姐姐的男人？"安琪问。

布鲁萨德点头："彼得·波波维奇。他在那里待了一个月，假设奇斯和他在院子里说过话。要么这样，要么奇斯真是在地板上滑倒的。"他耸了耸肩，"无论是哪一种，我都很欣慰。"

"奇斯告诉我们他有阿曼达·麦克里迪的消息，第二天他就被杀了，你不觉得很可疑吗？"

布鲁萨德呷了一口自己的酒："不，你看，我很诚实。我不知道那女孩发生了什么，这让我很困扰，非常困扰。但是我不觉得她还活着，我也不觉得奇斯知道怎么说实话，即使这对他有帮助。"

"古提雷兹是缉毒局人员的事呢？"安琪问。

他摇头："不可能，他如果是警察，我们现在已经知道了。"

"那么，"安琪轻声说，"阿曼达·麦克里迪到底发生了什么？"

布鲁萨德低头看了一会儿桌子，在烟灰缸边缘弹掉了烟头上的白灰，当他抬起头时，泪水在他发红的眼眶中闪着光芒。

"我不知道，"他说，"我向上帝祈祷，希望自己做的每一件事都不一样。我希望我联系了联邦调查局，我希望……"他的声音哽咽了，他低下头，用自己的手腕遮住了右眼，"我希望……"

他的喉结动了一下，他往肺里吸了一口湿润的空气，但是什么也没有说。

那个冬天，安琪和我接了其他案子，虽然没有一件和失踪儿童案有任何关系。心烦意乱的父母很难会在第一时间雇用我们，毕竟我们没有找到阿曼达·麦克里迪。当我们晚上在社区中散步，或者周六下午去超市购物时，失败的苦涩始终伴随着我们。

雷·利坎斯基依然保持失踪状态，这是这起案件中我最在意的事情。一旦他知道自己已经不再受关注，便没有理由继续失踪。几个月以来，安琪和我常常心血来潮，在他父亲的房子外守上一天一夜，然而除了冷咖啡的味道，以及在车座上坐得十分僵硬的我们的骨头和肌肉，其他一无所获。1月，安琪窃听了伦尼·利坎斯基的电话，我们在两周内听完了他的通话录音，他一共拨打过九百个号码，甚至还从家庭购物网订购了草坪人偶，但是从没有打给过他儿子，或接听他儿子的电话。

终于有一天，我们受够了，开了一夜的车前往宾夕法尼亚的阿勒格尼。我们通过电话本定位了利坎斯基的其他家人，并监视了他们一个周末。他们是雅达克、莱斯利和斯坦利，雷的兄弟和直系表亲。他们三个都在一家空气中满是复印机墨粉味的造纸厂工作，而且每晚都在同一家酒吧喝酒，和同一群女人调情，然后回到合租的房子。

第四个晚上，安琪和我跟着斯坦利来到一条小巷。我走到他身后，用点45手枪抵着他的耳垂，问他表弟雷在哪里。

斯坦利正在撒尿，蒸气从他两只鞋中间结冰的地面上升起："我不知道，自从两年前的夏天后我就没再见过雷。"

我把枪上了膛，对着他的太阳穴。

斯坦利叫道:"噢,上帝,不要。"

"你在撒谎,斯坦利,所以我现在就开枪打死你。怎么样?"

"不要!我真的不知道!我向上帝发誓!雷,我快两年没有见到他了。求求你,看在上帝的分儿上,相信我吧!"

我回头看向安琪,她正盯着他的脸。她和我对视,并点了点头。斯坦利说的是实话。

"滥用药物会让你那地方变软。"安琪对他说,我们走出小巷,回到车中,离开了宾夕法尼亚。

我们每周会拜访比特丽斯和莱昂内尔一次。我们四个人会把知道和不知道的一切都讨论一遍,然而不知道的总是比知道的要多,涉及的内容也更深层。2月底的一个晚上,我们离开他们家时,他们正和往常一样颤巍巍地站在前门廊上,确保我们安全地进入车中。比特丽斯说:"我想了解一下墓碑的事。"我们走到人行道,停下来,回头看着她。

莱昂内尔问:"什么?"

"晚上,我睡不着的时候,"比特丽斯说,"总是在想要在她的墓碑上写些什么。我觉得我们应该给她立个墓碑。"

"亲爱的,不要……"

她挥手打断了他,裹紧了自己身上的羊毛衫:"我知道,我知道。这样仿佛就是放弃了,仿佛在说虽然我们希望她活着,但她已经死了。我知道。但是……是这样——你明白吗?没有任何东西能够表明她还活着。"她指着门廊,"没有任何代表她还活着的东西,我们的记忆没有那么牢靠,你明白吧?它们会消退的。"她自顾自地点头。"它们会消退的。"她又说了一次,然后回到了屋子里。

我在3月底见过海伦妮一次，当时我和布巴在凯莉的酒馆玩飞镖，但是她没有看见我，或者假装没看见。她一个人坐在吧台的角落，一杯饮料喝了一个小时，并凝视着杯子，仿佛阿曼达正在杯底等她。

布巴和我到得很晚，我们玩儿完飞镖，又去打台球，这时候最后一拨客人涌入，十分钟内便把这里填得很满。酒吧的停止营业时间已过，布巴和我结束了游戏，也喝完了啤酒，把空杯放在吧台上走向门口。

"谢谢。"

我转过身，看向吧台，发现海伦妮坐在角落里，酒保把凳子叠在红木桌子上，环绕着她。我本以为她已经离开了。

或者我只是希望她离开了。

"谢谢，"她又说了一遍，声音非常温柔，"谢谢你试着救她。"

我站在橡胶地砖上，不知道在这样的情形下双手应该放在哪里，还有我的胳膊，或者说四肢。我的整个身体都显得尴尬而笨拙。

海伦妮的眼睛依然看着饮料，她没有洗过的头发从脸上落下来。她在那些翻过来的凳子，以及酒吧打烊时昏暗的灯光的映衬下显得很渺小。

我不知道该说些什么。我甚至不觉得自己能够说出话来。我想要走向她，握住她的手，为没有救出她女儿，为没有找到她，为行动的失败，为一切而道歉。我想要大哭一场。然而，我只是转过身走向了门口。

"肯齐先生。"

我停下来，背对着她。

"我会改过自新。"她说，"如果可以重来，我……我不会让她离开我的视线。"

我不知道自己有没有点头,或者用任何方式表示我听见了她的话。我只知道我没有回头,我径直走出了酒吧。

第二天早晨,我醒得比安琪早。我在厨房中煮咖啡,想要把海伦妮·麦克里迪从我脑海中赶出去,还有她那可怕的话:"谢谢。"

我下楼拿报纸,把它夹在我胳膊间走上楼来。我煮好了自己的一杯咖啡,拿着它进入客厅,打开报纸,发现又有一个孩子失踪了。

他叫塞缪尔·彼得罗。最后一次有人见到他是周六下午,他在韦茅斯的一处体育场和朋友道别后走路回家。现在是周一早上,他的母亲昨天才报告他失踪了。

他是个好看的小孩,长着一双深色的大眼睛,让我联想到安琪。照片上的他弯着嘴友好地笑着,照片是从合影中截取的。他看起来充满希望,年轻而自信。

我想要藏起这份报纸,不让安琪看到。自从在阿勒格尼离开那条小巷后,所有线索便就此中断,所有推断也是如此,然而她却比从前更加在意阿曼达·麦克里迪。她并不是想要找到一个行动的目标,因为已经没有什么目标。相反,安琪仔细研究了我们全部的案件笔记,在小黑板上画出时间线和主要人物表,和布鲁萨德或普尔讨论数个小时,然而事情却总是在重复,总是在兜着同样的圈子。这些漫长的夜晚,没有新的结论或忽然出现的答案从小黑板上跃出,但她依然在坚持。每当有一个孩子失踪并被国内的报纸报道时,她就会关注,全神贯注地研究,琢磨微不足道的细节。

当他们最后被宣布遭遇不测时,她会哭泣。

她每一次哭泣时声音都很轻,总是关上门,而且总是选择她以为我在公寓另一头因而听不见的时候。

直到最近,我才意识到,安琪父亲的去世对她产生了多么深的影响。我想不仅是死亡本身,而是她并不确定他真的死了。没有一具可以指认的尸体,也无法伏在地上看他最后一眼。也许在她心中,他从来都没有彻底死去。

有一次当她向普尔问起她父亲时,我和她在一起,我能看见普尔因自己不够了解而露出沮丧的神情。他解释道自己只是认识她父亲,偶尔在街上碰到,在一次突袭赌场的行动中遇见过。吉米很善解人意,永远表现得非常绅士,他明白警察也和他一样从事着自己的工作。

"你还很在意吗?"普尔问道。

"有时候,"安琪说,"你的头脑知道应该接受某个人离开了,但你的内心却从来没有完全……放下这件事。"

阿曼达·麦克里迪的事情也是如此。还有在这个漫长的冬天里,全国范围内失踪且没有被找到的那些生死未卜的孩子。我有一次想到,我选择成为私家侦探,是因为我讨厌知道接下来会发生什么;而安琪选择成为私家侦探,是因为她需要知道会发生什么。

我低头看着塞缪尔·彼得罗那微笑着的充满自信的脸,以及那对和安琪一样的能把你吸进去的眼睛。

我知道,把报纸藏起来是很愚蠢的。总有更多的报纸、电视和广播,超市、酒吧以及自助加油站中人们的谈话。

也许40年前想要对一个人隐瞒新闻是可能的,但现在人们几乎无法隔绝于新闻之外。到处都有新闻,它们通知我们,打击我们,甚至启迪我们。消息就在那里,永远在那里。没有可以远离它们的空间,人们无处躲藏。

我用手指勾勒塞缪尔·彼得罗的面部轮廓,15年来第一次静默地祈祷。

第三部分

最残酷的一个月

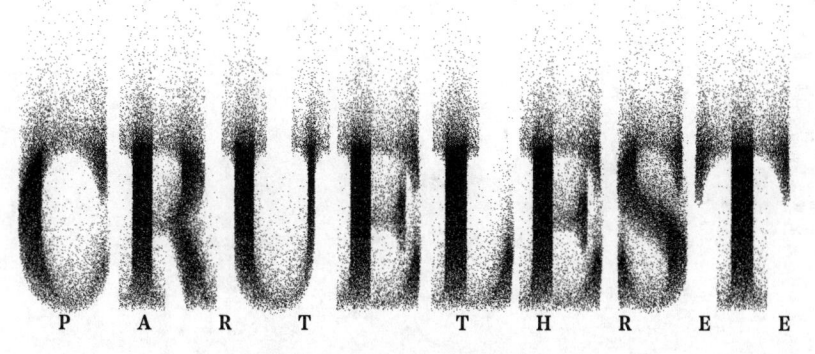

CRUELEST

PART THREE

THE CRUELEST MONTH

24

4月初，安琪大多数的夜晚都和她的小黑板、关于阿曼达·麦克里迪的笔记，以及她在我公寓的次卧中为这起案件建立的"神龛"一起度过。这个房间我曾用于存放一些想要送去二手商店的行李箱和盒子，里面的小物件落满了尘土，等待着我把它们拿去维修店。

她把小电视和一台录像机搬了进去，从10月起就一遍遍地看那些录像带。在塞缪尔·彼得罗失踪后的两周里，她每晚至少在那个房间里待上5个小时。电视上方的墙上，阿曼达在照片中用她平静的目光看向外面。

我和大多数人一样理解强迫症，而且我不觉得这给安琪造成了太大伤害——至少目前还没有。在这个漫长的冬天，我接受了阿曼达·麦克里迪已经死去的事实，她在采石场的水底，蜷缩在175英尺下的一个岩架上，淡黄色的头发随着水流的漩涡漂浮着。但我的信念并不坚定，不足以让我嘲笑那些相信她还活着的人。

安琪坚定地相信奇斯关于阿曼达还活着的说法，并认为有关她行踪的线索就躺在我们的笔记中，或者我们和警方调查的细节中。她说服布鲁萨德和普尔把他们笔记的复印件借给她，还有日常的记录，以及其他参与此次案件的反儿童类犯罪组成员做的访问记录。她告诉我，她很确信所有这些文字和视频早晚会揭开真相。

有一次我曾对她说，真相就是奇斯组织中的某个人，在马伦和古提雷兹把阿曼达·麦克里迪推下悬崖后，对他们使了一个诡计。这个人干掉了他们，带着20万美元逃走了。

"奇斯不这么想。"她说。

"布鲁萨德说得对，奇斯是个职业骗子。"

她耸了耸肩："我不同意。"

一到晚上，她就回到了秋天和那件一切都错了的事情上；而我要么读书，要么在AMC电视台看一场老电影，或者和布巴一起打台球——打球的时候他对我说："我想让你带着枪，跟我去趟德国城。"

我当时只喝了半瓶啤酒，所以很确定自己没有听错。

"你想让我陪你去签单吗？"

我隔着台球桌看向布巴，某个疯子在自动点唱机中点了一首史密斯乐队的歌。我讨厌史密斯乐队。我更想被绑在一把椅子上，被迫去听苏珊·薇格的大联唱，还有娜坦莉·莫森特的歌，也不想听30秒的莫里西和史密斯乐队，他们一身文艺范儿，抱怨着自己多么具有人性，需要被爱。也许我太愤世嫉俗了，但如果你想被爱，就别抱怨了，否则你会被甩掉，这是首要的问题。

布巴把头转向吧台，喊道："哪个傻子放的烂歌？"

"布巴。"我说。

他伸出一根手指："一秒钟。"

他重新转向吧台："谁放的这首歌？嗯？"

"布巴，"酒保说，"冷静一下。"

"我只想知道是谁放的歌。"

吉吉·瓦伦,一个30岁,看起来却有45岁的女酒鬼从吧台的角落温顺地伸出了手:"我不知道,罗戈夫斯基先生。我很抱歉,我马上关掉。"

"噢,吉吉!"布巴使劲朝她挥了挥手,"嘿!没事,我不介意。"

"我真会关上。"

"不用,不用,亲爱的。"布巴摇头,"保利,给吉吉拿两杯酒,算在我头上。"

"谢啦,罗戈夫斯基先生。"

"没事。虽然莫里西不咋样。吉吉,真的。你问帕特里克。你随便问谁。"

"对,莫里西不咋样。"其中一个老头儿说,然后其他几个顾客也纷纷应和。

"我下一首选了惊奇皇冠的歌。"吉吉说。

几个月前,我给布巴推荐了惊奇皇冠,现在这是他最喜欢的乐队。

布巴张开了双臂:"保利,给她三杯吧。"

我们在"盗版唱片现场",一家位于南波士顿-多切斯特线上的小酒馆,没有挂牌子。外面的砖被喷成黑色,唯一能证明酒吧有名字的是面对多切斯特大道那一侧的墙上,右下角用红色的油漆写着字。酒吧表面上的老板是卡拉·杜利,又名"可爱的卡洛塔",还有她的丈夫沙克斯,但实际上"盗版唱片现场"是布巴的酒吧,我还没见过这里坐不满人,酒喝得不尽兴的时候。这里非常拥挤。在布巴开这家酒吧的三年里,从来没有打过架,厕所也没有因为某个瘾君子而排过队。当然,每个进来的人都知道这里真正的主人是谁,以及如果有人给了警察敲门的理由,他会怎么做。所以由于阴暗的内部装修和不好的名声,"盗版唱片现场"几乎和圣巴特周三晚上的宾果游戏一样危险。虽然大多数时候有更好的音乐。

"我不明白为什么你要打击吉吉,"我说,"点唱机是你的,史密斯的CD是你装进去的。"

"我没有装史密斯的CD,"布巴说,"是20世纪80年代金曲合辑。我只能忍受一首史密斯的歌,因为里面有《来吧,艾琳》,还有其他一些鬼东西。"

"卡翠娜与波浪?"我问,"香蕉女郎?这种真正很酷的乐队?"

"嘿,"他说,"到妮娜了,快闭嘴吧。"

"《九十九只红气球》,"我说,"好吧,我不说了。"我靠在桌子上,把7号球打进口袋:"你说让我陪你去签单是怎么回事?"

"我需要支援。纳尔逊不在城里,图欧米兄弟正在二对六。"

"还有许多人会为了钱帮你的。"我击中6号球,但它在进球的路上贴在了布巴的10号球上,我从桌边后退。

"好吧,我有两个理由。"他靠向桌子,把白球击向9号球,看着它在桌边弹了一下,然后当白球落入边袋里时,他紧紧闭上了眼睛。对一个经常打台球的人而言,布巴这次玩得真的很烂。

我把白球放回桌上,在一侧把四个球排列好:"第一个理由?"

"我信任你,而你欠我的。"

"这是两个理由了。"

"这是一个。闭嘴打球。"

我击中了4号球,白球慢慢地滚到了两个球的对面。

"第二个理由是,"布巴说,他用巧粉擦拭皮头,发出沙沙的声音,"我想让你好好看看那些从我这儿买货的人。"

我把2号球击入了口袋,却把白球打到了布巴的一个球后面:"为什么?"

"相信我。你会感兴趣的。"

"不能直接告诉我吗?"

"我不确定他们是我想象的那样,所以你要加入我,自己去看看。"

"什么时候?"

"等我赢了这局比赛。"

"有多危险?"

"不比平时危险。"

"啊,"我说,"那就是很危险了。"

"别跟个胆小鬼似的。打球。"

德国城紧靠昆西与韦茅斯之间的港口。早在16世纪中叶,它便有了这个名字。当时一家玻璃制造商从德国引进契约劳工,按照德国的传统在这座城镇中规划了许多宽敞的街道和宽阔的广场,公司倒闭后,德国人只能自谋生路,显然让他们自由活动要比把他们送去别处便宜一些。

一连串失败接踵而至,始终困扰着这个小小的海港,以及那些最初的契约劳工的后代。陶器、巧克力、长袜、鲸油产品、医用盐和硝石工业在接下来的两个世纪内都遭遇失败并被抛弃。有段时间,鳕鱼和鲸鱼垂钓产业比较流行,但是那些垂钓者为了更好的垂钓环境和更好的水,向北迁往格洛斯特,或者向南迁往科德角。

德国城成了一片被遗忘的土地,这里的海水用铁丝网围住,居民无法靠近,也不愿使用昆西的泊船码头。于是发电厂、油罐和宝洁公司的工厂成了这座城市唯一的剪影。早期为退伍军人准备的公租房让海岸线边上的建筑都建在死胡同中，呈现出礁石的颜色，每个建筑群有4栋楼，共16个单元，以马蹄形组合在一起，粗糙的金属晾衣绳从布满铁锈的破旧柏油路上升起来。

布巴把他的悍马汽车停在一栋房子前，这里位于远离海岸的街区，两边的房屋都已不能居住，陷入土中。黑暗中，这栋房子看起来也快塌了。虽然看不清太多细节，但这里弥漫着一种衰败的气息。

为我们开门的老头儿留着浓密的胡子，为下颌修出银色和黑色的方形轮廓，但长下巴有处裂缝，留下了一圈皱巴巴的粉色皮肤，看起来就像是正在眨的眼睛。他看起来五六十岁，瘦小而有些驼背，这让他显得更老一些。他戴着一顶褪色的红袜队棒球帽，即使对他的小头而言，帽子也太小了。他穿着一件黄色的短T恤，露出了乳白色的、满是皱纹的肚子，一条黑色尼龙紧身裤长至赤裸的脚踝，由于胯部太紧，他的身体看起来就像是一个拳头。

老头儿把棒球帽的帽檐拉下来一些，遮住了前额，对布巴说："你是杰罗姆·米勒？"

"杰罗姆·米勒"是布巴最喜欢的别名。那是博·霍普金斯在《杀手精英》里的角色名字，这部电影布巴看了几千遍，可以随性引用。

"你觉得呢？"布巴巨大的身形笼罩着瘦小的老头儿，从我的视角看，那个人被挡住了。

"我问你呢。"老头儿说。

"我就是那个背着装满枪的运动包，站在你门口的复活节兔子，"布巴靠向那个老头儿，"让我们进去。"

老头儿让向一边，我们跨过门槛，进入一间充满辛辣烟草味的黑暗客厅。老头儿在咖啡桌前弯下腰，从满溢的烟灰缸中取出一支燃烧着的烟，吮吸着烟尾，并透过烟雾看向我们，他暗淡的双眼在黑暗中发着光。

"那么，让我看看。"他说。

"你需要开灯吗？"布巴问。

"这里没有灯。"那个老头儿回答。

布巴咧开嘴，露出全部牙齿，对他冷笑道："带我去个有灯的房间。"

老头儿耸了耸他那瘦骨嶙峋的肩膀："随便你吧。"

我们跟在他身后，沿着一条狭窄的走廊前进，我注意到他的棒球帽背后的带子没有系，而且两端离得太远，根本扣不上，总之帽子的背面在这个老头儿的头上显得很奇怪，距离头皮太远了。我试图弄清楚这个人让我想起了谁。由于我并不认识太多穿半长T恤和紧身裤的老头儿，所以可能的人选是很少的。但这个人身上有某些让我感到熟悉的地方，要么是他的胡子，要么就是棒球帽。

走廊闻起来就像是多日未排出的脏洗澡水的味道，墙壁散发出发霉的味道。

走廊两侧有四扇门，直通后面的大门。在我们头顶的二楼，有什么东西发出轻轻的撞击声。天花板低沉地震动了一下，扬声器的声音变大，虽然音乐本身就非常微弱——像是一阵轻细的低语——可能来自半个街区以外。隔音还不错，我想。也许那里有一支乐队，一群穿着氨纶和半长T恤的老头儿唱着穆迪·沃特斯的老歌，随着节拍旋转。我们靠近走廊中央的前两扇门，我朝着左边那扇门望去，只看见一个布满影子的幽暗房间，我猜那里有一把躺椅，以及成堆的书或杂志。陈年的烟味从那个房间中飘出。右边的门内是一间充满刺眼白光的厨房，我很确定这里使用的是工业灯管，这种灯管通常出现在卡车仓库，在家中很少见。它不是点亮了房间，而是把它漂得发白。为了适应亮度，我不得不眨了许多次眼。

老头儿从柜台上拿出一个小物品,朝我的方向扔过来。我在强光下眨着眼,看见那个东西从我右边低空飞过,于是伸手把它捉住。那是一个小纸袋,而我抓住了底部。一捆捆的钱眼看就要散落在地板上,于是我正了正袋子,把钱推回里面。我转身面向布巴,把袋子递给他。

"身手不错,"老头儿说,他朝着布巴咧嘴笑了,露出带有黄色烟渍的牙齿,"你的运动包,先生。"

布巴把运动包丢向那个老头儿,这力量击倒了他。他趴在黑白相间的瓷砖上,张开手臂,用手掌支撑着。

"你的身手不怎么样,"布巴说,"我放在桌子上怎么样?"

老头儿抬头看他,并点了点头,又因为光线照在脸上而眨眼。

我明白了,让我觉得熟悉的是他的鼻子,那鹰钩般的曲线。这个人的脸原本非常平坦,然而他的鼻子极其突出,像是一道悬崖,且引人注目地向下弯曲,鼻尖在嘴唇上留下一道阴影。

他从地板上起身,掸掉了黑色紧身裤上的灰尘,双手揉在一起,站到桌边,看着布巴打开运动包。老头儿看向袋内时,眼中闪着两道橘色的火焰,就像是黑暗中的尾灯,他的嘴唇上有密密的汗珠。

"所以这些是我的宝贝。"男人说,布巴拉开袋子的口,露出四支卡利科M110全自动手枪,黑色的铝合金在机油下发亮。这是我见过的最奇怪的武器之一,卡利科M110是一种100发子弹的手枪,和同品牌的卡宾枪使用同种螺旋式弹匣。它大约17英寸长,前面8英寸是握把和枪管,套筒和枪的主体结构都位于握把后面。这把枪让我想到了孩提时代用橡皮筋、晾衣夹和雪糕棍儿做的假枪,小孩子们用它互相发射回形针。

但是用橡皮筋和雪糕棍儿,我们一分钟最多发射10枚回形针。M110在全自动状态下,大约能在15秒内发射100发子弹。

老头儿从包中拿出一把枪,把它平放在手掌上。他上下移动手臂,感受着重量,暗淡的眼睛变得明亮起来,就像是和这些枪一样被上了油。他咂了咂嘴,仿佛能尝到炮火的味道。

我说:"为打仗准备的?"

布巴瞄了我一眼,然后开始数纸袋里的钱。

老头儿对着那把枪微笑了一下,仿佛它是一只小猫。

"每时每刻,在任何战线上都可能有麻烦,亲爱的,必须准备好。"他用手指轻抚着枪的轮廓。

"噢,是我的了,是我的了。"他发出得意的嘟囔声。

这时我认出了他。

莱昂·特雷特,那个猥亵犯。在阿曼达刚失踪的那些天里,布鲁萨德曾给过我一张他的照片。这个男人涉嫌伤害过50个孩子,还和两个孩子的失踪有关。

我们刚刚还给了他武器。

噢,真有意思。

他忽然看向我,仿佛能够感受到我在想些什么,我感觉自己在他暗淡的目光下变得冰冷而渺小。

"弹夹呢?"他问。

"我走的时候给你,"布巴说,"别打扰我数钱。"

他朝布巴迈了一步。"不,不。不要等到那时候,"莱昂·特雷特说,"就现在。"

布巴说:"闭嘴!我在数钱。"在他的呼吸声中,我能听见:"……450,460,470,475……"

莱昂多次摇头,仿佛这样做就能让弹夹出现,让布巴变得理智起来。

"现在,"特雷特说,"就现在,我现在就想要弹夹,我付过

273

钱了。"

他伸手去抓布巴的手臂,布巴反手打在他的胸脯上,让他撞到了窗下那张小桌子。

"去你的!"布巴停止数钱,把钞票合在了一起,"现在我又得重新来。"

"你把弹夹给我,"特雷特说。他的眼睛有些湿润,语气仿佛8岁孩子的抱怨:"你快给我。"

"滚。"布巴又开始数钱。特雷特的眼里充满了泪水,他把枪拿在两手之间。

"怎么了,宝贝?"

我闻声转头,目光落在迄今为止我见过的最高大的女人身上。她不仅是一个女巨人,还是一个野人,身形庞大,覆盖着浓密的灰色毛发。那毛发至少有5英寸长,从头顶长出,然后顺着脸颊落下来,遮住了颧骨和眼角,如西班牙苔藓般在她宽阔的肩膀上涌动着。

她从头到脚都穿成深棕色,站在厨房门口时,腰肢仿佛正在宽松的衣服内摇晃并颤动着,一只巨大的手掌松散地拿着点38手枪。

罗伯塔·特雷特。

"他们不给我弹夹,"莱昂说,"他们拿了钱,却不给我弹夹。"

罗伯塔向屋内迈了一步,缓慢地将头从右边转向左边,打量着一切。唯一没有意识到她在场的人是布巴。他依然在厨房的中间,低着头,试图数钱。

罗伯塔非常随意地用枪指着我的方向:"把弹夹给我们。"

我耸了耸肩:"没在我这里。"

"你,"她朝布巴挥了挥枪,"嘿,叫你呢。"

"……850,"布巴说,"860,870……"

"嘿！"罗伯塔说道，"我说话的时候请你看着我。"

布巴微微朝她转头，但眼睛依然盯着钱："900，910，920……"

"米勒先生，"莱昂迫切地说，"我妻子在和你说话。"

"……965，970……"

"米勒先生！"莱昂的声音如此尖锐，我感觉我的内耳膜都在震动，沿着脑干嗡嗡作响。

"1000。"布巴在那沓钱的中间停了下来，把已经数过的部分放在了外衣口袋里。

莱昂叹了口气，脸上露出放松的神色。

布巴看着我，仿佛不明白一切都是怎么回事。

罗伯塔放下了枪："现在，米勒先生，我们可以……"

布巴舔了舔拇指的一角，拿起了手里剩下那沓钱的最上面一张："20，40，60，80，100……"

莱昂看起来像是脑血栓发作一般。他那苍白的脸涨得通红，面部臃肿，他双手紧握着那只空枪，来回走动，仿佛需要去厕所。

罗伯塔·特雷特再次举起了枪，这一次不再随意。她直接指着布巴的头，闭上了左眼。她看向枪管，并扳下击锤。

他们站在房间中央，厨房里的灯光似乎模糊了她和布巴的轮廓，他们两个看起来都像是你通常会带着绳子和岩钉攀爬的大山，而不是人类。

我把我的点45手枪从背后的皮套中取出，把它藏在我的右腿后，松开保险。

"220，"布巴说，罗伯塔又朝着他走了一步，"230，240，伙计，开枪打那个女人，打呀，250，260……"

罗伯塔·特雷特停了下来，略微向左转头，仿佛不确定自己听见了什么。她看起来似乎很难下决定。她似乎不熟悉这种感觉，我怀疑她在此前的生活中是否被无视过。

"米勒先生,你该停下来了。"她伸出手臂,直到与身体垂直并平稳下来,她的指节在黑色的钢铁映衬下有些发白。

"……300,310,320。我说,快开枪打那个女巨人,330……"

这一次她确定自己听见了什么。她的手腕颤抖了一下,手枪也跟着摇晃。

"太太,"我说,"把枪放下。"

她的眼球在眼窝中向右转动,她看见我没有动,也没有用任何东西指着她。随后她意识到自己看不见我的右手,此时我用拇指扳下点45手枪的击锤,这声音打断了明亮的厨房中日光灯的声音,和枪声本身一样干脆。

"……450,460,470……"

罗伯塔·特雷特越过布巴的肩膀看向莱昂,她的点38手枪又摇晃了几下,而布巴依然在数钱。

在厨房外,我听见一个开门的声音,然后又非常迅速地关上了。这声音从房屋后方传来,来自那条把这栋建筑一分为二的长走廊另一头。

罗伯塔也听见了。她的眼睛先是猛地向左瞥了一下,然后重新看向莱昂。

"让他停下来,"莱昂说,"让他别数了,太烦人了。"

"……600,"布巴说,他的声音高了八度,"610,620,625……怎么又是5块的……630……"

一阵很轻的脚步声从走廊靠近,罗伯塔的背僵住了。

莱昂说:"停下来,不要数了。"

一个比莱昂还瘦小的男人走进门,他身体僵硬,深色的眼睛因困惑而睁大,我把枪从腿后拿出,用它指着他前额的中心。

他胸部深陷,看起来像是反着长的,胸骨和肋骨向内弯曲,小肚子像侏儒一样突出。他的右眼很慵懒,视线常常离开我们,仿佛正在一条摇摇欲坠的船上漂泊。在白色的灯光下,他右侧乳头上的划痕有些泛红。

他只系着一条蓝色的小浴巾,身上满是汗水。

"科温,"罗伯塔说,"回你的房间去。"

科温·厄尔。我猜他最终还是找到了自己的三口之家。

"科温就待在这儿吧。"我说道。我把手臂伸长,看着科温那只好眼睛望向点45手枪的枪口。科温点头,把双手放在身体两侧。除了我,所有人的眼睛都重新看向布巴,并全神贯注地观察着他。

"2000!"他欢快地说。他举起了手里的一沓钱。

"我们同意你得到补偿,"罗伯塔·特雷特说,她的声音和手里的枪一样凌厉,"现在结束交易吧,米勒先生,把弹夹给我们。"

"把弹夹给我们!"莱昂尖叫道。

布巴回头看着他。

科温·厄尔后退了一步,我说:"这是禁忌。"

他咽了下口水,我把枪向前一挥,他也跟着动了一下。

布巴咯咯笑了。一阵低沉而柔和的笑声,这让罗伯塔·特雷特的脖子背后形成了一道僵硬的曲线。

"弹夹嘛,"布巴说着,转向罗伯塔,仿佛第一次注意到指着他的枪,"当然。"

他噘起嘴唇,给了罗伯塔一个飞吻。她眨了眨眼,退了回来,仿佛那吻有毒一般。布巴把手伸进雨衣的口袋,然后胳膊猛地抬起。

"嘿!"莱昂说。

当布巴拍打罗伯塔的手腕时,她猛然后退,点38手枪从她手中掉落,越过水槽,冲向柜台。除了布巴,所有人都慌忙躲了起来。

点38手枪撞在了柜台上方的墙上。它的击锤掉落,随后走火了。

子弹在水槽后方的廉价塑料薄膜上射穿了一个洞,弹入窗边的墙内,而莱昂就蹲在那里。

手枪跌落在柜台上,发出巨大的声响,枪管旋转,最终指向尘土飞扬的碗架。

布巴看着墙上的洞。"酷。"他说。

我们其余人都直起身子,除了莱昂。他坐在地板上,用一只手掌捂着心脏,那双暗淡的眼睛变得冷酷起来,我明白虽然布巴数钱时他畏缩的行为会让我们觉得他很脆弱,但其实并非如此。我想那只是一张面具,一场他演的戏,诱导我们忘记他的真面目,当他坐在地板上,以纯粹的憎恶眼神看着布巴时,那张面具从他脸上掉了下来。

布巴把第二沓钱塞进口袋。他拉近了自己与罗伯塔的距离,然后在她面前用脚轻拍地板,直到她抬起头,与他对视。

"你用枪指着我,大齐娜。"

他用手掌揉着下巴,厨房里充斥着胡须摩擦粗糙皮肤的声音。

罗伯塔把双手放在了身体两侧。

布巴温和地对她笑了笑。

他非常温柔地说:"那么,我现在要杀了你吗?"

罗伯塔摇头。

"你确定?"

罗伯塔缓慢而谨慎地点头。

"毕竟你刚才用枪指着我。"

罗伯塔再次点头。她想要开口,但是只发出咯咯的轻笑。

"你在干什么?"布巴问。

她咽了下口水:"对不起,米勒先生。"

"噢。"布巴点头。

他对我眨眼,那微笑着的眼睛中闪烁着愤怒的绿光。我从前见过这种眼神,这意味着可能发生任何事。

任何事。

莱昂用厨房的桌子支撑着身体,站在布巴身后。

"小老头儿,"布巴说,他的眼睛看着罗伯塔,"你去拿你捆在桌子下面的'22条宪章',我会把它放在你的蛋里。"

莱昂的手从桌边落了下来。

汗水从科温的头发间流下,他因此眨了眨眼,把手抵在门框上支撑自己。

布巴朝我走来,当他靠近并在我耳边低语时,眼睛依然看着房间:"他们可是全副武装。我们需要赶紧离开。明白吗?"

我点头。

他走回到罗伯塔身边,我看见莱昂的眼睛先是看着桌子,然后抬头望向橱柜,接着是洗碗机,那上面满是尘土,门上还沾满了泥,也许从我高中起它就没有洗过一只碗了。

我发现科温·厄尔也是如此,然后在一瞬间,他和莱昂的目光对视,眼中的恐惧消失了。

我不得不同意布巴的结论。我们似乎正站在墓碑镇的中央,只要一放下防备,特雷特夫妇和科温·厄尔便会抓起武器,向我们生动地再现"OK牧场的枪声"。

"请你们,"罗伯塔·特雷特对布巴说,"立刻离开。"

"那弹夹呢?"布巴问,"你们之前说想要弹夹,现在还要吗?"

"我……"

布巴用指尖触碰她的下巴:"要还是不要?"

她闭上了眼睛:"要。"

"抱歉，"布巴笑道，"不能给你，我们该走了。"

他看着我，歪了歪头，然后朝门口走去。

科温将身体靠在墙上，当我跟在布巴身后往外走时，我用枪指着房间，发觉了莱昂·特雷特眼中的愤怒，我知道他们会紧随我们出来。

我抓住了科温·厄尔的后脖颈，把他推到厨房中间挨着罗伯塔的位置。然后我和莱昂对视了。

"我会杀了你，莱昂，"我说，"待在厨房。"

他再次开口时，8岁男孩般的抱怨声消失了，取而代之的是深沉而略带沙哑的声音，如岩盐一般冷酷。

"你得从前门出去，小子。要走很远。"

我来到走廊，依然用点45手枪指着厨房。布巴站在几英尺外的地方，吹着口哨。

"你觉得我们应该跑吗？"我小声地说。

他回头看了看："也许吧。"

他迈开步子，像一个中后卫球员般冲向前门，靴子在陈旧的地板上发出"砰砰"声。他疯了一般地笑着，洪亮的"哈哈哈"声响彻整个房间。

我放下手臂，跑在他的后面，看着黑暗的走廊和客厅疯狂摇晃。我跟着布巴全速跑出了前门。

我能听见他们在厨房中乱成一团的声音，洗碗机的门打开时的摆动声，然后那门便掉了下来。我能感觉到背后冷冷的目光。

布巴并没有停下来，打开我们与自由之间那扇纱门，而且直接冲了出去。木门在撞击中碎裂，绿色的网纱像面纱一样覆盖着他的头。

我跨过门槛后，冒着危险回头看了一眼，莱昂已经来到了走廊，伸出手臂。我后退了几步，用枪指着位于黑暗走廊中的他，但是我已经在外面了，很长一段时间，特雷特和我就这样在黑暗中对视着，用枪指着彼此。

然后他放下了手臂，对我摇头。"改日见。"他说。

"好。"我回答道。

我身后的草坪上，布巴正把那扇门的碎木屑从他头上甩开，并发出巨大的声响，同时疯狂地大笑着。

"啊哈哈！我是野蛮人柯南！"他嚷道，并伸开了手臂，"专治恶灵！没有人敢用战斗考验我的胆量和力量！啊哈哈！"

我们来到草坪上，慢慢跑向他的悍马汽车。我用背部抵着车，看向那栋房子，双手持枪。布巴进入车中，打开了我那一侧的门。房子中没有任何响动。

我爬入肥大、宽敞的车中，还没等我关上门，布巴便将车滑向路边。

"你为什么不给他弹夹呢？"我问，此时我们与特雷特一家已经相隔一个街区。

布巴冲过了一个停车标志："他们惹恼了我，不让我好好数钱。"

"就因为这个？所以你就不给他们弹夹？"

他一脸不满："我讨厌别人打扰我数钱，非常讨厌。真的，超级讨厌。"

"那么，"我在转弯时问，"恶灵又是怎么回事？"

"什么？"

"《野蛮人柯南》里没有恶灵。"

"你确定？"

"很确定。"

"我太失望了。"

"抱歉。"

"你为什么总是要毁掉一切呢?"

"老兄,这本来也没多有趣。"

25

"安琪!"我叫道,布巴和我冲进了我的公寓。

她从工作的小卧室中探出头:"怎么了?"

"你一直在密切追踪彼得罗案,对吧?"

她的眼中闪过一丝悲痛:"对。"

"到客厅来,"我边说边把她拖过来,"快来,快来。"

她看了看我,然后是布巴。布巴此时正摇晃着身体,用那富有弹性的厚嘴唇吹一只粉色的火箭形状的大气球。

"你们两个喝什么呢?"

"什么都不喝,"我说,"过来。"

我们打开了客厅的灯,给她讲我们去见特雷特一家人的事。

"你俩可真蠢,"我们结束后她说道,"就像两个和神经病家庭一起玩耍的神经病小孩。"

"好吧,好吧。"我说,"安琪,塞缪尔·彼得罗失踪的时候穿着什么?"

她靠在椅背上。"牛仔裤,一件红色的运动衫,里面是白色的T

恤，红蓝相间的大衣，戴黑色手套，穿高帮运动鞋。"她对我眯起眼睛，"所以怎么了？"

"就这些？"布巴问。

她耸了耸肩："对，还有一顶红袜队棒球帽。"

我看向布巴，他点了点头，然后抬起了双手。

"我不能去附近的任何地方，我的枪在那栋房子里。"

"没问题，"我说，"我们会联系普尔和布鲁萨德。"

"联系他们做什么？"安琪问。

"你看见特雷特戴着一顶红袜队棒球帽？"在一家渥拉斯顿咖啡厅中，普尔坐在我们对面问道。

我点头："要比他的头小3到4码。"

"这让你相信那顶帽子是塞缪尔·彼得罗的。"

我再次点头。

布鲁萨德看着安琪："你也这么觉得？"

她点燃了一支烟："情况是符合的。特雷特夫妇在德国城，正位于韦茅斯对面，距离彼得罗失踪之前去过的南塔斯克特海滩体育场只有几英里。还有采石场，采石场距离德国城不算太远，而且……"

"噢，得了！"布鲁萨德揉皱了一个空香烟盒，把它丢在桌子上，"又是阿曼达·麦克里迪？只因为特雷特住在距离采石场不到5英里的地方，你就觉得一定是他们杀了她？你是认真的吗？"

他看着普尔，他们都摇了摇头。

"你给我们看过特雷特夫妇和科温·厄尔的照片，"安琪说，"你还记得吗？你说科温·厄尔愿意帮特雷特夫妇寻找孩子，你告诉我们要密切关注他。"安琪说道，"是你说的，布鲁萨德警探。对吧？"

"是巡警,"布鲁萨德提醒她,"我不再是警探了。"

"好吧,也许,"安琪说,"如果我们去特雷特家转转,你就又是了。"

莱昂·特雷特的家距离路边大约10码,位于一块杂草疯长的土地上。在琥珀色的雨帘后面,小小的白房子显得很粗糙,像是被巨大的手指涂抹上了泥垢。然而在房屋附近,一个小小的花园被打理得很漂亮,花儿已经开始冒芽或开放。这里本该很美,但是看到一朵朵紫番红花、白雪莲、洋红色的郁金香、柔黄色的连翘笼罩在这样满是油污而破败的房屋阴影下,让人感到很不安。

我记得罗伯塔·特雷特是一位园艺师。显然,她很有天分,因为她能在坚硬的泥土和漫长的冬天创造绚丽的颜色。我无法描绘——昨晚这个女人非常粗笨地用枪指着布巴的头,扳下点38手枪的击锤;而她又有着这样的天赋,手艺精致而柔和,能让植物从坚硬的泥土中生长出来,现出温柔的花瓣和脆弱的美丽。

房屋是一栋小两层,上层面对道路的窗户用黑色的木板封上了。在这些窗户下面,许多地方的瓦片都已破碎或是消失,所以房子最上方三分之一的部分看起来像是一张长着黑黑的眼睛、牙齿残破不齐的三角脸。当我在黑暗中靠近时,我感觉,即使有花园,腐烂的气息都弥漫在这栋房子周围。

一排顶端带有铁丝网的高栅栏从后方将特雷特家与邻居家分开。从房屋的侧面可以看见半英亩的杂草、两间被遗弃的危房,没有别的。

"除了前门,没有能走的路。"安琪说。

"好像是这样。"普尔附和道。

昨晚布巴弄坏的纱门已扭曲变形,被放在草坪上,一扇中间有裂缝的白色木门取代了它。这条街的尽头很安静,拥有社区中其他地方少有的空旷感。我们来到这里后,只有一辆车经过。

维多利亚皇冠的后门开了,布鲁萨德爬到普尔旁边,抖落头发上的雨水,水珠溅在了普尔的下巴和太阳穴上。

普尔擦了擦脸:"你现在像条狗。"

布鲁萨德咧嘴笑了:"湿透了。"

"我看到了,"普尔从胸前的口袋中拉出一条手帕,"但我还是想说,你现在像条狗。"

"汪。"布鲁萨德又甩了一下头。

"后门就在肯齐说的地方。和前门位置差不多。东西侧的楼上各有一扇窗,背面也有一扇,都封了起来。楼下的窗户都罩着厚窗帘。后面的角落里有一个上锁的隔板,大约在后门右侧10英尺的位置。"

"那里有人吗?"安琪问。

"隔着窗帘看不出来。"

"那么我们要做些什么?"我问道。

布鲁萨德接过普尔的手帕,擦了擦脸,把它丢给普尔。普尔低头看着手帕,脸上半是惊讶半是厌恶。

"动手吗?"布鲁萨德说,"你们两个?"他扬起了眉毛,"算了,你们是普通公民。要是你们闯入这扇门去抓特雷特夫妇的手,我就会逮捕你们的。我和我过去及未来的搭档会走到那栋房子前敲门,看特雷特和他的妻子愿不愿意聊天。如果他们让我们滚蛋,我们就回来,联系昆西警察局,让他们派后援过来。"

"为什么现在不叫后援呢?"安琪问。

布鲁萨德看着普尔。他们两个都看向她,并摇了摇头。

"请原谅我太过迟钝。"安琪说。

布鲁萨德微笑了:"没有正当理由不能申请后援,吉纳罗小姐。"

"但是你们敲门以后就有正当理由了吗?"

"如果他们中有人蠢到去开门的话。"普尔说。

"为什么？"我问，"你觉得你只从门缝看一下，就能见到举着求助牌子站在那里的塞缪尔·彼得罗吗？"

普尔耸了耸肩："你能从半开的门缝里听见惊人的内容，肯齐先生，我知道有些警察误把水壶的声音当成孩子的尖叫。目前因为这样的错误踢开门，毁掉家具，对居民大吼大叫是很丢人的，但这依然算是正当理由。"

布鲁萨德摊开双手："我们的司法系统有缺陷，但我们在努力。"

普尔从口袋中取出25美分的硬币，把它放在拇指的指甲上，然后推布鲁萨德："去吧。"

"哪扇门？"布鲁萨德问。

"统计表明，"普尔说，"前门更容易引来炮火。"

布鲁萨德透过雨帘朝外望去："统计表明。"

普尔点头："但我们都知道去后门要走很久。"

"要经过很多开阔的空地。"

普尔再次点头。

"谁输了谁去敲后门。"

"为什么不一起去前门呢？"我问。

普尔转动眼珠："因为那里至少有三个人，肯齐先生。"

"分头行动，多面夹击。"布鲁萨德说。

"那些枪怎么办？"安琪问。

普尔说："你们的神秘朋友说他在这里见过的那些？"

我点头："对，就是那些。他觉得应该是卡利科M110。"

"但是没有配套的弹夹。"

"昨晚没有，"我说，"谁知道他们在过去的16个小时里有没有从别处弄来一些？"

普尔点头："如果他们有弹夹，这就是重火力武器。"

"我们经过那座桥时跳下去，"布鲁萨德转向普尔，"我扔硬币总是输。"

"然而终于有机会扳回来了。"

布鲁萨德叹了口气："正面。"

普尔弹了下手指，硬币在半黑的后座上旋转起来，被雨帘中的琥珀色灯光映照着，闪烁着，在某一瞬间很像是西班牙金币。硬币落在普尔的手掌中，他把它放在手背上。

布鲁萨德低头看着硬币做了个鬼脸："三局两胜？"

普尔摇头，把硬币收回了口袋："我去前门，你去后门。"

布鲁萨德坐回位置上时，整整一分钟什么都没有说。我们透过倾斜的雨幕打量着肮脏的小房子。它其实只是个盒子，在门廊深陷的地方、瓦片缺失的地方和封起来的窗子处都有一种腐烂的感觉。

看着这栋房子，你无法想象有人在卧室里睡觉，孩子们在花园中玩耍，笑声在灯光下弥漫。

"霰弹枪？"布鲁萨德最终问。

普尔点头："真正的西式武器，伙计。"

布鲁萨德伸手去够门把手。

"我不是想破坏这个约翰·韦恩式的时刻，"安琪说，"但如果你们只是去问些问题，带着霰弹枪对房主而言不是很可疑吗？"

"他们看不到，"布鲁萨德说，他打开自己一侧的车门，走进雨中，"这便是上帝发明雨衣的原因。"

布鲁萨德穿过马路，走到金牛座汽车的后方，敲了下后备厢。他们把车停在了一棵和这座城镇同样古老的树下。这棵树高大、丑陋，树根和树枝伸向周围的人行道，从特雷特家房子的角度看，树挡住了布鲁萨德和他们的车。

"所以我们都很清楚了。"普尔在后座上轻声说。

布鲁萨德从后备厢中拿出一件雨衣,耸肩并穿上。我回头看普尔。

"如果出了任何事,用你们的无线电话拨911。"他向前探身,用一根食指指着我们的脸,"任何情况下,你们都不能离开这辆车。明白了吗?"

"明白了。"我说。

"吉纳罗小姐呢?"

安琪点头。

"那么,这样的话,没什么问题了。"普尔打开车门,走入雨中。

他穿过马路,来到金牛座汽车后方的同伴身边。布鲁萨德因为普尔说的什么话而点头,并看向我们。他把一支霰弹枪藏在了雨衣的衣襟下。

"两个牛仔。"安琪说。

"这也许是布鲁萨德重回警探队伍的机会。他当然很兴奋。"

"他兴奋了?"安琪问。

布鲁萨德似乎看出了我们的口型。他隔着从车窗落下来的水流微笑,并耸了耸肩。然后他又重新转向普尔,把嘴唇贴紧前辈的耳朵,说了些什么。普尔拍了拍他的背,离开了金牛座汽车。他伴着倾斜的雨点大步走在路上,来到特雷特家院子的东侧,在杂草间随意漫步,朝着房子背后前行。

普尔关上了后备厢,拉了一下雨衣的衣襟,用它盖住霰弹枪。霰弹枪被夹在他的右侧手臂和胸部之间。他走在路上,用左手在背后拿着格洛克手枪,将头斜向那些封起来的窗户。

289

"你看见了吗?"安琪问。

"什么?"

"前门左侧的那扇窗。我觉得窗帘移动了一下。"

"你确定?"

她摇头:"我说'我觉得'。"她把无线电话从手提包里拿出来,放在大腿上。

普尔到达了台阶处。他抬起左脚,迈向第一级台阶,然后他一定看见了什么不喜欢的东西,因为他跨过了第一级台阶,直接在第二级台阶落脚,然后爬上了门廊。

门廊中间有很深的凹陷,普尔站在那里,身体向左倾斜,雨水从他两脚之间形成的凹陷流下。

他抬头看向门左侧的窗户,并且看了好一会儿,然后又转向右侧的窗户并盯着那里。我把手伸进皮套,拿出我的点45手枪。安琪越过我,取出了她的点38手枪,轻轻转了下手腕,并检查枪膛,然后把它放回原处。

普尔靠近那扇门,抬起拿着格洛克手枪的手,用指节敲打着木门。他退了回来,等待着。他的头转向左侧,又转向右侧,然后重新正对着门。他身体前倾,再次敲击木门。雨落下的时候几乎没有声音。雨滴很细,雨帘形成了一个弧度,除了风发出的尖厉呼啸声,车外的马路上十分安静。

普尔向前探身,将门把手从左边旋转到右边。门依然关着,他又敲了第三次。

一辆车驶过,是米色的沃尔沃旅行车,车顶架上拴着自行车。一个头戴桃红色发带、神色十分紧张的女人正俯身坐在方向盘前。我们看见她在沿路100码以外的停车标志前踩下了刹车,然后车子左转,消失了。

霰弹枪的声音从房子后面传来,撕开了呼啸的风,玻璃碎了。细弱的雨声中,有什么东西发出尖锐的声响,像是刹车失灵的声音。

普尔回头看了我们一眼,然后他抬起脚,踢开了门,消失在一堆碎木片、火光、灯光,以及全自动枪械的声音中。

爆炸让他双脚离地,他重重地撞在了门廊的栏杆上,栏杆被撞碎了,就像一只从肩膀上脱落的胳膊一般从门廊上弹开。普尔的格洛克手枪离开了他的手,落在了门廊下的花丛中,他的霰弹枪也掉下了台阶。

霰弹枪停了下来,就和它开始跌落时一样突然。

一段时间里,我们呆坐在车内,沉浸在枪声后的喧嚣中,普尔的霰弹枪跌下了最后一级台阶,枪托消失在草丛里,黑色的枪管湿漉漉的,在小路上反着光。一阵狂风吹过,雨又重新变大,风猛烈地拍打着屋顶,摇晃着窗户,小屋发出嘎吱嘎吱的声音。

我打开了车门,走向马路,弯着身子向那栋房子移动。在柔和的雨声中,我能听见自己的橡胶鞋底踩在潮湿的沥青和碎石上发出的声音。

安琪在我旁边,把无线电话戴在右耳和嘴角:"德国城海军上将法拉古特路322号有警察受伤。再说一遍。德国城海军上将法拉古特路322号有警察受伤。"

当我们跑向通往台阶的小路时,我的眼睛从窗户扫到门,又扫回来。门被炸得乱七八糟,就像被长有利爪的巨兽袭击了一般。木门上有许多洞,我能从那些洞看见房子里的很多地方,并粗略地瞄到柔和的颜色或光线。

当我们到达台阶时,那些洞忽然被黑暗抹去了。我抡起右臂,向左挥动,把安琪推倒在草坪上。

世界仿佛要爆炸了。每秒七发的子弹没有任何预兆地穿过一扇木门，子弹听起来像是人发出的，耳边是刺耳的撕咬和疯狂虐杀的声音。

当子弹打在门廊上时，普尔向左侧扑倒。我把脚伸进草丛中，用手圈住了他那把霰弹枪的枪托。我把点45手枪放入皮套，单膝跪地，透过雨帘对着门内开火，木门冒起了烟。当烟雾散尽后，我看见门正中间出现了一个如我拳头一般大小的洞。我站起身，却在湿漉漉的草地上滑了一跤，听见左边有玻璃发出响声。

我转过身，越过门廊的栏杆朝窗户开了一枪，玻璃被击碎，窗户化为碎片，深色的窗帘上出现了一个洞。

房中有人在尖叫。

枪声停止了。霰弹枪和全自动枪械的回音充斥着我的头脑。

安琪跪在台阶下面，脸上现出苦涩，她用点38手枪指着门上的洞。

"你还好吗？"我问。

"我的脚踝受伤了。"

"被打中了？"

她摇头，眼睛却未离开那扇门。

"我觉得是你把我推到地上时扭到了。"她噘起嘴，深吸一口气。

"骨折了吗？"

她点头，然后又深呼吸了一下。

普尔发出呻吟，一股鲜血迅速从他的嘴角流下来。

"我要送他离开门廊。"我说。

安琪点头："我掩护。"

我把霰弹枪放在潮湿的草地上，然后起身，抓住了栏杆的顶端。普尔的身体就撞在了这里。我把脚抵在门廊的地基上，使劲一拉，感觉到栏杆的底部离开了腐烂的木头。我再次用力拉,栏杆以及半个扶手全都脱离了门廊。普尔跌到我身边,把我撞倒在潮湿的草地上。

他再次呻吟,并在我怀中挣扎,我从他的身下钻出来,看见右边窗户的窗帘动了一下。

我叫道:"安琪。"但她已经转身。她朝着窗户开了三枪,玻璃溅出窗框,落在了门廊上。

我蹲在地基旁边的低矮灌木丛边,但是没有人开火,普尔在草坪上趴着,一缕血从他的嘴唇渗出。

安琪把枪放下,久久地看着门和几扇窗户,然后膝盖着地,穿过小路朝我们爬来,她的左脚踝扭曲着,在她向前移动时高高抬起。当她爬过来的时候,我用点45手枪指着她背后,然后她来到了普尔的另一侧。

又一阵全自动枪械射击的声音从房子的背后传来。

"布鲁萨德。"普尔抓着安琪的手臂,喊出了同伴的名字。他用脚跟踢打着草地。

安琪看向我。

"布鲁萨德。"普尔又喊了一遍,他喉咙中发出低沉的声音,背部在草坪上拱起。

安琪把运动衫脱下来,用它盖住了普尔胸前一大团黑色的血。

"嘘,"她把一只手放在他脸上,"嘘。"

那个在房子后面开枪的人子弹很多。整整20秒,我都能听见断断续续的枪声。他稍微停了一下,随后又开始了。我不确定那是卡利科还是什么别的全自动枪械,但是没有太大区别。机械枪就是机械枪。

我闭了一下眼睛,干涩的喉咙痛苦地咽下口水,感觉到肾上腺素如同有毒的燃料一般流过我的血液。

"帕特里克,"安琪说,"别担心我的脚了。"

我知道如果我回头看她，就不会离开草坪。在房子后方的某处，布鲁萨德被击倒了，可能还更糟。塞缪尔·彼得罗可能在那里，子弹像黄蜂一样掠过他的身体。

"帕特里克！"安琪尖叫道，但我已经跃上三级台阶，踩在两端损毁的门廊相遇的地方。

在对普尔的突袭中，门把手被打掉了，我踢开了门，以齐胸的高度向黑暗的房间中开火。我转向右边，然后是左边，用光了弹夹里的子弹，然后把它从枪尾甩出来，在它砸在地板上时换了一个新的。房屋里是空的。

"需要立即救援，"安琪在我身后对着电话嚷道，"有警察遇到危险！有警察遇到危险！"

房屋内部呈深灰色，与外面的天空相称。我注意到地板上有一摊血，应该是有人挣扎着进入了走廊。在走廊的另一头，光线透过后门的弹孔射入。那扇门朝地面倾斜，下半部分已经从门框上脱落。

在走廊的一半处，那摊血转向右边，消失在厨房的门口。我转向客厅，查看那些影子，在窗户下面发现了碎玻璃，还有被枪打穿的木门和窗帘碎片，一个旧沙发上堆满了垫子，上面散落着空啤酒罐。

我一进入房子，全自动枪械的声音便停止了，此时我只能听见雨水拍打着我身后的门廊，房屋后部某处钟表的嘀嗒声，还有我自己的呼吸声——很轻而且很凌乱。

当我穿过客厅，跟随着血迹进入走廊时，地板嘎吱作响。汗水从我的脸上流下来，也让我的手变得柔软。我的视线离开走廊尽头的门，转向那道通往四扇门的狭窄过道。在我右侧10英尺远的地方是厨房。而左侧那扇门内有黄色的灯光涌入走廊。

我平靠在右侧的墙上，缓步前进，直到左边房间的一部分挡住了我的视线。这似乎是一间客厅。一个酒柜嵌入墙中，两把椅子分别位于两侧。其中一把是昨晚我在黑暗中隐约辨认出的躺椅,另一把和它是一套。酒柜嵌在墙的正中间,通常覆盖在架子上的玻璃外壳被摘去了。架子上满是成堆的报纸和封面光鲜的杂志,还有些杂志堆在椅子旁边的地上。两个老式的三脚白蜡烟灰缸放在皮椅的扶手旁边,其中一个烟灰缸中还有一支抽了一半的雪茄。我紧贴墙壁站着,用枪指着那个房间的右边,寻找着移动的影子,听着地板上发出的嘎吱声。

然而什么都没有。

我走了两步,穿过走廊,让自己抵在另一侧的墙上,用枪指着厨房。

黑白瓷砖铺成的地面上有血液和内脏留下的痕迹。湿漉漉的手印在刺眼的灯光下呈现出鲜艳的橙色,弄脏了橱柜和冰箱门。我看见一个影子出现在房间的右边,并听见了刺耳的呼吸声,那不是我自己的。

我深呼吸了一下,数到三,然后跳向走廊的另一侧,那一瞬间我看见右边的阅览室是空着的,我望着枪管下坐在橱柜上的莱昂·特雷特,他的眼睛紧盯着我。

其中一支卡利科M110手枪躺在房门内侧。我进屋时,把它踢到了右边的桌子下。

莱昂看着我,脸上带着痛苦的微笑。他刮了胡子,柔软的皮肤上泛着不健康的、伤痕累累的光芒,仿佛他脸上的肉先用钢丝刷刷过,然后又涂上了油,用汤匙就能从骨头上挖下来一般。刮掉胡子后,他的脸显得比昨晚长一些,面颊凹陷得很厉害,嘴永远呈现椭圆形。

他左边的胳膊毫无用处地吊在身边,肱二头肌上有一个洞,涌出了深色的血液。他的右胳膊从腹部横过,看起来想要把自己肚子上的伤口堵上。他的棕色裤子上浸满了自己的血。

"来给我弹夹吗?"他问。

我摇头。

"我今早自己拿了一些。"

我耸了耸肩。

"你是谁?"他柔声问道,右侧的眉毛扬了一下。

"趴在地上。"我说。

他嘟囔道:"老兄,你看我正扶着我的肚子。"

"我不管,"我说,"趴在地上。"

他的长下巴绷紧了:"不。"

"你快给我趴在地上。"

"不。"他又一次说。

"莱昂,快点儿。"

"浑蛋,开枪打我呀。"

"莱昂。"

他的眼睛向左边瞥了一下,然后下巴不再紧绷。他说:"可怜可怜我吧,宝贝。好吗?"

我看见他的眼睛再次闪烁,也注意到他的嘴唇间露出一丝微笑。当罗伯塔·特雷特站在我曾经的位置开枪时,我跪了下来,她的M110手枪连续开火,打中了自己丈夫的头。

当莱昂的脸像被针扎破的气球一般消失时,她由于震惊而发出尖叫。我翻了个身,用枪击中她的右侧大腿,把她挤到了厨房的角落。

她转过身,浓密的灰色头发在脸上拂动,糟糕的是她带着M110手枪。她用满是汗水的手指摸索着扳机,正在放下保险,那只空着的手按着臀部的伤口,眼睛一直看着丈夫消失的头。我看见枪口朝我的方向移动,知道她随时可能从震惊中恢复,并再次扣动扳机。

我冲出厨房,回到了走廊。当罗伯塔·特雷特整整转了一圈,将她的卡利科手枪枪口对准我时,我滚到了右侧。我站起身,朝着后门跑去,眼看那扇门越来越近,却听见罗伯塔来到走廊中,站在我身后。

"你杀死了我的莱昂,该死的。你杀死了我的莱昂!"

当罗伯塔用手指按住扳机并松开时,走廊如同地震一般炸裂。我看也没看一眼就跌入了左手边的房间,当我发现那不是什么房间而是楼梯的时候已经太迟了。

我的前额撞在了一层台阶上,木头撞击头骨,让我的牙齿间遭受着电流般的冲击。我听见罗伯塔沉重的脚步声,她正跌跌撞撞地穿过走廊,走向楼梯。

她没有开枪,这让我比之前感到更加恐惧。

她知道我已经被困住了。

当我冲上楼梯时,胫骨撞在了一级台阶边缘,发出响声。我滑了一跤,然后继续前进。我在顶端看见了一扇金属门,于是向上帝祈祷它是开着的。

当我冲向那扇门,用掌根击打它的正中间时,罗伯塔来到了下方的平台处。我感觉门开了,就像是氧气从我的肺部涌出一般。

当罗伯塔再次拿出枪时,我从地板上弹起,滚向左边,使劲关上了身后的门,铅从金属门表面溅出来,像冰雹一样落在锡制的屋顶上。这扇门很重,也很厚——本应属于工业冷却室或者库房——内侧有螺旋锁:其中四把锁从高到低排列,最高的离地5.5英尺,最低的为6英寸。当子弹在另一头砰砰作响时,我一个接一个地把它们锁上了。这扇门是防弹的,锁也无法从另一边被打落,而在这一边又用数层钢板密封。

"你杀死了我的莱昂!"

子弹停了下来,罗伯塔在门的另一边号啕大哭,她的哭声如疯子一般充满了侵略性和被剥夺的感觉。那声音中可怕的孤独感撕扯着我胸膛中的什么东西。

"你杀死了我的莱昂！你杀了他！你会死掉！死得很惨！"

有什么东西沉重地敲击着门，第二声过后，我意识到这是罗伯塔·特雷特，她正将自己那肥大的身体砸在门上，就像一把攻城锤，一遍又一遍，咆哮着，尖叫着，呼唤着她丈夫的名字——砰、砰、砰——她扑向我们之间唯一的边界。

即使她失去了枪，但如果她能通过这扇门，那么无论我对她开多少枪，她都会徒手把我撕成碎片。

"莱昂！莱昂！"

我搜寻着警笛的声音、对讲机的嘈杂声、扩音机的叫声。警察现在已经来到了房子中，他们一定到了。

然而让我沮丧的是，我无法听见除罗伯塔外的任何声音，因为门的对面只有她。

一只光秃秃的40瓦灯泡挂在屋顶，当我转过身环视周围时，一阵又冷又怕的感觉浸透了我的血管。我正位于一间面向街道的大卧室中，房间的窗户被封了起来，厚重的黑色木板嵌入窗框，每扇窗子上都有四五十只死鱼眼凝视着我。

地板光秃秃的，满是老鼠的咬痕。几包薯片、薯条以及玉米片散落在护壁板旁边，碎屑嵌入了木头中。三个光秃秃的床垫被粪便、血迹，以及不知是什么的东西弄脏，倚靠在墙上。墙壁上覆盖着厚厚的灰色海绵，还有被用于录音棚的聚苯乙烯隔音材料。然而这并不是一间录音棚。

在床垫上方的位置，墙上钉了一些金属柱子。房间的西边角落放着一个小小的金属废纸篓。整个房间里都是血腥的味道，且极其肮脏污秽，让人印象深刻。

罗伯塔不再撞门，但我能听见她在楼梯间低沉地痛哭。

人间蒸发的女孩

我走向卧室的东边。为了扩大这个房间,那里有一面墙被推倒了,灰泥和尘土覆盖着地板。一只长着带刺毛皮的胖老鼠从我身边跑过,在房间的最东侧右转,穿过墙壁尽头的一处开口,消失了。

我迈过了更多包薯片、北美少年爱好协会实时通讯、开口处已发霉的空啤酒罐,并在这个过程中一直用枪指着前方。杂志由最廉价的光面纸印成,页面摊开:人甚至是动物都在做一些我不清楚到底在干什么的行为。在我转身离开前的一瞬间,这些照片深深印在了我的脑海中,它们传达和刻画的内容与正常的人类交往无关,而是病态的——病态的头脑、心脏和器官。

我来到了老鼠消失的那个出口,那里是屋檐下的一小块空地,屋顶在此处向水槽倾斜,远处有一扇蓝色的小门。

科温·厄尔站在门前,他的背部在屋檐下弯曲着,面前拉开一把十字弩,将弩臂抵在肩膀上,左眼试图一边向下看,一边抖去汗水。他慵懒的右眼寻找着焦点,一次次看向我,然后仿佛被发动机驱动一般,被推回到右侧。最终他闭上了那只眼睛,重新固定了肩膀上的十字弩。他全身赤裸,胸膛上有血迹,鼓起的腹部也有一些。他那悲痛欲绝的脸上带着挫败而疲倦的受害感。

"特雷特夫妇不信任你,不让你用枪吗,科温?"

他轻微地摇了摇头。

"塞缪尔·彼得罗在哪里?"我问。

他再次摇头,这一次动作更加缓慢,他用肩膀支撑着十字弩的重量。

我看了看箭头的尖端,发现它正在轻微摇晃,并意识到科温·厄尔的小臂正在上下抖动。

"塞缪尔·彼得罗在哪里?"我重复道。

他又一次摇头,我用枪击中了他的肚子。

他没有发出声音,只是弯下腰,把十字弩丢在了面前的地板上。他跪倒在地,像球形的胎儿一般跌向右边,躺倒在那里,舌头像狗一样从嘴里伸出来。

我越过他,打开了蓝色的门,进入一间如小型壁橱一般大小的浴室。我看见了被封起来的黑色窗户,以及洗手柜下方堆着的破碎浴帘。

一件白色儿童棉布内衣被丢在水池里。

我看向浴缸内。

我不确定我在那里站了多久,只知道自己低垂着头,张大嘴巴。我感觉到脸颊上流过一缕缕温热的液体,当我再一次久久地凝视着浴缸内,我意识到自己在啜泣。

我走出浴室,看见科温·厄尔跪在地上,他的胳膊抱着肚子,背对着我,试图用膝盖支撑自己在地板上移动。

我站在他身后等待着,用枪指着下方,他的深色头发从枪管的黑色金属瞄准器另一侧竖了起来。

他一边爬,一边发出奇怪的声音,这低沉的声响让我想到了便携式发电机。

当他够到了十字弩,把一只手放在十字弩上时,我说:"科温。"

他回过头看向我,发现我的枪指着他,于是闭上了眼睛。他转过头,用一只流血的手紧紧地攥着十字弩。

我向他的脖子后面开了一枪,然后继续向前走,当我向左转,回到卧室时,听见木头震动,以及科温的尸体砸在地板上的声音。我走到仓库门前,逐个解开了那些锁。

"罗伯塔,"我唤道,"你还在吗?能听见吗?这回我要杀了你,罗伯塔。"

我解开了最后一把锁,把门撞开,发现自己正对着一把霰弹枪。

里米·布鲁萨德放下枪管。在他的腿间,罗伯塔·特雷特面朝下躺在台阶上,一个碟子大小的暗红色椭圆位于她背部正中的区域。

布鲁萨德靠着栏杆,汗水如加热过的雨一般从他的发际线倾泻而下。

"我只能炸开隔板的锁,从地下室上来,"他说,"抱歉这么晚才来。"

我点头。

"那边没人了吗?"他深呼吸了一下,深色的眼睛凝视着我。

"对,"我清了清嗓子,"科温·厄尔死了。"

"塞缪尔·彼得罗。"他说。

我低头看着自己的枪,发现它正因为我胳膊的颤抖而震动着,这震动像一系列轻微的中风一般折磨着我的身体。我回头看向布鲁萨德,再次感觉到暖流从我的眼中涌出。

布鲁萨德点头。我注意到他也在啜泣。

"在地下室。"他说。

"什么?"

"骨架,"他说道,"两具。"

我开口时,声音已经变得不像我自己:"我不知道该说什么。"

"我也不知道。"他说。

他低头看着罗伯塔的尸体,把霰弹枪放低,枪口抵在她的后脑勺上,手指勾住了扳机。

我等待着他把她死去的大脑打得满楼梯都是。

过了一会儿,他拿开了枪,叹了一口气。他抬起一只脚,轻轻地踩在她的头顶,然后把她推了下去。这便是昆西警察来到楼梯时见到的场景:罗伯塔·特雷特庞大的尸体从昏暗的楼梯上跌向他们;两个男人站在楼梯顶端,像孩子一样哭泣,因为他们从来都不知道这个世界能有这么糟。

26

警方花了20个小时，最终确认遭遇不测的确实是塞缪尔·彼得罗。根据一位新闻报记者的消息，他先于警方联系了加布丽埃尔·彼得罗，询问关于她儿子的事情，这让她非常震惊。

那天上午和下午的大部分时间，我都待在我们那间掩藏在圣巴多罗买教堂钟楼里的狭小办公室中，我能感受到这栋宏伟建筑的重量，以及它高耸入云的塔尖。我朝窗外望去，试图什么都不想。我坐在那里，喝着冷咖啡，感觉柔软的嘀嗒声正充斥着我的胸腔和头脑。

昨晚，在新英格兰医疗急诊室，安琪的脚踝已经被固定好，并裹上了石膏。今早当我醒来时，她正要离开公寓，搭出租车去她医生的办公室，这样医生可以检查脚踝的固定情况，并告诉她这段时间要如何度过。

我从布鲁萨德那里得到塞缪尔·彼得罗一案的细节后，离开了钟楼办公室，从楼梯下到教堂中。在半明半暗之间，我坐在前排的长凳上，嗅着残余的熏香和盛开的菊花，与一些彩色玻璃塑成的圣徒那宝石般的目光对视，看着那些祭奠用的小蜡烛的烛光在红木祭坛栏杆后摇曳，思考着为什么一个孩子在这个世界上停留的时间，刚好让他经历了一切恐怖的事情。

我抬起头看着彩色玻璃塑成的耶稣像，他的胳膊在金色的神龛上张开。

"他还那么年轻，"我低语道，"你解释一下啊。"

我不能。

是不能还是不想解释？

没有答案。即使面对最善良的人，上帝也可以保持沉默。

你把一个孩子带来这个世界，给了他生命。你却让他经历了这一切。

你想表达什么？

"那你想表达什么呢？"我大声嚷道，听见自己的声音在石壁间回荡。

一阵沉默。

"为什么？"我低声问。

又是一阵沉默。

"浑蛋，没有答案，对吧？"

不要说脏话。你在教堂里。

现在我明白了我头脑里的声音不是来自上帝的，也许是来自我妈妈的，也许是来自一个死去的修女的。我怀疑在这种迫切需要他的时刻，上帝反而会在细节上犹豫不决。

那么，我又知道什么呢？如果上帝真实存在，那么也许他和我们其余人一样渺小而微不足道。如果是这样，他就不是一个能让我追随的神。

然而我留在长凳上，无法动弹。

我为什么会相信上帝呢？

天才们——比如凡·高或迈克尔·乔丹，斯蒂芬·霍金或迪伦·托马斯，他们的诞生始终向我证实着上帝的存在，还有爱的存在。

那么好吧，我相信你。但我不确定自己是否喜欢你。

这是你的问题。

"一个孩子的悲剧能带来什么好处呢？"

不要问这种你的头脑无法解答的问题。

我看了一会儿蜡烛的火焰，将这份平静吸入肺中，等待着进入超脱或者慈悲、平和的状态，再或者无论是什么的状态。修女们告诉我，当这个世界对你而言太过复杂时，你应该等待。

大约一分钟后，我睁开了眼睛。也许我无法成为一个成功的信徒，因为我缺乏耐心。

教堂的后门打开了，我听见安琪的拐杖撞在门闩上的声音。她说："真烦。"然后门关上了，她出现在教堂和通往钟楼的楼梯之间的平台上。就在转向楼梯前，她注意到了我，在笨拙地转过身后，看着我，微笑了。

她吃力地走下铺着地毯的两层台阶,来到教堂,摇摇晃晃地穿过忏悔室和洗礼池。她停在了我坐的长凳前的祭坛栏杆边,坐了上去,把拐杖靠在栏杆上。

"嘿。"

"嘿。"我回应道。

她抬头看着天花板上画着的《最后的晚餐》,然后低头看向我:"你在教堂里,而教堂依然安然无恙。"

"我只是想象一下。"我说。

我们在那里坐了一会儿,谁都没有说话。安琪看向天花板,琢磨着最近的壁柱上雕刻着的细节时,她的头向后仰着。

"你的腿怎么样?"

"医生说是左侧腓骨下端的应力性骨折。"

我微笑了:"你喜欢这样说,对不对?"

"左侧腓骨下端?"她咧开嘴对我笑着说,"对,让我觉得我在急诊室。接下来会问我血生化七项和血压值了。"

"医生让你不要动那条腿,我猜。"

她耸了耸肩:"对,但他们总是这么说。"

"你要戴多久石膏?"

"三周。"

"不能做有氧运动?"

她又一次耸肩:"很多事情都不能做。"

我低头看了一会儿自己的鞋,然后又抬起头看向她。

"怎么了?"她问。

"太伤人了。我是说塞缪尔·彼得罗的事,我没法不去想。当布巴和我去那栋房子时,他还活着。他就在楼上,他……我们……"

"你们和三个全副武装、异常偏执的疯子共处一室。你们没法……"

"他,"我说,"被……"

"确认是他了?"

我点头。

"天哪!天哪!天哪!"我擦去酸涩的眼泪,把头靠在椅背上。

"谁和你说的?"安琪柔声问。

"布鲁萨德。"

"他怎么样?"

"和我差不多。"

"有提到普尔吗?"她向前微微倾斜。

"他很糟糕,安琪。他们不指望他能挺过来。"

她点点头,低着头待了一会儿,她那条好腿在栏杆边轻盈地来回摆动着。

"你在浴室里看到了什么,帕特里克?我是说究竟看见了什么?"

我摇摇头。

"说吧,"她温柔地说道,"你对我讲,我能接受。"

"我说不出来,"我说,"没法再说一次,没法再说一次。我只要一想到那个场景,只要脑海中一闪过那个房间我就想死。我不想携带那份记忆生活。如果那份记忆一直挥之不去,我宁愿去死。"

她小心翼翼地滑下栏杆,用长凳的前端支撑着自己,慢慢移到座位上。我将身体靠近,她坐在我旁边,用手捧着我的脸,但我无法与她对视。我很确信那双眼睛中的温暖和爱意会让我感到自己更加肮脏,而且出于某种原因,内心也更加混乱。她亲吻了我的前额,然后是我的眼睑,还有我脸上干涸的泪水。她把我的头放在她的肩膀上,亲吻着我的后颈。

"我不知道要说些什么。"她低声说道。

"没有什么可说的。"我清了清嗓子,用手臂环住了她的小腹和背部下方。我能听见她的心跳。她给人的感觉是那么善良、那么美丽,拥有全部优点。可我依然觉得自己奄奄一息。

那一晚我们试图亲昵一些,起初很好,而且其实很有趣,我们努力克服沉重的石膏,安琪吃过止痛药后咯咯地笑着。但是当我们赤裸地沐浴着从卧室窗子射进来的月光时,我在某个瞬间看见她的身体和塞缪尔·彼得罗的剪影融合在一起。我触摸她的胸部时,仿佛看见科温·厄尔那松弛的肚子上的血痕。我用舌头舔她的胸腔,却看见血迹喷溅在浴室的墙上,仿佛是从桶里泼洒出来的一般。

我站在那个浴缸前惊呆了。我看见的一切都足以让我啜泣,但是我的大脑出于保护的本能将其关闭了,所以我所看见的一切真实的恐怖并没有完全展现出来。事情很糟糕,而且毫无理智,我只知道这些,但那些画面依然会随机出现,飘浮在一片白瓷砖和黑白相间的地砖组成的海洋里。在这30个小时里,我的大脑已经整理了一切,我独自待在那个浴缸中,和塞缪尔·彼得罗一起。浴室的门锁着,我无法出去。

"怎么了?"安琪问。

我背对她,看向窗外的月亮。

她温暖的手拂过我的后背:"帕特里克?"

一声叫喊哽在我的喉咙中。

"帕特里克,过来,和我说说。"

电话响了,我接了起来。是布鲁萨德。

"你怎么样?"

听见他的声音,我感到如释重负,因为我不是一个人。

"很糟糕。你呢?"

"真糟糕,你知道我是什么意思。"

"我知道。"我说。

"我甚至没法和我妻子说,我以前什么都会告诉她。"

"我明白你的意思。"

"喂……帕特里克,我还在市里拿着酒瓶。你想和我喝点儿酒吗?"

"好啊。"

"我会在瑞恩体育场,你方便吗?"

"可以。"

"到时见。"

他挂了电话,我转向安琪。

她把床单拉上来,覆盖着身体,正把手伸向她那一侧的床头柜去够香烟。她把烟灰缸放在大腿上,点燃了一支烟,在烟雾间凝视着我。

"是布鲁萨德。"我说。

她点头,又吸了一口烟。

"他想见面。"

"见我们两个?"她低头看着烟灰缸。

"我自己。"

她点头:"那最好去吧。"

我靠近她:"安琪……"

她抬起了一只手。

"不必道歉。去吧,"她打量着我赤裸的身体,微笑道,"先穿件衣服。"

我把衣服从地板上捡起来,穿在身上。安琪在我背后一边吸着香烟,一边看着我。

当我离开卧室时,她熄灭了香烟,叫道:"帕特里克。"

我向门内探头。

"你要是准备好了,我随时会听你讲,无论你想说什么。"

我点头。

"如果你不想说,也完全可以。你明白吗?"

我再次点头。

她把烟灰缸放回到床头柜上,床单从她的上半身落了下来。

"这样就清楚了,"安琪最后说,"我不想当电影里的警察妻子。"

"什么意思?"

"唠唠叨叨,求你开口。"

"我也不希望你这样。"

"她们从来不知道应该何时离开,那些女人。"

我回到房间中,看着她。

她把枕头移到脑后:"你出去的时候能把灯关上吗?"

我关掉了灯,但又在那里站了一会儿,感觉到安琪的目光落在我身上。

27

我在瑞恩体育场见到了一个喝得烂醉的警察。我进去时,看见他正在荡秋千,没系领带,皱巴巴的制服外套揉成一团,外面罩着沾了体育场上沙子的大衣,一只鞋没有系鞋带,我意识到,这是认识以来我第一次见到他如此邋遢。即使在离开采石场,跳上直升机的起落架时,他的形象也无可挑剔。

"你是邦德。"我说。

"什么?"

"詹姆斯·邦德,"我说道,"你是詹姆斯·邦德,布鲁萨德。完美先生。"

他笑了,喝光了瓶里剩下的凯珊酒。他把空瓶子扔在沙子里,从外套中拿出一瓶新的,打开了封口。他轻轻抖了一下拇指,酒瓶的盖子便掉进了沙堆中:"长得这么好看也是个负担,嘿嘿。"

"普尔怎么样?"

布鲁萨德摇了几下头:"没什么变化,他还活着,但是状况很不好,他还没有恢复意识。"

我坐在他旁边的秋千上:"预测会如何?"

"不太好,他在过去的30个小时内中风了太多次,大脑严重缺氧。即使活下来,医生说,他也会局部瘫痪,将来很可能说不了话,他再也没法从床上起来了。"

我想起第一次见到普尔的那个下午,也是第一次目睹他的奇怪习惯,先闻一口烟,然后把它咬成两半,他带着狡黠的微笑看着我困惑的脸,说道:"请原谅,我戒烟了。"然后,当安琪询问他是否介意她抽烟时,他说:"噢,上帝,你抽烟吗?"

我当时甚至没有意识到我有多么喜欢他。

"不要再想普尔了,不要再徒增烦恼了。"说这句话时,他的眼睛里闪烁着熟悉而困惑的光芒。

"对不起,布鲁萨德。"

"叫我里米,"布鲁萨德说,他递给我一个塑料鸡尾酒杯,"你不知道,他是我见过的最坚强的浑蛋,他有强大的求生欲,也许他会挺过来的。你怎么样?"

"什么?"

"你有求生欲吗?"

我等着他给我倒了半杯朗姆酒。

"我的求生欲变强了。"我说。

"我也是。我不明白。"

"什么?"

他把酒瓶举高,我们默默干杯,然后喝酒。

"我不明白,"布鲁萨德说,"为什么那个房子里发生的事情让我发生了这么大变化。我的意思是,我见过很多。"他把秋千向前荡,回头看着我。"很多可怕的东西,帕特里克。"他缓慢地摇头,"但这栋房子里发生的事情……"

"到了临界点。"我说。

"什么?"

"临界点。"我重复道。我又喝了一口朗姆酒,答案并没有那么容易解出,但是已经接近了,"你看见这样或那样可怕的事情,但是它们是彼此无关的。昨天,我们见识了各种各样的罪恶,加起来便立刻到了临界点。"

他点头。

"还差几个月,我当警察就20年了,我从来没有……"他又喝了一口酒,由于酒精的炽烈而颤抖着,他对我微微一笑,"你知道我打死罗伯塔的时候,她在做什么吗?"

我摇头。

"像条狗一样刨门,对上帝祈祷。她边刨边哭,呼唤着她的莱昂。我刚从地下室上来,整个地方都像个鬼屋,我看见罗伯塔在楼梯上面,伙计,我甚至没有找她的枪,我直接拿起了我的。"他朝沙地里吐了口痰,"去她的,这个女人就该下地狱。"

一段时间内,我们沉默地坐着,听着秋千的铁链嘎吱作响,汽车在大街上经过,在街对面电子产品工厂的停车场,一些孩子在玩街头曲棍球,发出拍打和摩擦的声音。

"那些……"过了一会儿我对布鲁萨德说。

"身份不明。法医能告诉我的最详细信息是,一个是男性,另一个是女性。一个星期后就知道了。"

"牙齿检测呢?"

"特雷特夫妇想到了这点,两具都有盐酸腐蚀的痕迹。法医认为特雷特夫妇把他们浸在盐酸里,在牙齿软化后拔了下来,把骨头倒在地下室的石灰岩盒子中。"

"为什么要把他们留在地下室呢?"

"这样他们可以盯着？"布鲁萨德耸肩。

"谁知道呢？"

我想了一会儿地下室和阿曼达。阿曼达·麦克里迪和她那双无神的眼睛，她对一切孩子应该最期待的东西都没什么期待。

"这个世界真糟糕。"布鲁萨德低语道。

"这个世界很可怕，里米。你知道吗？"

"前两天我就想要和你说的。我是个警察，好吧，但我也很幸运。我有一个好太太，住着好房子，这些年来的投资都进行得很顺利。在我成为警察满20年，接到一个清晨的电话后，就可以不再理会这堆烂事。"他耸了耸肩，"然而某些事情——天哪——你开始回想那个在浴室里被划破了脸的孩子。好吧，我的生活不错，但这个世界对大多数人来说还是一团糟。即使我的生活还可以，这个世界也依然没有变好一点儿。你明白我的意思吗？"

"噢，"我说，"我很明白。"

"什么都没有用。"

"你的意思是？"

"什么都没有用，"他说，"你还不明白吗？汽车、洗碗机、冰箱、起步房[1]，那些鞋和衣服，还有……什么都没有用。学校也没有用。"

"公立学校没有用。"我说。

"公立学校？看看那些最近从私立学校走出来的蠢货吧。你有没有和那些心怀不满的预科生聊过？你问他们什么是道德，他们会给出一个概念；你问他们什么是体面，他们会说这是一个词。看看那些在

---

[1] 美国的一种廉价的简易住房。一些存款不多的年轻人在刚进入社会时会选择购买这种房屋。

中央公园里殴打酒鬼的富家子弟，只是因为贩毒或者没什么理由。学校没有用，是因为家长没有用，因为家长的家长也没有用，因为什么都没有用。所以为什么要为这个世界付出精力、爱，或者别的什么东西呢，如果这只会让你沮丧？天哪，帕特里克，我们也没有用。那孩子在那里待了两周，谁也找不到他。他就在那栋房子中，我们数个小时前就怀疑他被杀死了，还坐在甜甜圈商店里讨论这件事。那孩子被割断喉咙的时候我们本该踢开门。"

"在人类历史的长河中，我们的社会是最富有、最先进的，"我说，"我们却不能从三个疯子那里救出一个被划烂了脸的孩子，为什么？"

"我不知道，"他摇了摇头，用脚踢着沙子，"我真的不知道。每次你想出一个办法，总有一伙人告诉你，你做得不对。你相信死刑吗？"

我伸出杯子："不。"

他停止倒酒："什么？"

我耸了耸肩："我不相信，抱歉，接着倒酒吧，你呢？"

他把我的杯子填满，然后吮吸了一会儿瓶子："你打中了科温·厄尔的后脑勺，却和我说自己不相信死刑？"

"我不觉得社会有这个权利，或是智慧。如果它有，就先向我证明它能高效地把路铺好吧，然后我才会让他们决定生死的问题。"

"然而我还是想说，昨天你处决了一个人。"

"从技术层面上说，他手里有武器，而且我也不是社会。"

"你什么意思？"

我耸了耸肩："我相信我自己，我可以接受自己的行为，但我不信任社会。"

"所以你才做了私家侦探，是吗，帕特里克？孤独骑士之类的？"

我摇头:"别胡扯了。"

他又一次笑了。

"我当私家侦探是因为,也许我很想知道接下来会发生什么,也许我很喜欢撕开假象。这不会让我成为好人,只会让我讨厌那种遮遮掩掩、想要伪装成另外一种人的家伙。"

他举起了瓶子,我轻敲了一下塑料杯的侧面。

"如果有人因为社会的需要伪装成某种样子,但实际上他认为自己应该是另一副样子呢?"

我对着酒摇了摇头:"那就再给我看看另外一副样子。"我站起身,两脚踩在沙子上有些不稳。我走向秋千对面的攀爬架,坐在一处横栏上。

"如果社会没有用处,我们这些所谓高贵的人要如何生存呢?"

"当个边缘人。"我说。

他点头:"确实。然而我们必须和社会合作,否则我们就成了民兵,每天穿着迷彩裤,一边开车走在政府修的路上,一边抱怨税收。对吧?"

"我想是的。"

他站起来,摇晃身体,然后抓住了秋千的链条,身体向后倾斜,陷入秋千背后的阴影中:"我曾经栽赃过一个人。"

"什么?"

他回到灯光下:"真的。那个贱人叫卡尔顿·约克,他强奸妓女好几个月了。两个皮条客试图阻止他,于是他干掉了他们。卡尔顿神经兮兮的,是个身体强壮的人,常去监狱的健身房。跟这种人很难讲理。我们的伙伴雷·利坎斯基给我打电话,告诉我所有的细节。我猜瘦猴雷对其中一个妓女情有独钟。不管怎样。总之,我知道卡尔顿·约克在强奸妓女,但谁能给他定罪呢?就算其中某个女人想要做证——实际上并没有——谁又会相信她们呢？一个妓女说自己被强奸，对大多数人而言这就是个笑话。就像是杀死了一具尸体一般，好像是不可能的。我知道卡尔顿曾两次入狱，正处于缓刑中。于是我在他的卡车中放了一盎司[1]违禁药品和两支未经许可的枪支，在备用零件的下方，他永远都发现不了。然后我把一张过期的车检标签贴在了他最新的标签上面。如果没到要更新的时间，谁会看自己的车检标签呢？"他又在黑暗中待了一会儿，"两周后，卡尔顿在车辆检查时被拦了下来，警察对他的车进行了一番仔细检查。长话短说，他第三次被判重罪，20年，可能无法假释。"

我没有说话，直到他再次回到灯光下面。

"你觉得你做得对吗？"

他耸了耸肩："对那些妓女而言，我做得对。"

"但……"

"讲这样一个故事，总会有'但是'的，不是吗？"他叹了口气，"但是一个像卡尔顿这样的人，他在监狱里也不会收敛。也许会有更多被送进监狱的年轻人，他对他们做的要比强奸妓女过分许多。所以对所有人而言，我做得对吗？也许不。对于某些没有其他人在意的妓女而言，我做得对吗？也许吧。"

"如果你还要这样做一次呢？"

"帕特里克，让我问问你，你会对卡尔顿这样的人做什么呢？"

"我们又回到了死刑的问题上，对不对？"

"个人的，"他说，"不是社会的。如果我有勇气开枪打死约克，就没有人再被他伤害，没有相对性可言，非黑即白。"

"但那些人进了监狱，他们还是会被其他人伤害。"

---

[1] 英制质量、重量或体积单位，1盎司约等于28.35克。

他点头:"每一个办法都不是完美的。"

我又喝了一口朗姆酒,注意到一颗孤星正飘浮在稀薄的夜云和城市的烟雾之上。

我说:"我站在浴缸旁边时,有什么东西忽然折断了。我不在意自己身上发生了什么,不在意我的生命,不在意任何事,我只想……"我伸出了双手。

"维持平衡。"

我点头。

"所以你在某人跪着的时候,用枪打爆了他的后脑勺。"

我再次点头。

"嘿,帕特里克,我没有在评判你。我想说的是,有时我们做了对的事情,但它在法庭上却不被支持。经受不住,"他用手指做了个"引号"的动作,"社会的审查。"

我听见厄尔一边呼吸,一边发出嘎嘎嘎的声音,看见了他的脖颈后喷溅出的血,听见他落在地板上,以及木头的震颤。

"在同样的情况下,"我说,"我还是会这样做。"

"这会让你变得正确吗?"里米·布鲁萨德缓步来到攀爬架边,给我的杯中倒了一些酒。

"不。"

"但不会让你变得更错,对吧?"

我抬头看着他,微笑并摇了摇头:"也不会。"

他向后靠在攀爬架上,打了个哈欠:"如果我们有所有问题的答案就好了,对吧?"

我看着他的面部轮廓被我身边的黑暗侵蚀,感觉到某些东西就像小鱼钩一般在我的脑后蠕动。他刚才说的哪些话让我感到心烦意乱呢?

我看向布鲁萨德,感觉那个小鱼钩在我脑后埋得更深了些。我看着他闭上眼睛,不知为何想要打他。

然而我只是说:"我很高兴。"

"因为什么?"

"杀了科温·厄尔。"

"我也是,我很高兴我杀了罗伯塔。"他又在我的杯子中倒了些酒,"帕特里克,我很高兴那些变态都没能走出那栋房子。为了这个喝一口?"

我看了看酒瓶,然后是布鲁萨德,在他脸上搜寻着究竟是什么忽然让我感到困惑,让我恐惧。由于身处黑暗中而且喝了酒,我无法找到他的酒杯,于是我举起了杯子,触碰酒瓶。

"祝他们在地狱里,以那些被他们伤害的人的身体度过一生。"布鲁萨德说,他扬起了眉毛,又落了下来,"我可以说阿门吗,兄弟?"

"阿门,兄弟。"

28

　　我在月光笼罩下苍白而半明半暗的卧室中坐了很久,看着安琪睡觉。我的脑中一遍遍回放着和布鲁萨德的对话,喝了一口在回家路上买的大杯唐恩都乐咖啡。当安琪嘟囔着自己童年时养的小狗的名字,并用手掌抚摩枕头时,我不禁微笑。

　　也许是由于特雷特家的剧烈震动,也许是由于朗姆酒,也许只是因为我越不去想那些痛苦的事情,就会越关注那些很小的细节。某个随意的单词或短语会在我的脑海中不断回荡,难以停下来。今晚在体育场上,我发现了一个真相和一个谎言,同时发现的。

　　布鲁萨德是对的:一切都没有用。

　　我也是对的:无论外面看上去建造得多么坚固,里面都会崩塌。

　　安琪背对着我,发出一声柔和的呻吟,踢开了缠住她脚的被单。也许是那番努力——试图在裹着石膏的状态下踢腿——让她醒了过来。她眨了眨眼,抬起了头,又低头看石膏,然后转过来看见了我。

　　"嘿,你……"她坐起来,舔了舔嘴唇,把头发从眼前拨开,"你在干什么?"

"坐在这儿,"我说,"思考。"

"你喝酒了?"

我拿起了咖啡杯:"我以为你不会注意。"

"那过来睡觉吧。"她伸出了手。

"布鲁萨德对我们说谎了。"

她把手收了回去,用它支撑着靠在床头上:"什么?"

"去年,"我说,"利坎斯基离开酒吧然后消失的时候。"

"怎么了?"

"布鲁萨德说他只是知道那个人,他偶尔会向普尔告密。"

"对,所以呢?"

"今晚他喝了半品脱朗姆酒后,告诉我雷是他的线人。"

她把手伸向床头柜,打开了灯:"什么?"

我点头。

"所以……所以也许他去年只是疏忽了,也许我们听错了。"

我看着她。

最终她伸出了一只手,在床头柜上够她的香烟:"你是对的,我们不会听错。"

"不会同时听错。"

她点燃了一支烟,把床单拉到腿上,刚好盖在石膏以上的部分:"他为什么要说谎?"

我耸了耸肩:"我坐在这里想着同样的事情。"

"作为他的眼线,也许他有理由保护雷。"

我喝了一些咖啡:"可能吧,但似乎很蹊跷,对不对?雷可能是阿曼达·麦克里迪失踪案的关键目击证人,布鲁萨德却撒谎说不认识他。这似乎……"

"有些奇怪。"

我点头:"有一点儿,还有一件事呢?"

"什么?"

"布鲁萨德快退休了。"

"有多快?"

"不确定,但听起来很快了。他说他就要任职满20年,一到那个时间,他就不干了。"

她吸了一口烟,借着明亮的炭火看向我:"所以他快退休了,这又怎么样?"

"去年,在我们爬山去采石场之前,你和他开了个玩笑。"

她触了触自己的胸部:"对。"

"你说,'也许到了我们退休的时候'。"

她的眼睛亮了起来:"我说的是,'想想我们就要把他们干掉了'。"

"他说什么?"

她身体前倾,手肘放在膝盖上,回想当时的场景。

"他说……"她用香烟在空气中戳了几下,"他说他退休以后会很糟糕,还说了一些医疗费的事情。"

"他妻子,对吧?"

她点头:"就在他们结婚之前,她出了车祸。她没有上保险,所以他欠了医院很多钱。"

"所以医疗费怎么办?你觉得医院会说:'啊,你是个好人,所以忘了这件事吧。'可能吗?"

"很可疑。"

"非常可疑。所以一个很穷的警察因为麦克里迪案的关键人物撒谎,6个月后,他就有足够的钱可以退休了——而且不是那种任职30年可以获得的奖金,而是干满20年就能获得。"

她咬着自己的下嘴唇，长达一分钟："给我扔一件T恤，好吗？"

我打开衣柜，从抽屉中拿出一件深绿色的锯子医生乐队T恤递给她。

她把衣服套在身上，踢开了被单，环顾房间寻找拐杖。她看向我，发现我正在咯咯地笑。

"怎么了？"

"你看起来很有趣。"

她的脸色阴沉下来："为什么？"

"坐在那里，穿着我的T恤，腿上还有一大块石膏。"我耸了耸肩，"就是看起来很好笑。"

"哈，"她说，"哈哈，我的拐杖呢？"

"在门后。"

"你能帮我拿过来吗？"

我把拐杖拿过来，她挣扎着扶了上去，然后我跟她沿着黑暗的走廊来到厨房。微波炉上的电子钟显示4:04，我能从我的关节和后脖颈感受到时间，却无法从心里感觉到。当布鲁萨德在体育场上提起雷·利坎斯基的时候，我的头脑中忽然闪过了什么，然后开始双倍速运转，和安琪说话只是给了我的大脑更多能量。

当安琪煮了一壶咖啡，并从冰箱里拿出奶油，从橱柜里拿出糖时，我又回想起了采石场的最后一夜，看起来我们似乎因为利益而失去了阿曼达·麦克里迪。我知道很多我试图回想和筛选的信息都在案件簿中，但是我不想依靠那些笔记。仔细研究它们只会让我回到和六个月前同样的地方，而在厨房中召唤记忆则会给我带来一个全新的视角。

绑架者要求四个人用奇斯·奥拉蒙的钱来换阿曼达。

"为什么是我们四个？为什么不是一个呢？"

我问安琪。

她靠在壁炉边,胳膊环在胸前,思考着这件事:"我甚至没想过这一点。天哪,我怎么这么蠢?"

"这是一个主观判断。"

她皱了皱眉:"你没有质疑。"

"我知道我很蠢,"我说,"我们两个中做决定的是你。"

"那么多警察,"她说道,"扫遍了那些山,封锁了周围的所有路,可是谁也没有找到。"

"也许绑架者们已经被告知有一条逃跑路线,也许某些警察被买通了。"

"也许那一晚就没有人在我们旁边。"她的眼睛闪着光。

"胡扯。"

她咬住下嘴唇,一次次扬起眉毛:"你觉得呢?"

"布鲁萨德从他那边开的枪。"

"为什么不是呢?在我们那里什么都看不见,只能看见枪口在闪光。我们听布鲁萨德说他遭遇了枪击,但是那段时间我们能看见他吗?"

"不能。"

"那么理由便是,我们被带去那里,是为了帮他做证。"

我靠在椅背上,双手抚弄着鬓角上的头发。有这么简单吗?或者说,他有这么狡猾吗?

"你觉得普尔也参与了?"安琪转向橱柜,她身后的咖啡壶中冒出蒸气。

"为什么这么说?"

她用自己的咖啡杯轻敲大腿。"他说雷·利坎斯基是他的眼线,而不是布鲁萨德的。而且,你要记得,他是布鲁萨德的搭档。你知道他们是什么关系。我的意思是，看看奥斯卡和德温——他们比夫妻还要亲密，他们对彼此无比盲目地忠诚。"

我想了想："所以普尔是如何参与的？"

虽然机器依然在过滤，加热锅中依然在咝咝作响，她却给自己倒了一杯咖啡。

"这几个月里，"她一边往咖啡中倒奶油，一边说道，"你知道是什么困扰着我吗？"

"说吧。"

"那个空包。我的意思是，如果你是绑架者，你把一个警察骗在悬崖顶上，偷偷过来拿钱。"

"对，然后呢？"

"然后你停下来打开包，把钱取出来？为什么不连包一起带走？"

"我不知道，这两种方式有什么区别吗？"

"没有什么。"她从橱柜边转身，面对着我，"除非包一开始就是空的。"

"多伊尔把包递给布鲁萨德的时候我看见了，里面装满了钱。"

"但是我们到了采石场之后呢？"

"他在上山的时候打开过吗？怎么打开的？"

她噘起嘴唇，然后摇了摇头："我不知道。"

我离开椅子，从橱柜上拿起了一个杯子，它从我的手指间滑落，擦过橱柜的边缘，跌在地上。我把它留在了那里。

"普尔，"我说，"我的天，是普尔。当他犯心脏病或是别的什么病时，他跌在了那个包上。到了要走的时候，布鲁萨德把手伸到他身下，将那个包拽了出来。"

"然后普尔从采石场边缘下山，"她匆匆地说，"把那个包交给第三个人。"她停顿了一下,"然后杀死了马伦和古提雷兹。"

"你觉得他们在树下放的是另一个包?"我问。

"我不知道。"

我也不知道,我可能会赞同普尔拿走了那20万赎金,但是杀死马伦和古提雷兹?这扯得太远了。

"我们都赞同这件事涉及第三方。"

"也许吧,他们必须把钱转移走。"

"所以那个人是谁呢?"

她耸了耸肩:"那个给莱昂内尔打电话的神秘女子?"

"可能吧。"我捡起了咖啡杯,它并没有碎,检查过没有缺口后,我给自己倒上了咖啡。

"天哪,"安琪边说边咯咯地笑了,"这条路够远的。"

"什么?"

"整件事,我的意思是,你有在听吗?布鲁萨德和普尔编排了整件事?为了什么呢?"

"钱。"

"你觉得对普尔和布鲁萨德而言,20万能够成为他们杀死一个孩子的动机吗?"

"不能。"

"那么,为什么?"

我搜寻着答案,但是却想不出来。

"你真的觉得阿曼达·麦克里迪是他们中的某一个杀的吗?"

"人能做出任何事情。"

"确实,但某些人绝对做不出某些事情。这两个人?杀死一个孩子?"

我想起了普尔说起那个水泥桶时的声音和布鲁萨德的脸色。他们可以是很好的演员,但如果他们对待一个孩子的死,真的如同对待一只死蚂蚁般冷漠,那么他们展现出来的便是德尼罗级别的演技。

"嗯……"我说。

"我知道你是什么意思。"

"什么?"

"你的'嗯……',意味着你完全困惑了。"

我点头:"我完全困惑了。"

"欢迎加入我的队伍。"

我喝了一点儿咖啡。如果我们的假设有十分之一是真的,一场庞大的犯罪行动就正在我们面前重现。不是离我们很近,也不是和我们住在同个区,凶手就在我们身边,就在我们眼皮子底下。

我提到过我们在当私人侦探谋生吗?

日出后不久,布巴来到了公寓。

他盘着腿坐在客厅的地板上,用一支黑色马克笔在安琪的石膏上签名。他的字很大,停留在四年级的水平:

安琪

断了一条腿。哈哈。

鲁普雷希特·罗戈夫斯基

安琪碰了下他的脸:"噢,你签的是'鲁普雷希特',真棒。"

布巴脸红了,拍了下她的手,抬头看着我:"什么?"

"鲁普雷希特,"我咯咯地笑了,"我都要忘了。"

布巴站起来,他的影子覆盖了我的整个身体和大部分的墙面。他搓着下巴,拘谨地笑了:"还记得我第一次揍你吗,帕特里克?"

我咽了下口水："一年级。"

"记得为什么吗？"

我清了清嗓子："因为我拿你的名字开玩笑。"

布巴凑近我："还想再试一次？"

"啊，不，"我说，他转过身时我又开口道，"鲁普雷希特。"

我跳起来，躲过了他的袭击。安琪说："你们这些小男孩啊！"

布巴僵住了，我利用这段时间把咖啡杯放在了我们中间。

"我们能处理下手头的事情吗？"她打开了腿上的笔记本，用牙齿咬下了钢笔的盖子，"布巴，你什么时候都可以揍帕特里克。"

布巴思考了一下："那倒是。"

"好啦。"安琪在笔记本上涂了几笔，然后看着我。

"嘿。"布巴指着她的石膏，"你戴着这东西怎么洗澡？"

安琪叹了口气："你怎么知道不方便？"

布巴坐在沙发上，把他的军靴架到咖啡桌之上，这种行为我通常难以忍受，但是名字的事情让我如履薄冰，所以我没有管。

"我从奇斯剩余的手下那里听来的是，马伦和古提雷兹不知道失踪儿童的事情。众所周知，他们那晚到昆西是去买货。"

"买什么？"安琪问。

"黑市商人常买的东西——违禁药品。有传言说，"布巴说道，"经过一段可怕的断货期后，市场上将会充斥着违禁药品。"他耸了耸肩，"这不可能。"

"你确定这一点？"我问。

"不，"他缓缓地说道，仿佛在对一个迟钝的孩子说话，"我和奥拉蒙组织里的某些人聊过，他们都说马伦和古提雷兹从没有提过带着一个孩子去采石场。奇斯团伙里也没有人见过一个孩子。所以，如果她在马伦和古提雷兹手上，那么这完全是他们两个的交易。如果他们那晚到昆西是为了丢掉一个孩子,这也完全是他们两个的交易。"

他看着安琪,向我竖起大拇指:"他之前比现在聪明吧?"

她微笑了:"我想巅峰期是在高中的时候。"

"还有一件事,"布巴说,"我不知道为什么那晚那个人不杀了我。"

"我也不知道。"我说。

"奇斯团伙里每个和我聊过的人都拼命发誓,说他们没有敲晕我。我相信他们,我是个危险的家伙,早晚会有人交代的。"

"所以那个敲晕你的人……"

"可能不是那种经常杀人的人,"他耸了耸肩,"只是一个想法。"

厨房里的电话响了。

"谁早上七点就打电话?"我说。

"没有人了解我们的睡眠习惯。"安琪说道。

我走进厨房,拿起了电话。

"嘿,兄弟。"布鲁萨德说道。

"嘿,"我说,"你知道现在几点吗?"

"知道,很抱歉。听着,我需要帮忙!很大的忙!"

"什么事?"

"我的一个同伴昨晚在追踪罪犯的时候摔断了胳膊,现在我们的比赛缺一个人。"

"比赛?"我问。

"橄榄球,"他回答,"抢劫-凶杀组对缉毒-反卖淫-反儿童类犯罪联合组。我现在去了车辆调配所,但打球的时候依然属于原来的组。"

"你们的球赛,"我说,"和我有什么关系?"

"我们缺一个球员。"

我笑得太大声，布巴和安琪都从客厅里转过头来看着我。

"很好笑吗？"布鲁萨德问。

"里米，"我说，"我是个白人，30多岁了。我一只手有永久性神经损伤。15岁以后，我就没拿起过一个橄榄球。"

"奥斯卡·李说你在大学玩田径，还打棒球。"

"那是为了付学费，"我说，"这两项活动我都不是主力。"我摇头并咯咯地笑了，"找别人吧，抱歉。"

"我没有时间了，比赛在3点。来吧，伙计。拜托，我求你了。我需要一个可以把球夹在腋下，跑短程，还能打点儿防守的人。别骗我了，奥斯卡说你是他认识的跑得最快的白人之一。"

"我打赌奥斯卡会在场。"

"嗯，对。当然他是我们的对手方。"

"德温呢？"

"阿蒙克林吗？"布鲁萨德说，"他是他们的教练。求你了，帕特里克。你要是不帮我们，我们就完了。"

我回头看向客厅，布巴和安琪正困惑地盯着我。

"在哪里？"

"哈佛体育场，3点。"

我什么都没有说。

"听着，伙计，如果你能帮忙，我就打后卫。我会帮你护球，保证你不会受伤。"

"3点。"我说。

"哈佛体育场，到时见。"

他挂掉了电话。

我立刻拨通了奥斯卡的电话。

他笑了足足一分钟。

"他信了?"他最后笑着说。

"信什么?"

"关于你的速度我吹的牛。"他又笑了起来,声音非常大,还伴随着几声咳嗽。

"你为什么觉得这么好笑?"

"噢,"奥斯卡欢呼道,"噢!他让你打跑卫?"

"好像是这样。"

奥斯卡又笑了一会儿。

"你笑什么呢?"我问。

"我笑的是,"奥斯卡说,"你最好离左边远点儿。"

"为什么?"

"因为我打左截锋。"

我闭上了眼睛,用头抵着冰箱。在厨房的所有电器中,冰箱此时是最适合倚靠的。它的大小、形状和重量都和奥斯卡差不多。

"球场见。"奥斯卡大笑了几次才挂掉电话。

我穿过客厅,朝卧室走去。

"你去哪儿?"安琪问。

"睡觉。"

"为什么?"

"下午有一场大型比赛。"

"什么比赛?"布巴问道。

"橄榄球。"

"什么?"安琪大声问。

"你没听错。"我回答。我走进卧室,关上了身后的门。

我睡觉的时候他们依然在笑。

29

缉毒-反卖淫-反儿童类犯罪联合组里的每个人似乎都叫约翰。其中有约翰·艾夫斯、约翰·弗里曼，以及约翰·帕斯奎尔。四分卫叫约翰·劳恩，其中一个外接手叫约翰·卡特里恩，但每个人都叫他"爵士"。一个高高瘦瘦，长着一张娃娃脸的人叫戴维斯，他是近端锋，协助约翰·科克里进行防守和游卫。那人是第十六辖区的值夜员，也是全场除了我之外唯一不属于缉毒-反卖淫-反儿童类犯罪联合组的人，他是教练。三分之一的约翰在同一队都有兄弟，约翰·帕斯奎尔打角卫，而他的兄弟维克是外接手。约翰·弗里曼是左护锋，而他的兄弟梅尔守在右边。约翰·劳恩似乎是个很好的四分卫，却因为喜欢给兄弟迈克传球遭受了许多非议。

总之，十分钟后我放弃了对上每个人的名字，决定把所有人都叫作约翰，直到叫对为止。

他们自称"公正之队"，其他队员各有各的名字，但他们长得都很像，无论是身材还是肤色，那是一种警察的长相。他们看起来既懒散又谨慎，即使在笑的时候眼中也带着冷酷的严谨，他们给你的感觉是，你能在一秒内从他们的朋友变为敌人。走哪条路对于他们来说都没有关系，这是你的选择，但一旦做出决定，他们便会立刻按部就班地执行。

我认识很多警察，和他们一起出去玩，一起喝酒，并把其中一些人当成我的朋友。但是即使他是你的朋友，这种友谊与普通人之间的也不一样。我从未在一个警察面前真正放松过，也从来无法彻底知道他在想什么。警察总会隐瞒一些事情，我想，除了偶尔在其他警察身边的时候。

布鲁萨德用手拍了拍我的肩膀，把我介绍给他的队伍。很多人和我握手，对我微笑，并简短地点头，有人说："肯齐先生，科温·厄尔那事儿干得漂亮。"然后我们都围在约翰·科克里旁边，他给我们讲解比赛计划。

这不算是什么计划。主要是在说抢劫-凶杀组的家伙们是怎样的一群娘娘腔，我们要为了普尔而战，他唯一能活着从重症监护室里出来的机会，就是我们完败另一个队。如果我们输了，普尔的死会让我们良心不安。

科克里说话的时候，我隔着场地看向另外一队。奥斯卡与我对视，愉快地挥手，梅里马克山谷般的大脸上露出了欠揍的窃笑。德温看见我的样子也笑了，用手推了推身边一只狂暴的怪物，他的脸皱成一团，就像是京巴犬，然后指着场地对面的我。怪物点了点头。抢劫-凶杀组的队员并不像我们的队员那么高大，但是他们看起来更聪明些，也更敏捷，个个都很瘦，全身都是脆骨而非软骨。

"谁能第一个把对手罚出比赛，就给谁一百美元，"科克里说，他击了一下掌，"给我冲。"

这一定是从罗克尼那里得来的灵感，因为队员们都弯下腰，开始摩拳擦掌。

"头盔在哪里？"我问布鲁萨德。

我说话的时候，其中一个约翰正好路过，他拍了拍布鲁萨德的背部，说："真有趣。你从哪里找到他的？"

"没有头盔？"我说。

布鲁萨德点头。

"这是一场触式赛，"他说，"没有激烈的冲撞。"

"啊，"我说，"好吧。"

抢劫-凶杀组自称"干掉你队"，他们在投币中获胜，并选择成为接球一方。我们的踢球员把他们逼到了距离那一侧球门线11码的位置，我们整队的时候，布鲁萨德指着"干掉你队"一个苗条的黑人说："吉米·帕克斯顿，他是你的目标，像肿瘤一样粘在他身上。"

"干掉你队"的中锋击球，四分卫后退了三步，把球打过我的头顶，在25码处击中了吉米·帕克斯顿。我不知道帕克斯顿是如何经过我，又是如何到达25码处的，但是我尴尬地冲了过去，在29码处打中了他的脚踝，两支队伍移动到了前场的争球线处。

"我说像肿瘤一样粘住，"布鲁萨德说道，"你听明白了吗？"

我看向他，在他的眼中看到了强烈的愤怒。然后他微笑了，我意识到他的一生中有多么看重这个微笑。那笑容是那么美好，是美国式的，纯粹而有少年感。

"我可以调整战术。"我说。

"干掉你队"散开了，我看见德温在边线上与吉米·帕克斯顿相互点头。

"他们会再来找我的。"我对布鲁萨德说。

约翰·帕斯奎尔，也就是角卫，他说道："这回想打得好点儿吗？"

"干掉你队"开球，吉米·帕克斯顿沿着边线飞奔，我也跟着他一起跑。他的眼睛闪烁，拉伸着背部并说："再见，白人小子。"我追随着他，旋转身体，伸出右臂，向空中猛击，打中了球上的皮革，把球击出了界外。

吉米·帕克斯顿和我一起倒下了，地面发出"砰"一声，我知道这是明天让我躺在床上一整天的第一步。

我先起身，把手伸向帕克斯顿："我以为你要去哪里呢。"

他笑了，拉住了我的手："接着说啊，白人小子，你已经喘不过气来了。"

我们从边线朝着争球线走去，我说："你不用一直叫我白人小子，我也不会叫你黑人小子，这样会在哈佛引起种族混战，我叫帕特里克。"

他拍了拍我的手："吉米·帕克斯顿。"

"很高兴认识你，吉米。"

德温再次向我跑球，我又一次把球从吉米·帕克斯顿等待的手中打了出去。

"你的队友们可真是一群浑蛋呢，帕特里克。"吉米·帕克斯顿说，我们又开始了走回争球线的漫长路途。

我点头："他们说你们这伙人是娘娘腔。"

吉米点头。"我们倒不是娘娘腔，但我们也不是牛仔，和那群疯子不一样。缉毒-反卖淫-反儿童类犯罪联合组，"他吹了声口哨，"他们总是第一个冲进门，因为他们喜欢高潮。"

"高潮？"

"性高潮。别想着和那些家伙做前戏，他们上来就干。知道我是什么意思吗？"

下一回合，奥斯卡对准后卫，传球给三个人，跑卫穿过了一个如我家后院大小的缺口。但是其中一个约翰——大概是帕斯奎尔或者弗里曼，我不记得了——在36码处抓住了带球者的手臂，"干掉你队"决定脱手。

五分钟后开始下雨，前半场余下的时间变成了一场艰难而混乱的马蒂·肖腾海默对比尔·帕斯尔斯式的比赛。我们在泥水中挣扎前行，不时滑倒、绊倒，两个队伍都没有太大进展。作为跑卫，我四次传球大约跑了12码；作为安全队员，我被吉米·帕克斯顿耍了两次。但我攻破了另一个潜在的危机，而且一直紧紧黏在他身边，四分卫只好选择其他接球手。

接近半场结束的时候，双方得分都是零，但是我们遭受了威胁。在比赛还剩下二十一二秒时，在"干掉你队"的红区，"公正之队"面临选择，约翰·劳恩把球传给了我，我看见一个缺口，远处只有绿色，于是绕过一个线卫，迈入其中，把球夹在腋下，低着头。这时奥斯卡突然冲了出来，他的呼吸在冷雨中冒着热气，他狠狠地击中了我，我感觉到自己跌倒在波音747的航线上。

当我站起身时，时间到了，大雨把球场的泥浆溅在我的脸上。奥斯卡伸出他宽大的"爪子"把我扶了起来，轻声笑着。

"你要吐吗？"

"正在考虑呢。"我说。

他狠狠拍了拍我的后背，我猜这是同志情谊的表现，却差点儿把我打进泥里。

"不错。"他说，然后走向了他的长凳。

"触式赛到底怎么了？"我对边线上的里米说，"公正之队"正在打开一个满是啤酒和苏打水的冰袋。

"只要有人像李警司那样做，手套就会掉下来。"

"所以我们下半场会有头盔？"

他摇摇头，从冰袋里取出一瓶啤酒："没有头盔，我们只会变得更狠。"

"有人在这种比赛中死掉吗?"

他微笑着说道:"还没有,虽然有这种可能。要啤酒吗?"

我摇了摇头,等待着铃声停下来:"给我一瓶水。"

他递给我一瓶波兰泉,一只手放在我的肩膀上,带我来到距离边线几码远的地方,远离人群。在看台上,一小伙人聚在了一起——多半是跑步者,他们本打算在台阶上慢跑,却发现了这场比赛,一个高个子男人独自坐着,长腿靠在栏杆上,棒球帽拉得很低,遮住了眼睛。

"昨晚……"布鲁萨德说,那个词在雨中消散了。

我喝了一些水。

"我说了一两件不该说的事,我喝了太多酒,我的头脑有些混乱。"

我看向看台远处那些宽阔的希腊式柱子:"比如呢?"

他来到我面前,眼里闪着明亮的光芒:"别在这里和我开玩笑,肯齐。"

"叫我帕特里克。"我说,我向右边迈了一步。

他跟了上来,鼻子距离我只有1英寸,怪异的光芒盈满了他的眼睛:"我们都知道,我泄露了一些我不该说的事情。我们放下这些,忘了它们吧。"

我对他露出友好而困惑的微笑:"我不知道你在说什么,里米。"

他缓慢地摇了摇头:"你也不想到这个分儿上吧,肯齐。你明白吗?"

"不,我……"

我没有看见他的手移动,却感觉指节一阵刺痛,我的水瓶忽然掉落在脚底，水咕噜咕噜地灌进了泥里。

"忘了昨晚的事，我们还是朋友。"

他眼里的光芒不再跳动，而是剧烈地灼烧着，仿佛余烬被封锁在他的瞳孔中。

我低头看着水瓶，泥浆覆盖着透明的塑料表面："如果我不呢？"

"你不会想让生活中出现'如果'的。"他歪过头，看着我的眼睛，好像那里有什么可以提取的东西，也许又没有，他不确定，"我们两清了吗？"

"好，里米，"我说，"我们两清了，好。"

他久久地盯着我的眼睛，沉稳地呼吸着。终于，他把啤酒拿到唇边，喝了一大口，然后又放下了。

"那是布鲁萨德警员做的。"他说着走向场地。

下半场比赛是一场恶战。

雨水、泥泞和血腥的味道给两个队都带来了一些恐怖的气氛，在随后的残杀中，三个"干掉你队"的队员和两个"公正之队"的队员受伤离开了比赛。其中一个——迈克·劳恩是被抬出场地的，奥斯卡和抢劫组的一个叫齐克·蒙弗里兹的家伙撞在了他身体的两侧，差点儿把他撕成两半。

我的两根肋骨严重受伤，背部下方的一处重击可能会导致我明早尿血，但是看着那些满是血的脸、被打扁的鼻子，还有一个家伙对着最近的垃圾堆吐出了两颗牙，我感觉自己算是很幸运了。

布鲁萨德换到了尾卫，在剩余的比赛中都离我很远。他在一个回合中撕裂了下唇，但后面的两个回合又故意抱颈阻截了那个让他受伤的人。那个人躺在地上，咳嗽并呕吐了整整一分钟，然后才跌跌撞撞地站起身，看起来仿佛正站在一艘纵帆船的龙骨上，在公海中漂泊。

布鲁萨德阻截了那个可怜的浑蛋后，又在他完全垮掉时踢了他一脚，这时"干掉你队"发怒了。布鲁萨德站在自己的队员组成的一面墙后，奥斯卡和齐克试图靠近他，叫他卑鄙无耻的浑蛋。他与我对视，笑容像是一个幸灾乐祸的3岁孩子。

他举起一根沾满黑血的手指，向我摇晃。

我们以一球险胜。

我和其他美国人一样，从小就渴望成为运动员，而且至今依然为此在秋天的周日下午取消大部分约会，所以我应该为这也许是最后一次的团队运动，为竞争的刺激和战斗带来的性高潮感到狂喜。当我站在这个国家的第一个橄榄球体育场中，看着希腊式圆柱和打在看台座位长木板上的雨水，嗅着四月的大雨中最后一丝正在消散的冬日气息，面对即将迎来寒冷的孤独夜晚的紫色天空时，我应该大喊大叫、热泪盈眶。

但是我没有这种感觉。

我觉得我们就像是一群傻瓜，一群不愿意接受自己已青春不再的可怜人，为了将一个棕色球移动几码远，或者离地几英尺、几英寸，不惜折断别人的骨头，撕破别人的血肉。

而且，当我沿着边线看向里米，看着他把啤酒倒在流血的手指上，淋在破裂的嘴唇上，并和他的同伴击掌时，我感到恐惧。

"和我说说他的事。"我对德温和奥斯卡说，我们靠在吧台上。

"布鲁萨德？"

"对。"

两队选择了奥斯顿西大街上的一家酒吧召开赛后派对，这里距离体育场大约半英里远。酒吧名叫博因，以爱尔兰的一条河流命名，这条河流蜿蜒穿过我妈妈长大的村庄。在那里，因威士忌和大海混合的致命液体，她失去了她的渔夫父亲和两个哥哥。

作为一家爱尔兰酒吧，这里的灯光太亮了，又因为金色的木桌和浅米色的小隔间而显得更加明亮，看起来就像是闪闪发光的金色酒吧。大多数爱尔兰酒吧都很昏暗，铺着红木、橡木或者黑色的地板。我总是在黑暗中思考，我们通常都能喝得不省人事，一切都在于同一种族的亲密感。

在博因明亮的环境下，很容易看到我们刚刚在球场上的战役依然在酒吧中延续。抢劫-凶杀组的伙计们占据了吧台和对面的几张小高脚桌。缉毒-反卖淫-反儿童类犯罪联合组的警察们占领了酒吧后部，他们瘫在卡座靠背上，或者围在安全出口旁边的小舞台旁，说话声音很大。那支爱尔兰三人乐队演奏了四首歌后便停了下来。

我不知道酒吧老板对五十个充满血腥味的男人涌入原本生意冷淡的酒吧有何想法，他们可能有一队额外的保镖等候在厨房里，或者布赖顿警察局会接到防御警报。但他们肯定会牺牲利润，不停地倒酒，努力跟上来自酒吧后方的要求，让酒保在这些人中间穿梭，收掉破碎的酒瓶和满溢的烟灰缸。

布鲁萨德和约翰·科克里正在背后侃侃而谈，在"公正之队"发表致敬勇气的祝酒词时，他们的声音抬得很高。布鲁萨德用一张餐巾和一瓶冰啤酒敷着他受伤的嘴唇。

"我以为你们是伙伴，"奥斯卡说，"怎么，你们的妈妈不让你们一起玩了，还是你们闹别扭了？"

"妈妈什么的。"我说道。

"他是个很好的警察，"德温说，"有点儿爱出风头，但那些缉毒和反卖淫组的家伙都那样。"

"但布鲁萨德是反儿童类犯罪组的。好吧，他甚至也不是那个组的，他在车辆调配所。"

"反儿童类犯罪组是最近的事,"德温说,"过去两年吧。在那之前,他一半属于缉毒组,一半属于反卖淫组。"

"不仅如此,"奥斯卡打了个嗝儿,"我们一起从住房管理局出来,各自穿了一年制服,他去了反卖淫组,我去了暴力犯罪组。那是1983年的事。"

里米的头从他的两个同伴的方向移开,他们都在他的耳边说话,他看向吧台对面的奥斯卡、德温和我,拿起啤酒瓶,歪了下头。

我们也拿起了酒瓶。

他微笑了,又看了我们一分钟左右,然后目光回到他的同伴们身上。

"一日属于反卖淫组,一辈子属于反卖淫组,"德温说,"那些糟糕的家伙。"

"我们明年会赢他们。"奥斯卡说。

"不是同一批人,"德温埋怨地说道,"布鲁萨德要走了,弗里曼也是。科克里一月就干满30年,听说他已经在亚利桑那州买了房。"

我碰了碰他的手肘:"那你呢?你也快要干满30年了。"

他哼了一声:"我退休?去哪儿啊?"他摇了摇头,喝了一小杯野火鸡威士忌。

"我们告别工作的唯一办法是倒在担架上。"奥斯卡说,他和德温碰了一下杯。

"为什么对布鲁萨德感兴趣?"德温问,"我以为特雷特家那件事后,你们两个就成了生死之交。"他转过头,用手背拍了拍我的肩膀,"顺便说一下,那件事可真是伸张正义。"

我忽略了他的赞美:"我只是对布鲁萨德感兴趣。"

奥斯卡说:"那为什么他把你手上的水瓶打掉了?"

我看着奥斯卡。我很确定当时布鲁萨德用他的身体挡住了这一行为。

"你看见了?"

奥斯卡点了点他那巨大的头:"我还看见他在抱颈阻截了罗格·多尔曼之后看你的眼神。"

德温说:"而且我们这么友好而随意地聊天,他却一直往这边看。"

其中一个约翰从我们中间挤了过去,要了两桶啤酒和三瓶威士忌。他低头看着我,胳膊肘几乎靠在我的肩上,然后又看向奥斯卡和德温。

"怎么样,小子们?"

"去你的,帕斯奎尔。"德温说。

帕斯奎尔笑了:"我知道你是在向我表达爱意。"

"当然了。"德温说。

帕斯奎尔咯咯地笑着,酒保拿来了装着啤酒的桶。当帕斯奎尔把它们递回给约翰·劳恩的时候,我探出了头。他回到吧台,等待着威士忌,用手指在台面上敲击着。

"你们两个听说我们的伙伴肯齐在特雷特家做的事了吗?"他对我眨了眨眼。

"听说了一些。"奥斯卡说。

帕斯奎尔说道:"我听说罗伯塔·特雷特本可以让肯齐死在厨房里,但是肯齐躲开了,罗伯塔射中了她丈夫的脸。"

"躲得妙啊。"德温说。

帕斯奎尔拿到了酒,往吧台上扔了一些现金。

"他很擅长躲闪。"他说。

当他把酒从吧台上拿下来时,手肘擦过我的耳朵。他转身的时候和我对视:"幸运比天分更重要,特别是在躲闪这件事上。你觉得呢?"

他转过身,背对着奥斯卡和德温,一边扔回其中一瓶威士忌,一边却与我对视着:"伙计,运气总会耗光的。"

德温和奥斯卡在凳子上转身,看着他朝酒吧后方走去,回到人群中。

奥斯卡从衬衫口袋中拿出抽剩的半支雪茄,点燃,平静地看向帕斯奎尔。他吸了一口雪茄,黑色的残破烟叶发出一阵响声。

"很微妙。"他边说边把火柴丢进了烟灰缸。

"发生什么了,帕特里克?"德温的声音十分单调,他的目光停留在帕斯奎尔留下的空威士忌瓶子上。

"我不确定。"我说。

"你和牛仔们树敌了,"奥斯卡说,"这不是什么好事。"

"我不是故意的。"我回答。

"你知道了布鲁萨德的什么事吧?"德温问。

"也许吧,"我说,"算是。"

德温点点头,他把右手从吧台上拿下来,紧紧地抓住了我的手肘。"无论如何,"他拘谨地朝着布鲁萨德的方向微笑了一下,"都放下吧。"

"如果我不能呢?"

奥斯卡的头在德温的肩膀边晃过,他面对我展现出特有的死亡凝视。

"那就远离,帕特里克。"

"如果我不能呢?"我重复道。

德温叹了口气:"那你可能很快就哪儿都去不了了。"

30

心怀渺茫的希望，我们决定开车去看普尔。

新英格兰医疗中心横跨两个街区，它的众多建筑和人行天桥占据了唐人街的重要位置、剧院区以及依然在苟延残喘的老战区。

即使是周日的清晨，在新英格兰医疗中心附近也很难找到一个开放的停车位，在周四晚上就更不可能了。舒伯特剧院正在上演已重演无数次的《西贡小姐》；皇家剧院正在上演安德鲁·劳埃德·韦伯最近的浮夸演出，或者某个人类似的座无虚席、过于做作、疲乏过度的垃圾歌剧盛会；下特莱蒙街上满是出租车、豪华轿车、黑领带、金色的皮草，愤怒的警察吹着口哨，向从三面涌来的人群夸张地挥手。

我们懒得绕着街区转圈，直接开进了新英格兰医疗中心的车库，拿了停车票，又向上开了六层才找到停车位。我下车给安琪开门，她拄着拐艰难地出来。当她在车辆间穿行时，我关上了她身后的车门。

"电梯往哪边走？"她回头问我。

一个拥有篮球运动员般身材的男人说"那边"并指向他的左侧。他靠在一辆黑色的雪佛兰萨博班车门上，抽着一支细长的高斯巴雪茄,红色的标签还未被从底部摘去。

"谢谢。"安琪说,我们经过他时回以友好的微笑。

他也微笑着回应,并轻轻挥动着雪茄。

"他死了。"

我们停了下来,我转过身看向那个人。他穿着一件带有棕色皮革领子的深蓝色羊毛夹克,里面是一件黑色V领毛衣,下身是黑牛仔裤。他的黑色牛仔靴如竞技骑手的一般饱经风霜。他掸去雪茄上的一些灰尘,将其重新放入口中,并看着我。

"你是不是想问'谁死了'?"他低头看着靴子。

"谁死了?"我问。

"尼克·拉多普洛斯。"他说。

安琪拄着拐杖完全转了过来:"什么?"

"你们是来看他的吧?"他伸出双手,耸了耸肩,"你们看不见他了,因为他一个小时前死了。他在莱昂·特雷特家的前门廊上中了太多枪,他死于严重创伤导致的心脏问题。想想当时的情况,这很正常。"

安琪拄着拐移动,我也走了几步,我们都站在了那个男人面前。

他露出微笑。"你们接下来会问,'你怎么知道我们来看谁?'"他说,"说吧,你们两个谁说都行。"

"你是谁?"我问。

他朝我的方向垂下手。"尼尔·莱尔森。叫我尼尔就行。真希望我有个很酷的绰号,但是有些人没有这么幸运。你是帕特里克·肯齐,你是安吉拉·吉纳罗。我必须说,女士,即使上了妆,你的照片也没有本人好看。你是我父亲说的那种美人。"

"普尔死了?"安琪问。

"对,女士,恐怕确实如此。帕特里克,能和我握握手吗?这样伸着手有些累。"

我轻轻捏了一下他的手,他又把手递给安琪。

她靠在拐杖上,并不理会,而是看着尼尔·莱尔森的脸。她摇了摇头。

他看向我:"害怕虱子吗?"

他收回了手,把它插进了上衣口袋中。

我把手伸到了背后。

"不要害怕,肯齐先生,不要害怕,"他拿出一个细长的钱包并打开,给我们看一枚银色的徽章和工作证,"特工尼尔·莱尔森。"他用低沉的男中音说,"司法部,没想到吧!"他合上了钱包,把它放回上衣中。

"有组织犯罪司,如果你们想知道的话。天哪,你们问得真多。"

"为什么要叫住我们呢?"我问。

"因为,肯齐先生,根据我昨天下午在橄榄球赛上的判断,你在某种意义上缺少朋友,我便是你的合作伙伴。"

"我不需要朋友。"

"你可能没有选择。无论你是否愿意,我都是你的朋友,我也很擅长做你的朋友:我会听你说战时故事,陪你看棒球比赛,陪你出没于每一家时尚酒吧。"

我看着安琪,然后转身朝着我们的车走去。我先走到她那一边,给车门开锁,然后打开车门。

"布鲁萨德会杀了你们。"莱尔森说。

我们回头看他。他吸了一口高斯巴雪茄,来到萨博班汽车的背后,迈着松垮、宽大的步子朝我们走来,仿佛在一个阶段的比赛结束后走出球场。

"他很擅长这样做,杀人。他通常不会自己动手,但能做出一个完美的计划。他是一个一流的谋划者。"

我从安琪手中接过拐杖,然后打开后门,把它们放在后座上,这一动作把莱尔森挡了回去。

"我们会没事的,特工莱尔森。"

"我很确信克里斯·马伦和法劳·古提雷兹之前也是这样想的。"

安琪倚在她那一侧开着的车门上:"法劳·古提雷兹是缉毒局的人吗?"她把手伸进口袋,拿出了香烟。

莱尔森摇头:"不是,但他是有组织犯罪司的线人。"

他经过我,用一只黑色的打火机点燃了安琪的烟:"他是我的线人,我策反了他。我在他身上花了六年半时间,他打算帮我扳倒奇斯,奇斯的组织是下一个目标。在那之后,我会追踪奇斯的供应商。"

"但是?"

"但是,"他耸了耸肩,"法劳把自己弄死了。"

"你觉得是布鲁萨德做的?"

"我觉得是布鲁萨德计划的。他没有亲自杀死他们,因为他正忙着假装在采石场遭遇枪击。"

"所以谁杀死了马伦和古提雷兹?"

莱尔森抬头看着车库的天花板:"是谁把钱从山上带下来的?谁是第一个发现受害者的人?"

"等等,"安琪说,"普尔?你觉得是普尔开枪打死了他们?"

莱尔森靠在我们的车旁边那辆奥迪上,久久地吸了一口雪茄,向着荧光灯吐出烟圈。

"尼古拉斯·拉多普洛斯,1948年出生于马萨诸塞州的斯旺普斯科特,1968年加入波士顿警察局。当时他刚刚从越南战场归来,他在那里获得了银星勋章,而且是一个顶级射手。用他的战友——某个中尉的话说,拉多普洛斯下士能够'在50码外射中一只苍蝇的屁股'。"他摇了摇头,"那些当兵的,他们说话过于生动。"

"你觉得……"

"我觉得,肯齐先生,我们三个需要谈谈。"

我向后退了一步。他身高约6.3英尺,沙质的头发梳理得很完美,平易近人,从他的衣着便可以看出他是一个有钱人。我现在认出了他:那天下午在哈佛体育场,他是那个独自坐在看台尽头观察的人。他无精打采地坐在座位上,长腿钩着栏杆,棒球帽遮住了眼睛。我仿佛看见他从耶鲁毕业时犹豫是去法律学院,还是去政府工作的样子。这两份工作都有从政的可能,但如果他选择了政府,便可以持枪。真是个优秀的家伙。确实如此。

"很高兴认识你,尼尔。"我走向驾驶座旁边的车门。

"我说他会杀了你们,不是在开玩笑。"

安琪咯咯地笑了:"我想你会救我们的。"

"我是司法部的人,"他把一只手掌放在胸前,"防弹的。"

我越过维多利亚皇冠汽车的车顶看向他:"那是因为你总是站在你想要保护的人身后,尼尔。"

"噢,"他的手在胸前摇晃着,"说得好,帕特。"

安琪爬进了车里,我也坐进车里。当我开启发动机时,尼尔·莱尔森用指节敲击着安琪那一侧的窗户。她皱起眉头,看向我。我耸了耸肩。她缓慢地把窗玻璃拉开,尼尔·莱尔森半蹲在地上,一只胳膊靠着她旁边的窗沿。

"我想告诉你们,"他说,"你们不听我的话,会犯一个巨大的错误。"

"我们以前也犯过。"安琪说。

他从她的车门口向后靠了靠,吸了一口雪茄,吐出烟雾后又向后靠了一些。

"在我小的时候，我爸爸常带我到山上打猎，在北卡罗来纳州一个叫布恩的地方，离我长大的地方不远。在8岁到18岁期间的每一次旅行中，我爸爸总是对我说：'你需要当心的，或者说真正要留意的不是驼鹿或其他鹿，而是别的猎人。'"

"很深刻。"安琪说。

他笑了："看，帕特，安琪……"

"不要叫他帕特，"安琪说，"他不喜欢。"

他伸出手，把雪茄捏在两个手指之间。"非常抱歉，帕特里克。我要怎么说呢？敌人是我们。你明白吗？'我们'很快就会找到你，"他用细长的雪茄指着我，"'我们'今天已经和你说过话了，帕特里克。他要多久才能提高赌注？他知道，即使你消失了一段时间，早晚还是会出现，询问错误的问题。看，这就是你们今晚来看尼克·拉多普洛斯的目的，我说得对吧？希望他还够清醒，可以回答你们一些错误的问题。现在你们可以开车离开了，我没法阻止你们。但是他会来找你们的，事情会变得更糟。"

我看着安琪，她也看着我。莱尔森雪茄的烟雾飘入车内，吸入我的肺后部，像排水沟中的头发一样堵塞着。安琪转向他，挥动手腕让他离开车窗边。

"蓝色餐厅，"她说，"你知道吗？"

"离这里只有不到六个街区。"

"那里见。"她说。我们驶出了停车场，前往出口匝道。

蓝色餐厅的外观在夜晚看起来真的很酷。这里拥有皮具区底部的尼伦街上唯一的霓虹灯，一个巨大的白色咖啡杯悬挂在广告牌上方，表明这里是商业区，从高速公路上看，这里很显眼，就像是爱德华·霍普被夜晚洗濯的白日梦一般。虽然我不确定霍普会不会花六千美元点一个汉堡。蓝色餐厅的收费并没有这么贵,但这是有道理的。我曾用比一杯咖啡还便宜的钱买过车。

尼尔·莱尔森向我们保证,账单由司法部来支付,于是我们尽情点了咖啡和几杯可乐。我本想点个汉堡,但是我想到了司法部的预算是由我的税金提供的,莱尔森的慷慨也没有看起来那么好。

"我们从头开始说吧。"他说。

"尽量。"安琪回答。

他在咖啡中倒了一些奶油,然后递给我:"一切是从哪里开始的?"

"阿曼达·麦克里迪的失踪。"我说。

他摇了摇头。"不。这只是你们两个介入的时间。"他搅拌了咖啡,然后拿出勺子,用它指着我们,"三年前,缉毒警察里米·布鲁萨德截获了奇斯·奥拉蒙、克里斯·马伦和法劳·古提雷兹,他们正在南波士顿的一家加工厂对违禁药品进行质量检查。"

"我以为所有违禁药品加工厂都在海外呢。"安琪说。

"'加工'是委婉的说法。他们基本上是在混货——当时是把禁药和雅培奶粉混在一起。布鲁萨德和他的搭档普尔,还有一些缉毒组的牛仔,截获了奥拉蒙、我的线人古提雷兹,还有其他一些人。问题在于,他们没有逮捕这些人。"

"为什么?"

莱尔森从口袋中拿出一支新的雪茄,然后他注意到了一个禁止吸烟的标牌,于是皱了皱眉。"抱歉。"他叹了口气,然后把雪茄放在桌子上,用手指摸着玻璃纸包装。

"他们没有逮捕那些人,因为证据被焚烧了,没有逮捕的理由。"

"他们烧掉了违禁药品。"我说。

他点头:"据法劳所说,他们是这样做的。多年以来一直有这样的传闻,缉毒组有一个流氓团伙,他们被安排负责犯罪最严重的地方。他们不想通过曝光这些犯罪者获得街头信誉、新闻曝光,以及非常低的犯罪率。这个流氓团伙会毁掉毒贩被抓住时手头的东西。让他们看着。记住,据说这是一场禁毒战争,一些有上进心的波士顿警察决定展开游击战。传言说,这些人真的难以捉摸。他们无法被收买、无法讲理,他们很狂热。他们让很多团伙破产,让很多新来的人直接回了家乡。那些大点儿的团伙,比如奇斯·奥拉蒙、冬山帮、意大利人,很快就开始把这些突袭损失的东西计入生意的成本,最终整个灰色产业开始走下坡路,因为事实证明,一切都不如突袭有效,但传闻那个缉毒团伙被解散了。"

"布鲁萨德和普尔被调去了反儿童类犯罪组。"

他点头:"其他一些伙计也去了,或者留在缉毒组,还有人被调去反卖淫组或拘捕组,等等。但是奇斯·奥拉蒙没有忘记,他也不可能原谅。他发誓有一天会拿下布鲁萨德。"

"为什么是布鲁萨德而不是其他人呢?"

"法劳说,奇斯觉得自己被布鲁萨德侮辱了,并不仅是因为他烧掉了奇斯的货物,他们动手的时候布鲁萨德还嘲笑了他,使他在手下面前难堪。奇斯把这件事放在了心上。"

安琪点燃了一支烟,把烟盒递给莱尔森。

他看着自己的雪茄,又重新看了看那个写着禁止抽烟的标牌,说:"好吧,干吗不抽呢?"

他抽烟的样子很像在抽雪茄——并不真正吸入,而是轻吸几口,让烟雾在他的口腔中翻卷,然后又呼出来。

"去年秋天,"他说,"法劳和我联系。我们见了面,他说奇斯抓住了几年前那个警察的把柄。他向我承诺，奇斯打定主意'出来混总是要还的'，马伦向法劳暗示过，那晚在库房里，坐在一旁看着布鲁萨德和他的伙计们烧掉可卡因，听着他们嘲笑自己，受尽凌辱的人都将享受痛快的复仇。现在，除了别的事情，让我有些困惑的是，为什么马伦和法劳忽然变得如此亲密，马伦告诉了他所有的事情。法劳说他们不计前嫌了，但我并不相信，我觉得有一样东西把法劳和克里斯·马伦捆绑在了一起，那就是贪婪。"

"所以一场'宫廷政变'正在酝酿之中。"我说。

他点头："对法劳而言，很不幸的是，奇斯听到了风声。"

"所以奇斯掌握了布鲁萨德的什么把柄呢？"安琪问。

"法劳没有告诉我。他声称马伦不肯讲，说是会毁掉惊喜。我最后一次从法劳那里得到消息，是在他死前的那个下午。他告诉我过去的几天里，马伦拖着一群警察跑遍了整个城市，那一晚他们会拿到20万，羞辱那些警察，然后回家。与此同时，法劳想弄清楚那个警察到底做了什么，他会向我告发布鲁萨德和马伦，给我带来职业生涯中最大的荣誉，然后我便永远不会去烦他了，至少他希望如此，"莱尔森掐灭了香烟，"后面的事情我们都知道。"

安琪困惑地对他皱起眉头："我们什么都不知道。莱尔森特工，你有得出任何结论吗，阿曼达·麦克里迪的失踪是如何与这一切联系在一起的？"

他耸了耸肩："也许布鲁萨德自己绑架了她。"

"为什么？"我问，"他有一天醒来，忽然觉得自己想要绑架一个孩子？"

"我听说过更奇怪的事情，"他靠向桌子，"你们看，奇斯握有他的把柄。那么，是什么呢？一切都指向那个小女孩的失踪。所以我们推测一下，布鲁萨德绑架了她，也许是为了迫使她母亲放弃她从奇斯那里偷来的20万。"

"等等,"我说,"有件事一直困扰着我,为什么在阿曼达失踪前的几个月,奇斯不派马伦去突袭海伦妮和利坎斯基偷钱的地点呢?"

"因为直到阿曼达失踪,奇斯才发现这个骗局。"

"什么?"

他点头:"利坎斯基的骗局,魅力在于——我承认他目光很短浅——他知道每个人都会以为那笔钱和摩托车手以及毒品一起被扣押了。奇斯花了三个月才发现真相,他发现真相那天,正是阿曼达·麦克里迪失踪的日子。"

"那么,"安琪说,"这就意味着马伦是绑架者。"

他摇了摇头:"我不这么认为。我觉得马伦或者奇斯团伙的其他人那晚到海伦妮家,是想吓唬她并弄清楚钱在哪里,但他们却看见布鲁萨德正把孩子带走,所以奇斯握住了布鲁萨德的把柄,他敲诈了布鲁萨德。但是布鲁萨德这时候开始做一个'双面间谍',他告诉司法机关那边,奇斯绑架了女孩并索要赎金;他告诉奇斯这边,他那一晚会把钱带去采石场并交给马伦,他知道马伦会甩掉同伴,丢下小女孩,带着钱跑掉。他……"

"这很荒唐。"我说。

"为什么?"

"为什么奇斯会让别人以为是他绑架了阿曼达·麦克里迪呢?"

"他不会让别人这样以为,布鲁萨德陷害他的时候没有告诉他。"

我摇了摇头:"布鲁萨德告诉他了,我当时在场,我们10月时去了康科德监狱,向奇斯询问失踪的事情。如果他和布鲁萨德合谋,那么他们两个都会赞同,这件事的责任在于奇斯的伙计。如果如你所说,他掌握了布鲁萨德的把柄,那为什么他还要这样做呢?为什么明明没有必要,还要承认自己绑架并害了一个4岁的孩子呢?"

他用未点燃的雪茄指着我:"这样你就会相信,肯齐先生。你们两个难道没有纳闷儿,为什么你们被允许如此深入地参与警方的调查吗?为什么那晚你们会被允许去采石场?你们是目击者,这是你们应该扮演的角色。布鲁萨德和奇斯在康科德监狱给你们演了一出好戏,普尔和布鲁萨德在采石场又演了一次。安排你们在场的目的是看见他们想让你们看见的东西,并认为这就是事实。"

"顺便问一句,"安琪开口道,"普尔要如何伪装心脏病发作呢?"

"一种违禁药品,"莱尔森说,"我以前见过一次这样的情况。这非常危险,因为它很容易真的堵塞冠状动脉。但是普尔以年龄和职业作为伪装,他伪装成功了。很多医生并不会想到去检测他体内是否有可卡因,只会认为他是心脏病发作。"

当我数到第12辆车在尼伦街上经过时,我们中才有人开口说话。

"莱尔森特工,我们再回头看一遍。"安琪的香烟在烟灰缸中烧出了一道长长的弧形白灰,她把过滤嘴从锯齿状的缝隙中取出拿在手里,"我们都同意奇斯把马伦和古提雷兹看作威胁。如果一定要剔除他们,他会怎么做呢?如果他握有布鲁萨德很重要的把柄,为什么不让布鲁萨德替他做事?"

"让布鲁萨德替他做事?"

她点头。

莱尔森靠在卡座上,看向窗外南街角落上那些黑暗而坚固的建筑。我越过他的肩膀,看见了尼伦街上熟悉的城市景象:一辆四方的、深棕色的美国联合快递卡车正开着危险警示灯转过来,堵住了一条路;司机打开后门,拿出一辆两轮推车,从卡车上卸下一些箱子,把它们堆在推车上。

"那么，"莱尔森对安琪说，"你目前的结论是，虽然奇斯认为他在骗马伦和古提雷兹，但布鲁萨德却在欺骗他们三个。"

"可能吧，"她说，"可能是这样。我们得到消息，马伦和古提雷兹以为他们那晚到采石场是去拿货。"

美国联合快递的快递员慢跑着经过窗户，他把两轮车推在前面，我很好奇谁会在这么晚的时间收快递。也许是为了一起大案而挑灯夜战的法律公司，也许是为了赶工期的印刷工人；也可能是一家高科技电脑公司，当这个世界的大部分人都准备睡觉时，他们还在做着高科技公司应该做的事情。

"但是，问题又来了，"莱尔森说，"我们始终要回到动机。如果奇斯握有布鲁萨德的把柄，我指的是他绑架了那个女孩，那么这样说没问题。但是为什么布鲁萨德那晚要去那栋房子里，带走一个他从未见过的孩子，让她远离她的母亲，他当时在想什么呢？这很难解释。"

美国联合快递的快递员很快便回来了，他把写字板夹在腋下，由于两轮推车是空的，他跑得更快了些。

"还有一件事，"莱尔森说，"如果我们认为一个为寻找孩子的部门工作的战功赫赫的警察，能够做出把一个孩子从家里拐走这样疯狂而缺乏动机的事情，那么他又是如何做的呢？他在休息时间盯着那栋房子，直到那个女人离开，而且不知为何还清楚她不会锁门？这很难解释。"

"但你依然觉得事情就是这样。"安琪说。

"凭我的直觉，确实。我知道布鲁萨德带走了那个女孩，我只是无论如何都弄不清原因。"

美国联合快递的快递员跳上卡车，车子从窗边经过，切入左车道，从我的视线里消失了。

"帕特里克？"

"怎么了？"

"你还在听吗？"

"如果有犯罪记录，就不能开快递车。"

安琪碰了碰我的胳膊："你刚刚说什么？"

我没有意识到自己说了出来："如果你有犯罪记录，就无法成为美国联合快递的司机。"

莱尔森对我眨了眨眼，他的眼神表示，他应该拿出一个温度计，看看我是否在发烧。

"你到底在说些什么啊？"

我又重新看向尼伦街，然后又看着莱尔森，接下来是安琪："莱昂内尔第一天来我们办公室的时候，说他被逮捕过——问题很严重——就一次，在他改过自新之前。"

"所以呢？"安琪问。

"所以如果他被逮捕过，就会有记录。如果有犯罪记录，他又是如何获得美国联合快递的工作的呢？"

莱尔森说："我不明白……"

"嘘，"安琪伸出一只手，看着我的眼睛，"你觉得莱昂内尔……"

我在座位上转身，将我的冷咖啡推开。

"谁能进入海伦妮的公寓？谁能用钥匙开门？阿曼达能够乖乖地和谁一起离开，不哭闹也不发出任何声音？"

"可是，是他来找我们的。"

"不，"我说，"是他妻子。他一直在说：'谢谢你们听我们说之类的话。'他打算甩开我们，施压的是比特丽斯。她在我们办公室里是怎么说的来着？'没有人想让我来这里，海伦妮不想，我丈夫也不想。'是比特丽斯一直坚持拜托我们，而莱昂内尔——他当然爱他的妹妹，但他是瞎子吗？他又不蠢。所以他怎么可能不知道海伦妮和奇斯的关系呢？他怎么可能不知道她有瘾呢？他在听说她滥用药品的时候表现得很惊讶。即使我和我自己的妹妹每周联系一次，一年见一次，我也肯定知道她是否有瘾，因为她是我的妹妹。"

"你说的犯罪记录，"莱尔森说，"和这件事有什么关系？"

"假如是布鲁萨德逮捕了他，并帮他抹去了犯罪记录，那么他就欠布鲁萨德一个人情，谁知道呢？"

"但莱昂内尔为什么要绑架自己的外甥女？"

我想着这件事，闭上了眼睛，直到能够看见莱昂内尔站在我面前——那张猎犬般的脸和那双悲伤的眼睛。他的肩膀仿佛承载着一座大都市的重量，他的声音中流露出痛楚和郑重——这个人真的不明白，为什么人们会忽视这么多事或做这么多糟糕的事。那天早上，海伦妮告诉我们她认识奇斯的时候，他大发雷霆，声音里仿佛带着火山喷发般的愤怒，仇恨通过放大的音量展现出来。他告诉我们，他相信他妹妹爱自己的孩子，而且对她很好。但如果他说谎了呢？如果他根本不相信自己的妹妹呢？如果在他眼中，他妹妹照顾孩子的能力比他妻子认为的要更糟糕呢？他自己的父母也是酒鬼，而且把生活弄得一团糟，所以他学会了掩饰自己的感受。他隐藏自己的愤怒，是为了使自己看起来像一个正常的市民、一个正常的父亲。

"如果，"我说道，"阿曼达·麦克里迪并没有被一个想要利用她、虐待她、用她索要赎金的人绑架？"我与莱尔森对视，他的眼中略带怀疑。然后我又看向安琪，她的目光好奇而兴奋："如果有人拐走阿曼达·麦克里迪是为了她好呢？"

莱尔森缓慢而认真地开口道："你觉得那个舅舅偷走了孩子……"

我点头："为了救她。"

31

"莱昂内尔出门了。"比特丽斯说。

"出门了?"我问,"去哪里?"

"北卡罗来纳州,"她说道,她从门口走了出来,"请进吧。"

我们跟着她进入客厅。她的儿子马特看着我们进来。他趴在地板中间,用很多钢笔、铅笔和蜡笔在一张纸上画画。他长得很好看,下巴略微继承了他父亲那猎狗般的凹陷,肩膀仿佛没有承载任何重量;他的眼睛则遗传了母亲的特点,如蓝宝石一般在乌黑的眉毛下闪闪发光,还长着一头卷发。

"嘿,帕特里克;嘿,安琪。"他抬起头,带着善意的好奇看向尼尔·莱尔森。

"嘿,"莱尔森蹲在他身边,"我叫尼尔,你叫什么?"

马特毫不犹豫地和莱尔森握手,他的目光很明朗,一看就是那种被教导要尊重成年人,但不必对他们感到恐惧的孩子。

"马特,"他说,"马特·麦克里迪。"

"很高兴认识你,马特,你在画什么呢?"

马特把画纸转过来，这样我们就都能看见了：几个用许多颜色画成的简笔画人物正要爬进一辆有他们三倍高、和客机一样长的车里。

"很好。"莱尔森扬起了眉毛。

"这是什么？"

"人们想要去开车。"马特说。

"为什么他们进不去呢？"我问。

"上锁了。"马特说，仿佛这个答案可以解释一切。

"但是他们想要那辆车，"莱尔森说，"是吧？"

马特点头："引为这辆车……"

"是'因为'，马修。"比特丽斯纠正道。

他抬头看向她，一开始很困惑，然后微笑着说："对，因为这辆车里有电视、游戏机、汉堡，还有——噢，可乐。"

莱尔森用手掩住了他的微笑："都是好东西。"

马特微笑着对他说："对啊。"

"你把画收好吧，"他说，"你画得很棒。"

马特点点头，把画纸转回自己的方向："我接下来会画房子，这幅画还缺房子。"

他拿起一支铅笔，全神贯注地回到了画纸上，仿佛我们是梦的一部分。我很确信在他眼中，我们以及其他的一切都从这个房间里消失了。

"莱尔森先生，"比特丽斯说，"我们恐怕没有见过。"

她的小手消失在莱尔森长长的大手中。

"我叫尼尔·莱尔森，太太，我在联邦司法部工作。"

比特丽斯看着马特，压低了声音："所以你们来这儿是和阿曼达的事有关吗？"

莱尔森耸了耸肩："我们想要和你丈夫核实一些事情。"

"什么事?"

在我们离开餐厅之前,莱尔森便意识到我们最不愿做的事情便是吓到莱昂内尔或比特丽斯。如果比特丽斯告诉她的丈夫,此刻他正遭受怀疑,他可能会消失不见,而阿曼达的行踪也会成谜。

"和你说实话吧,太太。联邦司法部有一个少年司法与预防犯罪办公室,我们会和一个国家的失踪儿童调查组织——国家失踪与被剥削儿童中心以及他们的数据库共同负责一些后续工作,这些只是常规工作。"

"所以并没有破案?"比特丽斯将她的衣角捏在手指和掌心之间,抬头看着莱尔森的脸。

"没有,太太,我也希望能破案。如我刚刚所说,我只是为数据库做一些基本的工作。因为你的丈夫是你们的外甥女失踪那晚第一个到场的人,我希望再次和他对一遍流程,看看有没有什么值得注意的地方。你知道,一些这样或那样的小事也许会让我们有新的调查思路。"

她点点头,我几乎不敢相信,她如此轻易地相信了莱尔森的谎言。

"莱昂内尔正在帮一个卖古玩的朋友的忙,他叫特德·肯尼利,他和莱昂内尔从小学起就是朋友。特德在南波士顿开了一家店,叫肯尼利古玩。几乎每个月,他们都会开车去北卡罗来纳州一次,到一个叫威尔逊的小镇上卖一些货。"

莱尔森点头。"对,太太,那里是整个北美的古玩中心,"他微笑着说,"我就来自那里。"

"噢。有什么我能帮上忙的吗?莱昂内尔明天下午就回来。"

"好啊,你可以帮忙。介意我问你一些你肯定已经回答过一千次的无聊问题吗?"

她快速摇头:"不,不介意。如果能帮上忙,我可以回答一整晚。我去沏点儿茶好吗?"

"非常感谢,麦克里迪太太。"

马特还在为他的画上色。我们一边喝茶,莱尔森一边询问比特丽斯一连串她早就回答过的问题:关于阿曼达失踪那一晚的情况,关于海伦妮的育儿水平,关于阿曼达刚刚失踪时的疯狂日子——当时比特丽斯在组织调查,亲自担任媒体联络人,并把她外甥女的照片贴满了大街小巷。

每隔一段时间,马特就会给我们看他那张画的进展,摩天大楼上镶嵌着一排排不对称的方形窗户,他还在纸上画了云朵和狗。

我开始后悔来到这里。我是个间谍,是个叛徒,希望能搜集一些将比特丽斯的丈夫、马特的父亲送进监狱的证据。就在我们快要离开时,马特问安琪,他能否在她的石膏上签名。当她回答"当然可以"时,他的眼睛亮了起来,他又花了三十秒来决定用哪支笔。当他跪在石膏旁边,仔细地签上他的全名时,我感到眼睛一阵发酸,一想到如果我们对他父亲的猜测是事实,法律就会因此介入并拆散这个家庭,这个孩子的生活将会变得何等糟糕,我便抑郁不已。

但是,那最重要的担忧是如此强烈,甚至足以平息我的愧疚。

她在哪里?

见鬼。她在哪里啊?

我们离开了屋子,站在莱尔森的萨博班汽车前。他从另一支细长的雪茄上撕下包装纸,用一把纯银的切割器剪断了末尾。他一边点燃雪茄,一边回头看向那栋房子。

"她是个很好的人。"

"确实。"

"那孩子也很好。"

"是个很棒的孩子。"我赞同道。

"这种感觉糟透了。"他说,同时一边点燃雪茄,一边吞云吐雾。

"是啊。"

"我要去监视特德·肯尼利的商店,大概距离这里一英里远。"

安琪说:"应该是三英里左右。"

"糟糕,我没有问她地址。"

"南波士顿只有几家古玩店,"我说,"肯尼利的店在百老汇,就在一家名叫阿姆河的餐厅对面。"

他点头:"要和我一起吗?布鲁萨德现在依然逍遥法外,我的车上可能对你们两个来说是目前最安全的地方了。"

安琪说:"行。"

莱尔森看向我:"肯齐先生呢?"

我回头看了看比特丽斯的家,以及客厅的窗子里映出的黄色灯光,想象着窗户另一侧的人,他们甚至没有意识到龙卷风正环绕着他们的生活以获取力量,它不停地吹啊吹。

"我会和你们会合。"

安琪看了我一眼:"怎么了?"

"我会和你们会合,"我说,"我要先做一些事情。"

"什么事?"

"没什么大事,"我把手搭在她的肩膀上,"我会和你们会合,好吗?求求你了,给我一些空间。"

她凝视了我的眼睛很久后,终于点头。她不喜欢我的做法,但也理解我的固执,就像理解她自己的固执一样。她知道,有些时候和我争执是徒劳无功的,我在面对她时也遇到过这样的时刻。

"别做什么蠢事。"莱尔森说。

"噢,不会,"我说,"我不会这样。"

这是一次漫长的冒险,但是有所收获。

半夜2点,布鲁萨德、帕斯奎尔,以及其他一些"公正之队"橄榄球小组的人离开了博因酒吧。当他们在停车场拥抱的时候,我能看出他们已经听说了普尔的死,表情很痛苦。警察的规矩是不要互相拥抱,除非其中一个人已经离开了战线。其他人开车离开后,帕斯奎尔和布鲁萨德在停车场聊了一会儿,帕斯奎尔最后给了布鲁萨德一个坚实的拥抱,用拳头敲打这个大个子男人的后背,然后他们分开了。

帕斯奎尔开着一辆野马汽车,布鲁萨德则迈着醉汉特有的谨慎且刻意的步伐,走向一辆沃尔沃旅行车,将车倒至西大道,然后向东行驶。我驶在空荡的大街上,当他的汽车尾灯消失在查尔斯河河畔时,不小心跟丢了他。

我开始加速,因为他也许会转向斯托罗车道,再到北灯塔,或者在马萨公路那个路口向东或向西转弯。

我在大道上伸长了脖子看,终于发现了沃尔沃旅行车,在一抹灯光的映照下,它朝着西边的收费亭驶去。

我迫使自己慢下来,等他经过一分钟之后再穿过收费亭。两英里后,我又追上了那辆沃尔沃。它在左车道上行驶,速度约为60英里每小时,我在它后方约100码的位置,保持着和它相当的速度。

波士顿的警察被要求住在大都市地区,但是一些我认识的人会把他们的波士顿公寓转租给亲戚朋友,自己住得远一些。

我发现布鲁萨德就住得很远。一个多小时后,我们离开收费公路,经过了一系列狭窄阴暗的乡村小路,最终到达萨顿镇。他的家隐藏在炼狱裂口自然保护区的阴影下，相比波士顿，这里距离罗得岛州和康涅狄格州的边界要更近一些。

当布鲁萨德拐上一条陡峭、倾斜的车道，驶向一个棕色小岬角时，他的车窗被灌木和其他一些矮树遮住了，我也向前行驶，直至抵达一处十字路口，路的尽头是一片高耸的松树林。我转弯的时候，车灯穿透了幽暗的黑夜，这里要比城市中暗许多，每一束光似乎都会惊动夜间觅食的动物，它们闪烁的绿色眼睛让我的心脏几乎停止跳动。

我掉转车头，再次寻找房子，又行驶了约80码后，在车灯的照射下，我看见一户关着窗子的人家。我穿过一条铺满了去年落叶的车道，把我的维多利亚皇冠汽车藏在一片树林后，在里面坐了片刻，只有蟋蟀和风吹动树木的沙沙声，一切似乎陷入了绝对的安静。

第二天早上醒来时，两只美丽的棕色眼睛正盯着我。它们很温柔，也很悲伤，就像矿井一般深邃，它们眨也不眨一下。当长长的、白棕相间的鼻子伸向我的车窗时，我几乎在座位上跳了起来，我的行为吓到了那个好奇的动物。还没等我确定看见了它，那只鹿便跃过草地，进入树林，它白色的尾巴在两棵树之间闪烁了一下，然后消失了。

"天哪！"我叫出了声。

又有一缕颜色从我的眼中掠过，这一次来自我的挡风玻璃正对面的树丛另一侧。那是一抹棕褐色，当我看向右边的路口时，布鲁萨德的沃尔沃汽车正从道路上驶过。我不知道他是要到路的另一头去买牛奶，还是打算一路开回波士顿，但无论如何，我都不愿错过机会。

我从杂物箱里拿了一套开锁工具，把照相机扛在肩头，抖掉头上的蜘蛛网，然后离开了车。我走在路上，紧靠软质路肩，对我而言，这是今年第一个温暖的日子，天空如此碧蓝，氧气充足，没有一点儿雾，我很难相信自己依然在马萨诸塞州。

当我靠近布鲁萨德的车道时，一个高挑、苗条，梳着棕色长发的女人手里牵着一个孩子，从房屋底层走出。那里是一处长满了浓密松树的角落。当孩子拾起车道底部的报纸并拿给她时，她朝着孩子弯下身。

我已经走得太近，没法停下来，她抬起头，用手遮挡住刺眼的阳光，迟疑地对我微笑了一下。那个牵着她手的孩子大概3岁，他明亮的金发和苍白的皮肤既不像这个女人，也不像布鲁萨德。

"嘿。"女人起身，把孩子抱了起来，让他坐在她腿上，孩子吮吸着手指。

"嘿。"

她是个引人注目的女人，宽大的嘴巴在脸上显得有些不对称，左边嘴角略微上扬，这歪斜显得有些性感，露齿一笑又表现出她已经放弃了全部幻想。我匆匆看了一眼她的嘴和颧骨，太阳照在她的肌肤上，我很容易将她误当作一位已经退休的模特、某个金融家的花瓶妻子。然后我看向她的眼睛，那冷酷而不加掩饰的睿智让我感到不安。这不是一个允许自己挽着一个男人的胳膊作秀的女人。我很确定这个女人不会允许自己在任何地方仅作为一个摆设。

她注意到了照相机："拍鸟吗？"

我看着照相机摇了摇头："只是拍一些自然风光，在我生活的地方很难看见这样的景致。"

"波士顿？"

我摇了摇头："普罗维登斯。"

她点头，扫了一眼报纸，掸掉上面的露水。

"他们以前为了防潮，会用塑料袋包着，"她说，"现在我要在浴室里晾一个小时，才能读到第一页。"她腿上的男孩困倦地把脸埋在她的胸前,他盯着我,眼睛和天空一样开阔而湛蓝。

"怎么啦,宝贝?"她亲吻着他的额头,"累了吗?"她抚摩着他有些肉乎乎的脸,眼中的爱意十分明显,然而让人望而生畏。当她重新看向我时,脸上的爱意消失了,我甚至在一瞬间感觉到了恐惧或怀疑。

"那里有一片森林,"她指着路的另一边,"就在那儿。是炼狱裂口的一部分,我想在那里能拍到一些好看的照片。"

我点头:"听起来很棒,谢谢你的建议。"

也许那个孩子感觉到了什么,也许他只是累了,也许只是因为他还是个小孩,而小孩都会这样。他忽然张开嘴哭叫起来。

"哎呀,"她微笑着,再次亲吻他的额头,让他在自己的腿上摇了几下,"没事的,尼基,没事的,别哭啦,妈妈去给你拿点儿喝的。"

她转向坡道,摇晃着怀里的孩子,抚摩着他的脸,她穿着红黑相间的短夹克衫和蓝色牛仔裤,苗条的身体如舞蹈演员般移动着。

"取景顺利。"她回过头对我说。

"谢谢。"

她在车道上转弯,我无法再看见她和那个孩子。他们在那片灌木丛后隐去,而灌木丛也遮住了那栋房子的大半部分。

但是我还能听见她的声音。

"别哭了,尼基,妈妈爱你。妈妈会把一切都做好的。"

"所以他有一个儿子,"莱尔森说,"这又怎么样呢?"

"我第一次听说。"我说道。

"我也是,"安琪说,"我们在去年10月和他相处了很久。"

"我有一条狗,"莱尔森说,"你们第一次听说吧,对不对?"

365

"我们认识你还不到一天,"安琪说道,"而且狗不是小孩。你有一个儿子,你花了很多时间和别人一起监视嫌疑人,就一定会提到他。他经常提到他的妻子,没什么大事,只是'我要给我太太打个电话''我要是再错过一次晚餐,我太太会杀了我',等等。但是他一次也没有提到过孩子。"

莱尔森从后视镜中看着我:"你有什么想法?"

"我觉得很奇怪,我能用一下你的电话吗?"

他把电话递给我,我拨号后,向外看着特德·肯尼利的古玩店,它的窗户上挂着关店的标志。

"李警司。"

"奥斯卡。"我开口道。

"嘿,沃尔特·佩顿[1]!身体怎么样?"

"很痛,"我说,"超级痛。"

他的声音变了:"另外一件事呢?"

"我想问你个问题。"

"那种让我出卖自己人的问题?"

"不算吧。"

"说吧,我看看要不要回答。"

"布鲁萨德结婚了,对吧?"

"对,他太太叫蕾切尔。"

"很高,深色皮肤,"我说,"非常漂亮?"

"是她。"

"他们有一个孩子?"

"什么?"

---

[1] 美国职业橄榄球运动员,被认为是历史上最伟大的跑卫之一。

"布鲁萨德有儿子吗?"

"没有。"

我感觉到头脑中有一阵轻盈的旋风吹过,昨晚橄榄球赛带来的剧烈疼痛消失了。

"你确定?"

"我当然确定,他生不了孩子。"

"他生不了,还是他决定不要?"

奥斯卡的声音变得有些低沉,我意识到他正用手罩着电话。他的声音很轻:"蕾切尔无法怀孕,这是他们之间一个很大的问题,他们想要孩子。"

"为什么不收养呢?"

"谁会让一个前任妓女领养孩子呢?"

"她以前是妓女?"

"对,他也是这样遇见她的。在那之前,他和我一样是凶杀组的,伙计。这件事断送了他的前途,他在缉毒组里被埋没了,直到多伊尔把他拉出来。但是他很爱她,她也是一个好女人,一个很棒的女人。"

"但没有孩子。"

他的手离开了电话:"我告诉你多少遍了,没有孩子。"

我说了谢谢和再见,挂掉了电话,把它还给莱尔森。

"他没有儿子,"莱尔森说,"是吗?"

"他有一个儿子,"我说,"他确实有一个儿子。"

"那儿子是从哪里来的呢?"

一切都很清楚了,我坐在莱尔森的萨博班汽车中,向外看向肯尼利的古玩店。

"你想赌多少钱?"我说,"无论尼古拉斯·布鲁萨德的亲生父母是谁，他们都可能不太擅长养育孩子。"

"天哪！"安琪说。

莱尔森靠在方向盘上，从挡风玻璃往外看，他那瘦削的脸上露出茫然、惊愕的神情。

"天哪！"

我看见那个金发男孩坐在蕾切尔·布鲁萨德的腿上，她轻抚他的小脸时倾注了无限爱意。

"是啊，"我说，"天哪！"

32

4月的一天傍晚,太阳已经落山,但夜晚还未降临,城市变成了一片寂静、飘忽不定的灰色。又一天消逝了,总是比想象中更快。柔和的黄色、橙色灯光出现在方形的窗户和汽车前方的格栅中,黑暗的来临意味着寒冷开始加剧。孩子们从街上消失,回到家,准备洗手吃饭或者看电视。超市和卖酒的商店处于半空状态,很是萧条。花店和银行关闭了,汽车喇叭的声音断断续续。一家商店关门时,格栅发出了嘎吱嘎吱的声音。如果你仔细观察行人和那些在红灯前停车的司机,便可以从那些麻木的脸上发现,它们承载着清晨未兑现的诺言的重量。然后他们从你面前经过,艰难地走回家,不在意自己的望化作了什么。

莱昂内尔和特德·肯尼利回来得很晚,接近5点了。他看见我们走近的时候,脸上带着一丝诧异的神情。当莱尔出警徽,说"我想问你一些问题,麦克里迪先生"时,莱昂内上的神情显得更加诧异了。

他点了几下头,相比于我们,他更像是自己点头,然后说:"街上有一家酒吧,为什么我们不去那里呢?我不想在家里说这件事。"

埃德蒙·菲茨杰拉德大概是当地最小的酒吧,如果再小一点儿就成了一家擦鞋摊。我们走进去的时候,看见左手边有一小块区域,一个柜台设置在唯一的窗边,其余位置或许仅摆得下四张桌子。不幸的是,他们还在那里放了一台自动点唱机,所以只能摆下两张桌子。我们四个人进来的时候,桌子全都是空的。吧台本身可以坐下七个人,最多八个,六张桌子位于对面的墙边。后面的空间要开阔一些,两个飞镖选手正将飞镖掷过一张台球桌,台球桌四条边的三条都离墙很近,玩家只能使用短杆或者铅笔。

我们坐在酒吧中间的一张桌子边,莱昂内尔问:"腿受伤了吗,吉纳罗小姐?"

安琪回答:"会好的。"她开始在包内摸索香烟。

莱昂内尔看向我,而我正看着其他地方。他的肩膀下陷得更深了,原本那里只承受着岩石的重量,现在又加上了煤块。

莱尔森在桌上打开一个记事本和一支钢笔:"我是特工尼尔·莱尔森,麦克里迪先生,我来自联邦司法部。"

莱昂内尔说:"长官?"

莱尔森对他迅速眨了下眼:"对,麦克里迪先生,联邦政府。你有什么要解释的吗?你不想说什么吗?"

"关于什么?"莱昂内尔回头看了看,然后环视酒吧。

"你外甥女,"我说,"听着,莱昂内尔,胡说八道的时间已经结束了。"

他看向吧台的方向,仿佛那里有某个人正等着把他救出去。

"麦克里迪先生,"莱尔森说,"我们可以花半个小时来玩'是与非'游戏,浪费每个人的时间。我们知道你和你外甥女的失踪有关，而且你在和里米·布鲁萨德合作。顺便说一句，他的下场会很惨，非常惨。至于你，我会给你一个消除误会的机会，也许你会得到宽大处理。"他用钢笔敲了敲桌子，这声音伴随着时钟的嘀嗒声，"但如果你骗了我，等我离开这里，我们将会采取粗暴的方式对待你。你会被关进监狱，等你出来，你的孙子们都拿到驾照了。"

服务员靠近，记下我们点的两瓶可乐、莱尔森的一杯矿泉水，还有莱昂内尔的双份苏格兰威士忌。

我们在等她回来的时候，没有人说话。

莱尔森继续用他的钢笔平稳地敲击着桌子边缘，他那平静而冷淡的目光停留在莱昂内尔身上。

莱昂内尔似乎并未留意。他看着面前的托盘，但我不觉得他看见了。他在看向更深更远的地方，不限于这张桌子，也不限于这家酒吧，他的嘴唇和下巴上冒出了汗珠。我能感觉到，在他长长的、超出现实的视线尽头，他看见的是自己的计划泡汤后的惨淡结局——他浪费的生命。他看见了监狱，看见了送到牢房的离婚证书以及他儿子没打开就退回的信。他看见几十年过去，又是几十年，他一个人带着耻辱和愧疚活下来；还有他的愚蠢，他做了一件蠢事，就像在强光下被扒光衣服一般，暴露在公众面前。他的照片会登上报纸，他的名字会和绑架联系在一起，在讲述这件事的漫画被遗忘后，他的人生还会作为脱口秀、通俗小报以及讽刺笑话的笑料被反复嘲弄。

服务员拿来了我们的可乐、水和酒，莱昂内尔说："11年前，我和几个朋友在市区的酒吧喝酒，突然一伙单身汉进来了，他们都已经喝得烂醉，其中一个想要找茬儿打架，于是他选中了我。我打了他，就一下，但是他在地板上摔碎了头骨。问题在于，我不是用拳头打的，我的手里拿着台球杆。"

"用致命武器袭击。"安琪说。

他点头:"其实,事情比这还要糟糕。那个家伙一直在推我,我说——我不记得有没有说过,但我猜自己说了——我说:'退回去,要不我就杀了你。'"

"谋杀未遂。"我说。

他再次点头:"我去接受审判。我朋友和那个人的朋友的口供不一。我知道我会进监狱,因为我打的那个人是个大学生,我打了他之后,他声称自己没法学习,无法集中精力。他找医生为他确诊了脑损伤。从法官看我的眼神我就知道我完了。但那晚在酒吧里的一个人,对双方来说都是陌生人,他为我做证,说那个被我打的人说他要杀了我,也是他首先出的拳,等等。我被宣判无罪,因为那个做证的陌生人是个警察。"

"布鲁萨德。"

他对我苦涩地微笑,并喝了一口威士忌。

"对,是布鲁萨德。你知道吗?他在证人席上说谎了。我可能不记得那个被我打的家伙说过的所有的话,但我很确定是我先动的手。真的,我也不知道为什么。他一直在我面前挑衅我,我生气了,"他耸了耸肩,"那时候的我和现在不一样。"

"布鲁萨德撒了谎,你因此被无罪释放,你觉得自己亏欠了他。"

他拿起了酒杯,又改变主意,把它放回到杯托上:"我想是吧。他从未提起过这件事,我们成了多年的朋友。我们会约对方出来,他会时不时给我打个电话。现在想想,他应该是在监视我,他很喜欢这样做。不要误会,他是个好人,但他总是喜欢观察别人、研究别人,看他们将来是否会对他有用。"

"很多警察都这样。"莱尔森说,他喝了一些矿泉水。

"你也会?"

莱尔森思索了片刻:"对,我想会吧。"

莱昂内尔又喝了一口威士忌,用鸡尾酒餐巾擦了擦嘴唇。"去年7月,我妹妹和多蒂带阿曼达去海滩。那天非常热,没有云,海伦妮和多蒂遇见了一些人,我猜他们带着一包大麻或是别的什么。"他把视线移开,喝了一大口威士忌,当他再次开口时,他的脸和声音都变得恍惚起来,"阿曼达在海滩上睡着了,她们……她们把她留在了那里,几个小时无人看管。她晒伤了,肯齐先生、吉纳罗小姐。她的后背和腿晒伤得很严重,差一点儿就达到了三级晒伤;她一侧的脸由于肿得太厉害,看起来就像被蜜蜂蜇了一样。我那个没有责任感、卖淫又吸毒的垃圾妹妹竟然让她的女儿晒伤了。她们把她带回了家,海伦妮因为阿曼达的事打电话给我,我说:'你真是个垃圾。'阿曼达一直在哭,让海伦妮无法睡觉。我到了那里,看见我那被晒伤的外甥女,她还是个4岁的小孩子。她很痛,不停地哭叫,她伤得太严重了。你知道我妹妹对她做了什么吗?"

我们等着他继续,他拿起了威士忌杯子,低下头,喝了几小口。

然后他抬起了头:"她把啤酒涂在了阿曼达的伤口上。啤酒!用啤酒来给她降温。没有芦荟,没有利多卡因,更别说带她去医院了。她什么都没做,只是把啤酒抹在了她身上,就让她上床睡觉。她把电视的声音开得很大,这样她就听不到阿曼达的哭喊声了。"他的手在耳边握成一个大拳头,就像要敲打桌子,把它劈成两半一般。"我那晚真想杀了我妹妹,但我忍住了。我带阿曼达去了医院急诊室,我还替海伦妮打掩护,说她太累了,于是她和阿曼达都在沙滩上睡着了。我乞求医生不要给儿童福利机构打电话,将这件事报告为家长疏忽事件。我不知道我为什么这么做,我只知道他们会把阿曼达带走。我只是……"他哽咽了,"我在替海伦妮打掩护,我一辈子都在替人打掩护。那晚我把阿曼达带回了我家,让她和我以及比特丽斯一起睡。医生给了她一些助眠的药物，但我一直醒着，一直用手抚摩着她的后背，我感觉到她在发烫，就好像——我只能这样形容——你把手放在刚刚从火炉上拿下来的肉上面一样。我看着她睡去，想着，不能再这样下去了，我要结束这一切。"

"但是，莱昂内尔，"安琪说，"如果你向儿童福利机构报告了海伦妮的所作所为呢？如果你报告了足够多次，我确信你可以向法院申请，由你和比特丽斯收养阿曼达。"

莱昂内尔大笑起来，莱尔森对安琪缓慢地摇了摇头。

"怎么了？"她问。

莱尔森剪短雪茄的烟尾。

"吉纳罗小姐，只有在犹他州或者亚拉巴马州，在生母是同性恋的情况下，才有可能转移抚养权。"他点燃雪茄，摇了摇头，"让我重新说一遍，这是不可能的。"

"为什么会这样？"安琪问，"如果父母一贯疏忽大意呢？"

莱尔森再一次悲伤地摇头："今年在华盛顿，一位生母获得了孩子的完全监护权，虽然她几乎没见过孩子。孩子自出生以来就一直和养父母生活在一起。孩子的生母是一个重罪犯，她害死了自己的另一个孩子，因为饥饿而哭泣，母亲觉得自己受够了，于是她把孩子丢进一个垃圾桶，然后去烧烤了。现在这个女人又有了两个孩子，其中一个由孩子父亲的父母抚养，另一个被寄养。四个孩子的父亲是不同的男人，这个母亲杀死了自己的女儿，然而她只服了几年的刑。她现在——我很确信——正在抚养那个因她向法院提起诉讼，而被从慈爱的养父母那里夺回来的孩子，这是一个真实的故事。"莱尔森说，"你们看看吧。"

"这是胡扯。"安琪说。

"不，是真的。"莱尔森说道。

"怎么可能啊……？"安琪把手从桌子上放下来，凝视着远方。

"这就是美国，"莱尔森说，"每个人都有完全而不可剥夺的权利，有人甚至可以吃掉自己的孩子。"

安琪的表情像是被人在肚子上打了一拳，然后又在弯下腰时被扇了一个耳光。

莱昂内尔把杯子里的冰块搅得哗啦哗啦响："莱尔森特工说得对，吉纳罗小姐。如果可怕的父母想把孩子留在自己身边，你完全不能阻止。"

"这并不能使你摆脱困境，麦克里迪先生。"莱尔森用雪茄指着他，"你的外甥女在哪里？"

莱昂内尔盯着莱尔森雪茄上的灰，最终摇了摇头。

莱尔森点头，并在笔记本上写下了什么。然后他将手伸到背后，拿出一副手铐，放在桌子上。

莱昂内尔把椅子向后推了推。

"请坐好，麦克里迪先生，否则即将放在桌上的便是我的枪。"

莱昂内尔抓住了椅子的扶手，却没有移动。

"因为阿曼达晒伤了，所以你对海伦妮很生气。那么接下来发生了什么？"我说。

我与莱尔森对视，他柔和地眨了眨眼，并对我微微点头。直接询问阿曼达的下落并没有用。莱昂内尔可以保持沉默，让事情无法取得进展，而她依然处于失踪状态。但是如果我们能让他再次开口……

"我的快递送货路线，"他最终说，"覆盖了布鲁萨德的辖区，所以我们这些年来才能如此容易地保持联络。但无论如何……"

阿曼达晒伤后的那一周，莱昂内尔和布鲁萨德一起出去喝酒。布鲁萨德听莱昂内尔说起他对外甥女的担心以及对妹妹的怨愤。他相信，阿曼达长大后会变得和她母亲一模一样。

布鲁萨德为那晚喝的酒买了单，他对此一直很大方。在那一晚即将结束的时候，莱昂内尔喝醉了，布鲁萨德用胳膊搂住他，问："有解决办法吗？"

"没有办法，"莱昂内尔说，"上法庭的话……"

"去他的法庭，"布鲁萨德说道，"你想的那些都没有用，如果我有办法能给阿曼达一个温馨的家、一对爱护她的父母呢？"

"要怎么做？"

"我们要做的是：不让任何人知道她究竟发生了什么——她妈妈不行，你的妻子不行，你的儿子也不行。没有人知道，她就这样消失了。"

布鲁萨德打了个响指。

"'嗖'的一下，就像她从未存在过一样。"

莱昂内尔为实施他的计划而花了几个月的时间做准备。在那段日子里，他有两次去他妹妹的家，都发现门没有锁，海伦妮去多蒂家了，她把女儿独自留在公寓里睡觉。8月，海伦妮在莱昂内尔和比特丽斯家的后院参加烧烤派对。她坐着一个朋友的车，带着阿曼达四处转悠，她喝了很多杜松子酒，醉得很厉害。在给阿曼达和马特推秋千的时候，她不小心把女儿推下了秋千座位，她自己也摔在了地上。她躺在那里大笑着，而阿曼达已经从地上爬起来，擦去膝盖上的尘土，检查自己有没有受伤。

那个夏天，阿曼达的皮肤起了泡，有些地方留下了永久的疤痕，因为海伦妮有时会忘记给阿曼达使用急诊室医生开的药。

9月，海伦妮说起要离开这里的事情。

"什么？"我问，"我没有听说过这件事。"

莱昂内尔耸了耸肩："现在回头看，这可能只是她又一个愚蠢的想法。她有一个朋友搬去了南卡罗来纳州的默特尔海滩附近，在一个卖T恤的老板那里找了份工作。她告诉海伦妮，那里永远阳光明媚，有许多流淌的酒，而且不会下雪，也完全不冷。只要坐在沙滩上，偶尔卖些T恤就行。在一周左右的时间里，海伦妮一直在说这件事。大多数时候，我会忽略她的话。她总是在讨论去其他地方生活，就像她很确信自己某天能中彩票一样。但是这一次，我陷入了恐慌。我唯一能想到的是：她会带走阿曼达，她会把她独自留在沙滩上，留在没上锁的公寓中。再也不会有我和比特丽斯在身边收拾残局，我只是……有些失控。我给布鲁萨德打电话，我见到了想要照顾阿曼达的人。"

"他们叫什么名字？"莱尔森的钢笔在笔记本上方停留。

莱昂内尔忽略了他。"他们很好，甚至可以说完美。美丽的家，受到良好照顾的孩子。他们已经成功地收养过一个孩子，但现在她搬出去了，因此他们觉得很空虚。他们对她非常好。"他平静地说。

"所以你见过她。"我说。

他点头："她很幸福，她现在真的会笑了。"有什么东西卡住了他的喉咙，他使劲咽了一下口水。"她不知道我去看过她，布鲁萨德告诉我的首要原则是，她过去的生活要被完全抹去。她只有4岁。随着时间的流逝，她会忘记的。其实，"他缓慢地说，"她现在5岁了，对吧？"

他意识到阿曼达已经过了一次生日，他却没有在场，这种感觉柔和地掠过他的脸。他迅速摇了摇头："不管怎样，我偷偷溜去过那里，看着她和她的新父母在一起，她看起来很好。她……"他清了清嗓子，视线从我们身上移开，"她看起来得到了很多爱。"

"她失踪的那一晚发生了什么？"

"我从房子后面进去,把她带了出来。我告诉她这是一个游戏,她很喜欢玩游戏。也许因为海伦妮会对她说:'亲爱的,我们到酒吧去玩"吃豆人"的游戏。'"他从杯子中吸出冰块,用牙齿咬碎,"布鲁萨德把车停在了街上,我等在通往门廊的过道中,告诉阿曼达一定要保持安静。唯一一个可能看见我们的邻居是德里斯科尔太太,她在街对面,坐在自己家的门廊上,正对着这栋房子。她离开了门廊一段时间,回到屋子里去拿一杯茶或者别的东西。布鲁萨德向我发出信号,表示没问题了。于是我把阿曼达带上布鲁萨德的车,我们就这样走了。"

"一切都没有人看见。"我说。

"邻居们都没有看见。虽然我们后来才发现,克里斯·马伦看见了。他把车停在街边,监视着这栋房子。他在等海伦妮回来,这样便可以知道她把偷的钱藏在了哪里。他认出了布鲁萨德,奇斯·奥拉蒙以此敲诈布鲁萨德,让他帮忙找回丢失的钱。布鲁萨德本想从证物中偷些东西,那晚在采石场拿给马伦。"

"回到阿曼达失踪那一晚。"我说。

他用厚实的手指从玻璃杯中拿出一块冰,咀嚼着:"我告诉阿曼达,我的朋友会带她见一些很好的人,而我会在几个小时后来接她。她只是点了点头,她已经习惯被丢给陌生人了。我在几个街区外下车,走回了家,当时是10点半。12个小时后,我妹妹才发现她女儿不见了。这会让你明白些什么吧?"

一段时间内,我们非常安静,我能听见飞镖击中酒吧后部的软木垫时发出的声音。

"等到时机合适的时候,"莱昂内尔说,"我想我会告诉比特丽斯,她也会理解的。但不是现在,也许几年以后吧,我也不知道,我还没有想好。比特丽斯讨厌海伦妮,但是她很爱阿曼达,遇到像这样的事情……毕竟她很相信法律，以及所有规则。她从来没有接触过这样的事情，但是我希望，也许经过足够长时间……"他抬头看着天花板，轻微摇头，"当她决定联系你们两个的时候，我打给布鲁萨德，他让我试着阻止她，但是不要太卖力。如果她非要去的话，就让她去。第二天他告诉我，如果到了紧要关头，他有你们两个的把柄——一个被谋杀的皮条客。"

莱尔森对我们扬起一只眉毛，并露出冷淡而好奇的微笑。

我耸了耸肩，移开视线，就在这时我看见了那个戴着大力水手面具的家伙。他从后面的安全出口进来，伸出右臂，一把点45自动手枪指着齐胸的高度。

他的同伴挥舞着一把霰弹枪，也戴着一个塑料的万圣节面具。他穿过前门，露出《友善的幽灵》中卡斯珀那张苍白的脸，喊道："把手放在桌子上！所有人！快！"

大力水手让两个飞镖选手站在他面前，我转过头，看见卡斯珀正把前门锁上。

"你！"大力水手对我嚷道，"你聋了吗？把手放在桌子上！"

我把双手放上桌子。

酒保说："噢，天哪，糟了。"

卡斯珀拉了一下窗边的绳子，一面厚重的黑色窗帘落了下来。

我身边的莱昂内尔呼吸很轻，他的双手平摊在桌子上，几乎完全静止了。莱尔森有一只手藏在桌子下方，安琪也是。

大力水手用拳头打在其中一个掷飞镖的人背上："跪下！跪在地上！双手抱头！快点儿，快点儿！现在就跪下！"

那两个人都跪了下来，双手停留在脖子后面。大力水手看着他们，歪了一下头。这是一个可怕的瞬间，充满了最坏的可能性。无论大力水手想做什么，他都可以做——开枪打死他们或者打死我们，割断任何人的喉咙，无论做什么都行。他踢了一下那个年长一些的人的尾骨。

"不要跪着，趴着！快点儿！"

那两个男人趴在了我脚边。大力水手非常缓慢地转过头，视线停留在我们的桌子上。

"把手放在桌子上，"他低声说，"要么就去死。"

莱尔森把手从桌下拿出来，将两只空着的手举在空中，然后平放在桌子上。安琪也是如此。

卡斯珀来到我们对面的吧台，用霰弹枪指着酒保。

两个中年女人，从衣着看应该是办公室职员或秘书，她们坐在吧台的中间，正对着卡斯珀。他拿起霰弹枪的时候，刮到了其中一个女人的头发。她的肩膀绷紧了，头向左倾斜。她的同伴发出呻吟。

第一个女人说："噢，上帝！噢！不！"

卡斯珀说："冷静，女士们。一两分钟后就会全都结束。"他从自己的飞行员夹克口袋中取出一个绿色的垃圾袋，丢在吧台上，就放在酒保面前："把它填满，不要忘了保险柜里的钱。"

"没有多少。"酒保说。

"有多少拿多少。"卡斯珀说道。

大力水手控制着人群，他两腿分开约1.5英尺的距离，微微屈膝，他的点45手枪平稳地移动着，从左到右，再从右到左，然后再次回来。他距离我大约有12英尺远，我能听见面具后面的呼吸声，平静而稳定。

卡斯珀也是同样的姿势，用霰弹枪指着酒保，但他的眼睛却看着吧台后方的镜子。

这两个人看起来非常专业，手法一直都很专业。

除了卡斯珀和大力水手，酒吧里还有12个人：酒保和女服务员在吧台后，地上趴着两个人，还有莱昂内尔、安琪、莱尔森和我、两个秘书，吧台尽头靠近入口的地方还有两个人——从外表看像是卡车司机，其中一个穿着绿色的凯尔特人外套，另一个穿着帆布牛仔衣服，很旧，有很厚的衬里。两人看上去都在45岁左右，身材结实。他们面前的吧台上有两个酒杯，中间是一瓶老汤普森。

"别着急，"卡斯珀对酒保说，酒保跪在吧台后，我想他正在摆弄保险柜，"慢慢来，就像什么都没有发生一样，你就不会解不开密码。"

"不要伤害我们，"其中一个趴在地板上的男人说，"我们都有家庭。"

"闭嘴。"大力水手说。

"不会有人受伤，"卡斯珀说，"只要你们保持安静，保持安静，这很简单。"

"你知道这是谁开的酒吧吗？"那个穿着凯尔特人外套的人说。

"什么？"大力水手问。

"你们听见我说话了，你们知道这是谁开的酒吧吗？"

"求求你了，求求你了，"其中一个秘书说，"保持安静。"

卡斯珀转过头："一个英雄。"

"一个英雄。"大力水手说，然后看向那个傻瓜。

莱尔森似乎并未动嘴，他低声说："你的枪在哪儿？"

"背后，"我回答，"你的呢？"

"屁股后面。"他的右手移动了3英寸，到达桌边。

"别。"我低语道，大力水手的头和枪都转到了我们的方向。

"你们想死吧。"卡车司机说。

"你们为什么要说话？"秘书说道，她的眼睛看着吧台顶部。

"好问题，"卡斯珀说，"找死！明白吗？你们这些废物，这些蠢货，你们……"

卡斯珀向前走了四步，在卡车司机脸上扇了一巴掌。

卡车司机从凳子上摔了下来，头重重地磕在地板上，你能听见他的颅骨背面碎裂的声音。

"想说点儿什么吗？"卡斯珀问那个男人的朋友。

"不。"那个人说，他低头看着吧台。

"还有人要说话吗？"卡斯珀问。

酒保从吧台后面走过来，把垃圾袋放在吧台上。

酒吧就像洗礼开始前的教堂一样寂静。

"怎么了？"大力水手说着，迈了三步走向我们的桌子。

过了一会儿，我才意识到他在和我们说话，又过了一会儿，我才彻底明白，这一切都会变得非常糟糕。

我们都没有动。

"你刚刚说什么？"大力水手用枪指着莱昂内尔的头，面具后方的眼睛掠过莱尔森平静的脸，又回到莱昂内尔身上。

"又一个英雄？"卡斯珀把袋子从吧台上拿下来，来到我们的桌边，用他的霰弹枪指着我的脖子。

"是他说的，"大力水手说，"不知道在胡扯什么。"

"你有什么想说的吗？"卡斯珀说，他把霰弹枪指向莱昂内尔，"什么？快说。"他转向大力水手，"看着那三个。"

大力水手的点45手枪转向我，黑色的枪口指着我的眼睛。

卡斯珀又朝莱昂内尔走了一步："只是在瞎嚷嚷。对吧？"

"你们为什么一直和他们作对？他们有枪。"其中一个秘书说。

"保持安静就好了。"她的同伴嘟囔道。

莱昂内尔抬头看着面具，他的嘴紧闭着，指尖触到了桌面。

卡斯珀说："快说啊，大人物。说啊，接着说。"

"我不想听他胡扯。"大力水手说。

卡斯珀把霰弹枪的枪口对准莱昂内尔的鼻梁:"闭嘴!"

莱昂内尔的手指颤抖着,他抖去了眼角的汗水。

"他只是不想听,"大力水手说,"只是想接着胡扯。"

"是吗?"卡斯珀问。

"所有人保持安静。"酒保说,他把双手直直举在空中。

莱昂内尔什么都没说。

但是由于过度恐慌,酒吧里的每一个人都确信自己要死了,他们记住的是枪手们想要他们记住的东西——莱昂内尔在说话。我们这一桌的每个人都在说话,我们激怒了一些危险的人,他们会为此杀了我们。

卡斯珀给霰弹枪装上套筒,那声音就如同开炮一般:"想当大人物,对吧?"

这时莱昂内尔开了口,他说:"求求你们。"

我说:"等等。"

霰弹枪扫向我的方向,它的黑色枪口将成为我看见的最后一样东西,我确定。

"里米·布鲁萨德警探!"我大喊道,整个酒吧都能听见我的声音,"大家都听见这个名字了吧?里米·布鲁萨德!"我透过面具,看向那双深邃的蓝色眼睛,看见了其中的恐惧和困惑。

"不要这样,布鲁萨德。"安琪说。

"别瞎嚷嚷!"这一次是大力水手,他的冷静正在消退。当他试图控制我们这一桌人时,他前额上的肌肉绷紧了。

"都结束了,布鲁萨德,都结束了。我们知道你带走了阿曼达·麦克里迪,"我把脖子伸向吧台,"你们听见这个名字了吗,阿曼达·麦克里迪?"

当我把头转回来时，霰弹枪冰冷的金属枪孔对准了我的前额，我的眼睛遇上了扳机护环另一头一只红色的手指。这只手指离得太近，看起来就像是一只红白相间的虫子，它似乎有自己的想法。

"闭上眼睛，"卡斯珀说，"紧紧闭上。"

"布鲁萨德先生，"莱昂内尔说，"不要这样做，求求你了。"

"快开枪！"大力水手对他的同伴说，"快点儿！"

安琪说："布鲁萨德……"

"别说那个混账名字了！"大力水手把一把椅子踢到了墙上。

我一直睁着眼睛，感觉到金属的弧度触碰着我的肌肤，嗅着清洁油和旧火药的味道，看着在扳机上抖动的手指。

"结束了，"我再次说道，嘶哑的声音从我干涩的喉咙和口中传出，"都结束了。"

在很长的一段时间内都没有人说话。在这片冷酷的寂静中，我能听见整个世界正在嘎吱作响。

当布鲁萨德歪头的时候，卡斯珀的脸倾斜了，我在他的眼中看见了昨天在橄榄球赛上的目光——冷酷地跃动着、燃烧着。

随后，一阵明显而无奈的挫败感袭来，他全身轻轻地颤抖着，手指从扳机上滑下来，他把枪从我的头上放下。

"对，"他柔声说，"结束了。"

"你在玩我吗？"他的同伴说，"我们必须这样做，我们必须这样，伙计。我们接受了命令。快去！快！"

布鲁萨德摇了摇头，卡斯珀面具那恍惚的脸和孩童般的微笑也随之摇晃："都结束了，我们走吧。"

"去你的，这叫结束了！你不能把这些浑蛋崩了吗？去你的，你这个骗子！我能！"

大力水手抬起手臂，用他的枪指着莱昂内尔的脸，莱尔森的手伸向屁股后面,第一声枪响被桌子盖住了,子弹撕裂了大力水手的左边大腿。

他向后猛地退步时,手里的枪响了。莱昂内尔发出尖叫,抓着自己的头,从椅子上跌落。

莱尔森的枪扫射着桌面,他两次射中了大力水手的胸口。

当布鲁萨德扳动霰弹枪的扳机时,我清晰地听到一阵停顿——一微秒的静默——在扳机触动子弹之后,随后我的耳边响起了剧烈的爆炸声,如同身处地狱。

尼尔·莱尔森的左肩膀消失在火光、血液和骨头之间,在噪声中,它仿佛同时经历了融化、爆炸和蒸发。当里米·布鲁萨德在烟雾中举起霰弹枪时,莱尔森"砰"地撞在了墙上,身体从椅子上倾倒下来,桌子和他一起倒向了左边。他的9毫米口径手枪从手中落下,它本该掉在地板上,却被一把椅子弹了回来。

安琪准备好了她的枪,但当布鲁萨德转身时,她躲到了左边。

我将头撞在他的肚子上,用双臂环抱着他,径直向后跑向吧台。我把他的脊骨撞在栏杆上,听见他发出咕哝声,他用霰弹枪的枪托抵在我的脖子后面。

我的膝盖撞到了地板,手臂从他身体上滑下来,安琪大叫着:"布鲁萨德!"然后用她的点38手枪开了一枪。

当我去拿自己的点45手枪的时候,他把霰弹枪丢向安琪,砸中了她的胸部,让她跌倒在地。

他越过两个飞镖选手,如一个天生的运动员般朝前门奔去。

我闭上了左眼,用枪管瞄准,在布鲁萨德走到酒吧前方时开了两枪。我看见他的右腿猛地一跳,迅速闪开。他转向拐角,把锁一丢,冲进了黑夜中。

"安琪!"

我转过身,她在一堆翻倒的椅子间坐了起来:"我没事。"

莱尔森嚷道:"叫救护车!叫救护车!"

我低头看着莱昂内尔:他在地板上打滚儿,呻吟着,双手抱头,血从手指尖涌出。

我看向酒保:"叫救护车!"

他拿起电话开始拨号。

莱尔森背靠在墙上,他的大部分肩膀已经不见了,正对着天花板大叫。他的身体剧烈地抽搐着。

"他要休克了。"我对安琪说。

"我来给他处理,"她爬向莱尔森,"我需要酒吧里的所有毛巾!现在就要!"

其中一个秘书跃过吧台。

"比特丽斯,"莱昂内尔呻吟着,"比特丽斯。"

当布鲁萨德跑出酒吧的时候,大力水手头上用来固定面具的橡皮筋断了,莱尔森的子弹射穿了他的胸骨。我低头看着约翰·帕斯奎尔的脸,他死了。他昨天在橄榄球比赛之后说得对:运气总会耗光的。

我和安琪对视,她抓住了秘书从房间另一边拿过来的毛巾:"去抓布鲁萨德,帕特里克!抓住他!"

当秘书从我身边匆匆经过,来到莱昂内尔旁边,将一条毛巾放在他的头侧面时,我点了点头。

我在口袋里寻找新的弹夹,找到后便离开了酒吧。

33

我跟随布鲁萨德穿过百老汇，来到C大街，沿着东二街蜿蜒进入卡车区和仓库区，跟踪他并不困难。他一离开酒吧就立刻丢弃了卡斯珀面具，我出来的时候，面具躺在地上看着我，两个洞是眼睛，还露出一个没有牙的微笑。滴在地上的血在街灯的映照下闪着光，指引出流血者曲折的路线。越是光线不足的地方，血迹便越深也越宽，比如幽暗仓库的碎石地面，空荡的运货码头，拉着窗帘、装饰着灯泡坏掉一半的霓虹灯的舒适小酒吧——主要供卡车司机使用。水牛城或特伦顿的半成品在破旧的街道上翻滚、起伏、碰撞着，它们的车头灯在小路的尽头一闪而过，布鲁萨德在那里停了很久，正在撬开一扇门。血从他身上的某个洞中涌出，形成了一小摊血，同时还使那扇门被溅上了细细的血条。我无法想象一条腿可以这样流血，或许我的子弹撕裂了他的腿骨，或者至关重要的动脉。

我抬头看着眼前的建筑——一栋七层高的楼，用世纪之交时常见的巧克力棕色砖块砌成。杂草长到了第一层的窗台上，窗户本身的木板已经碎裂，墙上全是涂鸦。这里很大，足以作为大型物品的仓库，或者机器的生产地和集散地。

我在进入时就确定这里是一处货物集散地。我看见的第一样东西是传送带的轮廓，滑轮和链条从20英尺高的椽子上落下来。传送带本身和下面的滚筒都已经不见，但主要的框架还在，它们被固定在地板上，钩子就像勾起的手指一般，在链条末端卷曲着。地板的其余部分都空着，一切值钱的东西都被流浪汉和小孩偷走了，或是被最终的主人卸下并卖掉了。

在右边，一座铸铁楼梯通往楼上，我慢慢爬了上去，在黑暗中已经无法看见血迹。透过黑暗，我看着台阶上那些锈蚀的洞，每走一步，都小心翼翼地扶着栏杆，希望自己踩在金属上，而不是某些愤怒而饥饿的老鼠身体上。

当我到达二楼时，眼睛努力适应着黑暗，我只看见了空荡的一层楼，以及几个翻倒的货板，昏暗的街灯从被石头砸烂的铅质窗户中射进来。每一层的楼梯都是叠在一起的，所以想要到达下一层，我只能在墙边左转，沿着墙往回走15英尺，然后我找到了天井，抬头看着那些厚实的铁质楼梯立板，并看见了头顶长方形的天井。

我站在那里，听见几层楼以上传来一阵金属的嘎吱声，像是一扇厚重的铁门向后靠，撞在了水泥上。

我一次迈两层台阶，在几次都差点儿绊倒后，在三楼转弯，慢跑到下一层楼梯。我上楼的速度更快了些，脚步开始跟着节奏。我能够在黑暗中感觉到每一级台阶。地板上全都是空的，每上升一层，海港和城市的轮廓线便将更多光线投射到拱形的落地窗下。除了顶部长方形的天井，楼梯的其他地方依然很黑暗，当我走上最后一级台阶，沐浴在月光下，对着广阔的天空舒展身体时，布鲁萨德从屋檐处向下喊我的名字。

"嘿，帕特里克，我会待在这里。"

我回应道:"为什么?"

他咳嗽着:"因为我用枪指着天井,把头伸直,我要分一块地方。"

"噢,"我靠在栏杆上,嗅到海风从天井吹来的味道,还有夜晚清新而凉爽的空气,"你想要在这里做什么,呼叫直升机救援吗?"

他咯咯地笑了。"一辈子呼叫过一次就够了。不,我是觉得我要在这里坐一会儿,看看星星。天哪,伙计,你可真是个浑蛋。"他低声咒骂道。

我透过月光望去。从他的声音传来的方向,我能确定他在天井的左边。

"正好可以开枪打你。"我说。

"那个该死的跳弹,"他说道,"我把瓷片从脚踝里拉出来了。"

"你是说我打在了地上,它又弹起来射中了你?"

"确实如此,那个人是谁?"

"哪个?"

"和你一起在酒吧的那个。"

"你开枪打中的那个?"

"对,就是那个人。"

"联邦司法部的。"

"你没扯谎吗?我猜他应该是特工。他可真冷静,朝着帕斯奎尔开了三枪,就仿佛是目标练习似的,好像什么事都没有发生。我看见他坐在桌子边就知道事情会变糟。"

他又咳嗽了起来,我静静地听着。我闭上了眼睛,他大约不受控制地咳了20秒,当他停下来时,我确定他位于天井左侧约10码的地方。

"里米?"

"喂。"

"我上来了。"

"我会冲着你的头开枪的。"

"你不会。"

"是吗?"

"是。"

他的手枪划破了夜晚的宁静,子弹击中了贴在墙上的钢质楼梯支架。金属亮起了火花,就好像有人在厨房里点亮了一根火柴。当子弹在头顶作响时,我平趴在楼梯上,它被另一块金属弹开,嵌入我左侧的墙内,发出柔和的嗡嗡声。

我在那里躺了一会儿,我的心脏挤向了食道,它对此并不大开心,抵着墙跳动起来,想要回到原位。

"帕特里克?"

"怎么了?"

"你中弹了?"

我从台阶上起来,直起身子跪在地上。

"没有。"

"我告诉你我会开枪。"

"谢谢提醒,你是个好人。"

又是一阵干咳,然后是响亮的气息声,他深吸了一口气,又呼了出来。

"你听起来不大健康。"我说。

他发出嘶哑的笑声:"看起来也不健康,伙计。你的搭档是你们家的射手啊。"

"她打中了你?"

"噢，对。她打中我的时候我正想抽支烟快速恢复一下。"

我用后背抵着栏杆，把我的枪指向屋檐，慢慢走上楼梯。

"从个人的角度，"布鲁萨德说，"我觉得我不能开枪打她，我或许会打你，但是她……我不知道。开枪打女人，你懂的，这不是你想在讣告中听见的东西：'波士顿警察局两次授勋的警员，关心家人的丈夫和父亲，保龄球平均得分252的运动健将能开枪打女人。'你明白吧？这听起来很不好。"

我蹲在距离顶端的第五级台阶上，头位于天井下方，深呼吸了几下。

"我知道你在想什么，但是，里米，你从背后开枪打死了罗伯塔·特雷特，是吧。"

"但罗伯塔不是个女人，你知道吗？她是……"他叹了口气，然后咳嗽着，"好吧，我也不知道她是什么人，但'女人'这个词太局限了。"

我在天井中站直身体，举起枪，盯着枪管对面的布鲁萨德。他甚至没有看我的方向。他背靠着一处工业冷却排气口，头向后仰着，城市的轮廓线在我们面前为钴蓝色的天空映上了黄色、蓝色和白色的光线。

"里米。"

他转过头，伸出手臂，用他的格洛克手枪指着我。

我们就这样在那里站了很久，两个人都不确定接下来会发生什么，只要一个错误的眼神、一次不自觉的抽搐、肾上腺素导致的颤抖或者恐惧都可能让手指抖动，从枪口末端的火光中射出一颗子弹。布鲁萨德几次眨眼，因为疼痛而吸气。一朵鲜艳的红玫瑰如同尺寸超大的灯泡，在他的衬衫上渐渐绽放，以平稳而无可挽回的优雅张开了它的花瓣。他手里的枪很稳，手指在扳机上弯曲着，他说："有没有感觉到你忽然身处吴宇森的电影里？"

"我讨厌吴宇森的电影。"

"我也是，"他说，"我以为只有我讨厌。"

我微微摇头："过时的佩金帕风格，没有任何感情的潜台词。"

"你是什么人，电影评论家吗？"

我拘谨地微笑了。

"我喜欢女性电影。"他说。

"什么？"

"真的，"他的眼珠在枪的另一头转了转，"我知道这听起来很蠢。但也许因为我是个警察，我在看那些动作电影的时候，会一直说：'噢，胡扯。'你明白吗？但是，对了，你会用录像机放《走出非洲》或者《彗星美人》吗？我喜欢这些，伙计。"

"你可真让我惊喜，布鲁萨德。"

"我就是这样。"

始终举着一把枪并指着对方是很累的。如果我们会开枪，可能现在已经开过了。当然，或许许多人在开枪之前都会这样想。我注意到布鲁萨德的肤色正在变灰，汗水模糊了他太阳穴上的银光，他坚持不了太久了。虽然我也很累，但我的胸腔里没有子弹，脚踝上也没有插着地砖的碎片。

"我想放下枪。"我说。

"随你的便。"

我看着他的眼睛，也许他知道我正在看他，于是只是恍惚地凝视着我。

我抬起了枪，手指从扳机上拿下来，把它捧在手里，又向上爬了最后几步。我站在覆满轻砂的屋檐上，低头看着他，翘起了一边的眉毛。

他微笑了。

他把枪放下来，搁在腿上，让头靠着通风口。

"你付钱给利坎斯基，让他带海伦妮离开了房子，"我说，"对吧？"

他耸了耸肩："不一定要付钱给他。只需要答应他在路上的某个地方让他们逃过一劫。这么一个条件就够了。"

我走过去，直到站在他面前。在那里我可以看见他胸部上方的黑色圆圈，玫瑰的花瓣就是在此处绽放的。那里位于身体的正中，伤口依然在缓慢而明显地跳动着。

"打中了肺？"我问。

"我想应该是撕裂了，"他点头，"去他的马伦。如果马伦那晚不在，事情就会顺利进行。利坎斯基那个蠢货没有告诉我他骗了奇斯·奥拉蒙。事情本可以改变的，我知道，相信我。"他稍微移动了一下，并因此发出了呻吟，"迫使我——看在上帝的分儿上——和一个像奇斯那样的野狗绑在一张床上。尽管我是在陷害他，但也会伤自尊，我告诉你。"

"利坎斯基在哪里？"我问。

他向我歪了下头："回头，再往右边一点儿。"

我歪过头。福特·波恩特水道从一片白色的、尘土飞扬的土地上伸出，从桥下、夏日街和国会街上穿过，流向海平面、码头以及波士顿海港深蓝色的出水口。

"雷和鱼睡在一起？"我问。

布鲁萨德对我慵懒地笑了笑："恐怕如此。"

"多久了？"

"10月的那一晚我找到了他，就在你们两个介入案件之后。他当时正在打包，我质问他关于他骗奇斯的事情。他真是让人不得不佩服——他没有透露钱的位置,没想到他竟然如此有骨气,我想也许20万能够增加一些人的胆量。不管怎样,他正打算离开,而我不想让他走,于是我们就打了起来。"

他猛烈地咳嗽着,身体向前拱,用一只手覆盖着胸前的洞,紧紧地抓着大腿上的枪。

"我需要把你抬下屋檐。"

他抬头看着我,用拿枪的手背擦了擦嘴:"我不想去任何地方。"

"得了吧,死掉没有意义。"

他对我露出那完美的、少年式的微笑:"有趣,我现在要跟你唱反调了,你打电话叫救护车了吗?"

"没有。"

他把枪放在大腿上,将手伸进皮革外套,拿出一个细长的诺基亚手机:"我来。"他一边说,一边转身把手机从屋檐上扔了下去。

当它落在7楼下的人行道上时,我听见远处传来一声巨响。

"不必担心,"他笑着说道,"这鬼东西有保修单。"

我叹了口气,坐在屋顶边缘的小型焦油管道上,面对着他。

"你决意要死在这个屋檐上。"我说。

"我决意不去监狱,接受审讯什么的……"他摇了摇头,"不适合我,伙计。"

"那告诉我她在哪里,里米。快说吧。"

他的眼睛睁大了:"然后你就能去接她?把她送回那个被社会称作她母亲的混账女人身边?去你的,老兄,阿曼达会一直失踪下去,你明白吗?她会很幸福。她吃得很好,身上很干净,受到精心的照顾。她生活中会有欢笑,长大后会有机会。你的脑子真该动手术了,竟然以为我会告诉你她在哪里,肯齐。"

"看护她的人是绑架犯。"

"啊，不，你说错了！我是绑架犯，他们只是收养孩子的人。"即使在这样凉爽的夜晚，他的脸上依然被汗水浸透，他抖了几下，然后深呼吸，胸腔里发出嘎吱的响声。

"你今天早上去了我家，我太太给我打电话了。"

我点头："是她给莱昂内尔打电话索要赎金的，对吧？"

他耸了耸肩，看向远方的天际线。"你去了我家，"他说，"天哪，这让我很生气。"他闭了一会儿眼睛，然后又睁开了，"你看见我儿子了？"

"他不是你儿子。"

他眨了眨眼："你看见我儿子了？"

我抬头看了一会儿星星，这样的星空很罕见，星星在寒冷的夜里如此清晰。

"我看见你儿子了。"我说。

"很好的孩子，知道我在哪里找到他的吗？"

我摇了摇头。

"我当时正在和萨默维尔计划中的告密者谈话，只有我一个人。我听见婴儿在哭喊，那哭喊声就像是他正在被一群狗撕咬。那个告密者，还有那些经过走廊的人，他们不理会，他们完全不理会，因为他们每天都会听见。于是我让那个告密者走开，我顺着声音踢开了一栋臭气熏天的公寓的门，我在房子后面发现了他。那里是空的。我的儿子——他是我的儿子，肯齐，如果你不这样想你就该去死——他很饿。他躺在一张婴儿床上，只有六个月，而且非常饿。你能看见他的肋骨，他被手铐铐着，尿布已经太满，尿液从缝隙里流了出来，而且他被粘住了——他被粘在了床垫上，肯齐！"

布鲁萨德的眼睛肿胀着，他的整个身体似乎都歪斜起来。他往衬衫上咳了些血，用手擦拭，然后抹在了下巴上。

"一个婴儿,"他最终开口道,"被自己的褥疮和粪便粘在了床垫上。他被丢在一个房间里长达三天,嗓子都快哭哑了,没有人在意。"他伸出自己沾满血的左手,让它落在沙砾上。

"没有人在意。"他轻声重复着。

我把枪放在大腿上,看着城市的轮廓线。也许布鲁萨德是对的,这是一座没有人在意的城市,整个州都是如此,整个国家或许也是如此。

"于是我把他带回了家。那个时候我认识很多伪造身份的人,我给他买了一个假身份,我儿子拥有带有我姓氏的出生证明。我妻子的输卵管结扎记录被毁掉,我又找人伪造了一份新的记录,表明她是在我们的儿子尼古拉斯出生之后做的手术。我要做的一切就是度过最后几个月,然后退休。我们会离开这个州,我会找一个要求不高的安全顾问的工作来养我的孩子,我会非常非常幸福。"

我垂下了头,看着踩在沙砾上的鞋子。

"她甚至没有申请失踪人口报告。"布鲁萨德说。

"谁?"

"生了我儿子的那个吸毒成瘾的家伙,她从没有寻找过他,我知道她是谁。很长一段时间,我都想打爆她的脑袋,但是我没有,她也从来没有寻找过她的孩子。"

我抬起头,看着他的脸。对于他所看到的这个神秘莫测的世界,他感到骄傲、愤怒以及强烈的悲痛。

"我只想要阿曼达。"我说。

"为什么?"

"因为这是我的工作,里米。我被雇用来做这件事。"

"我被雇用来保护和服务他人,你这个蠢货。你知道这是什么意思吗?这是我的誓言、保护和服务。我做到了,我保护了一些孩子,我也为他们服务，我给了他们很好的家。"

"多少个？"我问，"一共有多少个？"

他对我挥动着沾满血的手指："不！不！不！"

他的头忽然往后一仰，整个身体都僵硬地靠在通风管道上。他用左脚跟踢打着砾石，嘴张得很大，发出无声的叫嚷。

我跪在他身边，我能做的一切就是看着。

过了一会儿，他的身体放松下来，眼睛低垂，我能听见氧气在他的身体中进进出出。

"里米。"

他睁开了一只疲惫的眼睛。

"我还活着，"他含糊不清地说，并对我伸出一根手指，"你知道你很幸运，肯齐，你是一个幸运的浑蛋。"

"什么意思？"

他微笑了："你没听说吗？"

"什么？"

"尤金·托尔上周死了。"

"他是？"我向后靠了靠，离他远了一些，当我想起来的时候，他的嘴咧开了。尤金，是那个看见我们杀死玛里昂·索恰的人。

"他在布罗克顿因为一个女人被刺了，"布鲁萨德再次闭上眼睛，他的笑容变得柔和起来，蔓延到一侧的脸上，"你非常幸运，我现在没有你的把柄了，只有一个死掉的失败者毫无价值的证词。"

"里米。"

他的眼睛忽然睁开，枪从他的手中掉落在沙砾上。他朝那个方向歪过头，但手依然放在大腿上面。

"得了，伙计，在你死掉之前做点儿对的事吧，你的双手沾了很多血。"

"我知道，"他含糊地说，"基米和大卫，你甚至没有提到那件事。"

"在过去的24小时里，这件事一直啃噬着我的头脑，"我说，"你和普尔？"

他靠在通风管道上，稍微摇了下头。

"不是普尔，是帕斯奎尔。普尔从来都不会开枪打人，这是他的底线，不要贬低他。"

"但是帕斯奎尔那晚不在采石场。"

"他在附近，不然你觉得那晚是谁在坎宁翰公园敲晕了罗戈夫斯基？"

"但是帕斯奎尔依然没有足够的时间到达采石场的另一侧，去杀死马伦和古提雷兹。"

布鲁萨德耸了耸肩。

"为什么帕斯奎尔不顺便杀了布巴呢？"

布鲁萨德皱起眉头："伙计，我们从不杀对我们没有直接威胁的人。罗戈夫斯基什么都不知道，所以我们让他活着。还有你，你以为那晚在采石场，我不能从另一头开枪打你吗？但我不会。马伦和古提雷兹对我们构成了直接威胁，还有小大卫、利坎斯基，很不幸，还有基米。"

"我们不要忘了莱昂内尔。"

他的眉头皱得更深了："我从来都没想过开枪打莱昂内尔，我觉得这是一出很糟糕的戏，有人害怕了。"

"谁？"

他对我发出一声短暂而刺耳的笑，嘴上留下了一抹鲜血，然后紧紧闭上眼睛，抵御着疼痛："你要记得，普尔不会开枪打人，让他死得有尊严一些吧。"

他可能在对我撒谎,但我确实不明白是怎么一回事,但如果普尔没有杀死法劳·古提雷兹和克里斯·马伦,我就不得不重新思考一些事情。

"那个娃娃,"我拍了拍他的手,他睁开了一只眼睛,"还有挂在采石场墙壁上的阿曼达的T恤碎片呢?"

"是我,"他咂了咂嘴,闭上了眼睛,"是我!是我!是我!全都是我!"

"你没有那么厉害。嘿,你没有那么聪明。"

他摇了摇头:"真的吗?"

"真的。"我说。

他猛地睁开了眼睛,眼中带有一种强烈而冷酷的清醒:"往左边去一点儿,肯齐,让我看看这座城市。"

我往左边移动了一点儿。他望着城市的轮廓线,对着广场上闪烁的灯光,以及气象指向标和无线电广播发出的红色光柱微笑。

"真美,"他说,"你知道吗?"

"什么?"

"我很爱孩子。"他的话语简短而温柔。

他的右手滑入我的手中,攥紧了拳头。我们越过水面眺望城市的中心和它发出的微光,那些灯光承载着黑丝绒一般的誓言。这座城市展现着光鲜亮丽的生活,一切都井然有序,人们吃饱穿暖,享受着美好的人生,他们被笼罩在玻璃窗和权力背后。红砖房子和铜墙铁壁后面有蜿蜒的楼梯,以及被月光照亮的水面。水永远都在,缓缓流过构成我们这座大都市的岛屿和半岛,协助它们与丑恶和痛苦搏斗。

"噢。"里米·布鲁萨德低语道,然后他的手从我的手中滑落。

34

"……当时那个后来被认定为帕斯奎尔警探的人回答：'我们必须这样做，我们接受了指令，快去。'"辖区助理检察官琳恩·坎佩尔摘下了眼镜，掐了一下两眼间的鼻根部，"这样说准确吗，肯齐先生？"

"准确，女士。"

"叫我'坎佩尔女士'更好些。"

"好的，坎佩尔女士。"

她把眼镜拉回到了鼻子上，透过薄薄的椭圆形镜片看着我："你觉得这究竟是什么意思？"

"我认为，这意味着除了帕斯奎尔警探和布鲁萨德警员，还有其他人发出指令，想要暗杀莱昂内尔·麦克里迪，可能还有当时在埃德蒙·菲茨杰拉德酒吧的人。"

她快速浏览着自己的笔记——在我待在波士顿警察局第六辖区6A审讯室的6个小时里——她的笔记已经写了半本。她翻页的时候，纸张发出沙沙的声音并向内卷曲，同时她还用一支锋利的圆珠笔焦躁地乱涂乱写着。这让我想起了深秋枯叶拍打路边石块时的声响。

除了我和辖区助理检察官坎佩尔，房间里还有两个杀人组的警探——珍妮特·哈里斯和约瑟夫·圣塔罗，他们两个似乎一点儿也不喜欢我。我的律师切斯威克·哈特曼也在。

切斯威克看着辖区助理检察官在笔记本上翻页，过了一会儿，他开口道："坎佩尔女士。"

她抬起头："怎么了？"

"我明白负责这起案件需要承受的压力很大，也确信会有大量新闻报道。因此，我和我的委托人非常配合，但这一晚实在太漫长了，你觉得呢？"

她又翻了一页："联邦政府不关心你的客户是否缺乏睡眠，哈特曼先生。"

"好吧，这是联邦政府的问题，但是我很关心。"

她把一只手放在笔记本上，抬头看着他："你希望我做什么呢，哈特曼先生？"

"我希望你走出这扇门，去和辖区检察官普雷斯科特谈一谈。我希望你告诉他，发生在埃德蒙·菲茨杰拉德酒吧的事情已经很清楚了，我的客户和任何理智的人表现得没有什么不同，他不是导致帕斯奎尔警探或布鲁萨德警员死亡的嫌疑人，他应该被释放了。还有，请你记住，坎佩尔女士，我们的合作完全建立在这一前提上，以后也会如此，你需要对我们表现出一些基本的礼貌。"

"一个开枪打死警察的人，"圣塔罗警探说，"我们会让他走吗，律师？我可不这样认为。"

切斯威克双手交叉，无视了圣塔罗，对辖区助理检察官坎佩尔微笑着说道："我们等着呢，坎佩尔女士。"

她又翻了几页笔记，希望找到一些东西，找到任何能留住我的

401

东西。

当我在前门台阶处等候时,切斯威克在里面又待了五分钟,核实安琪的情况。我的出现吸引了许多从这栋建筑进进出出的警察的目光。这使我明白,这段时间最好不要因为超速行驶被拦截,也许余生都是如此。当切斯威克回到我身边时,我问:"什么情况?"

他耸了耸肩:"她暂时还不能去任何地方。"

"为什么不能?"

他看着我,仿佛我需要一剂利他林似的。

"她杀死了一名警察,帕特里克。无论是否属于正当防卫,她都杀死了一名警察。"

"那么,你不能……"

他挥了挥手,打断了我的话:"你知道谁是这座城市中最好的犯罪律师吗?"

"你。"

他摇了摇头:"我早期的同伴弗洛里斯·曼斯菲尔德。他正和安琪在一起,好吧?所以冷静。弗洛里斯很厉害,帕特里克。知道了吗?安琪会没事的,但是她还需要在里面待很长时间。如果我们施压过度,辖区检察官就会说:'滚!'然后把这件事推给大陪审团,只为了向警察们表示他站在警察那边。如果我们都态度友好,每个人便都会冷静下来,并且感到疲惫,意识到这件事越早结束越好。"

凌晨4点,我们走在西百老汇的大街上,四月的夜风伸出冰冷的手指,触碰我们的衣领。

"你的车在哪儿?"切斯威克问。

"G大街上。"

他点点头:"不要回家,大概一大半的记者团都在那里,我不想让你和他们说话。"

"他们怎么不在这里?"我回头看了看辖区办公楼。

"信息误报。值班的警司故意泄露了你们都被关在总部的消息,这个计划将持续到太阳升起,然后他们就会回来。"

"所以我要去哪里?"

"这真是一个好问题,无论是否是故意的,你和安琪都给波士顿警察局带来了自查尔斯·斯图尔特和威利·班尼特以后最大的打击。假如我是你,我会搬出这个州。"

"我是问我现在去哪里,切斯威克。"

他耸了耸肩,按下和车钥匙放在一起的长条遥控器,他的雷克萨斯发出嘟嘟的响声,车门的锁打开了。

"该死的,"我说,"我去德温家。"

他猛地把头转到我的方向:"阿蒙克林?你疯了吗?你想去一个警察家?"

"深入怪兽腹中。"我点头。

凌晨4点,大多数人都还在睡觉,但是德温没有,他每天很少会睡4个小时以上。他通常在早上的晚些时候睡一会儿,其余时间要么在工作,要么在喝酒。

他打开了位于下米尔斯的公寓门,身上散发出波旁威士忌的臭味,这让我知道他没有在工作。

"大名人。"他说,然后背对着我。

我跟着他进入客厅,一本玩填字游戏的杂志在咖啡桌上摊开,周围放着一瓶杰克·丹尼威士忌,玻璃杯里有半杯酒,边上还有一个烟灰缸;电视开着,但声音很小,鲍比·达林正用最低的音量演唱《美好生活》。

德温穿着一件法兰绒睡袍，里面是运动裤和警察学院的运动衫。他坐在沙发上，拉上了长袍，拿起酒杯喝了一口，然后抬头看着我，眼睛虽然呆滞无光，却和身体的其余部分一样冷酷。

"从厨房拿个杯子。"

"我不想喝酒。"我说。

"我只有在一个人待着的时候才一个人喝酒，帕特里克，明白了吗？"

我找到了杯子，拿回客厅，他给我倒了许多酒。他举起了自己的杯子。

"庆祝杀死警察。"他说着喝了一口。

"我没有杀死警察。"

"你的同伴有。"

"德温，"我说，"你要是这么对我，我就走了。"

他用酒杯对着走廊："门开着。"

我把玻璃杯放在咖啡桌上，一些波旁威士忌洒了出来。我离开椅子，走向门口。

"帕特里克。"

我转过身，手放在门把手上。

我们都没有说话，鲍比·达林轻柔的嗓音穿过房间。我站在门口，思考着我和德温做朋友这些年从未说起和面对过的事情。达林正以一种超脱的哀伤，唱着我们无法达到的目标，我们所希望的和实际得到的东西之间有鸿沟。

"回来吧。"德温说。

"为什么？"

他低头看着咖啡桌，把钢笔从填字游戏杂志上拿开，并把杂志合上了。他把酒放在杂志上，看向清晨窗外灰暗的云。

他耸了耸肩:"除了警察和我的姐姐们,你和安琪是我仅有的朋友。"

我回到椅子上,用袖子擦干了溢出来的波旁威士忌:"还没有结束,德温。"

他点头。

"有人命令布鲁萨德和帕斯奎尔袭击酒吧。"

他给自己倒了更多的酒:"你知道是谁吗?"

我靠在椅背上,喝了很小的一口酒。这种烈酒我并不喜欢。

"布鲁萨德说普尔没有开枪,从来没有。我一直以为是普尔把钱带出了采石场,开枪打死了马伦和法劳,把钱交给了另一个人。但是我从来不知道另一个人是谁。"

"什么钱?你到底在说什么鬼东西?"

在接下来的半个小时里,我给他梳理了一遍。

当我说完后,他点燃了一支烟,说:"布鲁萨德绑架了那个孩子,马伦看见了他;奥拉蒙敲诈他,让他找到并归还那20万;布鲁萨德双管齐下,找人干掉了马伦和古提雷兹,让奇斯死在了监狱里。我说得对吗?"

"杀死马伦和古提雷兹是布鲁萨德同奇斯约定的一部分,"我说,"但其余的你说得都对。"

"你觉得是普尔开的枪。"

"直到和布鲁萨德在屋檐上见面的时候。"

"所以那个人是谁?"

"不只是开枪的问题,有人要从普尔那里拿走钱,并让这笔钱在150名警察面前消失。阿猫阿狗做不到这一点,这个人需要有很高的级别,要是一个不会被问责的人。"

他抬起一只手:"嘿,等一下。如果你认为……"

"是谁允许普尔和布鲁萨德违反规定,在没有联邦政府干预的情况下交出赎金的?是谁把自己的一生都奉献给帮助孩子、寻找孩子、拯救孩子的事业的?那一晚谁又在山上,"我说,"到处游荡,而他的行踪只有自己知道?"

"噢,天哪!"他说。

他从杯中喝了一大口酒,咽下去时做了个鬼脸:"杰克·多伊尔?你觉得杰克·多伊尔参与了这件事?"

"是的,德温,我觉得杰克·多伊尔就是那个人。"

德温再次说:"噢,天哪!"然后又说了好几次。

很长一段时间内,房间里一片寂静,只有杯子中的冰块融化的声音。

35

"在成立反儿童类犯罪组之前，"奥斯卡说，"多伊尔是反卖淫组的，他是布鲁萨德和帕斯奎尔的警司，是他支持他们调到缉毒组的。几年后，多伊尔当上了警督，又把他们带到了反儿童类犯罪组。布鲁萨德和蕾切尔结婚后，上面很生气，是多伊尔让他免于被转为学校教员的。上面希望布鲁萨德销声匿迹，希望他离开警局。在警局里，和妓女结婚就和说自己是同性恋没有区别。"

我偷拿了德温的一支烟并点燃，强大的冲劲让我像是挨了当头一棒，腿里的血仿佛都被吸走一般。

奥斯卡吸了一口自己破烂的旧雪茄，把它放回烟灰缸，翻开速记本的另一页。

"布鲁萨德所有的职位变动、举荐、授勋都是由多伊尔签发的，他是布鲁萨德的恩人，也是帕斯奎尔的恩人。"

外面已经很亮了，但是从德温的客厅无法看见，因为这里的窗帘拉得很紧，房间里依然弥漫着深夜隐约的金属气息。

德温从沙发上起身，把托盘上辛纳屈的CD拿走，换成了迪恩·马丁的精选集。

"最糟糕的,"奥斯卡说,"并不是我可能正在帮忙扳倒一个警察,而是我听信了这些胡言乱语,然后帮忙扳倒了一个警察。"他回头看向德温,他正把辛纳屈的CD放回架子,"伙计,放点儿卢瑟·艾利森的音乐吧,或者我上个圣诞节送给你的塔杰·马哈尔,除了这个什么都行。天哪,我宁可去听肯齐听的鬼东西。那群瘦骨嶙峋、想自杀的白人男孩,至少他们还有点儿意思。"

"多伊尔住在哪里?"德温来到咖啡桌边,拿起了他的茶杯,他在打电话给奥斯卡后不久就不再喝杰克·丹尼威士忌了。

奥斯卡在迪恩用颤音唱着"如果没有人爱你,你就谁都不是"时皱了下眉。

"多伊尔?"奥斯卡说,"他在尼庞西特有一栋房子,距离这里半英里远。有一次,我还去参加了他的60大寿,他在一个叫作西贝克特的小镇上也有一栋二层小楼。"他看着我,"肯齐,你真的觉得女孩在他那里吗?"

我摇了摇头:"不确定,但如果他参与了这件事,我打赌他那里有某个人的孩子。"

安琪在下午2点被放了出来,我们是在后门见面的,为了避开前门的一群记者。我驶过百老汇后,奥斯卡和德温开车跟在后面。他们关闭了危险信号灯,穿过大桥,朝着马萨公路驶去。

"莱尔森能挺过来,"我说,"他们不确定能否挽救他的手臂。"

她点燃了一支烟,点了点头:"莱昂内尔呢?"

"失去了右眼,"我说,"还处于麻醉状态。布鲁萨德打伤的那个卡车司机出现了严重的脑震荡,但是他会恢复的。"

她敲了敲自己那一侧的窗户。

"我曾经很喜欢他。"她柔声说。

"谁?"

"布鲁萨德,"她说道,"我真的很喜欢他。我知道他来酒吧是为了杀死莱昂内尔,也许还有我们,但当我开枪的时候,他用霰弹枪指着我……"她抬起了双手,但是又放回到了腿上。

"你做了正确的事。"

她点头:"我知道。我知道我做了正确的事。"

她低头凝视着手中颤抖的香烟:"但我只是……我希望事情不是这样的。我曾经很喜欢他,这就是我的想法。"

我驶上了马萨公路:"我曾经也很喜欢他。"

西贝克特位于伯克希尔山中心,宛若一幅罗克韦尔式的画卷。白色的尖塔矗立在小镇两端,主干道铺着红松木板路,两侧有精致的古董及被子商店。城镇位于一个小山谷中,就像是捧在手心里的瓷器,深绿色的群山耸立在四周,云朵般的碧绿之上点缀着残雪的痕迹。

和布鲁萨德的房子一样,杰克·多伊尔的房子也远离公路,位于一条斜坡上,被树木掩映。然而他的房子位于树林的更深处,在一条四分之一英里长的车道末端,离它最近的房屋在西边整整5英亩的地方。这栋房子门窗紧闭,烟囱是冷的。

我们把车藏在了距离主干道20码的地方,这里大约是全部路程的一半处。后面一半的路我们需要步行穿过树林——缓慢而谨慎,不仅因为我们在野外是新手,也因为安琪的拐杖在这里不如在平地上好用。我们停在了距离环绕多伊尔住所的空地约10码的位置,凝视着周围的门廊,以及堆在厨房窗子下方的木头。

车道是空着的,房子似乎也是空的。我们观察了15分钟,没有任何东西从窗前移动过,烟囱中也没有冒烟。

"我去吧。"我最终说道。

"他在里面,"奥斯卡说,"只要你踏入他的门廊,他就能合法地开枪打你。"

我去拿自己的枪,却在手指触到空枪套时想起,它现在正归警方保管。

我转向德温和奥斯卡。

"不行,"德温说,"不能再开枪打死更多警察了,就算是正当防卫也不行。"

"如果他朝我开枪呢?"

"依靠祈祷的力量。"奥斯卡说。

我摇了摇头,将面前的树苗分开,抬起膝盖向前迈步,安琪说:"等等。"

我停了下来,我们继续听着,有汽车引擎向我们靠近的声音。我们朝右侧望去,看见一辆老式梅赛德斯-奔驰吉普车,前格栅上安装着一台小型除雪器。那辆汽车沿着公路颠簸而上,进入空地。它停在台阶边,司机的侧脸对着我们。车门打开,一个圆胖的女人走了出来,她长着一张善良、坦率的脸。她嗅了一下室外的空气,透过树林望过来,似乎正看向我们。她的眼睛很美——是我见过的最清澈的蓝色——住在山里让她的脸色健康而有活力。

"他的太太,"奥斯卡低语道,"特里西娅。"

她把视线从树林中移回来,来到汽车的后方,起初我以为她会带回一包生活用品,然而某些东西在我的胸膛里跃动着,同时却死去了。

阿曼达·麦克里迪的下巴落在了女人的肩膀上,她透过树林,睡眼惺忪地看着我,一根拇指放在嘴里,头上戴着一顶红黑相间、带耳罩的帽子。

"有人在回家的路上睡着了呀,"特里西娅·多伊尔说,"对不对?"

阿曼达转过头,把脸埋进多伊尔太太的脖子。那个女人摘掉了阿曼达的帽子,理了理她的头发,头发的颜色如此明亮——在绿树和晴朗天空的映衬下——近乎呈现金色。

"想要帮忙做午餐吗?"

我看见阿曼达的嘴唇动了,却没有听见她在说些什么。她又歪了歪下巴,唇边羞涩的微笑是那么满足、那么可爱,像一把斧头般劈开了我的胸膛。

我们又观察了她们2个小时。

她们一起在厨房做香煎奶酪三明治。多伊尔太太站在煎锅旁,阿曼达坐在橱柜上,递给她奶酪和面包。她们在桌边吃饭,我爬上了一棵树,脚踩在一根树枝上,用手抓着另一根树枝,看着她们。

她们一边吃三明治、喝汤,一边聊天,彼此靠得很近,用手比画着,嘴里含着食物笑了起来。

午饭后,她们一起洗碗,然后特里西娅·多伊尔把阿曼达·麦克里迪抱到橱柜上,又一次给她穿上了大衣,戴上了帽子。我看见阿曼达把运动鞋拿到橱柜上,并系好鞋带,特里西娅对此大加赞赏。随后特里西娅消失在柜子后方,我想她是去找自己的外套和鞋,而阿曼达依然在橱柜上。她朝窗外望去,一种被遗弃的痛苦渐渐出现在她脸上,并撕扯着她的脸颊。她望向窗外,看向比树林更远、比群山更远的地方,我不确定她看到的是自己过去曾遭受的让她失去活力的忽视,还是完全不确定的未来——我想她还没有确信这一切是真的——这让她的表情显得有些扭曲。那一刻,我意识到她是她母亲的女儿——海伦妮的女儿——我想起自己曾在哪里见过她这样的表情。在海伦妮的脸上,那一晚她在酒吧见到我,向我承诺,如果她还有第二次机会,她一定不会让阿曼达离开她的视线。

特里西娅·多伊尔回到厨房。一丝困惑——关于曾经和现在的伤痛——掠过阿曼达的脸,随即被迟疑、谨慎却怀有希望的微笑取代。

她们来到了门廊上,我从树上跳了下来。她们牵着一只矮胖的英国斗牛犬,它的皮毛部分带有斑纹,有部分是白色的,与她们身后的一片山坡很相称。那里的地面很空旷,两块岩石间有一条冻住的雪脊。

阿曼达和小狗一起打滚儿,当小狗爬到她身上时,她发出尖叫,一滴口水落在了她的脸颊上。她从小狗身边跑开,小狗跟着她,扑向她的腿。

特里西娅·多伊尔抱着小狗,向阿曼达示范如何用刷子梳理狗毛,她把小狗放在膝盖上模仿着,动作很温柔,仿佛在梳自己的头发。

"它不喜欢。"我听见她说。

这是我第一次听见她的声音,那声音有些古灵精怪,又很清楚。

"你替它梳毛的时候,它要更喜欢些,"特里西娅·多伊尔说,"你比我更温柔。"

"是吗?"她抬头看着特里西娅·多伊尔的脸,继续缓慢而平稳地梳起了狗毛。

"噢,是呀,你比我温柔多了,看看我这双老太太的手,阿曼达,我只能紧紧地握着刷子。我有时会拿老拉里出气。"

"你为什么叫它拉里呢?"提到狗的名字,阿曼达的声音变得富有韵律,在第二个音节上扬。

"我给你讲过这个故事。"特里西娅说。

"再讲一遍吧,"阿曼达说,"好吗?"

特里西娅·多伊尔咯咯地笑了:"我们刚结婚的时候,多伊尔先生有一个叔叔,他看起来就像一只斗牛犬。他的下巴很厚,而且下垂。"

特里西娅·多伊尔用她那只空着的手抓着自己的脸,把脸颊的皮肤往下巴的方向拉。

阿曼达笑了:"他看起来像一条狗?"

"是的,小姑娘,他有时候甚至还会叫呢。"

阿曼达又笑起来:"不会吧。"

"噢,是真的。汪!"

"汪!"阿曼达模仿道。

那条狗听到了她们的叫声,阿曼达把刷子放在一边,多伊尔太太让拉里从身上下来,两人一狗蹲在地上彼此相对,互相学着狗叫了起来。

整个下午我们都一动不动地待在树林里,也没有说话。我们看着她们和狗玩耍,互相嬉戏,用旧的编号积木搭建她们房子的微缩版。我们看着她们坐在门廊栏杆旁的长椅上,腿上盖着一条编织毛毯来抵御寒冷,小狗趴在她们脚边,多伊尔太太把下巴抵在阿曼达的头上和她说话,阿曼达靠在她的胸前回答着。我想我们在树林中都感觉到了自己的肮脏、渺小和乏味。我们没有孩子,这意味着我们到目前为止还没有资格,不能也不愿意因为人父母而做出牺牲。我们只是一群荒野中的官僚。

她们手牵着手回到了房子里,小狗在她们的腿间徘徊着。此时,杰克·多伊尔把车开进了空地。他从自己的福特探险者汽车中出来,腋下夹着一个盒子。几分钟后,当他在房间里打开它时,特里西娅·多伊尔和阿曼达不知为何都尖叫起来。三个人一起回到厨房,阿

413

曼达又坐在了橱柜上，不停地说着什么，她的手做出给拉里梳毛的动作，当复述起特里西娅对远房叔叔拉里下巴的描述时，她用手托着自己的脸颊。杰克·多伊尔仰头大笑，把小女孩揽在他胸前。他从橱柜旁直起身后，阿曼达靠在他身上，用小脸蹭着他的胡楂儿。

德温把手伸进口袋，拿出一只手机，拨打了411，话务员回话后，他说："请告诉我西贝克特治安官办公室的电话。"他又小声重复了一遍话务员给他的号码，然后把那串数字输入了手机键盘。

在按下拨号键之前，安琪用一只手抓住他的手腕："你在干什么呢，德温？"

"你干什么，安琪？"他看着她的手。

"你要逮捕他们吗？"

他抬头看着房子，然后又重新看向她，皱起了眉头："是的，安琪，我要逮捕他们。"

"你不能这样。"

他挣脱了她的手："噢，我当然可以。"

"不！她……"安琪指着树林之间，"你没有看到吗？他们对她很好。他们……天哪，德温，他们很爱她。"

"他们绑架了她，"他说，"你没有意识到这一点吗？"

"德温，不要。她……"安琪低了一会儿头，"如果逮捕了他们，他们就要把阿曼达归还给海伦妮，可她会把阿曼达的生命吸干的。"

他低头看着她，凝视着她的脸，眼中流露出震惊又难以置信的神情："安琪，听我说。那里有一个警察，我不喜欢逮捕警察。但是你可别忘了，那个警察对克里斯·马伦、法劳·古提雷兹以及奇斯·奥拉蒙的死亡都负有责任。即使不是他暗中指使的，他也和执行者心照不宣。在他的安排下，莱昂内尔·麦克里迪和你们两个可能会被谋杀。他的手上沾满了布鲁萨德的血,也沾满了帕斯奎尔的血。他是个杀人犯。"

"但……"她绝望地看向那栋房子。

"但怎样?"德温的神情扭曲,他的脸成了一副愤怒和困惑的面具。

"他们爱这个女孩。"安琪说。

德温也跟随她的目光看向房子,看向杰克·多伊尔和特里西娅·多伊尔,他们各自牵着阿曼达的一只手,让她在厨房里荡来荡去。德温看着这一切,脸色柔和了下来。我能感觉到痛苦侵袭着他,就像一朵乌云掠过他的脸,他的眼睛睁得很大,仿佛被一阵微风吹开一般。

"海伦妮·麦克里迪,"安琪说,"会毁掉她的生命。她会的,你们知道。帕特里克,你知道。"

我移开了视线。

德温深呼吸了一下,他的头猛地歪向一边,仿佛被打了一拳。然后他摇了摇头,眯起了眼睛,他的视线从房子离开,在手机上按下了拨号键。

"不,"安琪说,"不要。"

当德温把手机贴向耳边时,我们都看着他,另一侧的电话一直在响着。最终他把手机从耳边移开,按下了结束键。

"那里没有人,治安官可能出去送信了,在这样规模的小镇,他要做很多事。"

安琪闭上了眼睛,深吸一口气。

一只鹰飞过树梢,它的尖叫声划破了冷空气。这种刺耳的声音总会让我想起突然的愤怒,或是对新伤口的反应。

德温把手机塞回口袋,拿出了警徽:"去他的,我们动手吧。"

我把身体转向那栋房子,安琪抓着我的手臂把我转了回来。她的脸上写满了愤怒,如同要撕裂一般,她的头发因惊恐而落在了眼睛上。

"帕特里克,帕特里克,不要!不要!不要!求求你了,看在上帝的分儿上。不!你和他说说啊,我们不能这样做,我们不能!"

"这是法律,安琪。"

"这是胡扯!这是……这是错的。他们爱这个孩子,多伊尔不会再给任何人带来危险了。"

"胡说。"奥斯卡说。

"谁?"安琪问,"他会给谁带来危险?布鲁萨德死后,就没有人知道他参与了这件事。他没有什么要保护的东西,没有人对他有威胁。"

"我们就是威胁!"德温说,"你疯了吗?"

"如果我们需要做些什么的话,"安琪说,"如果我们现在就离开,不把自己知道的事情告诉任何人,这件事就到此结束了。"

"他把别人的孩子私藏在家里。"德温说,他的脸距离她只有1英寸。

她转身朝我走来。"帕特里克,听着!你听我说,他……"她推着我的胸膛,"不要这样做,求你了!求你了!"

她的脸上没有任何和逻辑有关的内容,没有任何理智,只有绝望、恐惧和野蛮的渴望。还有痛苦,流成河的痛苦。

"安琪,"我平静地说,"这个孩子不属于他们,她属于海伦妮。"

"海伦妮是毒药,帕特里克。我很早之前就和你说过。她会吸走这个女孩身上所有明朗的东西,她会禁锢她,她……"泪水从她的脸颊上落下,在她的嘴角边汩汩流淌,可她并未在意,"她会死去,你把这个孩子从这个家带走，就相当于给她判了死刑，漫长的死刑。"

德温看着奥斯卡，又看向我："我不想再听这样的话了。"

"求求你们了！"这句话像是水烧开时水壶发出的声音，从安琪口中吐出，她的整张脸都随之沉了下去。

我把双手放在她的胳膊上。

"安琪，"我柔声说，"也许你错怪了海伦妮。她已经吸取了教训，她意识到自己是一个糟糕的家长，如果你那晚见到了她……"

"去你的，"她说，声音里带着彻骨的寒意，她挣脱了我的手，使劲擦去脸上的泪水，"不要再说那些'我看见了她，她很悲伤'之类的胡话。你在哪里看见她的，帕特里克？酒吧，对不对？别再扯淡，说什么'某某吸取了教训'这样的话了。人是不会吸取教训的，人是不会改变的。"

她背向我们，在包里搜寻着香烟。

"我们没有权利评判，"我说，"我们不能……"

"谁有权利呢？"安琪问。

"他们也没有，"我透过树林，指着那栋房子，"那些人曾试图判断人们是否适合抚养孩子。是谁给了多伊尔决定的权利呢？如果他遇见一个孩子，不喜欢他家庭信仰的宗教要怎么办？如果这个孩子不喜欢同性恋家长或者有文身的家长呢？他又会怎样？"

冰冷的愤怒让她的脸显得很阴沉："我们没有谈论这件事，你明白的。我们在谈论这个具体的案件，这个具体的孩子。别再向我灌输那些基督教会教给你的观点，你没有胆量去做正确的事，帕特里克，你们都没有，就这么简单，你们没有这样的胆量。"

奥斯卡抬头看向树林："或许我们没有。"

"去吧，"她说，"去逮捕他们，但我是不会看着你们的。"她点燃了烟，靠在拐杖上的背部挺直了。她把烟夹在两指之间，双手抓住了拐杖的握柄。

"我会因此恨你们三个人。"

她拄着拐杖向前走,我们看着她的背影穿过树林,走向汽车。

在我的私家侦探生涯中,没有任何一刻比这一刻更加丑恶,更令人感到疲惫。我看着奥斯卡和德温在他们家的厨房中逮捕了杰克和特里西娅。

杰克甚至没有反抗,他只是坐在厨房餐桌边的椅子上颤抖着,他啜泣起来。奥斯卡把阿曼达从特里西娅的怀抱中带走,她伸手抓向奥斯卡。阿曼达哭叫着,用拳头反抗着,嚷道:"不要,奶奶!不要!不要让他把我带走!不要带走我!"

治安官接到了德温打的第二个电话,几分钟之后,他的车停在了车道上。他走进厨房,脸上带着困惑的神情,他看见阿曼达瘫软在奥斯卡的怀里,特里西娅把杰克的头放在她的肚子上,在他哭泣时摇晃着他。

"噢,我的上帝。"特里西娅·多伊尔低声说。她看见他们与阿曼达的缘分就此终结,自由就此终结,一切就此终结。

"噢,我的上帝。"她再次低语道。我发觉自己在思考他是否听见了她的话,是否听见了阿曼达在奥斯卡怀里呜咽。德温在向杰克宣读他的权利,我不知道他是否能听见这一切。

后记：母女团圆

"母女团圆"是新闻报第二天早上的报道标题。这档节目于美国东部时间4月7日晚8点5分在所有地方频道进行直播。

海伦妮被炽热的白色灯光笼罩着，她跳下前门廊，穿过一群记者，从社会工作者的手里接过阿曼达。她发出一声尖叫，泪水从脸上涌下来，她亲吻了阿曼达的脸颊、前额、眼睛和鼻子。

阿曼达用手臂环住母亲的脖子，把她的脸埋在母亲肩头。一些邻居开始大声鼓掌，海伦妮朝声音的方向望去，感到有些困惑。她微笑起来，面带娴静的羞涩，在灯光下眨眼，抚摸着女儿的背部，然后她咧嘴笑了。

布巴站在客厅里，面对着我家的电视，然后看向我。

"那么一切都恢复原状了，"他说，"对吧？"

我对着电视点头："似乎确实如此。"

他转过头，看见安琪正拿着一个箱子跃下走廊，把它放在前门外的一堆行李之间，又快步回到卧室。

"所以她为什么要离开？"

我耸了耸肩："问她。"

"我问了。她不肯告诉我。"

我再次耸了耸肩。我不想再说话。

"嘿，伙计，"他说，"帮她搬家我并不开心。你知道吗？但是她找了我帮忙。"

"没关系，布巴，没关系。"

电视上，海伦妮对一位记者说，她觉得自己是世界上最幸运的女人。

布巴摇摇头，离开了房间，拿起了门口那一堆箱子，抱着它们走下台阶。

我靠在卧室的门口，看着安琪从衣柜里拿出一件件衬衫，把它们堆在床上。

"你还好吧？"我问。

她伸出手，抓起一堆衣架："没事。"

"我觉得我们应该谈谈。"

她抚平了最上面那件衬衫上的褶皱："我们已经谈过了，在树林里，该说的都说了。"

"我没有。"

她拉开一个装衣服的袋子，拿起那些衬衫，把它们放了进去，然后拉上了拉链。

"我没有。"我重复道。

她说："有些衣架是你的，我会还给你。"

她拄起了拐杖，朝我走过来。

我待在原地，挡住了门口。

她低下头，看着地板："你打算一直站在这里吗？"

"我不知道，你来告诉我。"

人间蒸发的女孩

"我只是在想我要不要把拐杖放下。如果我不移动,过一会儿我的胳膊就会麻。"

我让到一边,她经过门口,正好遇见从台阶上回来的布巴。

"床上还有一个袋子,"她说,"这是最后一包了。"

她来到台阶边,我听见她把两个拐杖合在了一起。她将拐杖拿在一只手里,用另一只手抓着栏杆,跳下台阶。

布巴从床上拿起装衣服的袋子。

"伙计,"他说,"你对她做了什么?"

我想起在门廊的长椅上,阿曼达躺在特里西娅·多伊尔的怀里,她们裹着编织毛毯抵御寒冷,两人静静地聊天,非常亲密。

"我伤了她的心。"我回答道。

接下来的几周里,杰克·多伊尔、他的妻子特里西娅·多伊尔,以及莱昂内尔·麦克里迪都被联邦大陪审团指控犯有绑架、强制监禁未成年人,对儿童造成危险,严重忽视儿童等罪行。杰克·多伊尔还被指控谋杀克里斯托弗·马伦和法劳·古提雷兹,以及企图谋杀莱昂内尔·麦克里迪与联邦特工尼尔·莱尔森。

莱尔森出院了。他的手臂保住了,但是肌肉已经萎缩,无法正常使用了,至少目前是这样,而且可能将来也会如此。他回到了华盛顿,被指派去做证人保护计划的案头工作。

我被大陪审团传唤,他们要求我全面讲述这次被媒体称为"警察绑架丑闻"的事件。似乎没有人意识到,这个词其实暗示的是警察被绑架,而不是警察绑架别人[1]。这一名称很快成了此案的代号,就像

---

[1] 警察绑架丑闻原文为 Copnapping Scandal,将英文绑架(kidnap)中表示小孩的"kid"换成表示警察的"cop",故有警察被绑架之意。

421

水门事件成了尼克松严重叛国和轻微腐败的代名词。

在大陪审团面前，关于我和里米·布鲁萨德一起度过最后时刻的内容无法被采纳，因为它们不能被证实。我只能证明自己在案件中明确看到的情况，以及在案卷中记录下的问题。

没有人被指控谋杀小大卫·马丁、基米·尼豪斯、斯文·奇斯·奥拉蒙，或者尸体没有被找到的雷蒙德·利坎斯基。

联邦检察官告诉我，他认为杰克·多伊尔会因为马伦和古提雷兹的死亡而被定罪，但由于他更为明显地参与了绑架案，因而在这件事上的罪行也会更重。他可能无法再见到监狱外面的世界了。

蕾切尔和尼古拉斯·布鲁萨德在里米死去的那一晚消失了，他们动身去了某个未知的地方。控方的人认为，他们带走了奇斯那20万美元。

6月，我来到了海伦妮家。

她紧紧地拥抱了我，细瘦的手腕勒痛了我脖子上的肌肉。她身上散发着香水味，嘴上涂着鲜艳的口红。

阿曼达坐在客厅的沙发上，正在看一出关于一位单身父亲和一对早熟的6岁双胞胎的情景喜剧。那位父亲大概是一名州长或参议员，他似乎总是坐在办公室里，而且根据我看到的部分，他家里没有保姆。一个西班牙勤杂工经常到他家，并抱怨他的太太罗莎总是头疼。他讲的笑话里充满了性暗示，那对双胞胎好像听懂了似的开始大笑，而议员试图装出严肃的样子，强忍着笑容。观众很喜欢这个节目，里面的每个笑话都会让他们疯狂起来。

阿曼达只是坐在那里，她穿着一件粉色的睡袍，这衣服看起来需要洗了，至少需要局部清理。她没有认出我。

"宝贝，这是帕特里克，我的朋友。"

阿曼达看着我，抬起一只手。

我回应了她的挥手，她的视线已经回到了电视上。

"她喜欢这个节目。对吧,宝贝?"

阿曼达什么都没说。

海伦妮走向客厅,当她给自己戴上耳环时,头部微微倾斜:"因为你对莱昂内尔做的那些事,碧非常恨你,帕特里克。"

我跟着她进入客厅,她正从桌子上拿起一些东西,塞进钱包里。

"可能因为这个,她一直没有给我付钱。"

"你可以起诉她,"海伦妮说,"对吧?你可以的,不是吗?"

我没有回答。

"那你呢?你恨我吗?"

她摇了摇头,拍了拍两侧的头发:"你在开玩笑吗?莱昂内尔带走了我的孩子,不管他是不是我哥哥,天哪!她可能会受伤,你知道吗?"

当她妈妈说"天哪"的时候,阿曼达的脸在轻微抽搐。

海伦妮将三个色彩鲜艳的塑料手镯穿过她的手,摇了摇胳膊,于是它们落在了她的手腕上。

"要出门吗?"我问。

她微笑了。

"你知道吗,这个人,他在电视上看到了我,认为我就像一个大明星,"她大笑起来,"这不是很荒唐吗?不管怎样,他邀请我出去,他很可爱。"

我看着沙发上的孩子。

"那阿曼达呢?"

海伦妮冲我咧开嘴笑:"多蒂会照看她。"

"你和多蒂说了吗?"我问。

海伦妮咯咯地笑了:"她五分钟内就会到。"

我看着阿曼达,电视里出现了一个电动开罐器,这个画面映在

423

了她脸上。开罐器就像是她前额上的一张嘴,她那方形的下巴笼罩在蓝色和白色之中。她的眼睛张开,看着电视,却对开罐的声音毫无兴趣。一只爱尔兰猎犬取代了开罐器,越过阿曼达的前额,在一片绿地上打滚儿。

"适合狗的鱼子酱,"广告里的人说,"你的狗难道不值得被当作家庭成员吗?"

这要看是什么狗,我想,也要看是什么家庭。

一阵疲惫的疼痛感刺激着我的胸腔,让我喘不过气来,随后却像它刚出现时那样迅速地消失了,只剩下我的关节还在隐隐作痛。

我鼓起勇气穿过客厅:"再见,海伦妮。"

"噢,你要走了吗,再见!"

我在门口停住:"再见,阿曼达。"

阿曼达的眼睛依然看着电视,她的脸沐浴在荧幕的光芒中。

"再见。"她说。我知道她在和那个西班牙勤杂工对话,他回家去找罗莎了。

我在外面走了一段,终于在瑞恩体育场上停了下来,坐在我和布鲁萨德一起待过的秋千上,望着尚未完工的青蛙池塘。由于格里·格林的疯狂举动,我和奥斯卡曾在这里救过一个孩子的性命。

现在呢?现在我们又做了什么?我们在西贝克特的树林里犯了什么罪?我们在厨房中把一个孩子从没有法定抚养权的人手中带走,又犯了什么罪?

我们把阿曼达·麦克里迪送回了家。

这便是我们做的一切,我对自己说:"没有犯罪。我们把她归还给了她的法定监护人,没有多做什么,也没有少做什么。"

这便是我们做的一切。

我们把她送回了家。

得克萨斯州,梅萨港
1998年10月

  一天晚上,在"克罗克特的最后一家"里,蕾切尔·史密斯加入了一场醉酒后的讨论,关于一个人为何而死才值得。

  "国家。"一个刚刚退役的小伙子说。其余人都鼓起掌来。

  "爱。"另一个男人说,他遭到了一阵嘲笑。

  "达拉斯独行侠队,"有人嚷道,"自从他们进了NBA,我们都愿意为他们而死。"

  一阵笑声。

  "有很多东西值得为之而死。"蕾切尔·史密斯说,她来到了桌子边,转过身,手里拿着苏格兰酒杯。"每天都有人死去,"她说,"因为五美元。因为在错误的时间与错误的人对视,因为捕虾。"

  "死亡无法衡量一个人。"蕾切尔说。

  "那什么可以?"有人嚷道。

  "杀人。"蕾切尔回答。

  经过了片刻的沉默后,酒吧里的人想到,蕾切尔声音中的冷漠和平静,与她眼中时而显现的目光刚好相称。如果你离她太近,就会感到紧张。

  埃尔金·伯恩——"蓝色伊甸园"的船长、梅萨港最出色的捕虾者——最终问道:"你会为什么而杀人,蕾切尔?"

  蕾切尔笑了。她举起苏格兰酒杯,台球桌上方的荧光灯在冰块之间反射着光芒。

"我的家人,"蕾切尔说,"只有我的家人。"

几个男人紧张地笑了。

"毫不犹豫,"蕾切尔说,"决不回头。"

没有片刻遗憾。

读客悬疑文库

认准读客读悬疑,本本都是大师级。

专注出版中、英、美、日、意、法等世界各国各流派的顶尖悬疑作品。

为读者精挑细选,只出版两种作品:
经过时间洗礼,经典中的经典;口碑爆表、有望成为经典的当代名作。

跟着读客悬疑文库,在大师级的悬疑作品中,
经历惊险反转的脑力激荡,一窥人性的善恶吧。

扫一扫,立即查看悬疑文库全书目,
收集下一本精彩悬疑!